LEXI RYAN

Imprint coordonat de
Shauki Al-Gareeb

# ACESTE JURĂMINTE GOALE

LEXI RYAN

Traducere din limba engleză de
Simona Ștefana Stoica

LEDA EDGE

**Redactare:** Liviu Szőke
**Tehnoredactare computerizată:** Roxana Coste
**Lector:** Shauki Al-Gareeb



www.edituracorint.ro

---

**Descrierea CIP a Bibliotecii Naționale a României**
**RYAN, LEXI**
**Aceste jurăminte goale** / Lexi Ryan; trad. din lb. engleză de Simona Ștefana Stoica. - București: Leda Edge, 2021
ISBN 978-606-95192-2-6

I. Stoica, Simona Ștefana (trad.)

821.111

PENTRU BRIAN –
TOATE SUNT PENTRU TINE.

ȚINUTURILE
FĂPTURILOR
SĂLBATICE
PALATUL
DE AUR
CIMITIRUL
REGATUL
SEELIE
PALATUL
SERENITĂȚII

REGATUL
UNSEELIE
PALATUL
UNSEELIE
BERELE
REFUGIATI

# CAPITOLUL I

UMBRE RECI ÎMI ÎNVĂLUIE PIELEA TRANSPIRATĂ, MĂ ÎN-tâmpină, mă ascund. Aş putea să mă scald în întuneric – să mă întind fericită sub stele și să las aerul nopții să-mi destindă mușchii încordați, suprasolicitați –, dar nu voi risipi noaptea pe odihnă sau pe o plăcere trecătoare. Acestea sunt orele spionilor și hoților. Sunt orele *mele*.

Strecor două agrafe de păr în încuietoare, degetele mele uscate, bătătorite, dansând deasupra lor precum corzile unei viole[1]. E o melodie pe care am repetat-o de o mie de ori, un imn pe care l-am cântat în cele mai disperate momente ale mele. Mai bine să te rogi pentru degete iscusite, umbre și camuflaj, decât vechilor zei. Mai bine să furi, decât să mori de foame.

Broaștele orăcăie în depărtare, iar corul lor aproape că ascunde clicul satisfăcător al încuietorii, anunțând deschiderea ușii servitorilor din conacul lui Creighton Gorst.

---

[1] Instrument muzical cu coarde, asemănător cu vioara, însă mai mare și care emite sunete mai grave, fiind acordat cu o cvintă mai jos (n. tr.).

În seara asta, Gorst are treburi în altă parte. M-am asigurat de acest lucru. Chiar și așa, cercetez împrejurimile în căutarea unui indiciu care ar demasca prezența lui sau a personalului său. Majoritatea celor bogați au mereu gărzi la datorie, dar câțiva - precum Gorst - sunt atât de paranoici, încât nu au încredere nici măcar în cei din cercul lor intim să rămână singuri în apropierea seifurilor. De câteva luni aștept o astfel de oportunitate. O astfel de noapte.

Cobor tiptil scara de piatră în pivniță. Temperatura scade cu fiecare pas, dar pielea îmi este încinsă de la adrenalină și după escaladarea zidurilor proprietății, întâmpinând cu bucurie răcoarea care îmi mângâie pielea.

La baza scărilor, o piatră-luminoasă îmi simte mișcările și se aprinde, luminând slab podeaua. O dezactivez cu o lovitură de cuțit, o tăietură adâncă de-a lungul centrului său moale, iar încăperea este învăluită într-un întuneric atât de adânc, încât cu greu îmi mai disting propria mână întinsă în față. *Bun!* Oricum mă simt mai în largul meu pășind în întuneric.

Urmând cu mâinile pereții ce alcătuiesc pivnița, ajung la oțelul rece al ușii seifului. O examinez orbește cu vârfurile degetelor - trei încuietori, dar niciuna prea complexă. Cedează în fața lamei și a acelor mele. În mai puțin de cinci minute, ușa este deschisă și simt deja cum ușurarea îmi destinde mușchii. Vom achita plata pe această lună, iar Madame Vivias nu va putea să aplice mai multe sancțiuni.

Zâmbetul meu triumfător pălește brusc atunci când întrezăresc simbolurile gravate pe prag. Și, uite-așa, adrenalina izbânzii mele se diminuează fulgerător de repede.

Seiful lui Gorst este protejat de rune.

*Trebuia să mă aștept la asta.*

Un om bogat, suficient de paranoic pentru a renunţa la străjeri, ar ajunge foarte repede un om sărac dacă nu ar folosi puţină magie ca să-şi protejeze averea.

Misiunea din această seară e periculoasă şi nu pot risca să uit asta nici măcar o clipă. Fur doar de la cei care au mai mult decât au nevoie, dar odată cu bogăţia vine şi puterea – puterea de a-i executa pe hoţii ca mine, dacă suntem prinşi.

Ocolesc marcajele şi scot un vierme-stea din tolbă. Îmi alunecă între degete, cu pielea sa mătăsoasă şi umedă, însă îl ghidez spre încheietura mâinii, tresărind când se agaţă. În timp ce îmi fură un firicel de sânge din vene, pielea îi licăreşte, luminând podeaua din faţa mea. Faptul că rămân fără adăpostul întunericului nu-mi e nici pe departe pe plac, dar trebuie să văd simbolurile. Ghemuită, trasez conturul fiecărei linii şi curbe, confirmându-le forma şi intenţia. *Magie ingenioasă, într-adevăr!*

Aceste rune nu m-ar ţine departe de seif. M-ar lăsa să intru şi m-ar închide acolo, transformându-mă într-un prizonier până când stăpânul conacului s-ar ocupa de mine. Un hoţ obişnuit, instruit numai în rune de protecţie, ar putea face greşeala de a crede că simbolurile au fost greşit trasate când a trecut de ele. Un hoţ obişnuit s-ar trezi închis înăuntru. Bine că sunt orice altceva, dar nu obişnuită.

Îmi scotocesc mintea în căutarea unei contravrăji potrivite. Nu sunt mag. Poate că mi-aş dori să fiu, dacă soarta mi-ar fi fost diferită şi zilele nu mi-ar fi fost atât de ocupate să frec podelele şi să fac curăţenie după verişoarele mele răsfăţate. Nu am nici timp, nici bani pe care să-i dau pe instruire, aşa că nu voi fi niciodată în măsură să invoc magie din vârful degetelor cu vrăji, poţiuni şi ritualuri. Noroc că am un prieten care m-a învăţat tot ce poate. Noroc că ştiu cum să ies din acest seif, după ce voi fi luat ceea ce-mi trebuie.

Îmi scot pumnalul de la brâu și îmi mușc obrazul când îmi trec lama peste palma mâinii unde nu se află viermele-stea. Durerea ascuțită îmi face capul să se învârtejească și îmi alungă orice gând din minte. Mă clatin preț de câteva clipe, prea multe, cred, iar trupul mă imploră să cedez în fața tihnei promise de inconștiență.

*Respiră, Abriella! Trebuie să respiri! Nu poți da la schimb oxigenul pentru curaj.*

Amintirea vocii mamei mele mă îndeamnă să trag aer în plămâni. Ce-i cu mine în seara asta? De obicei, nu sunt atât de sensibilă când vine vorba de sânge sau de durere. Însă, după ce am lucrat toată ziua fără pauză, sunt epuizată și înfometată. Deshidratată.

*Nu prea mai am timp.*

Îmi cufund degetul în sângele care îmi umple palma și desenez cu grijă runele de contravrajă deasupra celor gravate în piatră, apoi îmi șterg palma însângerată de pantaloni și îmi studiez cu atenție munca înainte de a mă ridica.

Nu-mi îngădui să-mi țin respirația când pășesc peste prag, trecând imediat de simboluri, în fiecare direcție, pentru a mă asigura că runele mele au efect. Când intru în seif, îndrept lumina de la viermele-stea de-a lungului spațiului și scot un suspin adânc.

Seiful lui Creighton Gorst este mai mare decât dormitorul meu. Pereții sunt ticsiți cu rafturi pline cu săculețe doldora de monede raqoni și cu bijuterii și arme scânteietoare. Mă furnică mâinile să iau cât de mult pot duce, dar îmi stăpânesc impulsul. Dacă îi voi permite disperării să preia controlul, el va ști că cineva a fost aici. Poate că oricum va afla. Poate că subestimez abilitatea bețivului de a ține socoteala averii acumulate prin îndeletniciri ale plăcerii și trupului, dar, dacă am noroc, nu va afla niciodată că cineva i-a compromis runele.

Știam că Gorst e bogat, dar nu mă așteptam la asemenea bogății. Prostituția și băutura îi fac pe oameni înstăriți, dar *atât* de înstăriți? Cercetez rafturile și, condusă de instinct, întind mâna către singura explicație. Îmi las degetele să zăbovească deasupra unui teanc de contracte de viață, dar mă trag repede înapoi când simt căldura magică radiind din ele.

Dacă aș fi avut o viață diferită, mi-aș fi dorit din tot sufletul să devin un mag puternic numai pentru astfel de contracte. Aș dezlega magia care leagă aceste vieți de oameni răi precum Gorst. Mi-aș aduna puterile și aș elibera cât de multe fete aș putea înainte să fiu prinsă și executată. Chiar dacă știu că nu posed abilitatea de a destrăma magia tăinuită în aceste documente, tot ce pot face este să le las acolo unde sunt. Totul înăuntrul meu țipă că ar trebui cel puțin *să încerc.*

*Nu le poți salva.*

Mă forțez să mă îndepărtez. Alegând un raft înțesat, unde lipsa unui săculeț cu monede ar putea trece neobservată, mă uit cu atenție după însemne. Niciunul. Poate că Gorst ar trebui să mă plătească pentru a-l învăța cum să-și păzească realmente comoara. Ridic un singur săculeț și arunc un ochi înăuntru ca să-i verific conținutul – mai mult decât suficienți raqoni pentru plata noastră. Poate suficienți și pentru luna viitoare.

Atâtea bogății are! Oare chiar va observa dacă iau mai mult?

Studiez din nou rafturile și aleg cu grijă încă două săculețe ascunse în spatele grămezilor neorganizate de comori. Știam că Gorst e un tip josnic, însă oamenii din Fairscape dobândesc o astfel de avere doar dacă fac afaceri cu zâne. Iar odată cu înțelegerea acestui lucru, toate contractele magice din seif capătă un nou înțeles. E destul de rău că îi poate face pe acei oameni să-i îndeplinească ordinele murdare, destul de rău că își vor petrece viețile plătind o datorie imposibil de achitat, dar dacă Gorst se află în cârdășie cu făpturile fermecate, îi trimite pe oameni într-un alt tărâm pentru a-și petrece viețile ca sclavi. *Sau mai rău.*

Sunt trei teancuri de contracte. Nu pot risca să le ating, dar mă uit la fiecare grămadă în parte. Într-o zi, îmi voi cumpăra libertatea și, odată ce sora mea nu se va mai baza pe mine, mă voi întoarce aici. Într-o zi, voi găsi o cale.

Privirea mi se oprește pe teancul cel mai apropiat de ușa seifului și pe numele înscris deasupra. Îl recitesc, alături de data la care plata va fi complet achitată. O dată. De două ori. De trei ori. Pieptul mi se strânge tot mai mult, de fiecare dată. Nu cred în vechii zei, dar trimit oricum o rugăciune la vederea acelui nume și a acelei semnături, mâzgăleala unui copil. La vederea datei de mâine evidențiate cu o linie subțire din propriul ei sânge.

Pași răsună deasupra capului meu și aud bubuitul cizmelor bărbaților, apoi o voce adâncă. Nu-i pot distinge cuvintele de aici, de jos, dar nu trebuie să înțeleg ce spune pentru a ști că trebuie să fug.

Tolba îmi este îngreunată de bunurile furate și o agăț într-o parte, astfel încât să nu zăngănească lipită de șold, apoi o tulesc din seif. Înlătur viermele-stea de pe încheietură și gâfâi când mi se împotrivește, încercând să obțină mai mult sânge.

— Răbdare! șoptesc, îndrumându-l spre podea.

Târâtoarea șerpuiește peste prag, lingându-mi sângele cu limba sa micuță.

Și mai mulți pași răsună deasupra. Apoi râsete și clinchete de pahare. Nu e singur, dar, dacă am noroc, toți cei de sus vor fi prea beți pentru a mă observa cum mă strecor afară.

— Mai repede, mai repede! îi șoptesc viermelui-stea.

Trebuie să închid seiful, însă dacă îmi las sângele în urmă, Gorst va ști că cineva a fost aici. Sau mai rău – va duce o mostră unui mag, care îl va îndruma înapoi la mine. Nu-mi pot asuma un astfel de risc.

Vocile se aud tot mai aproape, urmate de pași pe trepte.

Nu am de ales. Smulg viermele-stea de la festinul său sângeros și îl strecor în tolbă, stropesc pietrele cu apă din ploscă, apoi închid iute ușa seifului.

— Voi lua o sticlă nouă! strigă Gorst din capul scărilor de la pivniță.

Cunosc prea bine vocea aia. Obișnuiam să-i curăț bordelul. I-am șters podelele și i-am spălat toaletele până acum o lună, când a încercat să mă forțeze să lucrez pentru el într-o manieră complet diferită.

Mi-am petrecut ultimii nouă ani trăind după două reguli: nu fur de la cei care-mi oferă o muncă cinstită și nu lucrez pentru cei care fură de la mine. În noaptea aceea, am adăugat o nouă regulă pe listă: nu lucrez pentru cei care încearcă să mă șantajeze să mă prostituez.

Fiecare târșâit al cizmelor sale îl aduce tot mai aproape, dar îmi mențin mișcările line și ferme.

Zăvorăsc o încuietoare. *Clic.*

*Târș, târș.*

A doua încuietoare. *Clic.*

*Târș, târș.*

A treia...

— Ce naiba?

*Clic.*

— Pietrele astea luminoase nu-s bune de nimic! mormăie el de la baza scărilor.

Îmi transform respirația într-o șoaptă mută și mă lipesc de perete, acolo unde întunericul este cel mai adânc.

— Vii sau nu? întreabă o voce feminină din capul scărilor, chicotind. Am găsit cealaltă sticlă, Creighton. Haide!

— Vin.

Îi număr pașii pe măsură ce urcă și mă apropii lent de trepte, în timp ce el se împiedică în drum spre partea de sus a scării. E beat. Poate că norocul e de partea mea în seara asta.

Ascultând cu atenție, le urmăresc înaintarea prin conac până când niciun zgomot nu mai răzbate în aripa servitorilor aflată deasupra mea și toate sunetele vin din partea din față a casei. Nu pot risca să deschid din nou seiful pentru a-mi îndepărta restul de sânge. Nu în seara asta.

Urc tiptil scările, într-o tăcere deplină, urmând în sens invers pașii care m-au adus aici.

Nu sunt conștientă de forța tensiunii care-mi încordează mușchii până nu ies din casă, senzația părăsindu-mă în grabă. Apoi, sub cerul răcoros al nopții, sunt lovită de un val de epuizare. Nu mă voi opri acum, dar m-am forțat prea tare în ultima săptămână, iar trupul meu resimte tot efortul depus; nu-l mai pot ignora, nu pentru mult timp.

Am nevoie de somn. De mâncare. Și mai târziu, în zori, poate chiar de câteva minute în care să uit de toate și să-l privesc pe Sebastian antrenându-se în curtea din spate a lui Madame Vivias. Asta ar putea fi mai bine decât somnul *sau* mâncarea.

Gândul, o străfulgerare de adrenalină care îmi străbate tot trupul, mă împinge să-mi termin misiunea. Umbrele mă ghidează în afara conacului – o cărare șerpuitoare în jurul copacilor și arbuștilor, ferindu-mă de lumina lunii de parcă totul ar fi un joc.

Porțile din față sunt larg deschise și, deși mușchii mei obosiți mă imploră să aleg calea de scăpare facilă, nu-mi pot asuma un astfel de risc. Îmi scot frânghia din tolbă și o arunc peste zidul periferic al proprietății lui Gorst. Fibrele îmi mușcă mâinile bătătorite, iar brațele-mi protestează la fiecare mișcare, trăgându-mi trupul spre vârf.

Sar de cealaltă parte, aterizând cu ajutorul genunchilor mei moi. Datorită faptului că nu mă răneam niciodată când săream din copaci și de pe acoperișuri, sora mea spune că sunt ca o pisică. Personal, consider că mă asemăn mai degrabă cu o umbră – ascunsă, aproape invizibilă și mai utilă decât lasă de înțeles aparențele. Nu că alții s-ar sinchisi să observe.

Sunt la zece minute distanță de mers pe jos de casă și aproape că șchiopătez sub greutatea bunurilor furate. Ar fi atât de ușor să-i înmânez lui Madame Vivias ceea ce i se cuvine, să mă arunc în pat și să dorm douăsprezece ore la rând!

Dar nu pot. Nu după ce am văzut pe ultimul teanc de contracte.

Cu spatele întors spre casă, mă îndrept spre capătul aleii, pe lângă magazinul de rochii la care lucrează sora mea, Jas. După ce trec de colțul cârciumii lui Gorst și prin spatele unui coș de gunoi dând pe dinafară, mă strecor pe lângă intrarea către „locuințele familiale" ale orașului. Ce glumă bună! Clădirea de patru etaje are douăsprezece locuințe cu două camere, o baie și o bucătărie la comun pe fiecare etaj. Reprezintă un adăpost, ceva mai bun decât au mulți alții, dar după ce am văzut proprietatea lui Gorst, nedreptatea mă dezgustă.

Ușa prietenei mele Nik este întredeschisă, iar dinăuntru răsună suspine, hohote sfâșietoare de plâns. Prin deschizătură, o văd pe fiica ei, Fawn[1], ghemuită la perete, legănându-se,

[1] În traducere liberă, *căprioară* (n. tr.).

cu umerii tremurând. Fawn are aceeași piele și aceleași bucle întunecate ca mama ei. Cândva, Nik mi-a spus că totul s-a schimbat pentru ea odată cu nașterea fiicei sale - că din acel moment, tot ceea ce-a mai contat a fost să devină cea mai bună mamă care putea fi, chiar dacă însemna încălcarea unor limite pe care nu și-ar dori niciodată ca propria fiică să le încalce.

Împing ușa ca să intru și Fawn tresare.

— Șșș! Sunt doar eu, micuțo, șoptesc, lăsându-mă pe vine. Unde-i mama ta?

Înalță capul, iar lacrimile îi alunecă pe obraji. Suspinele îi devin din ce în ce mai puternice, mai intense, tot corpul îi tremură și se clatină ca și cum ar încerca să stea nemișcată în timp ce înfruntă rafalele unei furtuni invizibile.

— Nu mai am timp, spune Fawn.

Nu întreb la ce se referă. Știu deja. Aud pași și mă întorc să o văd pe Nik în spatele meu, cu brațele încrucișate, cu groaza umbrindu-i trăsăturile.

— A făcut-o pentru a mă salva, zice Nik cu vocea răgușită, de parcă ar fi plâns, dar și-ar fi înăbușit suspinele doar prin puterea voinței. A luat bani de la Gorst ca să-mi cumpere medicamente de la vindecător.

— Erai pe moarte, explică Fawn, ștergându-și furioasă lacrimile înainte să se uite la mine. Nu am avut de ales.

— Ai avut. Ar fi trebuit să-mi spui. Nu te-aș fi lăsat să semnezi acel contract.

Mă întind spre prietena mea și o strâng tare de mână. Problema cu disperarea este că ne fură alegerea corectă din lista de opțiuni. Nik știe asta la fel de bine ca oricine.

— Mă voi duce eu în locul tău, Fawny. Ai înțeles? spune Nik.

Întrezăresc o hotărâre nețărmurită în expresia prietenei mele, una care-mi frânge inima.

— Și ce se va întâmpla cu mine? întreabă Fawn.

Mi-aș dori să nu fie suficient de mare pentru a înțelege că, luându-i locul, mama ei ar fi condamnat-o la o soartă care ar putea fi mult mai rea. Nimeni în Fairscape nu vrea o gură în plus de hrănit. Singurele persoane care își pot permite acte de caritate sunt cele prea zgârcite ca să-și bată capul cu astfel de gesturi de binefacere.

— O poți lua tu, Brie? întreabă Nik. Știi că nu te-aș ruga dacă aș avea de ales. Ia-o!

Clatin din cap. Vreau să le ajut, dar dacă Madame Vivias ar găsi-o pe Fawn trăind cu noi în pivniță, vor exista consecințe oribile - și nu doar pentru Jas și pentru mine. Ci și pentru Fawn.

— Trebuie să fie altcineva.

— Nu mai e nimeni altcineva și o știi și tu, spune Nik, dar cuvintele-i nu sunt încărcate de reproș sau de amărăciune, ci doar de resemnare.

— Cât datorează?

Nik tresare și privește în altă parte.

— Prea mult.

— Cât. De. Mult?

— Opt mii de raqoni.

Numărul mă înfioară. Asta înseamnă plata pe două luni către Madame Vivias, inclusiv toate „penalitățile" aferente. Nu știu cât am luat din seiful lui Gorst în seara asta, dar sunt șanse mari să am destule monede în tolbă ca să acopăr întreaga sumă.

Fawn mă privește cu ochii aceia mari după care a fost numită, implorându-mă să o salvez. Dacă nu le ajut, va fi sfârșitul vieții lui Nik și, posibil, sfârșitul vieții lui Fawn. În cel mai bun caz, Fawn va ajunge slujnica unei nobile bogate. Iar în cel mai rău? Nici nu îndrăznesc să mă gândesc la un asemenea scenariu.

Nik și-a dorit o viață mai bună pentru fiica ei. O șansă de a fi mai bună, de a avea ceva mai bun. Dacă întârzii cu această plată către Madame V, știu deja ce mă așteaptă. Datoria noastră e prea mare, viețile noastre sunt prea înlănțuite de vrăjitoarea cu care ne-am pricopsit după moartea unchiului Devlin. Conținutul acestei tolbe nu ne poate salva pe mine și pe Jas, dar le poate salva pe Fawn și pe Nik.

Îmi strecor mâna înăuntru și scot două săculețe.

— Uite!

Ochii lui Nik se măresc.

— De unde le-ai luat?

— Nu contează. Ia-le!

Cu ochii larg deschiși și gura căscată, Nik se uită pieziș în săculețe înainte de a clătina din cap.

— Brie, nu poți.

— Pot, și o voi face.

Nik mă privește îndelung, iar în ochii ei văd disperarea luptându-se cu frica pentru mine. În cele din urmă, mă trage în brațele sale și mă strânge cu putere la piept.

— Te voi răsplăti. Într-o zi. Cumva. Jur!

— Nu-mi datorezi nimic.

Mă retrag din îmbrățișare, nerăbdătoare să ajung acasă și să mă spăl. Disperată să dorm.

— Ai fi făcut același lucru pentru mine și Jas, dacă ai fi putut.

Ochii i se umplu de lacrimi și urmăresc cum una îi curge în jos pe obraz, stricându-i machiajul pe măsură ce alunecă. Recunoștința este înlocuită de îngrijorare când îmi observă mâna însângerată.

— Ce s-a întâmplat?

Îmi strâng mâna în pumn pentru a-mi ascunde palma tăiată.

— Nu-i nimic. Doar o tăietură.

— Doar o tăietură? E o infecție iminentă, spune Nik, dând din cap spre dormitorul ei. Vino cu mine! Te pot ajuta.

Conștientă că dacă vreau să plec, o înfruntare ar fi inevitabilă, o urmez în camera micuță, mobilată doar cu un șifonier șubred și patul pe care îl împarte cu fiica ei. Mă așez pe marginea acestuia și o urmăresc cum închide ușa în urma noastră și adună cele necesare.

Îngenunchează în fața mea și îmi dă cu o alifie de-a lungul tăieturii.

— Ai căpătat asta când ai obținut banii ăia.

Nu e o întrebare, așa că nu mă complic cu o minciună.

— Ești bine?

Încerc să rămân nemișcată cât alifia îmi pătrunde în piele. Carnea mă mănâncă unde se unește la loc.

— Da. Am nevoie doar de ceva de mâncare și de un pui de somn.

Ochi întunecați și neîncrezători fulgeră spre ai mei.

— Un *pui de somn*? Brie, ești atât de extenuată, încât cred că doar o comă te-ar mai înviora.

Râd - sau încerc să o fac. Sună mai mult ca un scâncet jalnic. *Atât de obosită!*

— O altă plată datorată mătușii tale?

— Mâine.

Înghit în sec, cu noduri, la acest gând.

Am șaptesprezece ani, dar sunt legată magic de un contract care, în acest ritm, mă va ține îndatorată lui Madame Vivias pentru tot restul vieții mele. Când eu și sora mea am semnat, angajându-ne în servitute în urmă cu nouă ani, unchiul Devlin tocmai murise, iar mama ne abandonase. Plățile cerute atunci de Madame V păreau rezonabile - și o alternativă mult mai bună decât soarta incertă a unui orfan –, dar eram fetițe care nu înțelegeau lucruri precum dobândă compusă sau capcana vicleană a penalităților ei. Așa cum nici Fawn nu a înțeles cu adevărat contractul pe care l-a semnat cu Gorst.

— Și mulțumită nouă, spune Nik, întinzând mâna după tifon, iar nu vei avea bani.

— A meritat, șoptesc.

Nik își închide strâns ochii.

— Lumea asta este atât de dată peste cap!

Fawn nu ne poate auzi decât dacă ascultă la ușă, dar Nik își coboară oricum vocea.

— Am un prieten care ți-ar putea da de muncă.

Mă încrunt.

— Ce fel de muncă?

Nu există niciuna care îmi poate obține banii de care am nevoie. Niciuna cu excepția...

— Dacă voi face asta, la fel de bine aș putea lucra pentru Creighton Gorst.

— Creighton ți-ar lua jumătate din câștiguri.

Nik îmi bandajează mâna și afișează un zâmbet trist.

— Sunt zâne care plătesc o mică avere pentru compania unei ființe umane frumoase și chiar mai mult dacă te vei Lega de ele. Mult mai mult decât poate oferi Creighton.

— Zâne?

Clatin din cap. Aș prefera să am de-a face cu clienții lui Creighton, cu mâini alunecoase, decât să mă ofer unei zâne. Poporul meu obișnuia să creadă că făpturile fermecate sunt apărătorii noștri. Înainte să despice bolta cerească și să deschidă portalurile, zânele ne vizitau la amurg, în formele lor spirituale - doar o umbră sau o siluetă neclară ascunsă printre copaci, o fantasmă care arăta precum ceva însuflețit.

Poporul meu le-a numit îngeri. Oamenii îngenuncheau și se rugau îngerilor să rămână aproape, să-i protejeze, să vegheze asupra copiilor bolnavi. Dar când portalurile s-au deschis și îngerii au sosit în sfârșit aici, nu ne-au protejat deloc.

Pentru că zânele nu sunt îngeri. Sunt demoni și au venit să ne asuprească, să ne fure bebelușii, să ne înrobească și să ne folosească drept animalele lor de prăsilă. Au păcălit mii de ființe umane să-și treacă numele pe contracte, convingându-le să-și jertfească viețile pentru a lupta în războaiele lor. Abia când s-au unit Cei Șapte Magici din Elora, cei mai puternici șapte magi din această lume, am reușit să păzim portalurile împotriva lor. Acum pot lua viața unei ființe umane doar dacă este cumpărată la un preț corect sau oferită de bunăvoie – o protecție magică spulberată cu ușurință de zânele viclene prin făurirea a o sută de soluții. În realitate, această garanție fermecată îi protejează doar pe cei bogați și puternici.

„Mai bine decât nimic", glăsuiesc toți cei care îi susțin pe Cei Șapte. „Este un început."

Sau mai rău:

„Dacă ființele umane nu vor să le fie vândute zânelor, nu ar trebui să strângă atât de multe datorii."

— De ce ar plăti, când pot, pur și simplu, să le vrăjească pe femei să le ofere orice vor? o întreb pe Nik.

— Vorbește în șoaptă!

Își întinde gâtul ca să verifice dacă ușa din spatele ei rămâne închisă.

— Nu tot ce auzi despre ele este adevărat. Iar prietenul meu poate...

— Nici nu se pune problema. Voi găsi o altă cale.

De un lucru sunt sigură: nu voi avea niciodată încredere în zâne.

— Mă îngrijorezi, spune Nik. În lumea asta, singura putere pe care o avem e autonomia noastră. Să nu permiți nimănui să te încolțească! Să nu-i permiți disperării să ia decizii în numele tău!

*Așa cum a luat în numele lui Fawn.*

— Nu o voi face, promit!

Dar cuvintele par deșarte, de parcă vocea mea știe deja că rostesc o minciună.

Muncesc tot timpul și fur cât pot fără să fiu prinsă, dar tot degeaba.

Chiar dacă aș fi de acord să-mi vând trupul - și nu sunt -, nu vreau să am nimic de-a face cu zânele. Nu-mi pasă cât de mulți bani oferă. Există lucruri mai importante în viață decât banii. Lucruri chiar mai importante decât libertatea - cum ar fi să ai grijă de cele două fetițe ale tale și să nu le abandonezi, astfel încât să poți fugi împreună cu iubitul tău, o făptură fermecată.

— Te aud, fato! spune Madame Vivias de îndată ce mâna îmi atinge clanța de la subsol.

Închid strâns ochii. Ar fi trebuit să intru pe ușa pivniței. E trecut de miezul nopții și, indiferent ce sarcină intenționează să-mi dea, sunt complet lipsită de energie. Coborându-mi capul, mă întorc spre ea și o întâmpin cu o scurtă reverență.

— Bună seara, mătușă V!

— Bună seara! Mâine este lună plină.

— Da, Madame.

— Ai banii mei?

Privirea îmi rămâne ațintită asupra mâinii sprijinite de șold - un inel scânteietor îi împodobește fiecare deget. Oricare dintre acele bijuterii ar putea acoperi plata aferentă lunii. Nu-mi ridic capul. Nu-i voi da satisfacția să-mi vadă frica din privire.

— Îi voi avea mâine, Madame.

Rămâne atât de mult timp tăcută, încât îndrăznesc să-mi ridic privirea și să o întâlnesc pe-a ei. Își aranjează bijuteriile sclipitoare care îi atârnă de gât și se încruntă în direcția mea.

— Dacă nu îi ai azi, care sunt șansele să îi ai mâine?

*Nu foarte mari.* Dar până nu va fi oficial prea târziu, nu voi recunoaște acest lucru. De fiecare dată când nu avem bani, contractul ni se prelungește, iar plata ni se mărește. E un cerc vicios din care, aparent, nu putem scăpa.

— Mâine îți vei primi banii, Madame.

— Abriella!

Strigătul strident vine de pe scări și trebuie să-mi stăpânesc instinctul de a tresări la vocea verișoarei mele Cassia.

— Rochiile mele trebuie spălate!

— Ai rochii curate în camera ta, spun. Le-am călcat în această dimineață.

— Niciuna dintre alea nu va fi îndeajuns de bună. Nu am nimic de îmbrăcat la cina de mâine-seară!

— Camera mea trebuie să fie curățată, adaugă Stella, sora ei, pentru că ferească zeii să îndeplinesc mai multe sarcini pentru o verișoară răsfățată decât pentru cealaltă! Ultima oară când a făcut-o, abia dacă a petrecut ceva timp acolo și a început să fie cam murdară!

Madame V arcuiește o sprânceană și se întoarce spre mine.

— Le-ai auzit, fato. Treci la treabă!

Somnul va trebui să mai aștepte câteva ore. Îmi trag umerii în spate și mă răsucesc spre camerele verișoarelor mele.

# CAPITOLUL 2

De îndată ce păşesc în dormitorul nostru comun din pivniţă, Jas se aruncă asupra mea.

— Brie! Eşti acasă!

Dormitorul este puţin mai mare decât o debara mobilată cu un pat. Când Madame V ne-a mutat prima oară aici jos, pereţii din bolţari mi-au stârnit o stare apăsătoare de claustrofobie, dar, în timp, am transformat spaţiul în căminul nostru. Una dintre tapiseriile cusute manual de Jas atârnă deasupra patului, iar mulţimea noastră de fleacuri personale – pietre stranii şi bucăţi de pânză strălucitoare, ce au valoare doar pentru noi – împodobesc partea superioară a dulapului şubred.

Îmi îmbrăţişez strâns sora, inspirându-i mirosul de pânză proaspătă. O fi ea cu doar trei ani mai tânără ca mine, însă în anumite privinţe va fi mereu copila în jurul căreia mi-am înfăşurat braţele pentru a o salva din casa în flăcări.

Jas se trage înapoi şi rânjeşte. Are ochi căprui strălucitori şi părul castaniu lucios prins într-un coc în creştetul capului. Sora mea e opusul meu – toată numai frumuseţe delicată, sporită de o personalitate veselă. Eu sunt doar unghiuri ascuţite şi voință încăpățânată, cu părul de culoarea unor flăcări mistuitoare, o oglindă a furiei pe care o port înăuntrul meu.

— Te-am auzit acolo, sus, spune ea. Aș fi venit să te ajut, dar lucram la rochii noi pentru Stella și Cassia.

Dă din cap către rochiile care atârnă acum în cuierul amplasat în colț.

— Ce e în neregulă cu celelalte optzeci de rochii pe care le au?

— Nu vor fi *niciodată* îndeajuns de bune! spune ea într-o imitație falsă, batjocoritoare, a verișoarelor noastre.

Aș fi crezut că sunt prea epuizată pentru un astfel de efort, dar tot râd. Oricare ar fi pierderile adunate azi, oricare ar fi noile penalități aduse de plata ratată de mâine, mă bucur că sunt acasă. Că sunt aici, cu Jas, care este neobișnuit de voioasă atât de târziu în noapte. Mijesc ochii la ea.

— Ce te-a entuziasmat atât de tare?

— Nu ai auzit?

Jas e incapabilă să-și ascunsă emoțiile, iar zâmbetul ei larg dezvăluie că are niște vești importante de împărtășit. Am muncit toată ziua. În afară de scurta mea vizită la Nik și Fawn din seara asta, nu am vorbit cu nimeni. Genul de oameni pentru care lucrez cred că ajutorul nu ar trebui să fie nici văzut, nici auzit.

— Ce să aud?

Țopăie practic de nerăbdare.

— Peste o zi, regina Arya va deschide portalurile către Curtea Soarelui. Le oferă ființelor umane cale liberă, în siguranță, pe Tărâmul Zânelor, pentru a participa la sărbătoarea de la castelul ei.

— Poftim? De ce?

— Vrea să găsească o mireasă umană pentru fiul său.

Mormăi și scot un pufnet în semn de dezgust.

— Bineînțeles că asta vrea!

Zânele sunt iscusite în multe privințe, dar reproducerea nu se numără printre talentele lor și, fără urmași, liniile lor se sting - mai ales după ce atât de mulți nemuritori au pierit în Marele Război al Făpturilor Fermecate. *Călătorie sprâncenată!*

— Chiar nu ai auzit nimic? Doar despre asta au vorbit azi fetele de la muncă. Un Bal al Zânelor. Suntem bombardate cu comenzi urgente pentru rochii noi!

— Va trebui să-mi amintești să stau departe de portaluri.

Jas chicotește la cinismul meu.

— Brie! Vorbim despre *Regatul Seelie*[1]. Zânele bune! Zânele luminii și ale bucuriei.

— N-ai de unde să știi! răbufnesc eu. N-ai de unde să știi că sunt bune.

Zâmbetul îi pălește. *Sunt o ticăloasă.*

Ultimul lucru care-mi trece acum prin minte e să pun paie pe foc.

— Îmi pare rău! Sunt doar obosită.

*Atât de obosită!*

— Uită-te la mâinile tale.

Își trece degetul mare peste nodurile crăpate ale degetelor mele, unde pielea e uscată și aspră de la produsele de curățat.

— Chiar vrei să rămânem întemnițate pe viață în acest subsol?

---

[1] Zânele din folclorul englez și cel scoțian au fost clasificate în mai multe categorii. Două dintre cele mai importante categorii sunt Seelie Court și Unseelie Court. Seelie Court caută protecția oamenilor, în timp ce Unseelie Court au mai degrabă o înclinație către partea întunecată (n. tr.).

— Oricine merge în acel regat o caută cu lumânarea, Jas. Tânjește după o confruntare cu moartea. Știi la fel de bine ca mine că nu există zâne *bune*. Doar niveluri de răutate și cruzime.

— Atunci nu sunt cu nimic diferite față de ființele umane, trage ea concluzia și-mi dă drumul la mâini. Te-am auzit discutând cu Madame V. Știu că se apropie ziua următoarei plăți și, în ciuda eforturile tale de a-mi ascunde...

— Nu vreau să te îngrijorezi.

Tot ce îmi doresc cu adevărat este să o protejez pe scumpa mea soră, cu optimismul și bucuria ei, care mă iubește chiar și atunci când sunt o țâfnoasă nesuferită și plină de ură. Mă îndoiesc că o merit.

— Cunosc contractul la fel de bine ca tine, spune Jas. Madame V continuă să adauge acele penalități, iar noi nu vom scăpa niciodată de ea fără un fel de miracol!

— Și miracolul pe care te bazezi sunt zânele binefăcătoare? Cred că am avea o șansă mai bună dacă participăm la jocuri de noroc ilegale și ne încercăm mâna la cărți.

Își îndreaptă atenția spre o rochie de culoarea lavandei din colț și netezește materialul decolteului adânc.

— Una dintre fetele cu care lucrez are o verișoară a cărei prietenă s-a îndrăgostit de un lord al făpturilor fermecate de aur. Se întoarce și își vizitează familia. E fericită.

— Întotdeauna este prietenul unui prieten - ai observat asta?

De data asta încerc să-mi ascund cinismul din ton.

— Niciunul dintre cei care împărtășesc aceste povești *nu cunoaște*, de fapt, persoana care se presupune că a dat lovitura cu zânele bune.

Privirea lui Jas se mută de la rochie la mine, însoțită de o încruntare.

— Există mai multe zâne bune decât rele, la fel ca în cazul ființelor umane.

Nu sunt convinsă că vreuna dintre supozițiile ei este adevărată.

— Chiar și așa, *un bal*? Cum ar fi, cu rochii și chestii fastuoase? Lăsând deoparte prostiile legate de zâne, ar trebui să încerc să impresionez nu știu ce prinț nobil înfumurat? Nu mai bine mă atârni direct de unghiile de la picioare?

Jas își dă ochii peste cap și se așază pe marginea patului.

— Tu nu trebuie să mergi, dar *eu* vreau.

Recunosc inflexiunea încăpățânată care îi modelează ușor vocea. Va merge indiferent dacă voi fi sau nu de acord. Nici măcar nu trebuie să fac un pas complet ca să mă prăbușesc lângă ea pe pat. Mă las pe spate și privesc fix tavanul.

— Nu-mi place asta.

— Mă gândeam eu că voi două încă ați mai putea fi treze.

Jas și cu mine ne răsucim iute la unison, iar la vederea staturii impunătoare a lui Sebastian, care umple cadrul ușii, simt cum ultimele resurse de adrenalină îmi însuflețesc trupul, de parcă ar fi fost străpuns pe neașteptate de un fulger. Inima îmi bate puțin mai tare, sângele îmi curge puțin mai năvalnic, înflăcărat, și dorința îmi încleștează dureros de strâns stomacul. Sebastian este doar un prieten, nu m-ar considera niciodată mai mult decât o ființă costelivă și bătăioasă, dar indiferent de câte ori îmi instruiesc inima, ea tot refuză să asculte.

Își înclină capul și se sprijină de cadru, iar ochii lui, care scânteiază în verdele mării, cercetează spațiul ca și când nu ar mai fi fost aici de sute de ori înainte. Madame V ne-a mutat la subsol la scurt timp după moartea unchiului Devlin, susținând că în acest fel ne vom bucura de mai multă intimitate. Chiar și atunci ne-am dat seama că încăperea rece și întunecoasă, cu pereți de beton și lipsită de ferestre, și spațiu cât să încapă puțin mai mult decât un pat dublu și un dulap, a fost o tentativă de a ne umili.

Jas și cu mine suntem suficient de scunde, astfel încât tavanul jos să nu reprezinte o problemă, însă Sebastian are peste 1,80 înălțime; prin urmare, capul lui a luat de nenumărate ori contact cu plafonul. Nu că un astfel de amănunt l-ar împiedica să ne viziteze. Se furișează aici de doi ani, de când și-a început ucenicia cu Magul Trifen, ce locuiește alături. El este cel care descuie ușa și ne strecoară mâncare și apă când verișoarele noastre sunt nemiloase și ne închid în subsol.

— Încă treze, spun, căscând în ciuda exploziei de energie indusă de sosirea lui, dar nu pentru mult timp.

— Ce nu-ți place? întreabă el, încrețindu-și fruntea și, totodată, unindu-și sprâncenele într-o încruntătură. Despre ce vorbeați când am intrat?

— Jas vrea să devină mireasa unui prinț al zânelor, îi răspund, dându-mă la o parte pentru a-i face loc pe pat.

Obrajii surorii mele iau foc.

— Mii de mulțumiri, Brie!

Sebastian se așază între mine și Jas, apoi întinde un picior lung ca să închidă ușa. Murmură o incantație și pocnește din degete, cu buzele arcuite într-un rânjet, evident mulțumit de sine când zăvorul de pe partea noastră alunecă la loc. *Ce se mai dă în spectacol magul!*

Verișoarele mele au făcut de nenumărate ori glume proaste despre prietenia dintre Sebastian, mine și Jas. Prima oară când l-au prins aici, jos, ne-au șantajat luni bune, dar știu că sunt doar supărate pentru că Sebastian, umilul ucenic al unui mag, nu-și va irosi timpul învrednicindu-le cu vreo privire. Ceea ce îi lipsește în bani și statut social compensează printr-un aspect fizic plăcut - înalt și cu umeri lați, păr alb strălucitor, pe care îl ține prins la ceafă, și ochi precum marea dezlănțuită. E cel mai chipeș bărbat pe care l-am văzut vreodată.

Obiectiv vorbind, desigur.

Sebastian pleacă peste două zile pentru o altă etapă a uceniciei sale și nu voi mai putea aștepta cu nerăbdare aceste vizite târzii, în miez de noapte - cel mai bun și mai luminos lucru din viața mea, alături de Jas. A mai călătorit și înainte, dar de data aceasta antrenamentul îl va ține departe câteva luni. Gândul mă îngrozește.

— Nu vreau să fiu mireasa unui prinț al zânelor, glăsuiește Jas, forțându-mi gândurile să revină la problema actuală, apoi clatină din cap. Eu doar... nu-i asta.

Ridic o sprânceană.

— Chiar așa? Din ce *alt motiv* ai vrea să mergi?

Când își privește mâinile, conștientizarea mă lovește atât de năprasnic, încât îmi smulge aerul din plămâni.

— Speri să o găsești pe mama.

— Dacă poveștile pe care ni le-a spus sunt adevărate, iar făptura fermecată pe care a iubit-o era de viță nobilă, ar fi de așteptat să participe la bal.

— Și *apoi* ce urmează, Jas? Crezi că ne va vedea și își va schimba părerea în legătură cu cel fel de mamă este? Ne-a *abandonat*!

— Știa că nu vom fi în siguranță pe Tărâmul Zânelor.

Când îi arunc o privire înverșunată și dură, ridică mâinile.

— A trebuit să facă o alegere groaznică și nu spun că a luat decizia corectă. Nici măcar nu spun că nu este egoistă. Spun doar că *este* mama noastră, și dacă ar ști despre viețile noastre, despre contractul cu Madame V...

Scutură din cap.

— Nu știu. Poate că nu are niciun ban. Poate că acest lord despre care susținea că o iubește atât de mult nu are bani, nu are proprietăți, nimic care ne poate ajuta. Dar poate că are. Și poate că a trăit presupunând că suntem fericite și că cineva are grijă de noi.

Mi se strânge stomacul. Nu știu cum reușește să păstreze atât de multă *speranță* în sufletul ei, când însăși viața noastră ar fi trebuit să i-o spulbere până acum.

— Dacă i-ar păsa cu adevărat, nu s-ar fi interesat de soarta noastră la un moment dat în ultimii nouă ani?

Înghite în sec.

— Atunci vom folosi vinovăția drept cel mai mare avantaj din arsenalul nostru. Poate că nu îi pasă, dar se va simți obligată să ne ajute. Trebuie să încercăm. Nu putem continua să trăim așa.

De data aceasta îmi ia cealaltă mână și se încruntă la bandaj.

— *Tu* nu poți continua să trăiești așa.

Îmi rețin impusul de a obiecta. Are dreptate, ceva trebuie să se schimbe, dar eu nu sunt genul de fată care să caute răspunsuri în Tărâmul Zânelor. Mă întorc spre Sebastian.

— Ești îngrozitor de tăcut.

Se ridică în picioare și încearcă să măsoare cu pasul spațiul de un metru dintre pat și ușă. Dacă îngrijorarea nu i-ar umbri trăsăturile, tentativa ar putea fi comică.

— E periculos.

Jas ridică mâinile spre tavan, exasperată.

— Mii de ființe umane vor fi acolo, murind de nerăbdare pentru șansa de a fi mireasa unui prinț al zânelor.

— „Murind” fiind cuvântul cheie, mormăi eu.

Dar are dreptate. Deși multe vor strâmba din nas la fetele care intenționează să meargă, cel puțin de două ori mai multe vor îmbrăca cele mai fine și elegante haine și vor sta la coadă, în speranța că vor deveni o prințesă a zânelor.

— Regina de Aur e puternică, spune Sebastian, punându-și mâinile în spatele capului în postura sa tipică *de gândire*. Își va folosi magia pentru a proteja oamenii din palat, dar nu-mi surâde ideea ca voi două să mergeți pe Tărâmul Zânelor și să stârniți niscaiva agitație în căutarea mamei voastre. Acolo sunt prea multe creaturi cărora le-ar face o deosebită plăcere să vă înșface cu prima ocazie pentru a-și îndeplini dorințele nefaste.

Chicotesc cu fața îndreptată spre tavan și mă rostogolesc în lateral ca să-mi privesc sora.

— Îți amintești când Cassia s-a strecurat la sărbătoarea solstițiului Reginei de Aur și goblinul i-a furat părul?

Jas râde.

— O, zei, nu îi stătea deloc bine cheală! Și perucile pe care V i le-a cumpărat până i-a crescut la loc…

— Îngrozitoare! oftez eu.

Nu-mi pasă dacă modul în care vorbesc despre verișoarele mele mă face să par superficială și răutăcioasă. Ne-au transformat viața într-un calvar de îndată ce mama ne-a dat în grija unchiului Devlin. Sunt fete nemiloase care își doresc tot ce e mai rău pentru toți, în afară de ele însele. E dificil să *nu* te bucuri de ocazionalul ghinion al unei astfel de persoane.

— Vorbesc despre creaturi mult mai cumplite decât goblinii, spune Sebastian.

Știe că goblinii nu ne sperie. Ei sunt mesagerii dintre tărâmuri, singurele creaturi din ambele meleaguri care au voie să călătorească liber între ele. Suntem obișnuite cu goblinii. Chiar și Madame Vivas are un goblin de casă care locuiește sub scările care duc la etajul întâi. Este o creatură mică și lacomă, care tăinuiește secrete pentru răscumpărare și se mândrește cu o colecție cu adevărat tulburătoare de păr uman.

— Știu, spun, pentru că are dreptate cu privire la ființele care locuiesc în Tărâmul Zânelor.

Făpturi fermecate malefice, fiare sălbatice și monștri imposibil de închipuit. Există un motiv pentru care tărâmurile noastre sunt mereu separate – și poate chiar unul pentru care mama noastră ne-a abandonat.

Cu o voce mai joasă, Sebastian adaugă:

— Dacă o zână din Regatul Umbrelor pune mâna pe voi...

— Nu încheia o învoială sau un legământ cu ochii argintii, cântăm la unison eu și Jas.

Pentru că într-adevăr făpturile fermecate umbră sunt atât de periculoase, încât au fost inventate cântece pentru a-i avertiza pe copii să se țină departe de ele.

— Cred că ar trebui să riscăm, insistă Jas. Sunt conștientă că e primejdios, dar ar fi *mai* primejdios dacă m-aș încrede orbește în protecția reginei. Voi fi vigilentă și o voi găsi pe mama.

— Chiar crezi că o poți găsi în mijlocul mulțimilor care vor veni la acest eveniment? întreb.

— Mai degrabă caut într-un singur castel decât într-un întreg tărâm.

Ridică din umeri.

— În plus, chiar dacă nu ne găsim mama acolo, imaginează-ți ce comori am putea descoperi, Brie!

O mare parte din ceea ce știu despre Tărâmul Zânelor provine din poveștile de dinainte de culcare pe care mamei îi plăcea să le șoptească în timp ce somnul ne prindea în mrejele sale.

*Odată ca niciodată, o Prințesă de Aur din neamul zânelor s-a îndrăgostit de Regele Umbrelor, dar regatele lor luptaseră de sute de ani, iar părinții ei erau dușmanii de moarte ai regelui și ai tărâmului său...*

În rest, tot ce mai știu despre Tărâmul Zânelor se regăsește în legendele cunoscute de toată lumea – frânturi de adevăr și superstiții pe care oamenii le transmit din generație în generație. Una dintre acele frânturi este despre regina Seelie și bijuteriile pe care le tot adună.

— Ești nebună dacă ai impresia că străjerii îți vor permite să te apropii de tezaurul ei, mă atenționează Sebastian, observând zâmbetul care mi-a arcuit buzele.

— Nu vor *permite* nimănui, spune Jas, măsurându-și cuvintele în vreme ce mă studiază la rândul ei. Cunosc o singură persoană capabilă să-i cerceteze domeniul fără să fie depistată.

Sebastian clatină din cap.

— Imposibil.

— Dar ar fi atât de *distractiv* să încerc! spun eu, zâmbind.

El ridică o sprânceană la mine, apoi se întoarce pentru a se încrunta la Jas.

— Vezi ce-ai făcut?

— Are dreptate, continui. Aș putea să o fac.

Și ce dacă fiorul care-mi gonește pe sub piele, la gândul de a fura de la zânele de viță nobilă, este mai satisfăcător decât perspectiva de a-mi găsi mama?

— Voi două ignorați una dintre posibilități.

Cu spatele lipit de perete, Sebastian alunecă la podea, își sprijină coatele de genunchi și își mută privirea de la una la alta.

— Care anume? întreabă Jas, enervată.

Privirea lui intensă o întâlnește pe a mea și întrezăresc îngrijorarea ascunsă acolo. Mă întind după mâna lui Jas și o strâng tare.

— Vrea să spună că poate mama a murit. Poate de aceea nu s-a mai întors niciodată.

Jas îmi alungă explicația cu o mișcare din umeri.

— Speranța moare ultima. E singurul motiv care scuză faptul că nu s-a întors după noi.

Rostește cuvintele cu ușurință, cu o asemenea dezinvoltură, încât aș putea să o cred dacă nu aș cunoaște-o atât de bine. Dar o cunosc pe Jas mai bine ca oricine, iar ea nu speră ca mama noastră să fie moartă. Nu, ar prefera să o ierte pe femeia care ne-a abandonat în copilărie, în cea mai importantă perioadă a vieții noastre, decât să accepte că nu o va mai vedea vreodată.

Personal, eu nu sper. Niciodată. Speranța creează dependență și începi să te bazezi pe ea. Într-o lume atât de crudă, nu voi cădea în plasa unui ajutor atât de înșelător.

— Ar fi bine de știut, recunosc. Dar încă nu sunt convinsă că o vizită în Tărâmul Zânelor este în interesul nostru. *Suntem* ființe umane. Chiar și mama, cu toată imaginea ei romantică asupra făpturilor fermecate, ne-a avertizat că tărâmul lor e periculos.

Jas își mușcă buza, iar ochii îi scânteiază.

— Dar *poate*...

— Nu mă pot hotărî chiar acum.

După ce am amânat la nesfârșit somnul, epuizarea mă învelește ca o pătură grea. Căscând, îmi întind brațele deasupra capului, apoi mă răsucesc pe o parte.

— Cineva să sufle în lumânări. Sau nu. Nu-mi pasă. Eu mă culc.

— Abriella! Jasalyn! strigă Cassia de la etaj. E un *gândac* la mine în cameră!

— Mă ocup eu, se oferă Jas, strângându-mă de braț. Tu dormi.

— Mersi, surioară! spun fără să-mi deschid ochii.

Sunt vag conștientă de faptul că a plecat din cameră, de sunetul pașilor ei pe trepte, apoi de răsuflarea ușoară, ca un pufăit, pe măsură ce se sting lumânările.

— Noapte bună, Brie! spune încet Sebastian.

— Noapte bună! murmur, pe jumătate adormită.

Dar apoi simt o mână pe frunte, care îmi netezește părul pe spate, și buze care-mi gâdilă urechea.

— Nu te duce la bal!

Zâmbesc. E drăguț că se arată atât de îngrijorat.

— Nu-ți face griji. Nu vreau să am nimic de-a face cu acel loc.

Apoi un sărut. Buzele lui pe frunte – o atingere fugară, efemeră.

Deschid ochii pentru a vedea silueta lui Sebastian îndreptându-se spre ușa pivniței, tot mai mică.

Și acum sunt trează de-a binelea.

Zornăitul raqonilor strânși laolaltă, al monedelor lovindu-se unele de altele, îmi creează o durere de stomac. În fiecare lună, timp de nouă ani, eu și Jas ne-am numărat banii ca să strângem suma datorată lui Madame Vivias. Uneori am avut destul. Uneori aveam mai mult decât ne trebuia și păstram suma rămasă pentru următoarea lună, ca un avans. Dar de prea multe ori aveam prea puțin. Cu fiecare lună achitată parțial, toată plățile următoare creșteau și penalitățile s-au adăugat până când, în lipsa furtișagurilor mele, a devenit imposibil să adunăm ceea ce datorăm.

— Cât avem? întreabă Jas cu o voce tremurândă.

— Ne lipsesc 1 700 de raqoni.

Tresare. Urăsc că ea înțelege ce înseamnă asta pentru noi. Vreau să o protejez de consecințe. Poate că am nevoie ca ea să fie cea care vede întotdeauna partea bună a lucrurilor, când eu nu pot. Gândul că această lume i-ar putea răpi cu atâta violență optimismul îmi întețește durerea din stomac.

— Trebuie să mergem în Tărâmul Zânelor, spune ea încetișor.

Clatin din cap.

— Sebastian are dreptate. E prea periculos.

Jas înghite în sec.

— Da, pentru ființele umane.

Își desprinde privirea de la grămada de raqoni din pat și o ridică pentru a-mi întâlni ochii.

— Dar dacă am participa ca zâne? Am putea cumpăra poțiuni iluzorii de la Magul Trifen și, odată ce vom arăta asemeni lor, vom putea trece drept niște făpturi fermecate de viță nobilă. Nu ar fi o protecție suplimentară?

Îmi strecor degetele în grămada de monede; *zornăitul* este o tortură înșelătoare. Ne străduim din răsputeri, până la epuizare, ca să ne eliberăm de acest contract, însă groapa se adâncește mai repede decât putem urca noi. Ceva trebuie să se schimbe.

— Hai s-o facem, spun, dând din cap. Hai să încercăm!

Rânjește atât de larg, încât știu că nu am avut niciodată șansa de a o refuza. Îmi iubesc sora, și dacă a pleca în căutarea mamei o va face să aibă senzația că și-a îndeplinit rolul în obținerea libertății noastre, atunci îi voi îndeplini dorința.

— Vom avea nevoie de rochii, mă informează Jas. Ca să ne integrăm! adaugă când mă strâmb.

Scoate un sul de muselină de sub pat și practic chițăie de încântare.

— *Dintotdeauna* am vrut să îți fac o rochie.

— Ei bine, nu te obișnui cu asta! îi spun.

Totuși, nu mă pot abține să nu zâmbesc.

— Când voi termina, prințul Ronan nu-și va mai putea lua ochii de la tine - indiferent dacă vrei sau nu.

Mă dezbrac până la lenjerie intimă și o las să mă înfășoare în muselina pe care o folosește pentru a schița noile rochii ale verișoarelor noastre. Sunt încătușată în macheta unei rochii, toată numai ace, când cineva lovește ușor în ușă.

*Trei bătăi. Pauză. Două bătăi.* Semnalul distinctiv al lui Sebastian.

— Intră! strigăm la unison eu și Jas.

Mâinile ei pline de ace se opresc la talia mea.

Amândouă ne întoarcem spre ușă în clipa în care se deschide larg. Când mă vede, Sebastian cască ochii și îi acoperă repede cu o mână.

— Scuze, eu... Scuze!

— Sunt decentă.

Râd la vederea nuanței trandafirii care îi colorează obrajii.

— Intră!

— Închide ușa după tine! adaugă Jas, vorbind în șoaptă. Nu vrem să ne trezim cu Madame V aici.

Sebastian încuviințează scurt din cap și pășește în cameră, închizând ușa așa cum i s-a cerut.

— Arăți foarte bine! mă laudă el.

Rostește gâtuit cuvintele, de parcă nu ar fi sigur cum să-mi ofere un compliment. Și cum ar putea? Nu știu dacă m-a văzut vreodată în ceva mai elegant decât hainele în care fac curățenie sau pantalonii negri strâmți pe care îi prefer pentru excursiile nocturne.

— Mersi!

Admir țesătura subțire maro fixată cu ace în jurul meu. Sebastian e doar amabil, atâta tot. Nu arăt *bine*. Doar... ciudat.

— Așteaptă până o vei vedea în materialul adecvat - închipuie-ți o catifea subțire, de cea mai întunecată nuanță de smarald, spune Jas, zâmbind în sus la mine.

— Vei arăta uimitor!

E rândul meu să roșesc. Țin capul plecat, astfel încât Sebastian să nu observe.

Nu-mi vine să cred că sunt atât de entuziasmată în privința ținutei. Jas știe ce părere am despre rochii și cum mă simt atunci când nu mă pot mișca liber, așa că a conceput-o diferit pe a mea, sub forma unei perechi de pantaloni largi, creând iluzia unei fuste atunci când stau în picioare. Partea de sus e pusă în valoare de un corsaj strâns, fără mâneci, cu un decolteu prea îndrăzneț pentru gustul meu. E o ținută pentru care verișoarele noastre ar da orice ca să fie a lor - sau, cel puțin, pentru care ar scânci și s-ar milogi până ne-am da bătute.

— Cu ce ocazie? întreabă Sebastian.

Jas își reia sarcina de a-mi fixa muselina pe șolduri și își strecoară un ac în gură cât ajustează cusăturile, lăsându-mă pe mine să vorbesc.

Vinovăția îmi străbate iute trupul la amintirea sărutului dulce al lui Sebastian pe frunte de seara trecută și la rugămintea lui de a nu merge.

— Nu avem de ales, Sebastian, spun cu blândețe. Dacă există vreo șansă...

— Doar nu vorbești serios! mă întrerupe el, iar privirea îi oscilează între mine și Jas înainte să se oprească asupra mea. Dar tu *urăști* zânele! Spune-mi cum poate rezulta ceva bun din treaba asta. Și nici să nu îndrăznești să-mi spui că vei fura de la regină! Îți zic de pe acum, îți semnezi singură condamnarea la moarte.

— Voi fi atentă.

Dezamăgirea îi licărește în ochi și o urăsc cu ardoare.

— Trebuie să facem ceva.

Se uită fix la mine, cu maxilarul încleștat și ochii aceia de culoarea mării învolburate strălucind de frustrare. Cu toate că sunt convinsă că încă mai are multe de spus, se răsucește pe călcâie și se năpustește afară din cameră.

Mă arunc înainte ca să fug după el, dar Jas mă apucă de braț.

— Rochia!

— Ajută-mă! zic cu o voce stridentă, cuprinsă de disperare.

Nu știu ce-i voi spune lui Sebastian. I-am promis lui Jas că vom merge la bal și nu-mi voi încălca acum cuvântul, însă Sebastian m-a sprijinit necondiționat în ultimii doi ani, iar gândul ca el să fie supărat este prea greu de îndurat.

Jas lucrează rapid la înlăturarea acelor potrivite, astfel încât să mă pot elibera din îmbrățișarea bumbacului subțire. Îmi trag o pereche de pantaloni scurți și o bluză fără mâneci înainte să mă reped în sus pe scările pivniței și să ajung în curtea pe care Madame V o împarte cu Magul Trifen.

O chică albă, îndepărtată, îmi atrage atenția. Sebastian stă chiar pe treptele de la verandă, în afara curții, cu mâinile sale mari ascuțind vârful toiagului.

De fiecare dată când îl privesc, stomacul meu reacționează într-un mod sălbatic – și nu vorbesc despre un salt mic, indus de agitație, ci de o cădere completă pe un deal ce se continuă la nesfârșit.

Spre deosebire de verișoarele mele, *supraviețuirea* mi-a ocupat complet adolescența și nu am avut timp pentru pasiuni trecătoare sau să-mi fac griji că mă îndrăgostesc. Dar apoi Sebastian s-a mutat alături și, din prima clipă în care l-am văzut, am simțit ceva diferit… în stomac. În plămâni. Pe piele.

Prima oară când mi-a zâmbit, un sentiment diferit mi-a răscolit pieptul, de parcă răsucise cheia într-un lacăt, iar inima mea, odată eliberată, a încercat să se întindă spre el și să-l prindă. Cumva, am reușit să-mi țin sub control stinghereala, am devenit prieteni și am putut să-l vad aproape în fiecare dimineață. Nu am petrecut mult timp împreună - doar suficient ca el să devină un lucru bun și luminos în viața mea - și zâmbetul lui m-a ajutat să trec peste nenumărate zile grele.

Acum nu mai zâmbește.

Mă așez lângă el pe trepte, ridicându-mi genunchii la piept și înfășurându-mi brațele în jurul picioarelor. Stau acolo preț de câteva minute foarte lungi. Sub ochii mei, își ascute toiagul până când vârful devine o armă în sine, letală. Lăsăm păsările din curte să vorbească în locul nostru.

Nu mă pricep la sentimente. Mă pricep să muncesc și *să înfăptuiesc lucruri*, iar singura persoană în preajma căreia m-am simțit suficient de confortabil pentru a-mi împărtăși emoțiile este Jas. Nimeni altcineva nu a contat vreodată suficient cât să merite efortul.

— Îmi pare rău! rostesc în cele din urmă.

Nu e îndeajuns și acoperă abia o fracțiune din ceea ce vreau să-i explic - că rămânem fără opțiuni, că ador și apreciez cât de mult ne prețuiește siguranța, că voi face tot ce îmi stă în putință ca să mă întorc acasă -, chiar și numai fiindcă vreau cu disperare să-l revăd.

Sebastian își înalță capul, iar acei ochi precum verdele mării par să vadă prin mine. Îmi cercetează fața în căutarea unui răspuns.

— Ai *vreo* idee cât de periculos e pentru ființe umane pe Tărâmul Zânelor?

— Sigur că da, dar...

— Atunci *nu te duce*!

Degetele mele tânjesc să se întindă și să-l atingă. Să-i mângâie partea laterală a maxilarului sau să-i apuce antebrațele musculoase. Niciodată nu a dat de înțeles că îmi împărtășește sentimentele, așa că nu mi-am permis niciodată o astfel de apropiere. Nu am avut niciodată curajul să-mi asum riscul de a fi respinsă, tăinuindu-mi secretele față de toată lumea – inclusiv față de Jas.

— Dacă ne crește datoria, nu vom scăpa niciodată de contract. Chiar și acum, ar fi nevoie de...

Sebastian își închide strâns ochii. Știu că urăște întreaga situație, că nu ne poate ajuta. Ne-a mai dat bani și înainte, dar el e doar un ucenic. Nu are resursele necesare pentru a micșora suma pe care i-o datorăm lui Madame V.

Când deschide ochii, mă studiază îndelung. Atât de mult, de intens, încât obrajii mi se îmbujorează. Pielea mă furnică. Mi se taie respirația în așteptarea momentului în care buzele lui le vor găsi pe ale mele.

— Mai amână o vreme, îmi cere el, într-un final. Mai amână până te pot ajuta. Într-o zi, îți voi încheia contractul. Te voi elibera de ea.

Știu că vorbește serios, încrezător în cuvintele sale, dar...

— Îți promit că vom fi în siguranță!

Nu e promisiunea pe care și-o dorește, așa că mă ridic în picioare și-mi șterg palmele transpirate de pantaloni. Am fost proastă să cred că ar putea să mă sărute, proastă să mă concentrez la asta, când ne certăm pe tema unei probleme atât de importante.

— Trebuie să mă pregătesc pentru muncă.

Întrezăresc ceva nou în ochii lui, o emoție pe care nu am mai văzut-o până acum. Disperare.

Mă îndepărtez, mult prea familiarizată cu acel freamăt lăuntric. Am făcut trei pași când spune:

— Și dacă el nu e așa cum crezi tu?

Mă opresc și mă întorc; Sebastian e în picioare.

— Poftim?

— Prințul Ronan. Ce se întâmplă dacă ajungi să... dacă îți dai seama că ar putea să-ți *placă* de el?

Clatin din cap.

— Bash, nu mă duc în speranța că voi deveni o prințesă a zânelor. Nu sunt genul ăla de fată.

— Dar dacă el nu e așa cum te aștepți să fie... dacă e *mai bun* decât ți-ai îngăduit să crezi?

Îmi încrucișez brațele la piept.

— Îți faci griji că mă voi îndrăgosti de o *făptură fermecată*? *Îți faci griji că te voi uita? Pentru că îți promit că nu o voi face! Nu aș putea.*

— Abriella...

— Ce este?

Nodul din gât i se mișcă în sus și-n jos în timp ce înghite în sec.

— Promite-mi doar că vei face tot ce poți pentru a fi în siguranță. Dacă mergi la bal, te vei afla sub protecția Reginei de Aur, dar dacă te rătăcești pe domeniul ei, umblând aiurea, acea protecție nu mai este valabilă.

— Știu cum funcționează, Sebastian. Îți promit!

Cu un singur pas, anulează distanța care ne separă. Îmi atinge obrazul cu două degete și îmi așază o șuviță rebelă de păr în spatele urechii. Sunt complet subjugată de atingere, vrăjită de senzația degetelor sale acoperite de bătături pe pielea mea.

Un râs ascuțit și aspru despică aerul din spatele meu. Mă învârt și o văd pe Cassia stând în curte, cu mâinile în șolduri. Are părul blond adunat în vârful capului, aranjat în bucle fixate cu grijă, iar sânii aproape că i se revarsă din rochia verde-mentă.

— Şi eu care credeam că vei plânge şi vei suspina, dar nu risipeşti deloc lacrimi după ea, nu-i aşa?

Despre ce mai trăncăneşte acum?

Sebastian îmi pune o mână încurajatoare pe braţ, iar eu doar scutur din cap, pregătită să ignor tâmpeniile născute din gelozie ale verişoarei mele.

— Acum, că surioara nu-ţi mai stă în cale, poţi în sfârşit să-ţi faci de cap cu ucenicul chipeş? Aşa merg lucrurile?

Îmi dau ochii peste cap.

— Despre ce vorbeşti?

Rânjeşte, cu ochi albaştri strălucitori.

— Nu ai aflat? Oficial, ai rămas prea mult în urmă cu plăţile, iar mama s-a săturat. Bakken tocmai a dus-o pe Jasalyn la negustorii care încheie afaceri cu zâne.

Îşi strânge ambele mâini în pumni şi apoi îi deschide dramatic.

— Puf! A dispărut! Atât de simplu!

# Capitolul 3

Dau buzna în biroul lui Madame Vivias, trântind atât de tare ușa de perete, încât zgudui tablourile agățate de-a lungul încăperii.

— Unde este?

Mătușa mea nici măcar nu tresare. Își lasă jos stiloul și își mângâie ușor creștetul capului, ajustând cocul perfect de păr întunecat pe care-l vrăjește, astfel încât să-l păstreze lucios și des.

— Bună, Abriella! Felicitări pentru libertatea recent dobândită!

— *Nu!* gâfâi, dar o văd – grămada de cenușă de pe colțul biroului ei, tot ceea ce rămâne dintr-un contract magic odată ce este îndeplinit. De ce?

— Trebuia să-mi reduc pierderile la un moment dat.

Își încrucișează brațele la piept și se lasă pe spate în scaun.

— Aș fi putut face asta acum câteva luni, dar așteptam să văd dacă poți ajunge la zi.

Rămasă și fără ultima gură de aer, mă simt prinsă într-o strânsoare atât de aprigă, încât nu-mi mai pot umple plămânii. Nu mi-am dat seama că speram ca verișoara mea Cassia să mintă. Nu mi-am dat seama că… *speram*. Madame V flutură o mână, de parcă totul ar fi la fel de neînsemnat ca stabilirea persoanei care va prepara cina și problema în cauză nu ar fi viața surorii mele.

— Sora ta o va duce foarte bine pe Tărâmul Zânelor. Sunt singură că îi va fermeca pe toți acolo, la fel cum o făcea și aici.

— Ai transformat-o într-o *sclavă*! O vor pune să muncească până la moarte sau o vor tortura ca să se amuze pe seama ei… sau…

Nici măcar nu pot continua, nu pot începe să enumăr celelalte posibilități oribile. *Nu se poate așa ceva!*

— Nu mai fi atât de teatrală! Luând în considerare groapa pe care singure v-ați săpat-o, este, indiscutabil, cel mai bun viitor pe care și l-ar putea dori. Ce avea de gând să facă? Să-și petreacă viața frecând podelele, ca tine? Poate să se vândă bărbaților în căutarea unei plăceri ieftine?

— Ar fi trebuit să mă avertizezi. Aș fi…

— Ce? Ai fi *furat* registrul cu datorii?

Ridicând din sprâncene, îmi dă de înțeles că îmi cunoaște toate secretele.

— Nici măcar tu nu ai fi reușit asta, Abriella. Sincer, ai noroc că am închis ochii în toți acești ani. Aș fi putut să te denunț pentru faptele tale ilegale.

— Dar nu ai făcut-o. Ai luat banii, indiferent cum i-am obținut. Ai încasat *mii* în fiecare lună din acel contract nedrept și tot ai vândut-o!

Furia îmi arde trupul, îmi înfierbântă sângele, amenințând să se reverse.

— Ei, haide acum! Te comporți ridicol. O vor ameți cu vinul zânelor și totul va părea un vis.

Simt că vibrez. Vreau să-i smulg bijuteriile și să le transform în praf cu mâinile goale. Vreau să mă înfurii și să țip până mă trezesc și să descopăr că totul nu a fost decât un coșmar îngrozitor.

— Sacrificiul lui Jasalyn te-a eliberat astăzi de datorie... Bucură-te de asta!

— Unde? îi cer să-mi spună. Unde au dus-o?

O voi găsi. Voi căuta pe tot blestematul lor de tărâm ca să-mi aduc înapoi sora!

— Poate că se va îndrăgosti de un lord al zânelor, glăsuiește ea, ignorându-mi întrebarea. Poate că va trăi fericită până la adânci bătrâneți, ca în acele povești preferate de mama ta, cele pe care le spunea mereu.

Dezgustul îi însoțește fiecare cuvânt. Nu vreau să existe nicio asemănare între mine și Madame Vivias. Dar împărtășim acest lucru - dezgustul, ideile ei. O urăsc pe mama pentru că ne-a abandonat, pentru că ne-a lăsat cu fratele ei doar ca să poată fi mai aproape de iubitul ei din neamul făpturilor fermecate. Pentru că ne-a condamnat la o viață care ne-a adus în această situație.

— Dacă Jas moare, sper că moartea ei te va bântui în fiecare clipă! șoptesc. Dacă e rănită, mă rog ca soarta să te taie de două ori mai adânc!

— Acum vorbești exact ca una dintre *ele*, aruncând cu blesteme asupra oamenilor buni.

— Oamenii buni nu vând fete zânelor.

Ea chicotește.

— Ai văzut lumea în care trăim, Abriella? Ai văzut realitățile de care te-am salvat, ținându-te sub acest acoperiș? Poate că sora ta e cea norocoasă. Poate că ar trebui să-ți dorești să te fi putut duce tu în locul ei.

Gesticulează cu mâna spre ușă.

— Acum, pleacă! Du-te și bucură-te de libertate! Dar, cu excepția cazului în care nu vrei să semnezi un contract de închiriere, va trebui să-ți găsești un loc în care să dormi, începând din acest moment.

Nici dacă m-ar plăti nu aș mai rămâne aici încă o noapte, dar nu mă sinchisesc să-i răspund. Îi închid ușa biroului și cobor în goană scările până la pivniță.

Dormitorul nostru arată la fel ca întotdeauna. Trusa de cusut a lui Jas stă deschisă lângă perete. Probabil că lucra când a luat-o Bakken. Macheta de muselină a rochiei mele stă împăturită la picioarele patului și o strâng la piept, ignorând înțepăturile ascuțite ale acelor care mă împung prin material.

Mă târăsc în pat și mă ghemuiesc pe o parte. Sunt prea obosită ca să plâng, prea șocată, dar mă ard ochii. *Chiar nu mai e.*

Ușa scoate un clic, balamalele scârțâind când se deschide, apoi se închide repede la loc. Îi simt prezența fără să fiu nevoită să mă uit. Salteaua se mișcă sub greutatea lui Sebastian, care se întinde pe cealaltă parte a patului, cu fața spre mine. Îmi cuprinde bărbia în mâna lui, înclinându-mi fața în sus ca să-i întâlnesc ochii.

— Hei...

Îmi șterge lacrimile cu degetul mare.

— Deci este adevărat?

Nu pot decât să mă uit fix la el – la acei ochi asemenea mării învolburate, la cuta dintre sprâncene, care îi dezvăluie la un nivel mult mai profund îngrijorarea și teama decât o vor face probabil cuvintele sale.

— Brie?

— E adevărat. Înghit în sec, încercând să-mi mențin vocea fermă: Madame V a vândut-o.

Își închide strâns ochii și înjură în șoaptă.

— Încă un an, murmură el, maxilarul încleștându-i-se. Încă un an și aș fi putut să te eliberez chiar eu.

— Nu este vina ta, Bash. Nu te poți învinovăți pentru ceea ce a făcut Madame V.

Răsuflă îndelung și deschide ochii, apoi îmi desprinde o mână de pe muselină ca să o strângă între ale lui.

— Te rog să-mi promiți că nu vei pleca în căutarea ei! Nici nu mă pot gândi la ce ți s-ar putea întâmpla dacă ai merge pe Tărâmul Zânelor.

— Și cum rămâne cu ce i se întâmplă acum lui Jas acolo?

— Doar dă-mi o șansă. Lasă-mă să încerc să găsesc o soluție.

Sebastian pleacă mâine pentru următoarea parte a uceniciei sale. Nu știu ce crede că poate înfăptui pentru ea, dar încuviințez din cap. Nu-i vor refuza ajutorul, chiar dacă mă îndoiesc că o poate salva.

Îmi eliberează mâna și aruncă o privire prin camera pe care am împărțit-o cu surioara mea în ultimii nouă ani.

— Unde vei merge? mă întreabă el.

Nu am prea multe în ceea ce privește bunurile personale. Aș putea să împachetez totul și să plec de aici până la apus.

— Prietena mea Nik îmi datorează o favoare. Voi sta la ea.

*Până când voi putea încropi un plan prin care o voi aduce înapoi pe Jas.*

Nik se va simți îngrozitor în legătură cu ceea ce a făcut Madame V, poate chiar își va face mustrări de conștiință, dar instinctul îmi șoptește că și dacă nu am fi ratat plata de astăzi, tot am fi ratat alta în viitor. Banii oferiți lui Nik nu ar fi putut-o salva pe Jas, nu când o vrăjitoare lipsită de suflet i-a ținut viața în mâinile sale.

— Îmi pare atât de rău! spune el, cu ochii cercetându-mi fața.

— Și mie!

— I-am promis Magului Trifen că îl voi ajuta cu următorul client. Vei fi în regulă dacă plec? Voi veni după tine mai târziu.

Dau din cap, scăpând o altă lacrimă. Sebastian o urmărește cum îmi alunecă pe obraz înainte de a-i oglindi calea cu degetul mare. Atingerea lui e atât de blândă, încât îmi doresc să-mi înfășor brațele în jurul taliei sale și să mă ghemuiesc lângă el, să-mi îngrop fața la pieptul lui și să mă prefac că nimic din toate astea nu se întâmplă cu adevărat.

În schimb, îmi iau rămas-bun, fericită să-l văd plecat, doar ca să pot pune bazele unui plan.

Goblinul de casă al lui Madame Vivias locuiește sub scările de lângă bucătărie. Bat ușor în ușă cu o mână și îmi scot panglica din păr cu cealaltă.

Goblinii iubesc părul, dinții și unghiile umane – le colecționează așa cum se zvonește că regina Seelie ar colecționa bijuterii. Dacă vreau informații de la Bakken, le voi obține folosindu-mi părul. Nu pot decât să sper că refuzul meu constant de-a lungul anilor l-a făcut să-l dorească și mai mult.

Deschide brusc ușa la al doilea ciocănit, iar mirosul slab al fructelor putrezite se revarsă din camera lui minusculă. Bakken este un goblin de casă obișnuit – scund și cu o burtă ca un butoi, cu membre lungi și slăbănoage și buze subțiri care nu prea se pot închide în jurul dinților ascuțiți. Ochii lui deja bulbucați se măresc și mai mult, cu lăcomie, când îmi vede părul. Rareori îl las desfăcut și niciodată în preajma goblinilor.

— Zi bună, Fata Focului! Cu ce te pot ajuta?

Ignor porecla pe care mi-a atribuit-o încă din ziua în care ne-am mutat cu unchiul Devlin și l-am întâlnit pentru prima dată pe Bakken. Mi-a luat mâna într-ale lui și s-a uitat răutăcios, chiar pofticios, la cicatricea care îmi brăzda încheietura – singura dovadă a arsurilor care ar fi trebuit să mă omoare. În acea zi, am fost șocată că știe de incendiu și de supraviețuirea mea neverosimilă, din moment ce eu nu știam nimic despre el. Atunci habar n-aveam că goblinii se ocupă cu schimbul de povești – de istorisiri, secrete și informații. E îndeletnicirea lor să strângă cunoștințe.

— Du-mă la sora mea!

Clipește de câteva ori, de parcă ar încerca să-mi înțeleagă cererea, înainte de a clătina din cap.

— Nu așa merg lucrurile.

— Cassia a spus că tu ești cel care a dus-o la piața negustorilor. Vreau să-mi zici cine a cumpărat-o – cum să o salvez.

Inima îmi bate prea tare, singurul indiciu că mă abțin cu greu să nu mă uit peste umăr, pentru a mă asigura că Madame V e încă în biroul ei. Nu ar vrea să vorbesc cu Bakken și probabil că ar găsi o modalitate de a mă face să plătesc pentru privilegiu – sau de a mă refuza fără să ezite, din ciudă. Dacă nu vorbesc acum cu el, s-ar putea să nu mai am niciodată o altă șansă.

— Te rog!

— Există un preț.

Lingându-și buzele cu o limbă ascuțită, acoperă distanța dintre noi. Aruncă o privire pe hol, atât în stânga, cât și în dreapta, apoi mă trage în camera lui minusculă și închide ușa în urma mea. Când un clic anunță că suntem ferecați înăuntru, îmi trece una dintre acele unghii lungi și ascuțite prin păr, de la ureche până jos, la umăr. Repulsia mi se târăște pe piele, dar mă forțez să nu mă feresc. Bakken scoate un chicotit voios.

— Un roșu atât de fascinant! De parcă în ziua aceea, părul tău a căpătat culoarea focului.

— Du-mă la oricine a cumpărat-o pe Jasalyn.

Se încruntă.

— Dar de ce?

— Vreau să... O voi răscumpăra!

Va trebui să jefuiesc din nou seifurile lui Gorst, ca să am vreo șansă să găsesc destui bani. Poate chiar să le golesc de data asta. Dar va merita.

— Nu totul se rezumă la bani, muritoareo.

Bakken mă privește pieziș și-și înclină capul într-o parte.

— În lumea asta a ta, aș crede că ai fi bucuroasă să ai o gură mai puțin de hrănit, dar tu pari... îndurerată? Curios!

Îmi încleștez pumnii de-o parte și de alta a corpului. Goblinii sunt vestiți pentru abilitatea lor de a se deplasa între tărâmuri și de a culege informații. Nu *sunt* vestiți pentru compasiunea lor.

— *Unde?*

— Renunță, Fata Focului! Nu îți dorești destinul care te așteaptă pe Tărâmul Zânelor.

— *Vreau* să-mi aduc sora înapoi. Spune-mi unde ai dus-o. Te rog!

— Ce îmi vei oferi pentru această informație?

Cuvântul *orice* îmi joacă pe buze ca o bucată de fruct acru. Vreau să-l scuip, dar goblinii se exprimă foarte literal. Știu că nu trebuie să ofer mai mult decât pot da.

— O șuviță din părul meu.

— Ah, dar aș prefera să-ți am *tot* părul.

Se întinde spre mine, dar lasă mâna jos înainte să mă atingă.

— Ar fi o eșarfă atât de frumoasă! Ce aș putea face doar cu o șuviță?

— Ce ai putea face cu *nimic*?

Rânjește, dar surprind lăcomia din ochii lui, licărul disperării.

— Arată-mi cât de mult.

Iau o parte din păr între degete și îl întind pentru inspecție către goblin.

— De aici, spun, arătând spre un punct aflat chiar sub ochi, până la vârfuri.

Jas obișnuia să-și poarte părul scurt, cu șuvițe care îi încadrau chipul. Întotdeauna mi-a plăcut felul în care tunsoarea atrăgea atenția asupra ochilor ei. Dar nu aș îndrăzni să-i dezvălui lui Bakken că nu îmi va lipsi ceea ce îi ofer; n-ar face decât să ceară mai mult.

— Da, asta va fi suficient.

Înainte să apuc să-mi trag răsuflarea, are un pumnal în mână și îmi taie părul cu o fluturare a lamei.

Îmi înăbuș un suspin, surprinsă de viteza lui.

— Spune-mi!

— Am dus-o în piața negustorilor, la emisarul regelui, care urma să o conducă la Alteța Sa. Madame Vivias n-a putut refuza suma oferită de negustori.

Regele? Sângele mi se transformă în așchii de gheață, iar un fior înghețat mi se strecoară până în adâncul oaselor.

— Ce rege?

— Emisarul a dus-o la Alteța Sa, Regele Mordeus, spune el, care a plătit o avere pentru a cumpăra viața surorii tale.

*Nu. Nu poate fi adevărat!* Să-mi răscumpăr sau să-mi fur sora de la o făptură fermecată oarecare este una, dar să o iau înapoi de la un Rege al Zânelor – de la Mordeus, conducătorul Unseelie, însuși Regele Umbrelor? Dacă muritorii le consideră pe Seelie zânele „bune", Regatul Unseelie e cel mai periculos și mai letal tărâm pentru ființele umane. Oamenii care merg în acel regat se întorc rar. Și dacă o fac, se întorc doar ca niște învelișuri catatonice ale lor înșiși. Pe de altă parte, acesta este regele care are nenumăraţi sclavi umani. Poate că nici nu ar observa dacă ea ar dispărea.

— Toate fetele umane sunt la fel. De ce regele nu a cumpărat una dintre acele fete care chiar *vor* să meargă în Tărâmul Zânelor?

— Pentru că el o vrea pe Jasalyn Kincaid, sora Fetei Focului, fiica frumoasei muritoare care...

— Ştiu cine este sora mea! izbucnesc.

Trebuie să fie un coşmar. Nu are niciun sens.

— De ce o vrea pe ea? De ce pe Jasalyn?

— Nu e treaba mea să-l iau la întrebări pe rege. Poate că vrea să o facă regina lui.

Suspinul său ar putea trece drept visător dacă expresia nu i-ar fi atât de... *flămândă*.

— Poate că pur şi simplu îi iubeşte frumosul păr castaniu.

— Dacă nu vrea bani, ce vrea, de fapt? Ce fel de plată îi pot oferi?

Goblinul își lovește ușor dinții din față cu o unghie lungă și murdară.

— Regelui Mordeus nu îi pasă de nimic altceva decât să-și asigure locul pe tron.

Clatin din cap.

— El este *regele*. De ce ar avea nevoie să asigure ceva?

— Dar unii spun că nu este, nu cu adevărat. Mordeus a furat tronul fratelui său în urmă cu mulți ani și așteaptă ziua în care nepotul lui - prințul Finnian, fiul regelui Oberon și moștenitorul de drept al Tronului Umbrelor - se va întoarce din exil ca să-și revendice coroana. Și supușii lui așteaptă. Unii i-au jurat credință regelui și vor lupta ca să-l mențină la putere. Alții cred că Regatul Unseelie este pe moarte din cauza înșelăciunii lui Mordeus și că nu-și va reveni până când moștenitorul de drept nu va fi pe tron, purtând coroana lui Oberon.

În mod normal, nu mi-ar păsa deloc de intrigile politice din Tărâmul Zânelor, însă mă conving să pun la loc sigur această informație, în caz că se va dovedi utilă mai târziu.

— Ce legătura are asta cu recuperarea lui Jas?

Buzele i se curbează într-un rânjet, dezvăluindu-i dinții îngălbeniți și ascuțiți.

— Nu-l subestima pe regele Mordeus. Nu înfăptuiește nimic din întâmplare. Fiecare alegere pe care o face este legată de putere - de puterea *lui*.

Nu înțeleg. Jasalyn nu a avut niciodată de-a face cu făpturile fermecate - cel puțin, nu din câte știu eu. Ce fel de putere ar putea obține regele prin înrobirea ei? Ar putea exista vreo legătură cu mama noastră? Dar asta nu are niciun sens. Dacă, dintr-un anumit motiv, regele a cerut-o pentru mama noastră, oare ea nu și-ar dori ambele fiice, nu doar pe cea mai mică? Și de ce i-ar păsa deodată de noi, după nouă ani?

— Du-mă la sora mea. Te rog!

Bakken se uită intens la șuvița tăiată din părul meu, pe care acum o ține între degete și o mângâie drăgăstos.

— Regatul Unseelie este un loc primejdios pentru o fată umană, chiar și pentru o Fată a Focului. Mai bine ai uita de sora ta și te-ai bucura de libertatea nou dobândită.

— Asta nu e o opțiune.

Îmi ascunde părul într-un buzunar.

— Nu te pot duce, dar, pentru o altă șuviță, îți pot *spune*.

Nici măcar nu mă gândesc înainte să-i ofer o șuviță aproape identică din partea opusă.

Ochii îi scânteiază în timp ce o taie.

— La miezul nopții, portalul de pe râu se va deschide pentru sărbătorirea nașterii prințului Seelie. Pe acolo, poți intra în Regatul Seelie și găsi portalul secret al reginei către Curtea

Lunii. Se deschide o singură dată în fiecare zi, când ceasul bate la miezul nopții.

Cuvintele goblinului mă pun pe gânduri.

— De ce ar avea regina Seelie un portal către Curtea Lunii? Am crezut că regatele lor sunt învrăjbite, iar cârmuitorii, dușmani de moarte.

Bakken își mângâie noua șuviță de păr și abia dacă mă bagă în seamă. Îmi răspunde distrat, așa cum cineva fredonează o melodie pe care a auzit-o de o mie de ori:

— Odinioară, Regina de Aur nu era decât o prințesă. L-a iubit pe Oberon, Regele Umbrelor, și a plătit un preț foarte mare pentru o cale de a-l vedea în secret. Regatul ei era în război cu Regatul Umbrelor de secole, iar părinții ei nu i-ar fi permis niciodată să-l viziteze.

Mă încrunt. Recunosc povestea, fiind cea pe care mama obișnuia să ne-o spună la culcare – Prințesa de Aur și Regele Umbrelor.

— Am crezut că povestea e doar o legendă. E adevărată?

— De unde crezi că iau naștere legendele, dacă nu din adevăr?

Dintr-odată, mi-aș dori să-mi pot aminti cu acuratețe poveștile mamei, dar a trecut prea mult timp și le-am evocat cu extrem de multe resentimente, ani de-a rândul. Scutur din cap, concentrându-mă asupra problemei în discuție.

— Unde se află portalul?

— Îl vei găsi în șifonierul ei din copilărie – un dulap masiv cu ambele uși însemnate de aripi. Nu a avut niciodată puterea să-l distrugă.

Îmi înghit cu greu nodul din gât. Trebuie să mă duc în Regatul Seelie, să găsesc portalul secret al reginei pentru a mă furișa în cel mai periculos loc din Tărâmul Zânelor, să-mi găsesc sora și să o salvez de un rege însetat de putere. *O joacă de copil!*

Ochii lui Bakken fulgeră spre ai mei și se încruntă. Își bagă mâna în buzunar și scoate o brățară făurită din fire delicate de argint. Mi-o oferă cu palma deschisă.

— Ia-o. Nimeni în afară de tine nu va putea să o vadă sau să o simtă la încheietura mâinii tale.

Am auzit de brățările goblinilor, dar nu am văzut niciodată una. Firele de argint sunt atât de fine, încât sunt aproape invizibile, dar strălucesc în lumina lumânărilor.

— Fiecare fir reprezintă o poveste despre Tărâmul Zânelor. Poveștile simbolizează putere, Fata Focului. Dacă ai nevoie de mine, pur și simplu rupe un fir și voi apărea.

— Dacă rup unul dintre acestea – ating ușor firele cu degetul, după care îi întâlnesc privirea –, mă vei ajuta?

Bakken încuviințează din cap.

— Da. Deși nu te pot salva dintr-un pericol de moarte, așa că nu te obosi cu brățara dacă vei deveni următoarea masă a unei fiare. Dar cu informații, pentru a călători de-a lungul tărâmului, te pot ajuta.

— Cu ce preț?

Rânjetul lui este mai mult diabolic decât liniștitor.

— Doar o șuviță de păr. Sau un dinte, dacă preferi așa.

Mâna îmi tremură când o iau de la el.

— Și dacă rup un fir din greșeală?

— Firele goblinilor nu se rup din greșeală. Trebuie să existe intenție.

Îmi trec brățara peste mână; alunecă și mi se strânge ca prin magie în jurul încheieturii.

— Îți mulțumesc, Bakken!

Întind mâna spre ușă și pășesc pe hol.

— Fata Focului! strigă Bakken, oprindu-mă. Nu uita că Regele Umbrelor este inteligent. În beneficiul său, te va juca pe degete.

Mă va întoarce împotriva propriei sorți? Ce naiba mai înseamnă și asta? *Ghicitori de-ale zânelor.*

— Nu cred în soartă, Bakken. Îmi pasă doar de sora mea.

— Ah, da, iar regele știe asta.

# CAPITOLUL 4

— TREBUIE SĂ-I SPUI PLANUL TĂU LUI SEBASTIAN, MĂ sfătuieşte Nik, sprijinindu-se de partea laterală a casei Magului Trifen.

— De aceea m-ai adus aici?

M-am mutat de la Madame V în această dimineaţă şi m-am dus direct la Nik, care mi-a ascultat cu răbdare povestea incoerentă şi planul pe jumătate întocmit, după care a insistat să o urmez la Magul Trifen ca să ia un tonic pentru somn. Portalul nu se deschide până la miezul nopţii, a argumentat ea, şi nu aş fi bună de nimic dacă nu m-aş odihni înainte.

Acum soarele alunecă treptat spre orizont şi pare că timpul se mişcă, totodată, atât prea repede, cât şi prea lent. Dacă ar fi după mine, aş fi deja pe Tărâmul Zânelor în căutarea surorii mele, dar mi-e teamă că nu voi fi suficient de puternică sau de inteligentă odată ce voi ajunge acolo. Sunt atât de speriată că voi da greş!

— Te-am adus pentru tonic, zice ea, lovindu-şi uşor poşeta, dar chiar cred că ar trebui să-i spui. Poate că ar putea să te însoţească.

Clatin din cap.

— Din dorința de a mă proteja, mai degrabă mă va încurca. Și oricum mâine pleacă pentru următoarea etapă a uceniciei sale. Nu îi voi distruge antrenamentul.

Încruntându-se, se îndreaptă de spate.

— Nu-mi place că faci asta singură. Nu-mi place deloc că faci asta!

— Tu ai merge dacă ai fi în locul meu? Dacă Fawn ar fi fost cea vândută regelui Unseelie?

Ochii ei întunecați strălucesc de lacrimi și înghite în sec.

— Fără să stau pe gânduri.

— Atunci știi că nu am de ales.

— Îmi imaginez că ai făcut multe lucruri pentru că nu ai avut de ales, spune ea încet. Se joacă îngândurată cu o buclă întunecată și pare să ia în considerare ultimele cuvinte înainte de a adăuga: Trebuie să te întreb ceva.

— Bine.

Se uită în ambele capete ale aleii și, deși suntem singure, își coboară vocea când vorbește:

— Acei bani pe care mi i-ai dat pentru contractul lui Fawn... i-ai furat de la Gorst?

Stomacul mi-o ia la vale, ca și cum ar fi fost umplut cu plumb. De unde ar ști asta?

— Crezi că-s bătută-n cap?

Nik mă privește iscoditor.

— Brie!

Îmi masez ceafa, unde toată tensiunea din ultimele douăzeci și patru de ore pare să se fi încolăcit într-un nod mare.

— Nu ar fi mai bine dacă nu ai ști de unde i-am luat?

Nu-mi vine să cred că jaful a avut loc abia noaptea trecută. De atunci s-au întâmplat atât de multe – întreaga mea lume s-a întors cu susul-n jos.

Nik strânge din buze.

— *Cineva* a pătruns în casa lui Gorst, a trecut de runele sale și i-a jefuit seiful. E șucărit.

— Îmi închipui.

— Oricine a fost, a lăsat sânge în urmă, șoptește ea. Și e doar o chestiune de timp până când magul său găsește posesorul - adică hoțul.

*Căcat!* Am fost atât de ocupată cu gestionarea celorlalte probleme, încât am uitat cu totul de sânge.

— Gorst reprezintă acum cea mai mică dintre grijile mele.

— A, da? Atunci ar fi bine să speri că magia progresează lent, altfel nu vei mai apuca să treci prin acel portal.

— Brie? mă strigă Sebastian, venind de-a lungul aleii din curte.

— Vorbim mai târziu, spune Nik, oferindu-mi un zâmbet trist și strivindu-mi încheietura înainte să se îndepărteze. Ne vedem acasă. Până atunci, păzește-ți spatele!

— Mersi, Nik!

Trag adânc aer în piept și mă întorc spre Sebastian. Mă înjunghie inima la vederea lui. Poartă o tunică albă, cu pantaloni de piele închiși la culoare, iar părul alb îi strălucește ușor auriu în lumina soarelui.

— Maestrul Trifen mi-a spus că m-ai căutat.

Îmi înghit nodul din gât, un ghem de emoții încleștate. Vreau să-i împărtășesc planul meu și să-l previn că s-ar putea să nu ne mai vedem niciodată. Urăsc că sunt nevoită să-l mint, însă nu întrezăresc o alternativă mai bună.

— Am vrut să te văd înainte să pleci.

Sebastian se apropie și îmi ia mâinile între ale sale, strângându-le cu putere.

— Nu aș fi plecat fără să-mi iau rămas-bun.

— Știu.

Îi cercetez îndeaproape chipul, memorând tot, până la ultimul detaliu. În lumina asfințitului, ochii îi sunt mai mult albaștri decât verzi. *S-ar putea să nu mai văd niciodată acești ochi.*

Își strecoară mâna în buzunar și scoate un colier cu un pandantiv de cristal.

— Ți-am făcut ceva.

— Bash...

Lanțul este din argint simplu, fin țesut, dar cristalul este fără cusur.

— Este... cel mai frumos lucru pe care l-am văzut vreodată!

— Atunci ți se potrivește.

Vocea îi este răgușită, iar tandrețea sfâșietoare din ochii lui îmi răvășește conștiința.

— E o amuletă de protecție. Dacă nu pot fi aici, ca să te protejez eu însumi, atunci...

Sebastian tresare, ca și cum gândul l-ar îndurera fizic, apoi îmi trece ușor colierul peste cap.

— Promite-mi că îl vei purta mereu!

— Îți promit!

Alunecă între sânii mei și scânteiază în lumina soarelui. Îl strâng în pumn.

— Când pleci?

— Mâine, la prima oră.

Privirea i se îndreaptă spre cer, ca și când ar vrea să se asigure că nu a rămas fără timp.

— Îți mulțumesc că ai fost un prieten atât de bun! Nu știu dacă aș fi reușit să supraviețuiesc ultimilor doi ani fără tine.

— Nu face asta, spune el, apoi clatină din cap. Nu te purta de parcă nu mă vei mai vedea!

Îmi cobor privirea în pământ, uitându-mă fix la cizmele negre ponosite din picioare în loc să-l las să-mi întâlnească ochii, unde mă tem că stă scris adevărul.

Îmi ridică fața spre a lui.

— Sunt atâtea lucruri pe care încă trebuie să ți le spun!

— Cum ar fi?

Îmi cercetează cu intensitate fața, iar și iar.

— Despre trecutul meu... despre mine.

Deschid gura și o închid la loc. Sebastian nu a vorbit niciodată despre familia lui. Nu a vrut să împărtășească nimic despre viața lui dinainte de a se muta în Fairscape, iar eu nu am insistat niciodată.

— Voi face tot ce îmi stă în putință să te revăd, îmi spune el încet. Dar încă nu sunt pregătit să te părăsesc.

Mâinile îi sunt mari și calde. Mi-am imaginat în secret, de nenumărate ori, că mă atinge așa, dar nimic din ce am visat nu se compară cu senzația degetelor sale aspre, pline de bătături, alunecându-mi în spatele gâtului și în păr, în timp ce privirea îi coboară spre gura mea.

— Există ceva ce trebuie să-mi spui? Ceva ce ar trebui să știu înainte să plec mâine?

Oare se referă la sentimentele mele pentru el? Sau bănuiește că mă voi îndrepta către un tărâm diferit la miezul nopții, riscând totul pe șansa puțin probabilă de a-mi salva sora?

— Sebastian, ești cel mai bun pr...

Înainte să pot termina cuvântul, își coboară capul. Buze moi le găsesc pe ale mele, și suspin, lipită de el. Electricitatea pulsează prin mine, mă trezește, vibrează între noi și oferă suficientă putere acestui sărut cât să pară că ar putea lumina întregul Fairscape, întreaga Elora.

Când limba lui îmi mângâie buzele și apoi mi se strecoară în gură, îi răspund cu tot ce am. Cu tot ce sunt. Îi simt îngrijorarea în sărut și mă întreb dacă el îmi poate simți frica. Trebuie să-mi salvez sora, dar nu vreau totuși să mor. Nici nu vreau să-l pierd.

Emoțiile îmi sunt încețoșate, încurcate, o harababură desăvârșită, intensificată cumva de sărutul lui. Când se îndepărtează, mă clatin pe picioare, amețită. Am început să mă îndrăgostesc de Sebastian din clipa în care l-am cunoscut, în urmă cu doi ani, și în tot acest timp am crezut că sentimentele îmi erau neîmpărtășite. Și acum, când s-ar putea să nu-l mai văd niciodată, aflu că m-am înșelat. Soarta își bate joc de mine.

— Așteaptă-mă! șoptește el.

Nu o voi face. Nu pot. Și simt un junghi de vinovăție pentru cât de minunată este senzația născută în urma cuvintelor sale. Nu pot să las sentimentele pentru Sebastian să-mi distragă atenția, să-mi spulbere concentrarea. Tot ceea ce contează este să ajung la Jas.

— *Brie.*

O șoaptă la ureche în timp ce iapa aleargă din ce în ce mai repede, ducându-ne pe mine și pe mama către plajă.

— Brie, ei sunt pe drum.

Inima mi-o ia la galop, părul îmi zboară în smocuri sălbatice în jurul feței. Verigheta mamei îmi mușcă degetul mic când apucă strâns frâiele.

— Brie.

Briza devine fierbinte, iar focul umple aerul, înțepându-mi gâtul.

— Abriella, trezește-te!

Ochii îmi ard când mă târăsc pe podea în mâini și-n genunchi. Fumul usturător mi se furișează în plămâni, focul dansează în jurul meu. Flăcările țâșnesc înainte, asemenea unor săgeți, și-mi ard picioarele goale. Jasalyn zâmbește în sus la mine, clipind prin fum. O dau jos din pat, însă e prea grea pentru ca brațele mele subțiri să o țină, și cad pe spate, copleșită de greutatea ei. O strâng mai tare, iar ea se dezintegrează într-o grămadă de cenușă.

— Brie!

Cineva mă zgâlțâie *cu putere*.

Îmi forțez ochii să se deschidă. Forțez aerul să-mi umple plămânii.

Încăperea este întunecată și răcoroasă. Nu există niciun incendiu, niciun foc, cu excepția unei singure flăcări care pâlpâie în vârful unei lumânări de pe noptieră. Nik se așază în genunchi lângă mine, pe podea, în continuare îmbrăcată în rochia mulată purtată pentru a-și întâlni clientul.

— Ce s-a întâmplat?

Somnul amenință să mă prindă din nou în mrejele sale, mulțumită tonicului pe care mi l-a dat Nik după cină.

— Te caută Gorst.

Îmi apăs mâna peste gură și mă ridic iute în picioare. Fawn este ghemuită pe partea ei de pat, cu iepurașul de pluș strâns la piept. Mi se strânge stomacul la gândul că Gorst ar distruge casa acestei fetițe din cauza mea.

Bătaia bubuitoare în ușă pare să cutremure întregul apartament și mă răsucesc spre Nik cu ochii mari.

— Trage de timp pentru mine. Mă voi strecura pe fereastră.

Dă din cap, cu un pas înaintea mea.

— Ți-am pus una dintre rochiile mele în tolbă.

Se uită spre ușă când bătaia răsună din nou.

— Nu e defel mai elegantă sau mai frumoasă decât ce putea crea sora ta, dar te va ajuta să treci neobservată printre toate fetele care merg la bal.

— Mersi! îi spun și o îmbrățișez strâns. Rămân datoare.

— Dacă nu deschideți ușa asta, o vom dărâma! strigă o voce adâncă.

— Vin! strigă Nik.

Vocea nu îi trădează nimic din teama întipărită pe față.

— Portalurile ar trebui să se deschidă în mai puțin de o oră, adaugă ea. Ai grijă de tine și întoarce-te la noi, bine? Fawn are nevoie de mătușa ei Brie.

Ochii mă ustură, așa că doar dau din cap și îmi arunc tolba pe umăr.

Nik se îndreaptă furioasă spre ușă, călcând apăsat. Frica o părăsește treptat, cu fiecare pas, înlocuită de bravadă.

— Cine vă credeți, bătând ca turbații în ușa mea în toiul nopții?

Închid cât mai discret posibil ușa dormitorului, apoi înlătur pernele și păturile de pe salteaua mea și le așez ordonat pe pat.

— Am fost informați că Abriella Kincaid stă aici, spune vocea profundă.

— Ei bine, ați fost informați greșit. Suntem doar eu și fiica mea.

După ce îndes salteaua sub pat cu un șut bine plasat, suflu în lumânare. Mantia întunericului acționează ca un balsam liniștitor asupra simțurilor mele.

— Dacă nu vă deranjează, doamnă, am vrea să vedem cu ochii noștri.

Nik pufnește zgomotos, furioasă.

— *Chiar* mă deranjează! Fiica mea doarme.

Îmi trag trupul afară pe fereastră și o închid în urma mea, exact când se revarsă lumina în dormitor, din partea principală a locuinței ei. Alerg în jos pe alee, apoi traversez și mă năpustesc pe alta, mergând în zigzag, pe un drum pe care nu l-ar intui niciodată. Noaptea strălucește, însuflețită de luna plină; evit străzile principale și aleg cărările mai întunecate și mai înguste dintre clădiri pentru a rămâne nevăzută, lipindu-mă de pereți sau ascunzându-mă între butoaiele de gunoi atunci când e nevoie. Alerg și alerg și alerg, acoperită de sudoare, cu plămânii cuprinși de flăcări. Nu mă opresc până nu sunt în siguranță, ascunsă în pădurile de la marginea orașului.

Pe malul râului, scăldate în lumina lunii, mai multe tinere chicotesc entuziasmate, stând deja la coadă. Unele sunt înveșmântate în rochii de bal sofisticate, altele în rochițe simple de bumbac, care sunt, probabil, cel mai frumos lucru pe care îl dețin. Toate așteaptă deschiderea portalului, cu ochii fixați pe malul râului, ca și cum ar fi propria lor cale de mântuire. *Niște proaste!*

Evitând mulțimea și lumina lunii, mă îndrept spre dumbrava deasă aflată mai încolo. Orbește, mă dezbrac de haine, dezlipindu-mi mai întâi cămașa și pantalonii de membrele leoarcă de sudoare înainte de a căuta în tolbă după rochia împachetată de Nik. Materialul e subțire și mătăsos, iar când îl trag peste cap, îmi alunecă pe piele asemenea unor valuri răcoroase.

Îmi înfășor strâns degetele în jurul cristalului de la gât. Nu știu cât de bine funcționează amuletele de protecție, dar am scăpat de oamenii lui Gorst în seara asta. Dacă acest colier mă poate duce în siguranță în Tărâmul Zânelor, s-ar putea să nu-l mai scot niciodată. Mă ghemuiesc lângă un copac, la adăpostul întunericului, și privesc cum luna urcă tot mai sus pe cer până când, în cele din urmă, un vânt nocturn poartă un cor de suspine și râsete de încântare înspre mine.

— S-a deschis!

— S-a deschis portalul!

— Regina de Aur ne urează bun venit!

— Prințul Ronan ne așteaptă!

Îmi strecor amuleta în rochie și părăsesc încet adăpostul umbrelor, pătrunzând în șirul de femei. Ne așteptăm rândul să trecem prin portal. Îmi încleștez mâinile ca să țin în frâu impulsul de a-mi netezi părul sau de a-mi șterge sudoarea de pe frunte. Dacă țin capul plecat, poate că nu vor observa că nu sunt îmbrăcată la fel de elegant precum ele.

Nu sunt ca aceste femei. Nu mi-am dorit niciodată să fiu o prințesă a zânelor, nu am visat niciodată ziua în care aș putea dansa cu nemuritorii la unul dintre balurile lor legendare. Dar, în seara asta, îmi recunosc norocul. Odată ce mă aflu de cealaltă parte a portalului, oamenii lui Gorst nu mă pot atinge.

Cu un astfel de gând în minte, ridic capul ca să o văd pe femeia din fața mea cum sare de pe mal, îmbrățișând căderea abruptă, de aproape doi metri, până la râu – doar pentru a dispărea în neant.

— Hai odată! spune femeia din spatele meu. E rândul tău. Nu ține coada în loc.

— Pur și simplu... sar? întreb.

Râde.

— Nu, prostuțo. Dacă sari, vei cădea direct în râu. Trebuie să mergi la portalul situat deasupra apei. Trebuie să crezi că se află acolo, altfel nu va funcționa.

Mă uit cu gura căscată la râul învolburat de dincolo de mal. Teama îmi urcă pe spate și mă apasă cu greutate.

— Haide! insistă ea. Care e cel mai rău lucru care ți se poate întâmpla?

— Să cad în apă, să fiu trasă în adânc și curenții să-mi izbească trupul de stânci până mă înec?

Râde ca și cum tocmai am spus ceva incredibil de amuzant.

— Hai odată!

— Așa e. Doar trebuie *să cred.*

Pur și simplu.

— A văzut vreuna dintre voi, doamnelor, o tânără roșcată cu o cicatrice la încheietura mâinii? întreabă cineva de undeva din spatele cozii. Este o hoață și avem o recompensă în bani pentru prima persoană care ne ajută să o găsim.

Privirea femeii din spatele meu coboară, căutându-mi încheietura.

Îmi lipesc palma de amuletă și nu trec, pur și simplu, peste malul râului. Alerg.

# CAPITOLUL 5

ÎMI CLĂNŢĂNESC DINŢII DIN SPATE CÂND MĂ PRĂBUŞESC ÎN genunchi. Durerea îmi încătuşează picioarele şi, odată ce deschid ochii, un cer senin, luminat de razele lunii, străluceşte deasupra mea. Mă ridic cu greu în capul oaselor şi mă întorc spre râu, dar acesta a dispărut. La fel şi pădurea de dincolo de acesta. Singurii copaci se află la mare depărtare. Peste tot în jurul meu, asemenea unui torent nesfârşit, grupuri de femei apar din neant, sosind din portalurile răspândite în toată Elora.

*Acesta e locul. Acesta e Tărâmul Zânelor. Am reuşit!*

O energie incontestabilă îmi vibrează pe suprafaţa pielii. Ca şi cum aerul ar fi diferit aici, ca şi cum ar fi încărcat – o pânză de păianjen electrică, pregătită să prindă în capcană fiinţele umane asemenea unor muşte rătăcite.

Scrutez feţele înconjurătoare, în căutarea unui semn al femeii care părea dornică să mă predea pentru recompensă. Nu o găsesc în mulţime – nu că ar putea face prea multe de partea aceasta a portalului. În schimb, văd tinere grăbindu-se fericite spre o pasarelă aurie, care duce la un castel uriaş. Turle de aur sunt înșiruite de-a lungul orizontului, cu vârfurile străpungând cerul nopții. Zidurile de piatră scânteiază, învăluite în lumină stelară. Totul este o imagine în oglindă a poveștilor de noapte bună spuse de mama - zidurile castelului, făurite din cuarț fărâmițat, podelele de marmură, cerul nopții, o pătură nesfârșită de stele strălucitoare.

Când eram mai mici, Jas și cu mine obișnuiam să visăm la acest loc. Era ca un joc. Să ne imaginăm că fugim pe Tărâmul Zânelor prin portalul solstițiului și că o găsim pe mama. Să descriem cât de încântată ar fi să ne vadă și să enumerăm nenumăratele motive care au împiedicat-o să se întoarcă. Pe măsură ce anii au trecut și mama nu ne-a vizitat nici măcar o singură dată, când nu s-a mai întors deloc să ne elibereze de contract, jocul m-a atras din ce în ce mai puțin. Nu am mai vrut să mă gândesc la mama sau la motivul pentru care ne-a dezamăgit. Nu am mai vrut să vorbesc despre ea, iar închipuirea unei reuniuni îmi strângea dureros stomacul.

Dar acum, că sunt aici, nu mă pot abține să mă întreb dacă este și ea, dacă a supraviețuit acestui tărâm primejdios în toți acești ani, dacă este... fericită.

Mă aflu la cel puțin o sută de metri de pasarelă și de porțile castelului, însă chiar și de la o asemenea distanță, roiuri de femei se aliniază cu nerăbdare. Mă așteptam ca mulțimea să fie copleșitoare, dar niciodată nu mi-aș fi putut imagina un astfel de scenariu. Femeile se împing unele într-altele pentru a-și ocupa locul la coadă. Disperarea lor mă îndeamnă să fiu, în egală măsură, tristă și vigilentă.

— Oh, draga mea! glăsuiește femeia din spatele meu. Nu vei putea intra arătând așa.

Cu trupul încremenit, mă întorc spre ea.

— Ce vrei să spui că nu voi intra?

Se încruntă, măsurându-mă cu privirea, apoi scoate o batistă din poșetă. Nu știu cum arăt eu, dar *ea* este strălucitoare - o rochie galben-canar, cu un corsaj strâmt și o fustă lungă, cu părul întunecat aranjat în bucle perfecte, delicate, care îi ating umerii.

Mă uit în jos și, pentru prima dată de când m-a trezit Nik, mă studiez cu un ochi critic. Rochia de mătase pe care mi-a dat-o este de un roșu-aprins, o nuanță apropiată părului meu. Largă în zona pieptului, se agață de unghiurile ascuțite ale șoldurilor înainte să devină și mai largă deasupra genunchilor. Materialul subțire îmi expune fiecare parte subnutrită a trupului, de la oasele șoldurilor ieșite în afară, până la burta lipită de spate. Pe Nik, probabil că simplitatea ținutei pare senzuală și seducătoare. Pe mine, arată un pic jalnic și neîngrijit. În mod normal, nu am timp să-mi fac griji pentru lucruri atât de superficiale ca înfățișarea, dar lângă această femeie strălucitoare, simt că mi-e rușine.

— Nu-ți face griji! Te voi ajuta eu, spune ea, oferindu-mi batista. Hai să te curățăm!

Dâre de murdărie mi-au acoperit mâinile. Când m-am predat umbrelor din alee, mă gândeam să mă ascund, să supraviețuiesc, nu să rămân curată.

— Mersi!

Accept țesătura moale și îmi șterg ușor murdăria de pe piele.

— Cred că mă grăbeam atât de tare să ajung aici, încât nici nu mi-am dat seama.

Sub mizerie, zgârieturi roz - ivite în urma alergării prin tufișurile pădurii - se încrucișează în sus și-n jos de-a lungul brațelor. Nu sunt tocmai o imagine a frumuseții.

— Ce vrei să spui că nu mă vor lăsa să intru? Nu le lasă pe toate să intre?

Femeia scotocește din nou prin poșetă și scoate o sticluță cu alifie.

— Nici măcar un castel atât de uriaș ca al reginei nu e suficient de mare pentru a găzdui toate femeile care își vor face apariția pentru a-și încerca norocul la câștigarea mâinii prințului.

Își ia batista înapoi, pune un pic din alifia opacă pe aceasta, apoi o tamponează pe o zgârietură deosebit de urâtă de pe umărul meu. Urmăresc cum pielea se vindecă și revine la o nuanță sănătoasă de fildeș.

— Îmi pare nespus de rău, dar nu te pot plăti pentru asta!

Cu un zâmbet, continuă să-mi aplice alifia în jos pe braț.

— Nu voi avea nevoie de banii tăi odată ce voi fi mireasa prințului Ronan.

Îmi face cu ochiul, ca și cum ar fi o glumă și numai eu cunosc poanta.

— Mă numesc Pretha.

Înghit în sec; încă nu sunt sigură ce am făcut ca să merit atât de multă bunătate.

— Abriella.

— Ce nume frumos!

Trece la celălalt braț al meu.

— Mersi! spun iar și cercetez coadă lungă din fața noastră. Cum decid cine intră?

— Majoritatea femeilor vor fi trimise acasă înainte de a pune vreodată piciorul în castel. Gărzile de la poartă sunt responsabile de prima selecție, întocmită doar pe baza înfățișării. Mai mult ca sigur vede dezgustul de pe fața mea, pentru că adaugă: Știu. Superficial, nu? Dar ei caută o prințesă umană sănătoasă și frumoasă pentru prințul lor.

Coada înaintează lent și, deși sunt nerăbdătoare să intru în castel și să încep propria căutare, sunt recunoscătoare pentru timpul în plus. Nu am luat niciodată în calcul posibilitatea că s-ar putea să nu trec de porțile palatului.

— Gata, mă anunță Pretha după ce îmi termină de vindecat ultima zgârietură de pe încheietura mâinii. Și acum... mă pot ocupa de fața ta?

Scoate o oglindă mică și o întoarce, astfel încât să mă pot vedea.

Fața nu se află într-o condiție mai bună decât mi-au fost brațele, dar mai rele decât zgârieturile și murdăria sunt cercurile de sub ochi și scobiturile din obraji. *Sănătoasă* nu este cuvântul care îmi vine în minte când îmi privesc reflexia.

Pretha îmi tamponează chipul cu o bucată de pânză curată, apoi scoate la iveală produse cosmetice din adâncurile nesfârșite ale genții sale. Îmi conturează ochii cu kohl, îmi dă cu rimel genele, îmi luminează obrajii cu fard și îmi pictează buzele într-o nuanță intensă de roșu. Când mă uit din nou în oglindă, singura trăsătură familiară a rămas părul meu roșu și creț.

— Ești cu adevărat o artistă! o laud, atingându-mi ușor pielea acolo unde s-au aflat pungile de sub ochi. Ești sigură că nu ai folosit magie asupra mea?

Pretha râde.

— Nu e nimic în neregulă cu puțină magie pentru a-ți spori frumusețea naturală.

Ar trebui să mă aștept la peria care îi apare în mână, dar când începe să se ocupe de părul meu, izbucnesc în râs.

— Dacă peria aceea îmi poate îmblânzi buclele, s-ar putea să te califici pentru a te alătura Celor Șapte din Elora.

— Nu aș îndrăzni să-ți domolesc frumusețea sălbatică. Îi va atrage atenția prințului.

Îmi prinde buclele cu o agrafă de cristal în creștetul capului, apoi mi le aranjează cu grijă în jurul feței.

Încerc să zâmbesc asemenea unei fete care își dorește cu nerăbdare să atragă privirea unui prinț al zânelor. Adevărul e că odată ce ajung într-un final înăuntru, vreau exact contrariul.

Când părul meu încetează să mai reprezinte o problemă, Pretha se dă înapoi și-și înclină capul pe un umăr.

— Iar acum, rochia?

Coada se târăște încet înainte, iar luna străbate netulburată cerul. În acest ritm, vom sta la rând până la răsăritul. Poate chiar mai mult de atât.

— Presupun că ai un ac și o ață în buzunarele alea și vei preschimba asta în ceva mai elegant?

— Pfff! mormăie Pretha, fluturând din mână. Nu sunt croitoreasă.

Cuvântul e un pumn în burtă, o amintire care îmi șterge zâmbetul.

— Nici eu.

Se încruntă, căci nu-i scapă schimbarea stării mele de spirit.

— Am zis ceva greșit?

— Nu, nu-i nimic. Sora mea a fost... *este* o croitoreasă. Atâta tot.

Expresia i se înmoaie.

— Îmi pare foarte rău! Ce s-a întâmplat cu ea?

— A fost vândută ca sclavă.

Ceva îi însuflețește ochii, o străfulgerare efemeră și, pentru o fracțiune de secundă, cred că ar putea urla de furie în locul meu, însă apoi clipește și licărul dispare.

— Și din acest motiv te afli aici?

Oftez. Am nevoie de un prieten, dar nu pot risca să-i divulg planurile mele unei străine.

— Îmi imaginez că fiecare fată care stă la această coadă visează la ce ar putea realiza cu puterea și privilegiul unei prințese a zânelor.

— Hmm!

Își deschide palma și îmi arată un mănunchi de ace.

— Îmi dai voie?

— Parcă ai spus că nu ești croitoreasă.

O urmăresc cum așază acele unul lângă altul în jurul taliei mele. Mă întorc lent, astfel încât să continue în spatele meu.

— Nu sunt, dar femeia care a vrăjit aceste ace este.

Strecoară un ultim ac în loc, închizând cercul, apoi pocnește din degete. Dintr-odată, rochia nu mai este cea îmbrăcată în pădure, ci o rochie de bal, mai frumoasă decât orice am purtat vreodată, poate chiar mai frumoasă decât orice a creat vreodată Jas. Fusta lungă mătură iarba în timp ce merg. Boboci de trandafir sunt cusuți de-a lungul tivului și sus, pe o parte, ca și cum fusta în sine ar fi o leasă magică. Corsajul strâmt e prevăzut acum cu fâșii rigide de material, asemenea unor oase, care îmi fac pieptul inexistent să se umfle, tăinuindu-mi la fix amuleta în decolteul în formă de inimă.

Sunt ocupată să-mi admir noua rochie, așa că abia când Pretha mă bate ușor pe umăr îmi dau seama că am traversat pasarela. Am ajuns în cele din urmă la porțile castelului.

Nu știu ce mă așteptam să văd, dar pe peluza verde luxuriantă are loc o petrecere. Creaturi de tot felul roiesc prin împrejurimi. Făpturi fermecate asemănătoare fluturilor, cu aripi translucide și trupuri minuscule, umanoide, zboară prin mulțime, iar zumzetul aripilor evocă glasul purtat de vânt al unui flaut. Zâne de foc, cu pielea roșie și ochi strălucitori, dansează în jurul unui foc de tabără, învârtind atât de repede parteneri umani între ele, încât abia le pot urmări mișcările.

Făpturile fermecate din nobilimea elfilor se strecoară prin mulțime și, dacă nu ar fi fost urechile ascuțite și grația lor eterică, aproape că ar putea să se amestece printre ființele umane - nu că și-ar dori asta.

— Ne apropiem.

Pretha îmi strânge mâna și simt un val neașteptat de afecțiune.

— De ce ești atât de drăguță cu mine?

— Poate că și eu am nevoie de un prieten.

De unde știe că *eu* am nevoie de un prieten? Nimeni nu s-a gândit vreodată la asta. Dimpotrivă, din moment ce par rece și distantă. O singuratică fără dorința de a-și schimba năravul.

— Ei bine... îți mulțumesc! Pentru tot.

Îmi mușc interiorul buzei în timp ce îmi studiez iarăși rochia. E frumoasă și, cu puțin noroc, mă va ajuta să ajung înăuntru, dar cum mă voi descurca mai încolo? Nu mă pot strecura pe holuri întunecate în fusta asta.

— Nu-ți place, constată ea.

Nu este defensivă sau îmbufnată, doar atentă, aproape curioasă.

— Nu sunt obișnuită cu hainele care îmi restricționează libertatea de mișcare. Adică, am fost sfătuită toată viața să fiu cu ochii-n patru în Tărâmul Zânelor, și dacă trebuie să fug sau așa ceva...

Își ridică bărbia.

— O fată isteață!

Mă strâmb.

— Sau o ticăloasă nerecunoscătoare?

— Acele sunt încă în partea de sus a fustei. Scoate unul singur ca să rupi vraja, iar rochia va reveni la forma sa inițială.

Ating în treacăt partea superioară a fustei cu vârfurile degetelor, până când simt unul dintre ace.

— Perfect! Mersi!

Pălăvrăgim ore în şir, pe măsură ce coada se apropie tot mai mult de porţile castelului. În tot acest timp, reţin cât mai multe detalii posibil despre împrejurimi, ignorându-mi picioarele îndurerate şi stomacul ghiorăind de foame, ca să studiez zânele din curte şi străjerii care patrulează în jurul terenului pe care ne aflăm.

Fără îndoială, cel mai simplu mod de a intra în castel este prin uşile din faţă, dar şansele îmi scad tot mai mult până să ajungem acolo. Soarele este sus pe bolta cerească şi am văzut zeci de femei alungate prin portalul de lângă străjeri şi foarte puţine lăsate să intre în castel.

— Noroc! şopteşte Pretha în timp ce fac un pas înainte.

Masculul de la uşă are urechi ascuţite şi ochi de o nuanţă deschisă de albastru. Mă măsoară din cap până-n picioare, ridică din umeri şi îmi face semn cu mâna să merg înăuntru. Mă întorc spre Pretha.

— Cum te voi răsplăti pentru toate astea?

Rânjeşte.

— Oh, mă voi gândi eu la ceva înainte să ne întâlnim din nou.

Când păşesc înăuntru, o altă făptură fermecată elfă mă ia de braţ şi mă conduce pe un hol strălucitor. Deasupra capului, candelabre de cristal aruncă săgeţi luminoase pe podelele scânteietoare, un efect cu adevărat uimitor, aproape orbitor.

Risc să arunc o privire peste umăr, ca să văd dacă noua mea prietenă mă urmează, dar în schimb văd o faţă necunoscută care se ţine după mine, la câţiva paşi în spate. Oare Pretha a fost trimisă acasă? Mă roade vinovăţia. După tot ce a făcut ca să mă ajute, mi se pare nedrept faptul că mie mi s-a permis să intru și ei nu. Ar fi trebuit să o las să meargă prima – poate să fi convins gărzile dacă i-ar fi spus să plece prin portal.

— Drept înainte! Bucurați-vă de sărbătoare! rostește scurt escorta mea.

Înainte să pot răspunde, îmi dă drumul și se întoarce pe drumul pe care am venit.

Înaintez încă puțin și scot un suspin când pășesc într-o sală de bal la fel de mare ca un cvartal din Fairscape, scăldată în lumina dimineții târzii prin ferestre care se înalță pe două etaje, din podea până în tavan. Ființe umane și făpturi fermecate se învârt deopotrivă pe podelele de marmură strălucitoare. Îmi croiesc încet drum în sală, strecurându-mă în mulțime în timp ce studiez spațiul.

— De ce a trebuit să o alunge pe Jasalyn înainte să-mi poată termina rochia? se plânge o vocea familiară de undeva din spatele meu.

*Cassia.*

Inima mi-o ia numaidecât la galop. *Nu. Te rog, nu!*

— Cel puțin tu ai avut ceva adecvat, spune Stella. Eu a trebuit să o mituiesc pe una dintre fetele de la croitorie pentru asta și aproape că m-au alungat de acolo fără nimic.

Bineînțeles că Stella și Cassia au venit la bal. Probabil de aceea au insistat ca Jas să le croiască rochii noi. Sunt exact genul de idioate care ar crede că ar putea deveni prințese ale zânelor.

Îmi țin capul plecat și mă furișez prin mulțime și departe de ele. Nu vreau să iau în considerare ce se va întâmpla dacă mă văd. Ar face tot ce le stă în putință ca să fiu alungată de aici și ar râde dacă ar ști că încerc să o salvez pe Jas.

În graba mea de a traversa îndată sala de bal, dau peste un mascul solid, cu umeri lați.

— Îmi pare foarte rău! Scuză-mă!

Nu-mi ridic privirea, ci continui să merg înainte.

— Te simţi bine?

Vocea îi este profundă şi melodioasă. Ceva pulsează înăuntrul meu, atras de sunet, şi nu pot înfrâna impulsul de a mă întoarce spre el.

Mi se taie răsuflarea la vederea unui mascul înalt, cu pielea de un brun-deschis. Aceasta nu este o făptură fermecată oarecare. Este *uluitor*. Părul întunecat îi atârnă până la maxilarul puternic într-un vâlvoi de bucle rebele. Ochii argintii îi strălucesc ca lumina lunii şi sunt încadraţi de gene lungi şi dese. Dacă ar fi o fiinţă umană, aş spune că are vreo douăzeci de ani, dar există ceva în postura şi în liniile dure ale chipului său care îl face să pară mult, mult mai în vârstă. Gura ademenitoare, cu buze pline, schiţează o grimasă în timp ce mă studiază, apoi întinde mâna.

— Un dans, domniţă?

— Poftim? Nu.

Trebuie să rămân concentrată. Nu am nevoie ca o făptură fermecată, mai exact acest mascul superb, să mă distragă.

Ochii i se măresc, de parcă n-ar fi fost respins niciodată. Cu o astfel de înfăţişare, nu m-ar mira deloc.

— Atunci, poate o plimbare prin grădini?

— Dă-mi pace! Nu mă interesează...

Sunetul râsului verişoarelor mele se apropie şi mă uit pe furiş peste umăr ca să le văd cum micşorează tot mai mult distanţa dintre noi.

— Bine. Hai să dansăm! spun fără să mă gândesc, vârându-mi mâna într-a lui.

Buzele îi zvâcnesc, dar îmi acceptă mâna şi mă conduce spre ringul de dans.

— Plăcerea va fi de partea mea!

De pe o scenă plasată în fața sălii, o orchestră completă cântă o melodie răscolitoare. Piesa nu mi-a mai încântat vreodată auzul, dar îmi subjugă membrele, le îndeamnă să se miște în ritmul muzicii, ca să păstreze cadența.

Făptura fermecată cu care dansez îmi susține privirea în vreme ce mă conduce pe ring. Candelabrele sclipesc deasupra noastră, globuri de lumină plutitoare, purtate de o adiere ușoară. Ceva în legătură cu dansul – cu felul în care ne unduim împreună – îmi amintește de acel sentiment intens de libertate resimțit atunci când mă mișc prin întuneric. Este, totodată, relaxant și îmbătător, aproape toxic. Este adrenalina la care nu vreau să renunț. Iar când el îmi studiază fața și șoptește „Atât de frumoasă!", toate grijile dispar, șterse din minte.

Cântecul se schimbă și o altă zână intervine, luându-mi mâna înainte ca făptura fermecată cu ochi argintii să mă poată îndepărta de pe ringul de dans.

Oare ar fi atât de rău? Să mă delectez cu un alt dans înainte să risc totul în căutarea surorii mele? Oare ar fi atât de rău să-mi acord doar câteva momente pentru a-mi imagina o viață în care fiecare zi nu reprezintă o luptă, în care aș putea trăi ca aceste zâne – dansând și bând vin, râzând de prostii meschine, neînsemnate?

Trupul meu și cântecul devin unul singur și, pe măsură ce orchestra întețește ritmul – pe măsură ce arcușurile se mișcă mai repede peste corzi și degetele flautistului aleargă peste clape –, mușchii îmi anticipează fiecare notă. Sunt trecută de la un partener la altul și mă simt la fel de grațioasă precum făpturile fermecate. Dansez și dansez și dansez, până când abia mai pot răsufla, până când mă ard plămânii și mă dor picioarele.

Chipurile partenerilor mei sunt neclare. Nu-mi pasă cine sau ce sunt, cât timp problemele și viața mea mizerabilă sunt ținute la distanță cu ajutorul dansului și cântecului magic.

Cu zâmbetul pe buze, mai relaxată decât am fost de luni bune, îmi mișc șoldurile în ritmul muzicii, umerii răsucindu-se lipsiți de vlagă. Înainte să-mi dau seama, mă trezesc în mijlocul ringului, unde dansez și mă las condusă de un șir nesfârșit de făpturi fermecate. Îmi ridic brațele deasupra capului și le flutur în aer, după ritm. Povara imensă de pe umeri, suma tuturor responsabilităților adunate de-a lungul timpului, dispare. Sunt liberă, pentru prima dată după mulți ani. Poate chiar pentru prima dată. Acest dans *este* libertate.

Cineva îmi vâră un pahar cu vin în mână și privesc îndelung lichidul, mișcându-mă în continuare. Mă simt atât de bine și știu că vinul mă va face să mă simt și mai bine! Tot ce trebuie să fac este *să beau*.

Ceva prinde contur în subconștient, ca un avertisment. Ceva legat de acest vin. Ceva ce trebuie să-mi amintesc. Dar... ridic paharul la buze. Vreau mai mult dans, mai multă bucurie, mai multă *libertate*. Pocalul îmi este smuls din mână înainte să-mi poată atinge buzele, apoi brațe puternice se înfășoară în jurul meu, îndepărtându-mă de pe ringul de dans.

Mă lupt cu el, încercând să mă întorc acolo unde aparțin – chemată de muzică și ritm, de legănarea reconfortantă a șoldurilor și mișcarea încețoșată, de arpegiul tot mai accelerat.

— Destul! îmi șoptește el la ureche.

— Nu.

Cuvântul este o rugăminte.

Mă trage departe de dansatori și de melodia încântătoare, într-un hol cufundat în liniște, în afara sălii de bal. La capătul coridorului, o fereastră dezvăluie soarele care coboară spre orizont, învăluind tărâmul în strălucirea galben-portocalie a amurgului.

Muzica îmi eliberează treptat mintea, pierzându-și puterea, și îmi înghit nodul din gât, pe măsură ce îmi revin simțurile. Picătură cu picătură, precum apa care umple o cană, gândurile îmi revin la suprafață, clare, precise.

*Jas. Trebuie să o salvez pe Jas.*

Sunt prinsă în strânsoarea unei fãpturi fermecate. Brațele îmi sunt imobilizate de-o parte și de alta a trupului. E prea puternic. Prea mare. Nu mă pot lupta cu el.

— Trebuie să respiri, îmi spune la ureche.

Mă smucesc din brațele lui și mă răsucesc spre el. Este fãptura fermecată cu ochi argintii cu care am dansat prima oară.

— Acela este...

Mă forțez să trag adânc aer în piept și mă holbez uluită pe fereastra din capătul coridorului.

— Acela este apusul?

Râde batjocoritor, îngustându-și ochii în direcția mea.

— Ți-a scăpat timpul printre degete?

Închid strâns ochii, blestemându-mă în sinea mea. Ar fi trebuit să știu mai bine, dar m-am lăsat intoxicată de muzica lor. Am pierdut ore care trebuiau folosite ca să caut prin castel - ca să ajung la Jas. Și aproape că am băut din vinul zânelor. *Proastă mai sunt!*

— Sunt bine.

— *Acum* ești.

Dă din cap spre încheietura mea.

— Interesantă cicatrice!

Inima mi se strânge la amintirea lui Jas. Întotdeauna mi-a numit cicatricea „luna și soarele" meu. O parte arată ca o semilună și cealaltă, ca un soare strălucitor.

— Am fost prinsă într-un incendiu când eram mică. Sunt norocoasă că am supraviețuit.

Închid repede gura. Nu trebuie să-i spun nimic, dar farmecul lui aproape că mă subjugă, convingându-mă să mă destăinui. Pare că nu-și poate desprinde ochii de pe însemn.

— Dar a fost...

Își îndreaptă iute privirea spre capătul coridorului, încordându-se.

— Vine regina.

Nu știu dacă ar trebui să fie un avertisment sau dacă pur și simplu nu vrea să-i ratez sosirea. Flutur mâna spre sala de bal.

— Te rog, întoarce-te la petrecere!

Un licăr îi însuflețește ochii.

— Nu o lăsa să-ți vadă cicatricea.

Poftim? De ce? Nu am nicio șansă să întreb, pentru că face o plecăciune din șolduri – *o plecăciune până la podea* din partea unei făpturi fermecate de viță nobilă, un gest rezervat doar celor mai înalte ranguri ale lor. Apoi se întoarce în sala de bal și dispare în mulțime. O parte din mine vrea să-l urmeze și să-i ceară pe un ton poruncitor o explicație în legătură cu ce a vrut să spună despre cicatricea mea, dar nu voi risca să mă întorc în sala de bal și la acea muzică. Nu mai pot pierde timpul.

Scot un ac de la fustă, iar rochia se destramă, lăsându-mă în mătasea simplă și subțire în care am ajuns. Mă întorc în adăpostul oferit de umbre și răsuflu ușurată acum, că întâlnirea s-a sfârșit, chiar în timp ce mă surprind reamintindu-mi cum m-am simțit când am dansat în brațele lui și expresia de pe chipul său când a șoptit „Atât de frumoasă!" S-a referit la muzică? Sau am înțeles greșit și a spus „Atât de frumos!", referindu-se la dans? De ce vreau să cred că vorbea despre mine? De ce îmi *pasă*?

Apoi îi aud – pași apăsați care se îndreaptă spre mine. O duzină de străjeri își anunță apariția, mărșăluind în cadență de ambele părți ale unei făpturi fermecate înveșmântate în robă, purtând o coroană sclipitoare de aur.

Până și eu sunt uimită la vederea ei: Arya, Regina de Aur, conducătoarea Curții Soarelui. Părul îi strălucește ca firul de aur, iar pielea, ca lumina asfințitului care se reflectă pe apă. Iar ochii… ochii ei nu se potrivesc cu restul înfățișării. Albastrul ar trebui să fie uluitor, dar, în schimb, mi se pare pustiit – singuratic.

*Odată ca niciodată, o Prințesă de Aur din neamul zânelor s-a îndrăgostit de Regele Umbrelor…*

Oare regele i-a frânt inima?

Clătinând din cap, mă forțez să mă concentrez. Făptura fermecată cu ochi argintii a avut dreptate într-o singură privință: nu o pot lăsa pe regină sau pe străjerii ei să mă vadă. Trebuie să rămân ascunsă, astfel încât să mă pot strecura prin castel cât restul lumii e distrasă de bal.

Mă uit în jos la mâinile mele și îmi țin răsuflarea. Mâinile, picioarele, corpul meu – nu există altceva decât umbră. Îmi flutur mâna în dreptul feței, dar nu e nimic acolo. Sunt… invizibilă?

Mă împleticesc înapoi, în perete – și cad direct prin acesta, într-o explozie de lumină solară, într-o bucătărie plină de viață.

— Ce cauți aici? mârâie la mine un gnom musculos, cu o bonetă de bucătar.

Are un rât uriaș și coarne de fildeș curbate.

Mă chinui să mă ridic în picioare, holbându-mă la peretele *prin* care, sunt destul de sigură, tocmai am căzut.

— Ai venit să furi mâncare din bucătăria mea?

Mă lovește în spate cu o lingură, iar pielea mă ustură.

— Valea de aici, sălbăticiune ce ești!

— Da, domnule, murmur.

Găsesc cea mai apropiată ieșire și mă reped afară din încăpere, ieșind într-un coridor lung, diferit de cel în care am văzut-o pe regină. La fiecare câțiva metri, lumânări pâlpâie în candelabre, însă nu există ferestre, iar umbrele domină holul, o abundență întunecată, dinamică.

Întind o mână tremurândă și privesc cum dispare, înghițită de umbră.

Oare e o reacție stranie la faptul că mă aflu în Tărâmul Zânelor? Talentul meu de a mă contopi cu umbrele în lumea normală s-a transformat aici în abilitatea reală de a dispărea complet?

Voci plutesc spre mine dintr-o încăpere din capătul holului, așa că pășesc în umbre, dorindu-mi să dispar în vreme ce ascult.

— Îl așteaptă pe prinț în *seara asta*, rostește o voce adâncă.

— Da, domnule, înțeleg, răspunde un alt mascul, însă vocea îi este pițigăiată. Dar prințul Ronan încă nu a ajuns. După cum știți, nu e deloc dornic să se întoarcă acasă și e și mai puțin dornic să-și aleagă o mireasă.

— Atunci *găsește-l*! zice prima voce. Dacă mă obligi să-i transmit vești proaste reginei, voi fi foarte nemulțumit.

Palatul este plin de femei gata să-și ofere viața prințului Seelie, iar el nici nu s-a obosit să apară? Cât de tipic pentru o făptură fermecată! Tâmpenii egocentrice.

Masculii ies din cameră și se îndreaptă spre mine. Sunt înalți, grațioși, făpturi fermecate nobile înveșmântate în uniforme galben cu gri – din garda reginei, poate?

Rămân în umbre, rugându-mă să fiu invizibilă și în ochii lor, nu doar în ai mei. Trec pe lângă mine și îmi țin răsuflarea când unul dintre ei îmi atinge în treacăt burta cu cotul.

Când dispar după un colț, îmi îngădui să respir din nou. Atentă, arunc un ochi în camera din care au ieșit. Este un cabinet cu două birouri, cu o mulțime de cărți și hărți fixate de-a lungul pereților, dar ce-mi stârnește cel mai mult interesul sunt fereastra și lumina tot mai scăzută a soarelui.

Trebuie să găsesc acel șifonier. Am pierdut deja prea mult timp.

L-am găsit. În străfundurile palatului, la nivelurile inferioare, în colțul îndepărtat al unei cămări, am găsit un șifonier uriaș cu aripi pictate pe uși.

Castelul reginei este imens și plin de făpturi fermecate, și mult mai multă lumină decât i-ar conveni unei fete ale cărei abilități se învârt în jurul umbrelor și întunericului. Există foarte puține coridoare sau încăperi care nu sunt păzite îndeaproape, dar am cutreierat prin fiecare spațiu la îndemână, căutând. Aș fi putut economisi ore bune dacă m-aș fi gândit să încep cu cămările, dar luând în considerare mărimea palatului, e un adevărat miracol că am reușit să-l găsesc.

Aici, jos, e întuneric și răcoare, și sunt atât de obosită, încât vreau să mă ghemuiesc într-un colț și să dorm o săptămână. Am rămas trează aproape 24 de ore, iar mușchii mă dor după tot timpul petrecut în sala de bal, absorbită de dansurile zânelor. Dar nu mă pot opri acum. Trebuie să ajung în Regatul Unseelie. Numele surorii mele îmi răsună necontenit în minte, amintindu-mi de ceea ce este în joc și oferindu-mi energia de care am nevoie pentru a continua.

Când deschid ușile șifonierului, îmi dau seama că nu știu ce caut. Este – cel puțin în aparență – o piesă obișnuită de mobilier, un loc pentru depozitarea hainelor. Deși nu mă așteptam la lumini pâlpâitoare care să anunțe „Portal magic! Pășește pe aici la miezul nopții ca să-ți găsești sora!", am crezut că voi întrezări un semn distinctiv, ceva care să-mi explice cum aș putea să-l folosesc.

Desigur, nu e nimic evident, nici pe departe. Bakken mi-a descris aripile, dar poate că există mai multe dulapuri care se potrivesc descrierii. Dacă regina chiar a distrus în cele din urmă portalul, iar acesta nu este nimic altceva decât un șifonier obișnuit? Deschid toate sertarele și îmi trec mâinile de-a lungul pereților și pe spate. Niciun pasaj, niciun compartiment ascuns sau perete fals. Poate că e precum portalul de la râu și trebuie să intri și *să crezi*.

Dar unde să intru? Cum?

Un râs jos și răgușit se aude în spatele meu, un îndemn să mă întorc numaidecât spre intrus.

La început, nu văd pe nimeni, dar apoi apare un glob de lumină al făpturilor fermecate, plutind spre mine, și un mascul înalt, cu păr întunecat, se desprinde din umbre. Îi recunosc imediat ochii argintii.

Îmi îndrept mâna spre pumnalul pe care nu-l am la șold. Știam că nu aș fi putut intra în castel cu arme asupra mea și, împotriva rațiunii mele, am venit pe acest tărâm periculos complet neînarmată. Dacă aș fi fost isteață, m-aș fi oprit mai întâi la armurăria reginei și *apoi* aș fi început să caut portalul. Nu – dacă aș fi fost isteață, l-aș fi făcut pe Bakken să-mi spună cum să merg direct în Regatul Unseelie. Dacă nu descopăr iute cum se activează portalul, va trebui să mă ascund o zi întreagă în castel înainte să se deschidă din nou.

*Nu mai am timp.*

— M-ai urmărit? îl întreb.

— O ființă umană fascinantă vine la balul prințului Ronan și se furișează cumva prin palat, nedetectată - bineînțeles că te urmăresc.

Se pare că nu complet nedetectată. Nu dacă m-a urmărit până aici.

— Sunt mai mult decât intrigat, adaugă el, dar nu pare intrigat.

Pare iritat.

Încremenesc, așteptând să cheme străjerii, să se arunce asupra mea și să mă târască în temniță - *ceva*. Dar nu schițează nicio mișcare și îmi dau seama, cu întârziere, că acest mascul cu ochi argintii și păr întunecat nu face parte din nobilimea făpturile fermecate de aur. „Nu încheia o învoială sau un legământ cu ochii argintii." Face parte din Curtea Lunii.

— Cine ești?

Chicotește.

— Te-aș putea întreba același lucru.

Ridic bărbia. Dacă nu face parte din curtea reginei, nu va ști că locul meu nu este aici.

— O slujesc pe regina Arya, și am fost trimisă aici, jos, pentru a recupera ceva în numele ei.

Încrucișându-și brațele la piept, își înclină capul.

— Nu semeni cu niciuna dintre fetele reginei Arya.

— Și le-ai întâlnit tu pe toate?

— Presupun că nu.

Mă măsoară din cap până-n picioare.

— Dar mă consider destul de familiarizat cu ființele umane de la curtea ei.

— Poate că nu ești chiar atât de bine informat pe cât crezi.

Știu că nu ar trebui să-i dau replica unei făpturi fermecate. Ar trebui *să fug*, nu să vorbesc. Și totuși, sunt atrasă de el - ceva mă îndeamnă să mă apropii, nu să fug. Puterea îmi pulsează prin vene, ecoul adrenalinei pe care am simțit-o când am dansat împreună.

*De ce nu mi-a spus nimeni că ființele umane au puteri în Tărâmul Zânelor?*

Rânjește, pășind în față, și doar cu acel singur pas sunt prea conștientă de cât de masiv este. Poartă pantaloni negri eleganți și o tunică asortată, care pare croită din catifea, însă umerii îi sunt lați ca ai unui războinic. Și iată-mă aici, lipsită de apărare.

*Poți trece prin pereți, Brie. Nu ești încolțită.*

Și cu această încurajare născută în subconștient, trag adânc aer în piept și îl las să mă studieze. De parcă nu aș avea nimic de ascuns.

— Dacă ai fi vrut să te dai drept una dintre slujnicele Aryei, ar fi trebuit cel puțin să-ți dai osteneala să afli în ce culori le îmbracă.

Nu-i pot interpreta scuturarea pieptului decât ca un chicotit tăcut, înăbușit.

— Sau să știi că nu și-ar lua niciodată o slujnică mai frumoasă decât ea.

Mi se îmbujorează obrajii și trebuie să lupt cu impulsul de a-mi coborî privirea, de a-mi aminti cum arăt. Mă convinsesem pe jumătate că mi-l imaginez rostind acele cuvinte când dansam împreună. Acest mascul superb crede că *eu* sunt frumoasă? Desigur, cu produsele cosmetice magice ale Prethei, oricine ar arăta mai atrăgător, dar dacă vrea să cred că în ochii lui sunt mai frumoasă ca regina, fără îndoială că încearcă să mă flateze.

— Ce dorești?

— Mi-ar plăcea să știu cine ești.

— Tocmai ți-am spus.

— Nu ești nici o slujnică și am trăit suficient cât să recunosc o hoață când o văd. Clatină din cap, adăugând: Dar nu-mi dau seama ce încerci să furi. Ce crezi că ascunde în șifonierul acela?

Îmi încrucișez brațele; nu mă obosesc să-i răspund.

— Poate cauți ceva ce ne dorim amândoi, spune el. Poate că ne putem ajuta reciproc. Spune-mi de ce ai nevoie, frumoasă hoață!

Povestea aproape că îmi părăsește într-un salt buzele - există ceva șarmant la acest mascul, ceva care mă îndeamnă să-i spun, cu ușurință, tot ce vrea să știe -, dar îmi țin gura ferecată. Bineînțeles că e șarmant. Este o făptură fermecată. Mai rău, Unseelie. Se nasc cu șarm și cruzime mortală.

Probabil că e suficient de puternic cât să mă constrângă să-mi dezleg limba și nu-mi pot asuma un astfel de risc. Pieptul mă înjunghie, nu mai pot răsufla cum trebuie. Mă simt prinsă - țintuită de acea privire scrutătoare căreia nu pare să-i scape nimic. Clopotele palatului încep să bată, iar pereții par să tremure odată cu dangătul lor. *Clopote!*

— Cât e ceasul?

— Aproape miezul nopții.

Îmi întâlnește privirea.

— Trebuie să ajungi undeva?

Mă uit în ochii lui și, preț de-o clipă, nu-mi pot aminti de ce trebuie să mă grăbesc. Nu am mai văzut niciodată asemenea ochi - argintii, împestrițați cu alb. Sunt extraordinari și i se potrivesc mănușă. Captivanți. De o frumusețe răpitoare, neobișnuită. Hipnotizanți. Periculoși.

Clopotele continuă să bată. *De șase. De șapte. De opt ori.*

Mă împleticesc înapoi.

— Trebuie să plec.

*De nouă. De zece ori.*

I se umflă nările când inspiră.

— Lasă-mă să te ajut.

*De unsprezece ori.*

Într-o grabă indusă de panică, mă arunc în şifonier.

*De douăsprezece ori.*

Mă năpustesc spre peretele din spate, dar nu trec prin el. Cad - direct într-un pat cu baldachin, masiv şi din abanos, într-un dormitor elegant amenajat. În jurul meu, o jumătate de duzină de străjeri stau în picioare, cu mâinile pe săbii.

Arunc o privire în jur, bulversată. *Unde sunt?*

Un singur străjer face un pas în faţă.

— Abriella Kincaid, vino cu noi! Regele Mordeus îţi aşteaptă sosirea.

# CAPITOLUL 6

Groaza îmi face corpul să se blocheze. Gărzile care mă înconjoară au muşchi proeminenţi, coarne curbate pe cap şi limbi bifurcate care ţâşnesc afară la fiecare câteva secunde, aşa cum ar face cea a unei broaşte. Deşi ştiu că frumoasele făpturi fermecate nobile elfe sunt la fel de mortale ca oricare, vederea acestor străjeri mă îndeamnă să fug şi să mă ascund.

Mi-aş dori să pot dispărea sau să devin una cu umbrele, dar orice putere aş fi avut în palatul reginei acum mă ocoleşte. O mână cu gheare îmi încătuşează încheietura, făcându-mă să mă smucesc din strânsoare.

— Opriţi-vă!

— Nimeni nu îl face pe rege să aştepte.

— Voi vorbi cu el numai dacă rămân nevătămată.

Străjerul care îmi mă strânge de încheietură pufneşte, neafectat de ameninţarea mea, şi încă doi fac un pas înainte şi mă apucă de celălalt braţ.

— Eliberaţi-mă!

Bravada mi se transformă în panică.

— Dați-mi drumul acum și promit să vă urmez!

Două dintre gărzi schimbă o privire nedumerită, evident amuzate. A treia râde și le spune celorlalte:

— Crede că avem încredere în ea.

Mâinile lor îmi ciupesc brațele și încheieturile în timp ce mă conduc afară din cameră și de-a lungul unui hol slab luminat. Panica îmi sporește cu fiecare cotitură.

Mă vor duce la rege, iar acesta mă va arunca în temniță. Mă vor înrobi, așa cum au înrobit atât de multe ființe umane. Dar mai rău decât să știu că viața mea s-a sfârșit e să știu că nu am reușit să o salvez pe Jas.

Deodată, mă trag într-o încăpere care e mai strălucitoare decât toate holurile pe care le-am străbătut până acum. Globuri de lumină valsează deasupra capului meu, în ritmul muzicii. Făpturi fermecate de tot felul dansează sub lumina lunii, care scânteiază printr-un tavan boltit făcut de sticlă.

Frumusețea Curții Lunii, imposibil de redat prin cuvinte, sfidează însăși imaginația; adunarea din fața mea nu e o reverie a vreunui om beat. Mi-am închipuit sacrificii umane deasupra unor focuri uriașe de tabără, torturi nesfârșite în fiecare ungher și țipete cutremurătoare de durere. Dar asta? Asta e un *bal*, la fel de încântător precum cel care se desfășoară la Curtea de Aur și, deși gărzile care mă escortează sunt înfricoșătoare, făpturile fermecate elfe, în ținutele lor elegante, sunt la fel de minunate ca nobilimea din palatul reginei.

Intrăm, iar străjerii mă târăsc înainte, ca și cum ar fi așteptat sosirea mea. Mulțimea șușotește, apoi zânele se dau în lături, dezvăluind un tron de abanos lustruit, plasat pe un podium în capătul opus al sălii. Și în picioare lângă acesta, cu brațele încrucișate, nu poate fi nimeni altul decât regele Mordeus.

Chiar și din cealaltă parte a încăperii, îi pot vedea ochii argintii. Îi ațintește asupra mea când mă apropii. Aroganța și autoritatea se revarsă în valuri din el. Stă cu picioarele depărtate, emanând putere și încredere. Părul întunecat îi e legat la ceafă, cu excepția a două împletituri albe care atârnă libere, încadrându-i maxilarul ascuțit și pomeții proeminenți. Dacă n-ar fi cruzimea licărind în ochii aceia, l-aș putea numi frumos. Dar ochii aceia...

Mă străbate un fior, rece ca suflul iernii. Aceasta e făptura fermecată care mi-a cumpărat sora de parcă ar fi fost un obiect ce poate fi deținut. Acesta e cârmuitorul care nu se va da în lături de la nimic pentru a obține ceea ce consideră că i se cuvine.

Ridică o mână. Muzica se oprește, iar mulțimea amuțește. Apoi îndoaie un deget, gesticulând spre el.

— Aduceți-o la mine!

Străjerii se supun, târându-mă spre podium mai repede decât îmi pot mișca picioarele.

— Abriella, Fata Focului, spune regele, ochii lui pătrunzători rătăcind posesiv peste mine. Nimeni nu mi-a spus cât de frumoasă e hoața umană.

Vreau să-l scuip și să-l zgârii. Această întruchipare a răului probabil că a rănit-o deja pe Jasalyn – sau mai rău. Poate că vede asta pe fața mea pentru că, în timp ce gărzile mă împing înainte, începe să râdă.

Mă împiedic, dar, când mă îndrept, un străjer mă lovește în spatele genunchilor și mă prăbușesc pe podeaua rece de marmură.

— Te vei înclina în fața Alteței Sale, Regele Umbrelor, Lordul Nopții, Cârmuitorul Stelelor!

Durerea îmi săgetează picioarele și, când încerc să mă ridic, descopăr că nu pot. Legături invizibile mă forțează să îngenunchez în fața acestui rege malefic.

Furia se aprinde înăuntrul meu, la fel de fierbinte ca focul din coșmaruri. Preț de o bătaie de inimă, întunericul inundă sala, atât de dens, încât nu se mai vede nimic în nicio direcție.

Un suspin adânc îmi părăsește buzele și bezna dispare. Se dă regele în spectacol? Încearcă să-și dovedească puterea în fața unei fete umane amărâte?

— Impresionant! face regele, zâmbindu-mi. De-a dreptul impresionant!

Își complimentează propria magie? Ridic bărbia. Poate că mă pot sili să îngenunchez, dar mă voi lupta cu ei înainte să mă înclin în fața regelui lor.

— Au zis că e imposibil, glăsuiește regele. Au zis că nicio ființă umană nu se poate deplasa prin Palatul de Aur nedetectată. Dar *eu* am știut. Tu ești specială.

— Unde e sora mea?

Cuvintele mele nu sunt nimic mai mult decât un șuierat plămădit din abur, născut din furia ce fierbe înlăuntrul meu. Zâmbetul regelui nu ar putea fi descris altfel decât primitor - expresia liniștitoare a unui prieten care vrea să știi că totul va fi bine -, dar niciun zâmbet nu poate tăinui gheața din ochii lui.

— Sora ta este în siguranță. Deocamdată.

— De ce o vrei pe ea? Ești un rege al făpturilor fermecate. Poți avea pe oricine dorești. Sunt nenumărate femei umane care ar face coadă pentru o șansă de a fi cu tine.

*Niște proaste!* adaug în tăcere.

Mă întreb dacă îmi aude gândurile, pentru că rânjește și chicotește încet.

— Nu pe sora ta o vreau.

— Atunci de ce...

— *Pe tine* te vreau.

Smucesc de legăturile invizibile.

— Dar n-are niciun sens!

— Chiar așa?

— Dacă m-ai vrut pe mine, de ce ai cumpărat-o *pe ea*?

— Ai fi venit la mine dacă ți-aș fi cerut? Te-ai fi sus-pus poruncii mele dacă aș fi cumpărat contractul *tău* și nu pe-al ei?

Ochii lui strălucitori se fixează asupra mea cu o asemenea intensitate, încât simt că îmi sfredelește sufletul, dornic să-i cunoască toate secretele.

— Nu, o fată ca tine nu m-ar ajuta, nici măcar pentru a-și salva propria viață. Dar dacă ar trebui să ajuți, dacă viața surorii tale ar depinde de asta...

— De ce ai avea nevoie de ajutorul *meu*? Tu ești un rege al făpturilor fermecate. Eu sunt o biată fată muritoare.

— Abriella, până și tu știi că ești mult mai mult decât atât.

Se joacă, distras, cu capătul uneia dintre cozile sale albe împletite.

— Ai reușit să te furișezi prin palatul Reginei de Aur și să cutreieri pe holurile ei. I-ai găsit portalul și ai trecut prin el, nedetectată. M-ai impresionat până și pe mine, Lordul Nopții. Cred că poți duce la bun sfârșit o sarcină pentru mine, una pe care nimeni altcineva nu o poate înfăptui.

— Mă îndoiesc! răbufnesc, apoi îmi doresc să-mi pot retrage cuvintele.

Câtă vreme o are pe sora mea, sunt la mila lui, iar el știe acest lucru. Dacă această *sarcină* e singurul avantaj pe care îl dețin pentru a o elibera pe Jas, am nevoie ca el să creadă că pot înfăptui orice îmi cere.

— Nu voi face nimic atâta timp cât o vei ține pe sora mea prizonieră! Trimite-o acasă și vom discuta despre orice ajutor ai nevoie din partea mea.

— Acasă? Adică să o trimit înapoi în pivnița aia mucegăită de sub căsuța vrăjitoarei?

Râde iarăși și, de data aceasta, toată făpturile fermecate râd în spatele meu. *Le urăsc pe toate.*

— Te aștepți ca eu să cred că dacă îți eliberez sora, îți vei oferi serviciile de bunăvoie?

— Te aștepți ca *eu* să cred că o vei elibera dacă te ajut?

Regele încuviințează din cap.

— Desigur. Totuși, nu ai de ales decât să crezi. Cred că putem ajunge la o înțelegere – o învoială, dacă dorești. În schimbul serviciilor tale, îți voi elibera sora. O voi trimite în siguranță acasă. Dar *numai* după ce îmi returnezi ce mi-a furat Curtea de Aur.

— De ce nu îndeplinești singur această sarcină? Doar ești atotputernicul Lord al Nopții.

Rânjește, și din nou sunt zguduită de frumusețea lui sinistră.

— Apreciez complimentul, dar nu îmi voi abandona tronul ca să îndeplinesc rolul unui curier.

Dau din cap spre străjerul care stă în picioare lângă mine.

— Atunci trimite-ți una dintre gărzi.

— Aceasta nu este o sarcină pentru o făptură fermecată.

Își unește vârfurile degetelor de la ambele mâini și le lovește ușor.

— Fiul Reginei Arya caută o mireasă, o mireasă *umană*. Cred că prințul Ronan te va găsi pe placul lui.

— Ce legătură are prințul cu...

Îmi oprește cuvintele cu o fluturare a mâinii. Le *oprește* literalmente. Îmi mișc gura, dar niciun cuvânt nu îmi părăsește buzele. Mă apuc de gât și mă uit furioasă la el, cu toată ura din inima mea.

— Mâine, continuă regele, prinţul va alege o duzină de tinere care să stea la Palatul de Aur ca potenţiale mirese. Te vei oferi ca mireasă a lui şi te vei infiltra în curtea duşmanului meu. În timp ce vei încerca să câştigi mâna tânărului Ronan, vei recupera unele dintre lucrurile mele pe care regina le deţine deja de prea mult timp. Încă un zâmbet, apoi: Va trebui să câştigi inima şi încrederea tânărului prinţ pentru a dobândi acces la artefactele magice care mi-au fost furate de la curte – trebuie să mi le aduci pe toate trei dacă vrei ca sora ta să se întoarcă acasă.

Deodată, dispare căluşul magic care îmi înlănţuia vocea. Un suspin îmi alunecă printre buze înainte să-l pot opri.

— Eşti nebun! Nu ştiu absolut nimic despre cum să câştig inima unei făpturi fermecate.

Şi chiar dacă aş şti... *Mă cutremur.* Ideea de a seduce o făptură fermecată mă scârbeşte.

— De ce eşti atât de sigur că mă va alege pe mine dintre sutele care se înghesuie pentru o astfel de şansă?

Regele râde.

— Trebuie să înţelegi că nimic din tărâmul meu nu constituie o coincidenţă, muritoareo. Dacă te prezinţi prinţului, el va face tot ce îi stă în putinţă pentru a te ţine aproape. Îţi va oferi accesul de care ai nevoie.

— Nici măcar nu aş putea *să mă prefac* că îmi pasă de o făptură fermecată...

— Îţi vrei sau nu sora înapoi? răbufneşte el.

Zâmbetul îi păleşte, dezvăluind primele semne ale unui temperament periculos. Înghit în sec.

— De unde ştiu măcar că o ai? De unde ştiu că nu e totul doar un şiretlic?

Regele scoate din buzunar o mică mostră de material roz şi o aruncă în faţa mea.

— Atât pot să-ți ofer.

Îmi înăbuș un hohot de plâns și înșfac de pe podea fâșia din rochia purtată de Jas atunci când coase.

— Lasă-mă să o văd!

— Vrei să am încredere să las cel mai talentat hoț din Elora împreună cu cel mai prețios lucru pe care îl dețin? N-aș îndrăzni. Totuși – își încleștează mâinile și pășește înainte –, primul artefact pe care îl vei recupera pentru mine îți va permite să-ți vezi sora. Este o oglindă magică. Când te uiți în ea, poți vedea orice îți dorești.

— Vrei să am încredere într-o oglindă?

Își arcuiește o sprânceană ca și când ar spune: „Vrei să am încredere în tine?"

— Lasă-mă să-mi văd sora și apoi putem discuta despre această misiune pe care o ai pentru mine.

Dacă nu o are pe Jas? Dacă îi face rău chiar în clipa asta? Dacă a murit deja? La un astfel de gând, furia, deja înăbușită, îmi face sângele să clocotească.

— Te-ai chinuit foarte mult să mă aduci aici, așa că ai putea măcar să mă duci la sora mea. Acest lucru nu e negociabil.

— *Tu* chiar crezi că ești în măsură să negociezi?

Smucesc iar de legăturile invizibile. Când nu se clintesc, îl scuip. Ochii lui Mordeus scânteiază, iar nările i se umflă. Își îndreaptă mâna deschisă în direcția mea și trimite o sferă de întuneric învârtindu-se spre mine.

Mă trag în lături, încercând să mă feresc, dar mă mișc prea încet. În clipa în care mă lovește, mă trezesc într-o cameră luminată, care miroase vag a mucegai și a urină. Rochia mea subțire nu mă protejează deloc de podeaua din piatră rece și-mi clănțănesc dinții când mă ridic în picioare.

*Unde mă aflu?*

Nu există ferestre sau uși. Cel puțin nu unele pe care să le pot vedea. Doar patru pereți, o podea de piatră și o lumină orbitoare care pare să se reverse din tavan. Oare Regatul Umbrelor folosește *lumina* ca să-și tortureze prizonierii?

Tremurând - jumătate de frig, jumătate de furie -, umblu de-a lungul camerei, pipăind pereții, căutând fisuri între pietre, orice, dar nu găsesc o ieșire.

Îmi cuprind corpul cu brațele și îmi mijesc ochii la lumină, încercând să disting o trapă deasupra mea. Trebuie să fie un fel de închisoare, însă tot ce văd în sus este o strălucire orbitoare.

— Hei?

Vocea mea răsună între cei patru pereți.

— E cineva acolo?

*Niciun răspuns.*

— Vreau să vorbesc cu regele!

*Niciun răspuns.*

Dau cu piciorul în perete, iar durerea nu întârzie să apară.

— Scoateți-mă de aici!

*Niciun răspuns.*

Îmi privesc îndelung mâinile, sperând că astfel le voi convinge să dispară și să devină una cu umbrele, așa cum s-a întâmplat la castel, dar nu există nicio umbră aici. Nu există întuneric în care să te ascunzi sau prin care să te strecori.

Cu spatele lipit de perete, alunec la podea și îmi înfășor brațele în jurul picioarelor. Sunt atât de obosită! N-am mai dormit de la cele câteva ore de somn furate pe podeaua lui Nik, înainte să fug de oamenii lui Gorst, și a trecut o zi întreagă de când am pășit prin portal.

Nu mai am suflu pentru lacrimi, iar furia a înghițit puțina energie pe care o mai aveam. Sunt epuizată după călătorie, dar refuz să accept că am ajuns într-o fundătură. Nu am bătut atâta drum pentru nimic.

Îmi sprijin capul pe genunchi și închid ochii. Mi-o imaginez pe sora mea ghemuită într-o cameră la fel ca asta, plângând până adoarme. Mă gândesc la tandrețea din ochii lui Sebastian când mi-a dăruit pandantivul de protecție din cristal. Când se va întoarce în Fairscape, ce va crede când nu voi fi acolo?

Sunt două locuri simultan. Două persoane simultan. Sunt viitoarea salvatoare adormită, încovrigată lângă peretele închisorii lui Mordeus, fata care nu a reușit să-și salveze sora. Și sunt protectoarea de opt ani, fata care s-a ghemuit sub pături cu surioara ei, hrănindu-i lent speranța pentru a împiedica tristețea să o copleșească.

Visele chiar pot fi atât de stranii! Știu că visez, dar nu vreau să mă trezesc. Pentru că în acest vis, Jas este cu mine. Și dacă este cu mine, este în siguranță.

Suntem în dormitorul de le etaj, cel pe care l-am împărțit înainte să moară unchiul Devlin, și îi șterg lacrimile în timp ce plânge. În seara asta, îi este dor de mama. Și mie îmi este, dar tristețea mea nu va face decât să o intensifice pe a ei, așa că pe a mea o ascund înlăuntrul meu și îi înlătur părul castaniu din ochi.

— Mi-e dor de ea, spune Jas cu un suspin tremurat.

— Pun pariu că și ei îi este dor de noi! șoptesc. Atât de mult, încât pune la cale un plan ca să vină după noi.

Jas își trage nasul.

— Spune-mi o poveste!

Îi îndepărtez părul de pe față și țes o poveste despre castelele zânelor și regalitatea elfă. Prinde repede contur și simt că este importantă, dar e aproape ca și cum mă urmăresc de la distanță. Nu-mi pot desluși propriile cuvinte. Sunt neclare, ca un murmur din altă cameră.

Jas mă strânge de mână și știu că am ajuns la o parte interesantă.

— Și acum ce se întâmplă? întreabă ea.

— Regele nemilos așteaptă ziua în care Prințesa Umbrelor va veni la castelul său.

Uitasem această poveste - una pe care mama ne-a spus-o doar o dată, cu o seară înainte să plece pe Tărâmul Zânelor.

— Regele fals știa că poate controla umbrele, dar nu știa că inima ei mare și dragostea ei nesfârșită îl vor costa tronul.

Jasalyn închide ochii, iar somnul îi îndulcește trăsăturile. Nu știu dacă visează sau dacă e pe jumătate trează când spune:

— Prințul te va ajuta să mă găsești.

Într-o fracțiune de secundă, îmi desprind privirea de la ea și o îndrept spre întunericul de la capul patului. Masculul cu ochi argintii pe care l-am văzut la bal este acolo și apoi dispare, pâlpâind ca o amintire prețioasă, stingându-se treptat.

— Cine ți-a spus acea poveste? întreabă el.

E mai mult umbră decât trup.

Mă ridic și îi zâmbesc, neașteptat de alinată de apariția lui și de cuvintele surorii mele. Mă simt în siguranță aici, sub privirea intensă a acestei făpturi fermecate, cu toate că el e doar un străin pentru mine. Mă simt mai puțin singură. „Prințul te va ajuta să mă găsești." Mă dau jos din pat și trag păturile în jurul lui Jas.

— Mama noastră ne-a spus multe povești.

— Atunci de ce te simți atât de neajutorată?

Deodată, dormitorul nostru devine celula rece, fără uși, fără ferestre, din castelul regelui malefic. Și îmi amintesc. *Sunt prizonieră. Acesta-i doar un vis.*

— Pentru că sunt.

Ceva asemeni furiei scânteiază în acei ochi argintii, apoi mă aflu sub un cer vast și înstelat, iar luna strălucește ca un far liniștitor peste umărul meu.

Făptura fermecată se materializează pe deplin, parcă întărită de lumina stelară. Buclele întunecate îi sunt trase înapoi, dezvăluindu-i chipul, și fruntea îi este încrețită de îngrijorare.

— Ești neajutorată doar dacă alegi să crezi că ești.

Rânjește când își coboară privirea peste mine și ochii lui oglindesc lumina stelelor.

— Nu avem prea mult timp.

— Poftim?

— El nu-ți va da voie să pleci - nu vă va elibera *pe niciuna dintre voi* - până nu vei fi de acord. Te voi ajuta să o salvezi. Caută-mă!

— Ești Unseelie. De ce aș vrea ajutorul tău? Probabil că lucrezi pentru el.

Ochii îi strălucesc.

— Niciodată. Jur pe magia mea! spune el, după care clipește și-și întoarce capul. Ei vin încoace.

Apoi dispare, iar întunericul nopții este înlocuit de o lumină înfiorător de puternică.

— Trezește-te, Fața Focului!

Porunca e urmată de un chicotit răgușit, care mă face să deschid ochii.

Un goblin stă în centrul celulei. Rânjește în jos la mine, cu degetele noduroase întinse spre părul meu, cu ochii bulbucați strălucind de entuziasm. Dar sunt încă pe jumătate în lumea viselor și abia mă pot concentra asupra creaturii din fața mea.

*De ce am visat acea făptură fermecată?* A părut atât de reală! De ce nu îl visasem pe Sebastian dându-mi sfaturi - sau pe Jasalyn? Sau pe cineva cunoscut?

Goblinul întinde mâna, smulgându-mă din gândurile mele.

— Regele crede că o noapte de somn ar fi putut să te convingă să te răzgândești. Mergem la el acum.

Instinctul mă îndeamnă să refuz, dar cu ce m-ar ajuta?

Dând din cap, îi accept mâna osoasă. Sunt în continuare ghemuită pe podea, când apărem din nou în sala tronului. Spre deosebire de noaptea trecută, încăperea e goală, cu excepția lui Mordeus, care stă în fața tronului său ca și cum ar fi tot umblat încoace și încolo. În ciuda soarelui strălucitor de dimineață, care revarsă lumină prin ferestre și prin tavanul boltit din sticlă, spațiul pare mai mare și mai rece.

— Muritoarea s-a răzgândit cu privire la oferta mea? își întreabă regele Mordeus goblinul, cu ochi duri.

Un conducător care nu tolerează să fie refuzat.

Mă doare stomacul, dar mă forțez să trag adânc aer în piept, câte-o răsuflare pe rând. Nu am încredere în făpturile fermecate și, îndeosebi, nu am încredere în aceasta, dar chiar am încredere în visele mele. „Jur pe magia mea." Oare mi-a spus mama odată că o făptură fermecată nu poate încălca o promisiune pecetluită prin evocarea propriei puteri? Trebuie să cred că subconștientul meu a scos această informație dintre amintiri cu un motiv clar.

Mă împing în podea, ridicându-mă în picioare, doar pentru a fi legată din nou de acele legături invizibile.

— M-am răzgândit.

*Trebuie să pretind că vreau să mă căsătoresc cu prințul, astfel încât să mă pot infiltra în castel, să fur câteva artefacte magice ale zânelor și să îmi eliberez sora. Pot face asta.*

— Dacă recuperez aceste trei artefacte și le returnez…

Ezit. Nu vreau să-i dau nimic acestui mascul care crede că fetele umane sunt obiecte de cumpărat, iar un instinct anume mă încurajează să-i reformulez subtil condițiile.

— Dacă returnez artefactele Regatului Unseelie, îmi vei trimite în siguranță sora într-un loc ales de mine din tărâmul oamenilor.

Nu negociez. Acestea sunt condițiile mele.

Ochii argintii îi strălucesc. Știe că a câștigat.

— Ai cuvântul meu, Fata Focului!

— Jură pe puterea ta!

Regele tresare, iar trăsăturile i se înăspresc preț de o singură bătaie de inimă înainte de a-și pune la loc masca prietenoasă.

— Cine ți-a spus despre *asta*?

Ridic din umeri.

— O știe toată lumea, mint eu. Din păcate, e singurul mod în care pot avea încredere în tine.

— În regulă. Cu o singură precizare. Dacă îi spui cuiva din Regatul Seelie despre acest aranjament, învoiala noastră cade și o voi oferi pe sora ta goblinilor mei ca un cadou de solstițiu. E limpede?

Cui i-aș spune? Singura persoană în care am încredere în acest tărâm este Jasalyn.

— E limpede.

Zâmbește.

— Se pare că avem o înțelegere. De îndată ce toate cele trei artefacte vor fi returnate la curtea mea, acolo unde le e locul, îți voi trimite sora în siguranță într-un loc ales de tine din tărâmul oamenilor.

— În viață! izbucnesc eu.

Aparent, în siguranță ar trebui să acopere și partea asta, dar nu îi voi permite să strecoare o chichiță.

— În viață. Jur pe puterea mea!

Cu o pocnitură din degete, o oglindă poleită în argint se ivește în mâna lui.

— Aceasta este o replică a Oglinzii Revelației. Când o găsești, înlocuiește-o cu asta, astfel încât regina să nu-și dea seama că lipsește.

— Ce se va întâmpla când își va da seama că e un fals?

Clatină din cap.

— Doar cineva cu sânge Unseelie le poate deosebi.

— Unde voi găsi această oglinda?

Regele ridică din umeri.

— Tot ce știu e că Arya a ascuns-o undeva la Curtea de Aur. Ai putea fi nevoită să o cauți pentru a pune mâna pe ea, dar asta nu ar trebui să fie o problemă pentru cineva care i-a găsit portalul.

Rânjește și îmi oferă oglinda.

— Poți să te ridici.

Mă mișc, ușor nesigură, de parcă i-aș testa cuvintele, și constat că legăturile invizibile au dispărut. Când stau din nou în picioare, îmi dau seama că încă mai strâng o bucată din rochia lui Jas într-o mână. Iau oglinda cu cealaltă, impunându-mi să nu tremur.

— Ți-o voi aduce prin portal odată ce o găsesc?

— Portalul a fost... scos din uz.

Goblinul râde, iar Mordeus rânjește în direcția lui.

— Când va veni momentul, goblinul meu te va aduce înapoi, împreună cu oglinda.

Nu-mi place să fiu ținta glumelor, dar mi-am lăsat mândria să preia controlul cu o noapte în urmă și am pierdut ore bune - ore în care aș fi putut căuta oglinda. Dacă îmi pot lua sora înapoi acasă, pot râde de mine cât poftesc.

— Unde sunt celelalte două artefacte?

— Câte-o misiune pe rând, copila mea. Îți voi spune despre al doilea după ce îl voi avea pe primul.

Regele bate din palme și trei făpturi fermecate elfe apar în jurul meu. Au aceeași piele palidă ca a regelui, însă părul le este scurt, albastru-deschis.

— Îmbrăcați-o pe Abriella pentru prințul Seelie. Faceți-o să arate precum viitoarea lui regină, apoi duceți-o înapoi la Palatul de Aur.

Cele trei elfe își înclină capetele în semn de acord.

— Da, Alteță, glăsuiesc ele la unison.

Una mă ia de braț și le urmez către o ușă din spatele sălii.

— Abriella, spune regele.

Mă opresc și mă întorc spre el; ochii ni se întâlnesc.

— Când îl vei întâlni pe prințul Ronan, amintește-ți că ai nevoie de el. Câștigă-i încrederea, altfel nu vei putea să te infiltrezi la curtea lui.

— Îmi înțeleg misiunea.

Își răsfiră degetele, iar o sferă de întuneric sângerează ca o pată de cerneală între ele.

— Vei fi bine, cât timp îți amintești care-i miza.

Sfera de întuneric se remodelează până când își schimbă complet înfățișarea, devenind o imagine cu Jasalyn și cu mine așezate pe podea la Madame V. Ea e în pijama și pare că tocmai s-a dat jos din pat. Zâmbetul de pe fața ei mă încurajează să mă apropii de imagine, în pofida făpturii fermecate care o ține captivă.

— Sau poate ar trebui să spun... *cine*, adaugă el.

# CAPITOLUL 7

— TREBUIE SĂ EXISTE O ALTĂ CALE, SPUN EU, ÎNDEPĂRtându-mă de goblinul de la ușa mea.

După ce mi s-a dat ocazia să mă îmbăiez, iar slujnicele regelui m-au îmbrăcat ca pe o păpușă, regele Mordeus și-a trimis goblinul să mă conducă la palatul reginei. Nu-mi surâde să am atât de multă încredere într-o creatură care și-a șters deja de două ori balele de la gură de când m-a zărit prima oară.

— Regele Mordeus a distrus demult portalul fratelui său Oberon către meleagurile Seelie, spune o slujnică.

— Pot lua o trăsură sau... un cal?

Slujnicele schimbă priviri surprinse.

— E o călătorie de o săptămână pe cel mai rapid armăsar al nostru, domniță.

La început, aproape că pufneam de fiecare dată când mă numeau *domniță*. Uite un lucru de care nu am fost vreodată acuzată că sunt, dar după ore întregi în care s-au agitat în jurul meu, titlul mă enervează mai mult decât orice altceva.

Goblinul regelui Mordeus mormăie în barbă, apoi întinde din nou mâna. O apuc. Nu doar că goblinii se pot deplasa liber între și pe tărâmuri, dar pot face asta instantaneu. Aleg să meargă undeva și pur și simplu *apar* acolo. Pe lângă cunoștințele pe care le acumulează, e cea mai mare putere a lor. Privirea mi se oprește pe brățara de la încheietura mâinii. Când zânele mă spălau, mi-a fost confirmată promisiunea lui Bakken: doar eu o puteam vedea. Acum sunt tentată să o folosesc. Aș prefera ca Bakken să fie cel care mă transportă în locul acestui goblin necunoscut, dar nu vreau să irosesc un fir – sau, sincer, să-mi pierd în mod inutil și mai mult din păr. Se presupune că ar trebui să seduc un prinț, iar buclele mele roșcate și rebele sunt cea mai bună caracteristică fizică pe care o am în arsenal. Trag adânc aer în piept și fac un pas înainte.

— Fie.

Goblinul mă ia de mână. Pielea îi este alunecoasă în contact cu a mea, dar înainte să pot cugeta cum se cuvine asupra acestui amănunt, lumea dispare. Nu este asemenea senzației de a apărea în fața regelui din celula mea. E ca și cum m-aș mișca în jos și în sus și în toate direcțiile simultan – apoi sunt smucită cu violență, oprită, iar capul îmi este aruncat pe spate. Sunt înconjurată de straturi de flori îngrijite, înșiruite, iar castelul Reginei de Aur strălucește în lumina amurgului.

— Te las aici, spune goblinul, eliberându-mi mâna.

Mă întorc să întreb cum îl voi invoca după ce voi recupera oglinda, dar deja a dispărut.

Castelul este la fel de însuflețit ca atunci când am ajuns pentru prima oară pe Tărâmul Zânelor, cu ființe umane și făpturi fermecate de tot felul care se plimbă haotic atât dincolo de porți, cât și pe domeniul palatului. Îmi trec ușor degetele peste amuleta care îmi atârnă între sâni și mă îndrept spre pasarelă. Slujnicele care m-au înveșmântat m-au întrebat de amuletă și mi-au sugerat să o schimb pentru perle, dar am refuzat. Nu știu dacă magia lui Sebastian funcționează pe acest tărâm, dar și dacă nu funcționează, senzația cristalului rece între sâni îmi aduce alinare.

*Sebastian.* Simt un junghi în piept și îmi îngădui un moment de autocompătimire. Închid ochii și îmi amintesc de sărutul lui, de ochii lui verzi ca marea învolburată. Pare ireal faptul că, în urmă cu doar câteva zile, datoria mea față de Madame V și pasiunea mea secretă pentru ucenicul magului erau cele mai complicate probleme din viața mea.

Nu știu dacă îl voi mai revedea vreodată pe Sebastian, dar, dacă dorința mi se va îndeplini, sper să mă poată ierta pentru orice va trebui să fac pentru a câștiga încrederea prințului Ronan.

— Brie? Tu ești?

Mă întorc spre vocea familiară și îl văd pe Sebastian apropiindu-se cu pași mari de mine, de parcă numai gândurile mele, prin voință proprie, l-au invocat. La vederea chipului său frumos, aproape că mă prăbușesc în genunchi de ușurare. Poartă pantaloni din piele maro-închis și o vestă, cu o sabie lungă legată la spate, ca și cum ar fi doar o altă zi în Fairscape și ar fi pregătit să se antreneze în curtea Magului Trifen. Dar apoi îi remarc urechile ascuțite, pielea strălucitoare și trăsăturile mai proeminente. Arată la fel ca făpturile fermecate de viță nobilă pe care le-am văzut dansând în castelul reginei cu o noapte în urmă.

Trebuie să fi luat o poțiune de la Magul Trifen - am luat și eu în considerare o astfel de posibilitate, apoi mi-am dat seama că nu mi-aș putea permite niciodată așa ceva și nu am avut timp să fur fondurile necesare.

— Bash, șoptesc.

Mă trage în brațele lui. Căldura sa e o alinare pe care nu credeam că o voi mai regăsi vreodată.

— Chiar *ești* tu.

Când mă retrag din îmbrățișare pentru a-l privi mai cu atenție, ceva între uimire și frustrare îi întinează trăsăturile chipeșe.

— Nu aș fi crezut niciodată că ai putea trece drept o făptură fermecată, spun, atingându-i ușor pomeții frumoși cu vârfurile degetelor. Iluzia ta e fără cusur. Dacă nu te-aș cunoaște, nu m-aș îndoi că locul tău e pe acest tărâm.

Tresare la cuvintele mele, iar mărul lui Adam i se mișcă în sus și-n jos când înghite în sec.

— Când am auzit că oamenii lui Gorst te căutau, m-am dus la Nik. Mi-a spus că ai plecat. N-a vrut să-mi zică unde, dar nici nu trebuia. Știam că vei veni după Jas.

Mă trage din nou la pieptul său și expiră greoi.

— Te-am căutat toată ziua prin Regatul Seelie și nu te-am putut găsi. La naiba, Brie, unde ai fost?

Scot amuleta din rochie și i-o arăt.

— Sunt în siguranță. Vezi?

Își trece mâinile lui mari în sus și-n jos pe brațele mele, cercetând fiecare centimetru. După ce mi-au tras părul pe spate și l-au prins într-o serie de împletituri adunate, apoi într-un coc deasupra capului, slujnicele Unseelie m-au înveșmântat într-o rochie fără mâneci, făurită din straturi nesfârșite de satin galben. Materialul îmi înfășoară strâns silueta, de la decolteul în formă de inimă până jos, pe șolduri, și capătă volum chiar înainte ca fusta să măture pământul din jurul picioarelor mele încălțate în pantofi galbeni. Când mi-au arătat reflexia, am crezut că arăt ca o lalea uriașă. Slujnicele au insistat că prințul mă va găsi irezistibilă înveșmântată astfel, și nu aveam niciun motiv să mă îndoiesc de ele.

Dar poate că prințul Ronan nu e singurul cu o slăbiciune pentru lalele. Sebastian rămâne fără cuvinte în timp ce mă măsoară îndelung cu privirea. Ochii i se întorc din nou și din nou la fața mea, de parcă ar încerca să se convingă că sunt bine.

— Arăți...

Își strânge ceafa și îmi aruncă un rânjet băiețesc.

— Să spunem doar că nu-mi pot imagina cum ai reușit să treci neobservată.

Mă fâstâcesc, dar nu pot împiedica roșeața să-mi învăluie pielea datorită complimentului.

— M-am descurcat.

— Am fost atât de îngrijorat!

— Sunt bine.

Adevărul îmi tremură pe vârful limbii, așteptând să fie rostit, dar ce a spus regele cu privire la menționarea învoielii noastre? Oare mi-a interzis să le spun doar zânelor Seelie sau tuturor? Cred că doar zânelor Seelie, dar ce se întâmplă dacă una dintre ele mă aude când mă destăinui lui Sebastian?

— N-ar fi trebuit să vii după mine. Cum rămâne cu ucenicia ta?

Îmi studiază fața, conturându-mi linia maxilarului cu degetul mare.

— Nimic nu contează la fel de mult ca tine.

Îmi lipesc obrazul de pieptul lui și îmi găsesc refugiu în brațele sale, ținându-l strâns. Poate că o astfel de reacție îmi trădează vulnerabilitatea, dar sunt incredibil de recunoscătoare că e aici. Pentru că sunt obosită. Pentru că sunt speriată.

*Pentru că mi-e rușine.*

Mi-e rușine că o parte din mine vrea să plece acasă – că îmi doresc să pot părăsi acest loc și aceste creaturi îngrozitoare. Mi-e rușine că îmi doresc să nu fiu eu cea responsabilă de salvarea surorii mele.

Regele a avut dreptate într-o privință: sunt o hoață excepțională. Pot fura aproape orice. Dar inima unui prinț al făpturilor fermecate? Nici nu aș ști de unde să încep.

Ar trebui să mă consider norocoasă că regele nu îmi cere ceva mai cumplit de săvârșit, dar, în schimb, mă simt pregătită pentru eșec. Aș fi preferat să mă aventurez în adâncurile sălbatice din Regatul Unseelie - să mă lupt și să scap din ghearele unor monștri oribili pentru a fura comori magice. Aș fi avut mai multă încredere în abilitatea mea de a îndeplini misiunea, dar asta? Să mă prefac că vreau să fiu mireasa unei făpturi fermecate și să înfrunt alte femei pentru o asemenea onoare? Nici în cea mai frumoasă rochie nu aș avea idee cum să fac acest lucru.

Sebastian se dă un pas îndărăt și îmi prinde fața în căușul palmei.

— Spune-mi unde ai fost!

Clatin din cap. Nu-i pot spune despre rege. Nu pot risca.

— Am căutat-o pe Jas și... m-am îndepărtat de domeniul reginei.

Închide ochii și clatină la rândul său din cap.

— Amuleta mea nu te poate proteja de ce este mai rău din Regatul Umbrelor. Nu ai idee cât de periculoase sunt făpturile fermecate Unseelie. Dacă te-ar fi văzut vreuna dintre ele, cu siguranță te-ar fi luat. Te-ar fi putut înrobi. Ba chiar mai rău.

Urăsc că alegerea mea îl rănește. Cum îi pot explica? Dacă există o persoană care înțelege cât de importantă e Jas pentru mine, aceea este Sebastian.

— Nu mă voi întoarce acasă până nu o găsesc. Dar *tu* ar trebui să te întorci. Nu e lupta ta, Bash.

Aruncă o privire grădinilor luxuriante înconjurătoare și înjură în șoaptă.

— Am nevoie de mai mult timp, spune el, mai mult pentru sine.

Îmi pun mâna pe brațul lui, mult prea conștientă de puterea și căldura de sub degete.

— Pentru ce?

— Pentru a face un lucru pe care ar fi trebuit să-l fac acum câteva luni, zice el, înghițind în sec. Vrei să te plimbi cu mine?

Privesc îndelung spre castel. Trebuie să intru și să mă prezint ca o potențială mireasă pentru prinț, înainte ca el să-și aleagă cele douăsprezece pretendente.

— Doar pentru câteva minute, adaugă Sebastian și îmi aranjează o șuviță rebelă după ureche. Îmi poți oferi măcar atât?

Zâmbetul lui, la fel de strălucitor și de cald ca lumina soarelui, îmi învăluie inima înghețată. Nu-i pot refuza rugămintea - nu când este atât de simplă. Întorcându-se, se apleacă și culege din grădină bobocul unui crin portocaliu de zi. Înflorește în palma lui, iar dintre buze îmi iese un suspin.

— Nu te-am văzut niciodată făcând asta.

— Mama mea iubește crinii de zi. Când te părăseam ca să merg acasă, prietenul meu cel mai bun obișnuia să mă ia în derâdere pentru că mă uitam pierdut la ei. Știau că îmi aminteau de părul tău, dar în realitate nici nu se compară.

Îmi strecoară floarea în păr și, preț de o bătaie de inimă, închid ochii. Senzația vârfurilor degetelor sale, aspre pe scoica urechii mele, îmi trimite un fior prin trup. Cum pot tânji cu atâta lăcomie după mai multe atingeri - după mai multe dintre aceste priviri lungi, intense, și cuvinte rostite cu tandrețe –, când Jas are nevoie de mine?

— Nu ai vorbit niciodată despre familia ta, spun, clătinând din cap. Ar fi trebuit să pun mai multe întrebări.

— Nu ți-am oferit niciodată șansa.

Aranjează pentru ultima oară floarea, înainte de a-și lăsa în jos mâna.

— Am fost crescut în privilegiu și putere. Și nu m-am putut încrede întotdeauna în cei din jurul meu, cum că le pasă cu adevărat.

Cuvintele lui mă iau prin surprindere. Desigur, nu oricine este suficient de norocos să fie ucenicul unui mag, însă toate familiile cu o putere mai însemnată ar considera poziția sub demnitatea lor.

— Ce fel de putere?

— Puterea de a conduce. Genul pe care se așteaptă să mi-o însușesc.

Îmi ia mâna într-a lui și îmi studiază degetele în palma sa. Poate că iluzia i-ar fi ascuțit o parte din trăsături, dar i-a lăsat bătăturile intacte.

— În curând.

Încruntându-mă, îmi strâng degetele, prinzându-le pe ale lui în palma mea.

— Atunci de ce ai studiat ca să devii mag?

— Abilitățile sunt utile, iar eu... De fapt, trebuia să evadez. Să scap.

Atunci îmi pică fisa.

— Nu plecai cu adevărat într-o altă etapă a uceniciei tale, nu-i așa? Te duceai acasă.

Sebastian încuviințează din cap, cu ochii ațintiți asupra feței mele, atenți, cercetători.

— Voiam să te rog să vii cu mine, dar știam că nu ți-ai dori viața pe care ți-o pot oferi.

Inima îmi prinde aripi și, totodată, îmi trimite junghiuri în piept.

— De ce zici asta?

Chiar credea că aş fi atât de pretențioasă? Sau pentru că ştia că nu aş fi abandonat-o niciodată pe Jas și nu credeam că ne poate lua pe amândouă?

Sebastian expiră cu putere.

— Încă nu-mi vine să cred că a vândut-o.

Îmi lipesc din nou obrazul de pieptul lui, savurând senzația căldurii şi puterii sale. Poate că Sebastian nu o poate salva pe Jas sau nu mă poate proteja de această sarcină pe care trebuie să mi-o asum, dar există ceva liniştitor în îmbrățișarea lui. O parte din mine vrea să creadă că mi-aş putea pune problemele în mâinile sale capabile şi el ar fi suficient de îndemânatic ca să rezolve totul.

— Nu e vina ta.

— Ba *e* vina mea că nu ți-am spus niciodată ce simt. Și acum mă tem că e prea târziu.

Privirea îi fulgeră departe și o urmez până la un grup de gărzi îmbrăcate în galben și gri ce ies mărșăluind din castel. *Galben*, îmi dau seama, ca rochia mea. Una dintre culorile stindardului reginei.

Când îmi ridic din nou ochii spre Sebastian, el îmi priveşte fix gura.

Ridic mâna, prinzându-i bărbia între degete, ca o invitație. Încet – atât de încet, încât este aproape dureros –, își coboară gura spre a mea. Buzele îi sunt moi, dar îmi strecor mâna în părul lui și sărutul se transformă într-o căutare. Timpul se oprește. Soarele încremenește la orizont, păsările amuțesc, iar adierea își pierde glasul, rătăcită printre flori. Nu mai există nimic altceva în lume decât gura lui și a mea, iar o gheară mi se strânge în jurul inimii în vreme ce încerc să memorez fiecare clipă perfectă. Ar putea fi ultimul nostru sărut.

Cum pot face un alt bărbat să se îndrăgostească de mine, când tot timpul am fost îndrăgostită de *acest* bărbat?

Când se îndepărtează, genunchii îmi tremură și lumea capătă din nou claritate, însă mult prea lent.

— Te rog să mă ierți! șoptește el.

— Nu ai de ce să-ți ceri scuze, îl liniștesc, aproape zâmbind. Sunt destul de sigură că *eu* te-am sărutat *pe tine*.

— Alteța Sa Regală, Prințul Ronan, e așteptat în sala tronului, spune una dintre gărzi, prea aproape de noi.

Mă smucesc înapoi ca să inspectez grădinile. Se află prințul prin apropiere? M-a văzut sărutându-l pe Sebastian? Dacă a făcut-o, cum va putea crede vreodată că îl vreau *pe el*?

*Proastă și nesăbuită mai ești, Brie! Adună-te!*

Dar nu mai este nimeni în grădină în afară de Sebastian, de gărzi și de mine. Soldații îl privesc răbdător pe Sebastian, iar el se uită pe mine.

— Sire, iertați-mă, rostește una dintre gărzile reginei, dar a venit timpul să mergeți! Vă așteaptă înăuntru. Selecția trebuia să înceapă de acum câteva ore.

— Spune-i mamei mele că mă voi alătura ei în scurt timp.

Vocea îi este încordată și tăioasă, iar mintea mea confuză se străduiește să dea sens cuvintelor sale. Străjerul se mișcă stingher de pe un picior pe altul și se uită la colegii săi de gardă.

— Înălțimea Voastră...

Sebastian își încleștează maxilarul.

— Lăsați-ne singuri!

Sunt vag conștientă de sunetul picioarelor care se îndepărtează tropăind pe poteca din dale de piatră a grădinii, dar nu-mi pot desprinde ochii de la prietenul meu. Clipesc la el.

— *Mama* ta?

Prințul Ronan. I s-au adresat cu „Prințul Ronan". Și „Înălțimea Voastră".

— Bash, nu înțeleg. Ce fel de iluzie e asta? De ce cred ei că tu ești prințul?

Îmi ia mâna și îmi strânge ușor vârfurile degetelor.

— Pentru că sunt.

Fac un pas îndărăt, smulgându-mi mâna din a lui.

— Nu-i amuzant!

— Brie, ascultă-mă. Nu am putut să-ți spun, nu când știam ce simți față de neamul meu. Am vrut, dar...

— Nu.

Clatin sălbatic din cap.

— Nu, ești o ființă umană normală. N-ai cum să fii...

— Te rog! Doar dă-mi o șansă să-ți explic!

Am făcut un pas înapoi, fără să bag de seamă, și mă trezesc în umbra unei sălcii.

— Brie?

Mormăie un blestem și se învârte pe loc.

—Abriella? *Te rog!*

Mă uit la mâinile mele, dar au dispărut. Cumva, am devenit din nou invizibilă - am devenit una cu umbrele, la fel ca înainte.

Nu pun întrebări. Doar *alerg*. Prin grădini, dincolo de porțile castelului și în ceața densă. Mă ard plămânii și mă dor picioarele, însă nu mă opresc - nici măcar atunci când peisajul se schimbă de la perfecțiunea imposibilă a terenurilor palatului la ceva asemănător unei ruine, nici când membrele îmi apar din nou, orice magie care mi-a dăruit mantia invizibilității pierzându-și treptat puterea. Nu încetinesc până când ceața nu devine la fel de groasă ca un nor de furtună, iar soarele, atât de coborât pe bolta cerească, încât ultimele degete de lumină abia mai mângâie orizontul.

Mă sprijin de o coloană de marmură distrusă și mă prăbușesc la pământ. Îmi dau seama că plâng abia când obrajii îmi sunt umezi și respirația îmi devine o înșiruire de hohote de plâns întretăiate.

*M-a mințit. M-a făcut să cred că e altcineva.*

Eram pregătită să fur de la un prinț răsfățat. Nu aș șovăi să înșel o zână ca să-mi salvez sora și nu mi-am făcut nici măcar o secundă griji pentru inima mea. Dar prințul Ronan nu e doar o făptură fermecată oarecare. El e Sebastian, și nu știu cum ar trebui să mă prefac că îl pot ierta – să mă prefac că vreau *să mă căsătoresc* cu el.

„Când îl vei întâlni pe prințul Ronan, amintește-ți că ai nevoie de el. Păstrează-i încrederea, altfel nu vei putea să te infiltrezi la curtea lui."

Cuvintele regelui din această dimineață îmi răsună în cap. Nu mi-a spus să câștig încrederea prințului. Mi-a spus să o *păstrez*. Și ieri mi-a zis că nu există coincidențe în Tărâmul Zânelor. *Din acest motiv* m-a vrut pe mine pentru această misiune. Știe. *Cumva*, regele Mordeus știe despre legătura mea cu Sebastian și mă folosește din cauza ei.

Nu știu ce mă supără mai mult – ideea de a-mi ascunde suferința și de a pretinde că minciunile lui Sebastian pot fi iertate sau posibilitatea ca interpretarea acestui rol să mă distrugă într-un mod irevocabil?

Dar ce alternativă am? Am fugit pentru că m-am panicat, dar dacă aș fi gândit clar, aș fi rămas cu prințul – aș fi folosit legătura noastră ca o cale de intrare. Voi renunța la *orice* ca să o salvez pe Jas. La mândria mea. La inima mea. La viața mea.

Trebuie să mă întorc. Trebuie să-l conving pe Sebastian că încă îl doresc. Mă împing cu picioarele în pământ și, după ce măr ridic și-mi șterg lacrimile de pe obraji, mă răsucesc pe călcâie și pășesc printre dărâmături ca să-mi găsesc calea înapoi spre palat.

O siluetă înveșmântată într-o mantie cu glugă se desprinde din ceață. Mă încordez, până când ochi întunecați familiari îi întâlnesc pe-ai mei. Umerii mi se încovoaie și ușurarea mă învăluie ca o briză blândă, lăsând epuizarea în urma sa. *O cunosc.*

O altă siluetă – înaltă și amenințătoare, cu ochi roșii strălucitori care mă privesc cu răutate de sub glugă – apare în spatele ei. Deschid gura ca s-o avertizez, însă, înainte să pot scoate un sunet, somnul mă înghite cu totul și cad la pământ.

# CAPITOLUL 8

MĂ TREZEȘTE UN GHIONT, DOAR CA SĂ DESCOPĂR CĂ sunt aruncată peste umărul cuiva precum un sac cu grâne. Îmi stăpânesc strigătul de panică și mă forțez să respir adânc de trei ori, ca să-mi potolesc bătăile agitate ale inimii. *Fii isteață, Brie!*

Sunt destul de sigură că am lăsat istețimea în urmă în clipa în care am părăsit în fugă siguranța domeniului reginei Seelie, fără un plan și fără arme. Iar acum am fost capturată.

Dacă ar fi să mă iau doar după mâinile mari și puternice de pe spatele fustei mele și după înălțimea răpitorului, cel care mă duce în spinare e un mascul. Dar femeia pe care am văzut-o înainte să mă prăbușesc - era cineva în care credeam că pot avea încredere.

— Deschide ușa! mormăie masculul care mă ține. Se va trezi în orice clipă.

— Așa o brută! glăsuiește o voce melodioasă în față.

*Pretha*, frumoasa femeie care m-a ajutat să intru în castelul reginei. Știu că e aceeași persoană, însă arată diferit față de femeia alături de care am stat la coadă. Câteva trăsături au rămas neschimbate, ochii căprui drăguți și părul întunecat, dar acum are urechi ascuțite și posedă acea strălucire eterică pe care toate făpturile fermecate nobile par să o aibă.

— Nu era nevoie să o lași inconștientă, adaugă ea.

— N-am răbdare cu muritorii isterici, îi răspunde masculul în timp ce mă așază mai bine pe umărul său.

Ușa se deschide, iar o muzică puternică se revarsă peste noi. Încercând să-mi păstrez corpul moale, ca răpitorul meu să nu știe că sunt trează, cercetez împrejurimile când pășește înăuntru. Cu excepția clientelei, taverna nu e cu mult diferită de localul lui Gorst din Fairscape. Locul pute a bere stătută și zgomotul este suficient de asurzitor ca să-mi rănească urechile. În orice direcție îmi alunecă privirea, cupluri de tot felul dansează împreună. O zână-spirit mlădioasă, cu aripi transparente, înveșmântată mai mult în fâșii de material ce lasă tot să se vadă decât într-o rochie, lasă un trol să-i strecoare o monedă de aur între sâni. Un tânăr elf, îmbrăcat în echipament de călărie, mângâie creasta de păr a partenerului său de dans cel solid, în timp ce dansează aproape frecându-se unul de altul. Femele și masculi deopotrivă dansează pe tejghele, învârtindu-se în jurul barelor cât mulțimea aprobă în cor. O zână de foc, cu sâni mari și în piele neagră, strânsă pe trup, se sprijină de peretele din stânga mea și o ciupește de fund pe Pretha când aceasta trece pe lângă ea, iar Pretha o lovește peste mână.

— Lucrez! strigă ea.

Masculul care mă cară chicotește.

— S-ar putea să-ți faci timp pentru asta, Pretha, spune el. Dacă nu, m-aș putea sacrifica eu în locul tău. Știi ce se spune despre zânele de foc.

— Ești așa un porc, Kane! țipă Pretha.

Ne îndrumă, croindu-și drum printr-o mulțime de trupuri subjugate de febra dansului, apoi se întoarce brusc și mă surprinde urmărind-o de sub brațul lui Kane.

— Și iat-o și pe fata noastră!

Da, arată exact ca femeia care s-a oferit să-mi fie prietenă, dar urechile ei nu sunt singurul lucru care s-a schimbat. Acum are o pânză de argint tatuată pe frunte. Seamănă cu fisurile de pe suprafața unei oglinzi sparte.

Din moment ce nu mai am niciun motiv să mă prefac, mă zvârcolesc în strânsoarea masculului uriaș.

— Lasă-mă jos!

Pretha îmi face cu ochiul, apoi trece pe lângă doi străjeri, împingându-i în lături, și printr-o ușă grea din lemn, dezvăluind un birou mobilat auster, iluminat doar de felinarele de pe stradă de dincolo de ferestre.

Sunt eliberată și aterizez în picioare. Pe măsură ce ochii mi se adaptează la camera întunecată, reușesc, în cele din urmă, să-i arunc o privire masculului care m-a cărat. Totul la el e înspăimântător. E masiv, cu umeri lați și puternici, și brațe cu mușchi proeminenți. Are cel puțin doi metri și zece înălțime, chiar mai mult, dacă pui la socoteală și coarnele care i se răsucesc spre creștetul capului. Ochii îi sunt negri unde ar trebui să fie albi, cu pupile roșii, arzătoare. La fel de roșii îi sunt atât părul lung, cât și barba tunsă îngrijit, iar un cerc îi străpunge lobul unei urechi ascuțite.

— Cred că te place, Kane, spune Pretha. Ori asta, ori ești atât de urât, încât ai speriat-o de-a rămas fără cuvinte.

— Ați găsit-o, spune o voce profundă și melodioasă din spatele meu.

Mă răsucesc iute, atrasă de stăpânul acelei voci, și îmi rețin un suspin la vederea masculului din fața mea. Tolănit pe un scaun cu spătar lăsat, stă cu un picior întins și cu celălalt îndoit la genunchi. Buclele lui întunecate au fost legate la spate, la fel ca în visul meu, și ține o carte în mâinile mari. Biroul este spațios și totuși pare să-l umple: cu statura lui impunătoare, cu ochii lui argintii pătrunzători, cu prezența lui.

Răpitorul meu mă împinge înainte. Mă împiedic și cad în genunchi, pentru a doua oară în tot atâtea zile, în fața unei făpturi fermecate umbră amenințătoare.

*Urăsc acest loc.*

— Fugea de la castel, spune Pretha.

Mă uit urât la ea, furioasă.

— *Tu.*

Își ridică mantia de pe podea și face o mică reverență spre mine.

— Abriella, ți-am spus că ne vom revedea.

— Ce vrei de la mine?

— Vreau..., pufnește ea, cercetând spațiul. De ce-i atât de întuneric aici?

Pocnește din degete, iar sfeșnicele de pe pereții biroului se aprind, însuflețite.

— Mai bine, spune Pretha, apoi se întoarce spre mine cu un zâmbet mulțumit. Vreau să te ajut. În această privință, nimic nu s-a schimbat de ieri.

— M-ai făcut să cred că ești o ființă umană! răbufnesc, și există mai multă furie în acele ultime două cuvinte decât ar trebui să fie.

Pretha nu a fost nimic mai mult decât o străină, dar păcatul ei e același cu al lui Sebastian, și mă simt mult mai bine acum, având o țintă spre care să pot îndrepta durerea ce îmi sfredelește pieptul.

— Ești o mincinoasă mârșavă!

Masculul tolănit pe scaun râde.

— Asta-i bună, venind de la ființa umană care s-a dat drept slujnica Aryei!

Îmi mijesc privirea la el. Nu-mi place că acest mascul straniu apare din nou și îmi place și mai puțin că l-am visat.

„Nimic pe Tărâmul Zânelor nu este coincidență."

— Nu cred că își poate controla puterea, spune Pretha, toată numai grație când se îndreaptă spre mine și îmi așază părul după urechi.

Mă smucesc înapoi.

— Nu mă atinge!

— Sau emoțiile.

Își desprinde privirea dezaprobatoare de la mine pentru a întâlni ochii făpturii fermecate de pe scaun.

— De fapt, cred că este îndrăgostită de Prințul de Aur.

Roșeața mi-a acaparat obrajii. Urăsc că aceste zâne vorbesc despre mine, făcând speculații în legătură cu sentimentele mele.

— Nu știți nimic despre mine.

Masculul din scaun țâțâie din buze a dezaprobare.

— Las-o în pace, Pretha! Mă ocup eu de aici.

Pretha se schimbă la față, evident nemulțumită.

— Finn…

„Finn." În sfârșit, un nume pentru enigmaticul elf cu ochi argintii.

— Plecați!

Cuvântul, rostit cu o voce mai joasă decât cele de dinainte, ascunde un calm înșelător, dar denotă o autoritate deplină și nu lasă nicio urmă de îndoială cu privire la cine se află la comanda acestui mic trio.

Pretha tresare și știu că nu vrea să se supună, dar dă scurt din cap și părăsește biroul. Bruta cu coarne o urmează îndeaproape. Îi privesc cum pleacă.

— O noapte grea? mă întreabă Finn.

O întrebare atât de obișnuită, de parcă am discuta la un ceai și oamenii lui nu m-ar fi lăsat inconștientă ca să mă târască până aici!

Îl învrednicesc cu o privire furioasă.

— Cine ești - în afară de un răpitor Unseelie? Sper că îți dai seama că nimeni nu va plăti o răscumpărare pentru mine.

Arcuiește o sprânceană întunecată.

— *Oh?* Se pare că știi mai multe despre mine decât lași să se vadă. Ce altceva mai știi?

*Periculoasă.* Această făptură fermecată este periculoasă, și trebuie să încetez să o mai provoc și să mă concentrez în schimb la găsirea unei modalități de a pleca de aici.

— Nimic. Nu știu nimic.

Își ridică bărbia.

— Sunt curios. De ce ești atât de sigură că sunt Unseelie?

— Ochii tăi.

— Ce-i cu ei?

— Toată lumea știe că făpturile Unseelie au ochi argintii. „Nu încheia o învoială sau un legământ cu ochii argintii", spun apoi, repetând papagalicește versul pe care îl cântam în copilărie.

Și ce treabă minunată am făcut ascultând de acea *vorbă înțeleaptă străveche*!

Finn mormăie:

— Este cel mai ridicol lucru pe care l-am auzit vreodată! Ai fost învățată că toți cei din Regatul Unseelie au ochi ca ai mei?

— Nu au?

— Nu. Doar foarte puțini.

Și chiar când o spune, mă gândesc la străjerii de la castelul lui Mordeus. Aveau ochi argintii? Nu-mi amintesc. Oare Pretha este Unseelie? Ochii îi sunt căprui. Și ai lui Kane, o nuanță înfiorătoare de roșu-negru.

— Acum sunt liberă să plec?

Ochii i se măresc într-o falsă nevinovăție.

— Și încotro te-ai duce? Nu ești deloc sigură că vrei să te întorci la prietenul tău, chiar dacă îți dorești să nu fi fost atât de grăbită să fugi de el.

Îmi strâng buzele într-o linie subțire și ridic bărbia.

— Poți să-mi citești gândurile?

Râsul îi este întunecat, aspru.

— Nu. Nu-i nevoie să-ți citesc gândurile ca să îți cunosc grijile, deși ar fi un talent util. Emoțiile îți sunt întipărite pe față, extrem de ușor de citit. Nu ești sigură că poți juca rolul pe care Mordeus are nevoie să-l interpretezi.

Care e relația lui cu Mordeus? Lucrează pentru el?

— Ce știi?

— Îndeajuns.

Cu o răsuflare adâncă, renunță la postura relaxată și se ridică de pe scaun. Străbate camera către un mic bar amplasat în colțul biroului și profit de faptul că stă cu spatele la mine pentru a-l studia. Prezența lui umple spațiul, însă nu doar înălțimea sau trupul său musculos oferă un astfel de efect. Finn are aura unui conducător care captează atenția tuturor celor din jur. Mă întreb ce fel de putere are, astfel încât el, un Unseelie, să se poată afla aici, în Regatul Seelie?

Finn scoate dopul unei sticle și toarnă în două pahare. Lichidul galben-pal face bule când lovește sticla. Aroma fructată îmi lasă gura apă, dar, când se întoarce din nou și îmi oferă un pahar, clatin din cap. Nu-mi pot închipui nicio situație în care aș accepta vin de la un mascul pe care tocmai l-am cunoscut - *Străin! Pericol!*[1] -, dar vinul zânelor? Probabil crede că sunt complet nebună.

Cu o ridicare din umeri indiferentă, îmi pune paharul pe o masă lungă de lângă ferestre. În vreme ce bea din al său, închide ochii.

— Înțeleg că dragul tău Prințișor de Aur ți-a rănit sentimentele cu înșelăciunea sa, dar dacă îți dorești cu adevărat să-ți salvezi sora, trebuie să faci ceea ce îți cere Mordeus.

Spusese același lucru în visul meu.

— Ești o făptură Unseelie, insist eu. Bineînțeles că vrei să-ți ajut regele.

— Nu e regele *meu*! izbucnește Finn, iar afirmația tăioasă ricoșează din pereții biroului. Nu va fi niciodată regele meu, adaugă el, pe un ton ceva mai temperat.

— De ce te afli la Curtea de Aur? Credeam că făpturile Unseelie nu sunt bine-venite pe teritoriul Seelie.

— Îți propun o învoială: voi răspunde la această întrebare dacă tu răspunzi la una dintre ale mele.

Cuvântul „învoială" îmi declanșează mecanismele de apărare, dar sunt prea obosită și prea tulburată sufletește ca să-mi fac griji cu privire la toate modurile în care aș putea fi manipulată de o învoială cu o făptură fermecată.

— Care e întrebarea ta?

— Ce știi despre zâna care ți-a dăruit magia?

Mă încrunt.

---

[1] În original, *stranger-danger*: o formulă celebră la nivel internațional, folosită în numeroase filme, seriale, cărți, anunțuri publice și campanii de protejare a copiilor, având rolul unui avertisment care atestă că toți străinii pot reprezenta un potențial pericol, în special pentru copii (n. tr.).

— Ce magie?

Finn mai ia o gură de vin și mă studiază cu ochii săi ca de mercur.

— Recunosc că au trecut mulți ani de când m-am aventurat ultima oară pe tărâmul muritorilor, dar chiar te aștepți să cred că, mai nou, ființele umane pot să treacă prin pereți și să se transforme în umbră?

Clatin din cap.

— E doar o reacție stranie la faptul că mă aflu într-un loc magic.

Finn înclină capul.

— Nu știu ce mi se pare mai interesant: minciuna sau faptul că *vrei* cu adevărat să o crezi?

Buzele i se curbează, dar zâmbetul său nu dezvăluie nicio urmă de amuzament. Doar dezgust.

— De fapt, știi deja. Știi că puterile pe care le ai pe tărâmul meu nu sunt atât de noi. Pentru că le folosești de ani buni.

Un râs amar îmi scapă involuntar de pe buze.

— Dacă spui tu!

— Ești o hoață. Și încă una iscusită!

De unde știu aceste făpturi fermecate umbră atât de multe despre mine?

— Dacă am într-adevăr puteri – și nu afirm că am –, de ce ai presupune că mi le-a *dăruit* cineva?

Își mijește ochii și își coboară vocea:

— Pentru că ființele umane nu au magie decât dacă le este acordată de o creatură magică suficient de puternică pentru a le oferi un asemenea dar.

— Vrăjitoarele au magie. Și magii.

— Nu. Vrăjitoarele și magii *folosesc* magia. Simboluri, vrăji, poțiuni. Unele ființe umane sunt capabile să *folosească* magia, dar nu o *au*. Nu ca tine. Tu ești o ființă umană care poate mânui întunericul. Poți deveni una cu umbrele și să treci prin pereți - fără vrăji sau poțiuni, fără ritual. Magia face parte din tine și singura explicație posibilă e că ți-a oferit-o o făptură fermecată.

— Nu știu de unde a venit, recunosc.

Pentru că are dreptate. O parte din mine știa cu mult înainte să vin în Tărâmul Zânelor că talentele mele nocturne și afinitatea-umbră nu sunt normale - că sunt ceva special. Deschid gura, luând în considerare posibilitatea de a-i destăinui mai multe, apoi o închid la loc, hotărâtă. Neamul său a dovedit că nu poate fi de încredere.

— E rândul tău.

Se uită îndelung la vin, atât de mult, încât mă îndoiesc că va răspunde.

— Mordeus este unchiul meu.

Acesta e momentul în care numele său aprinde o scânteie de recunoaștere în subconștientul meu. Bakken mi-am spus că prințul Finnian e moștenitorul de drept al Tronului Umbrelor - *el* e acel Finn?

— Tu ești prințul.

Nici măcar nu este o întrebare. Explică totul. Felul în care se mișcă, felul în care prietenii lui îi îndeplinesc numaidecât poruncile, felul în care dă senzația că e cea mai importantă ființă din încăpere, indiferent dacă vreau sau nu să accept acest lucru. Da, totul la Finn denotă regalitate. *Putere.*

Își ridică ochii pentru a-i întâlni pe ai mei.

— Posibil să fi observat asemănarea.

*Ochii argintii.* Nu toate făpturile fermecate umbră au acei ochi argintii. Doar membrii familiei regale.

— Nu locuiesc la propria mea curte pentru că bunul meu unchi Mord mă vrea mort. Înduioșător, nu-i așa?

— Ce ai făcut?

Mormăie, de parcă ignoranța mea îl amuză.

— M-am *născut*, iar asta a fost suficient pentru a-i amenința pretenția la puterea după care a tânjit de când propriul tată i-a acordat coroana tatălui *meu*. În ceea ce privește motivul pentru care mă aflu în Regatul Seelie... sunt aici temporar și – rânjește – în secret. Prefer Ținuturile Sălbatice ale Zânelor în detrimentul domeniului Reginei de Aur, dar aici există chestiuni care îmi solicită atenția.

Mintea îmi e răscolită de o sută de întrebări, însă doar una răsare în mod repetat la suprafață:

— De ce îmi spui asta? Ce vrei de la mine?

— Știu că Mordeus o ține prizonieră pe sora ta și știu ce îți cere în schimbul ei, răspunde Finn, apoi bea din vin. Vreau să te învăț cum să-ți folosești harurile ca să te protejezi în acest tărâm. Vreau să te ajut.

Asta spusese în visul meu.

„Te voi ajuta să o salvezi. Caută-mă."

— Tot spui asta, dar de ce te-aș crede?

Mă apropii de ușă cu spatele.

— Oamenii tăi m-au răpit și m-au adus aici împotriva voinței mele, iar tu vrei să am încredere în tine?

Ochii argintii îi scânteiază și gura îi devine o linie subțire, încordată.

— Ai ales să te încrezi în Mordeus acceptându-i învoiala.

— Nu am de *ales*. Cel puțin înțeleg ce vrea Mordeus de la mine și de ce. Vrei să cred că ești dispus să ajuți o fată umană din bunătatea inimii tale?

Face un pas amenințător înainte, mânia încleștându-i fără ascunzișuri fiecare trăsătură a chipului frumos.

— Vreau să te ajut pentru că astfel îmi ajut propriul regat. Fiecare membru al curții mele este mai slăbit cât timp artefactele noastre magice lipsesc. Atâta timp cât Regina de Aur...

I se umflă nările și respiră adânc, de mai multe ori, de parcă ar suferi o durere bruscă, invizibilă.

— Atâta timp cât puterea regatelor e dezechilibrată, sunt vulnerabili.

— Te aștepți să cred asta? Stai acolo în haine fine și elegante, bând vin scump într-o cârciumă din Regatul Seelie. Sărmanul prinț exilat! Se pare că te străduiești *din greu* să-l înlături pe Mordeus de pe tron.

Paharul de vin se transformă în praf și pulbere în mâna lui. Încremenesc, teama punându-mi stăpânire pe trup; tocmai mi-a dovedit cât de periculos e. Liniștit, Finn își unește mâinile și le trece ușor una peste alta, lăsând picăturile de vin și cioburile de sticlă să i se strecoare printre degete.

— Acceptă-mi ajutorul, muritoareo!

— N-am nevoie de tine.

Privirea îi alunecă de-a lungul trupului meu și tresar când văd cum întunericul mi se scurge din mâini precum cerneala într-un ochi de apă.

— Ai format vreo Legătură cu cineva? mă întreabă el.

De parcă m-aș supune Legăturii cu o făptură fermecată. De parcă i-aș oferi *cuiva* acel tip de control asupra voinței și vieții mele. *Niciodată.*

— Poate cu o ființă umană de acasă, spune el. Un prieten sau un iubit, *cineva*?

Îmi stă pe vârful limbii să-l înștiințez că oamenii nu îndeplinesc astfel de ritualuri absurde. Nici măcar nu știu cum sau dacă ar funcționa între ființe umane, dar îmi stăpânesc negarea. Știu destule despre Legăturile cu făpturi fermecate pentru a fi conștientă că implică un anumit nivel de protecție. Dacă Finn crede că cineva ar putea fi Legat de mine, poate că nu va încerca să mă țină aici.

Se uită lung la mine.

— E o întrebare simplă.

Ridic din umeri.

— Iar eu pur și simplu aleg să nu răspund.

Mormăie ceva cu o voce joasă și văd furia din ochii lui, cum se străduiește să-și controleze temperamentul.

— Trebuie să înțelegi că Legăturile au consecințe și că nu sunt chiar atât de ușor de desfăcut pe cât crezi tu.

Oare acest măgar ipocrit chiar plănuiește să-mi țină o lecție de morală despre asta? Îmi încrucișez brațele la piept.

— Dacă plec, prietenii tăi vor veni după mine?

— Ai de gând să te întorci la fiul reginei?

Cuvintele sale sunt ca un pumn în stomac. *Fiul reginei Arya.* Prințul Ronan.

*Sebastian.*

Trebuie să-mi închid ochii împotriva durerii. A trădării. Nu mă pot gândi acum la el.

Când îi deschid, privesc fix aura întunecată, ca o mare de cerneală, din jurul mâinilor mele. Acest memento este exact ceea ce am nevoie. *Am nevoie de putere. Nu sunt captivă aici.*

Finn se apropie, studiindu-mă de parcă aș fi o insectă destul de interesantă, cu buzele curbate într-un rânjet.

Mă îndrept spre umbrele tăinuite între sfeșnicele de pe pereți, disperată să dispar în ele, când se deschide ușa biroului.

— Am primit vești de la castel, spune Pretha, lăsând ușa să se închidă în urma ei. Prințul Ronan și-a amânat selecția până mâine. Trebuie să întocmim repede un plan și să o ducem înapoi acolo.

Finn își încrucișează brațele.

— Nu prea cred că *fata* vrea să se alieze cu noi.

Vocea îi trădează o provocare, de parcă aș fi un copil foarte ușor de manipulat.

Îmi lipesc spatele de perete și mă îndemn cu ardoare să trec prin el, să scap. Nu se întâmplă nimic. Oare până acum cum mi-am folosit puterea?

Pretha străbate camera, îndreptându-se spre mine.

— Nu poți face asta singură, îmi spune ea.

Scutur din cap.

— Te înșeli.

M-am descurcat singură toată viața. Nimic nu trebuie să se schimbe acum. Precum efectul invers al unei lămpi pâlpâitoare, mă transform treptat în umbră și mă întorc la sinele meu corporal.

Panicată, Pretha se răsucește spre Finn.

— Ce face?

*Umbră. Transformă-te în umbră!* Mâna îmi dispare și reapare, dar peretele din spatele meu rămâne solid.

— Finn! strigă Pretha, cu ochii mari. Va scăpa!

*Umbră.* De data asta, când mâna îmi dispare, îmi ia și restul brațului. Mă topesc în perete și mă împleticesc prin el. Rochia mi se agață într-o tufă de trandafiri din afara tavernei, dovedind încă o dată că pantalonii sunt alegerea vestimentară mai înțeleaptă. Mă ridic cu stângăcie, iar țepii îmi sfâșie fusta și îmi zgârie picioarele.

Îi aud pe Finn și pe Pretha certându-se prin fereastra întredeschisă, dar cuvintele lor furioase sunt înăbușite, până când Finn urlă o poruncă finală, clară:

— Las-o să plece!

Îmi ridic rochia și o iau la goană, dar nu știu unde mă aflu și ceața e prea densă pentru a vedea castelul în depărtare.

Știu că pădurea era în fața mea când am fugit de Sebastian, însă acum e în stânga. Mă întorc cu spatele la codru, cu toate că nimic din acea direcție nu pare familiar.

*Pădurea.* Mă pot ascunde acolo – mă pot transforma în umbră și neant, rămânând ascunsă până pot găsi drumul înapoi la castel.

*Pentru că trebuie să mă întorc la castel.*

Dacă Sebastian și-a întârziat selecția, poate că încă o mai pot scoate la capăt. Încă mai există o șansă de a o salva pe Jas.

Pădurea e mai întunecată decât oricare din Fairscape – cu o boltă deasă de frunze și cu luminile caselor din depărtare mai plăpânde decât cele din partea mea suprapopulată de lume. Un strigăt oribil sfâșie noaptea, urmat de un urlet triumfător. Nu mi-a fost niciodată frică de întuneric, dar știu îndeajuns cât să-mi fie frică de *acest* întuneric, cu atât mai mult cu cât mai bine de jumătate dintre ființele care trăiesc în acești copaci îmi sunt necunoscute. Poate că umbrele mele mă pot ascunde, dar oare mă pot proteja?

Căldura sufocantă a verii a dispărut odată cu soarele, așa că îmi cuprind trupul cu brațele în timp ce arunc priviri pe furiș în pădure, cercetătoare, ochii adaptându-mi-se treptat la întuneric.

Aud un alt urlet, de data aceasta mai aproape, iar groaza îmi zvâcnește prin mușchi. „Știi că puterile pe care le ai pe tărâmul meu nu sunt atât de noi. Le folosești de ani buni."

Ființele umane obișnuite nu pot vedea cu atâta ușurință în întuneric. Știam asta, nu-i așa? Pur și simplu nu am vrut să recunosc adevărul în sinea mea, nu am vrut să recunosc că există o reminiscență de făptură fermecată ascunsă înăuntrul meu.

Dar să știi că ai un talent, un har, e departe de-a ști și cum să-l mânuiești. Habar n-am unde sunt, în ce direcție se află castelul și cum să-mi folosesc puterea pentru a mă proteja de orice trăiește în aceste păduri.

Se aude un mârâit jos, la vreo douăzeci de metri distanță. Mă învârt și încremenesc, îngrozită. Ochi albaștri strălucitori, împestrițați cu aur, licăresc în întuneric, și un lup negru, cu dinții dezgoliți, se furișează spre mine.

# CAPITOLUL 9

NU UN LUP. CHIAR ȘI GHEMUIT, CAPUL ANIMALULUI aproape că mă depășește în înălțime. O limbă țâșnește printre colții lungi, ascuțiți, și prădătorul se apropie lent de mine, pas cu pas.

Nu am arme, cu excepția magiei mele capricioase, și nici unde să mă ascund, în afara unei păduri pe care, fără îndoială, această creatură o cunoaște mai bine decât mine.

Crengile unui stejar se întind deasupra mea, însă cele aflate la îndemână sunt lungi, subțiri și nu par îndeajuns de rezistente pentru a-mi susține greutatea. La câtiva metri distanță întrezăresc un arțar cu ramuri inferioare solide. Dacă îmi iau avânt și sar, aș putea reuși să mă cațăr suficient de sus înainte ca fiara-lup să ajungă la mine.

Cu un mârâit gutural, prădătorul se târăște mai aproape, la fel de negru ca noaptea, promisiunea morții scânteind în ochii săi.

*Respiră adânc și fugi, Brie!*

Întorcându-mă, sprintez înainte, apoi o iau la stânga cât de repede îmi permite rochia. Creatura se aruncă spre mine, mișcându-se prea iute pentru ceva atât de masiv. Sar, întinzându-mi mâna cât mai sus posibil, chiar când răsuflarea fiarei îmi încălzește pielea de pe ceafă. Ating ramura ușor, cu vârfurile degetelor, iar scoarța îmi zgârie pielea în timp ce mă zbat să mă prind mai bine.

Îmi încleștez degetele, preschimbate acum în gheare, încercând să mă țin, dar alunec. Timpul se mișcă cu încetinitorul în vreme ce cad spre solul pădurii și direct în fălcile bestiei, pregătite să mă înșface.

Lovesc tare cu piciorul, cu scopul de a disloca maxilarul creaturii, însă abia dacă o urnesc din loc.

Când dinții mi se înfig adânc în pulpă, durerea mă străbate și țip, în vreme ce mușchiul îmi este sfâșiat. *Sunt depășită de situație.* În acest loc, *sunt lipsită de putere.*

Din spatele fiarei răsună alte mârâituri joase și doi lupi se năpustesc asupra ei. Preț de o clipă încețoșată de durere, cred că ar putea încerca să mă protejeze, însă delirez, iar partea rațională a minții mele știe că probabil luptă pentru teritoriu.

*Sau carne proaspătă.*

Încerc să mă ridic, cât lupii mai mici se aliază ca să atace fiara, dar în clipa în care mă las pe membrul rănit, mă prăbușesc la pământ.

Fără să pierd timpul, folosesc copacul ca să mă ridic înapoi în picioare. Apoi un răget îngrozitor zguduie pădurea și, pentru o bătaie îndelungată de inimă, atenția lupilor nu mai este ațintită asupra fiarei, după care se întorc și fug… lăsându-mă singură cu creatura neagră, care mârâie, arătându-și iar colții.

Se mișcă mai lent acum – sângele i se prelinge din mușcăturile de pe spate –, dar nu suficient de lent pentru a compensa pentru piciorul meu mutilat. Mă împleticesc îndărăt, încercând să-mi las toată greutatea pe partea nevătămată și țipând când mă prăbușesc din nou.

Fiara se aruncă, cu fălcile larg deschise, și știu că îmi țintește gâtul. Înainte de a putea ajunge la mine, o pală de vânt o ridică de la sol și o izbește de un copac dincolo de luminiș.

Creatura scheaună și se prăvălește la poalele arborelui cu un ultim urlet.

— Abriella!

Sebastian e aici, cu răsuflarea întretăiată. Mă ridică de parcă aș fi ușoară ca un fulg și mă leagănă în brațele sale.

— Brie? Ești teafără?

Încuviințez la pieptul lui, dar nu sunt teafără. Durerea din picior este atât de orbitoare și amețeala mă străbate în valuri, dar nimic nu se compară cu suferința înfrângerii din pieptul meu. Sunt atât de nepregătită să înfrunt această lume vicioasă!

— Brie, piciorul tău!

Mă mișcă în brațele sale, iar eu mă smucesc înapoi când întinde mâna spre rană.

— Șșș! Stai nemișcată!

Cu o atingere a mâinii sale, durerea dispare.

Tremur atât de tare și inspir adânc, răsuflare după răsuflare, ca să mă liniștesc.

Sebastian îmi înlătură delicat părul de pe față, strecurându-mi șuvițele desprinse în spatele urechilor, și îmi dau seama că el e cel care tremură.

— Am vrut să-ți ofer spațiu, dar ar fi trebuit să vin după tine. Îmi pare nespus de rău că nu am venit mai devreme!

Înghit în sec. Sebastian arată... devastat. Indiferent cât de mult mă doare înșelăciunea lui, el tot Sebastian e. Mi-a trădat încrederea, însă sentimentele mele nu au dispărut doar pentru că am aflat cine e mama sa. Nu s-au evaporat pentru că poate mânui magia sa lăuntrică într-un mod mai eficient decât orice a învățat de la Magul Trifen.

— Sunt bine.

Îmi trece un deget peste obraz și, când îl îndepărtează, văd sânge.

— Te duc înapoi la palat, la vindecătorii mei.

Acum, chiar și cu durerea ostoită, mă simt *straniu*, ca și cum îmi pierd, totodată, echilibrul și suflul vieții, o consecință a magiei lui Sebastian sau o reacție la mușcătura creaturii. Am nevoie de ajutor. Am nevoie de vindecători. Aprob din cap și arunc o ultimă privire spre corpul fiarei.

— Îmi pare rău că nu am venit mai devreme! spune iarăși Sebastian. Îmi pare nespus de rău!

Mă scoate din pădure și mă duce într-o poieniță unde așteaptă un armăsar alb, învăluit în lumina lunii. Mâinile mari ale lui Sebastian sunt blânde - cuviincioase - în timp ce mă suie pe cal. Când se urcă în spatele meu, savurez forța lui solidă și căldura liniștitoare a pielii sale prin tunică. Dacă închid ochii, mă pot preface că ne-am întors în Fairscape și că nimic nu s-a schimbat.

Își strecoară un braț în jurul meu și, luând frâiele cu cealaltă mână, îndeamnă calul să pornească în galop.

Cu răsuflarea lui în ureche, bătăile constante ale inimii sale pulsându-mi de-a lungul spatelui și ritmul armăsarului de sub mine, pleoapele îmi devin tot mai grele cu fiecare pas. Dacă nu m-ar ține el, aș aluneca de pe cal. Mușchii mei refuză să-și facă datoria. Mă topesc în căldura lui, în îmbrățișarea sa protectoare, ușor disprețuitoare pentru propria slăbiciune.

Până ajungem la castel, să-mi țin ochii deschiși este o bătălie pierdută.

Sebastian îmi așază mâinile pe gâtul armăsarului.

— Ține-te bine un minut, mă instruiește el.

Descalecă și sare pe pământ, întinzându-se imediat după mine. Chiar și pe jumătate lucidă, cu un picior amorțit, sunt conștientă de fiecare punct de contact când mă trage în brațele sale. Miroase a sare de mare și a piele, de la vesta și pantalonii în care este înveșmântat. Mă lovesc de pieptul său în timp ce aleargă pe ușile castelului cu mine în brațele lui.

— Sunt pe moarte? întreb la pieptul său, dar sunt atât de obosită, încât cuvintele nu-mi trădează nici cea mai plăpândă urmă de teroare.

— Saliva bargharului îți încetinește bătăile inimii. Dacă nu-ți dăm îndată antitoxina...

Sebastian aleargă și mai repede, iar eu închid ochii, incapabilă să strâng energia necesară pentru a mă îngrijora. Sunt vag conștientă de sunetul celor din jurul nostru, de cel al pașilor iuți pe piatră și al ușilor deschise și închise.

— A rănit-o un barghar în pădure..., spune el. Aduceți vindecătorul!

Ridic pleoapele când un set de uși duble se deschide în fața noastră și Sebastian mă duce la un pat mare cu baldachin. Straturile de așternut alb și moale par desprinse dintr-un vis. Mă ghemuiesc într-o parte. Acum, nu mă interesează nimic altceva decât să dorm.

Când închid din nou ochii, văd fața zâmbitoare a lui Jasalyn, iar suferința mă învăluie cu totul.

— Spune-i lui Jas că îmi pare rău, șoptesc.

— Nu...

Mă prinde de umăr, cu mâna lui caldă acoperită de bătături.

— Nu vorbi așa!

Dar nu știe că rostesc adevărul? Simt moartea în otrava care îmi șerpuiește prin vene. Deschid gura. Trebuie să vorbesc, dar sunt lipsită de energie.

*Promite-mi că o vei găsi!*

Gura mea refuză să articuleze cuvintele. Sebastian mă strânge tare de umăr.

— Rezistă, Brie!

Nu știu cât stau întinsă acolo, pierzându-mi din când în când cunoștința. Îl aud pe Sebastian vorbind cu cineva. Poate cu mai multe persoane. Le poruncește să ia măsuri, țipă când acestea se mișcă prea încet.

— A pierdut mult sânge, spune o voce străină. Și se răspândește toxina. S-ar putea să nu poată bea.

— Abriella..., zice Sebastian.

Mâna aceea, din nou pe umărul meu. Atât de caldă! Atât de puternică! Singura mea ancoră de siguranță. Chiar și acum.

— Abriella, trebuie să bei asta.

Un pahar lipit de buzele mele. Un lichid cald îmi alunecă pe limbă și în jos, pe bărbie.

— La naiba, înghite! Trebuie să înghiți!

Mă înec, vărs și, în cele din urmă, reușesc să înghit, apoi energia mă părăsește iar și mă las moale în brațele lui.

— Bravo! murmură Sebastian. Bravo, Brie!

— Trebuie să-i vindec piciorul înainte să piardă și mai mult sânge, rostește vocea străină.

— Fă-o! se răstește Sebastian.

Căldura arzătoare a mâinilor vindecătoare mă poartă înapoi în timp.

Atunci și acum se contopesc, învăluite de ceață. *Vocea mamei. A lui Sebastian. Clopoței de vânt, în miez de noapte. Promisiunile unui străin.*

Dormitorul îmi este înconjurat de foc – trupul îmi este încolăcit în jurul lui Jasalyn, protejând-o de flăcările care par să mă devoreze.

Abia sunt conștientă de vocea mamei.

„Te rog, salvează-o!"

„Te va costa."

„Voi plăti prețul." Vreau să deschid ochii și să-i spun că voi fi bine, dar nu pot. Tăcerea ei disperată e spulberată de un suspin care îmi înjunghie inima.

„Trebuie să existe o altă cale."

„Fac asta pentru tine."

Urechile îmi sunt asaltate de suspinele mamei, iar apoi amețeala dispare treptat, odată cu căldura mâinilor vindecătoare pe arsurile mele.

*Durere. Durere sfâșietoare, orbitoare, îngrozitoare.*

Un val răcoros de alinare. Și... de viață – ce îmi pulsează prin vene și îmi străbate iute membrele.

Îmi surprind mama; arată atât relaxată, cât și nefericită. De parcă ar fi vândut o parte din ea.

Când deschid ochii, aproape că mă aștept să-mi văd mama, așa cum era în ziua în care m-am trezit acum nouă ani, vindecată de arsuri. Dar nu ea e cea care stă pe un scaun lângă patul necunoscut. Ci Sebastian, cu urechile sale ascuțite și grația delicată specifică făpturilor fermecate. E murdar de sânge și ochii îi sunt închiși.

— Bash?

Gâtul mi-e răvășit, iar numele lui îmi părăsește buzele cu o asprime aproape ascuțită. Sebastian se trezește brusc, agitat, și scoate o răsuflare lungă cât mă studiază.

— Totul e bine, spune el încet, punându-și o mână peste a mea. Vei fi bine. Sunt aici.

*El e aici.* Și, blestemată să fiu!, dar mă simt bine știind că este complet adevărat. Cel puțin pe moment, pentru *acest* ghem de frământări și lupte, nu sunt singură.

— Îți mulțumesc! adaug eu, cu un glas spart. Cât timp am fost inconștientă?

— Doar câteva ore. Cum te simți?

— Sunt bine.

Stomacul mi se strânge la vederea sângelui de pe hainele sale. Totuși, lipsește cu desăvârșire de pe ale mele. Sunt îmbrăcată într-o cămașă de noapte curată, albastru-deschis, din cel mai moale bumbac.

Sebastian mă surprinde studiind ținuta.

— Am încercat să-ți salvăm rochia, dar a fost murdară de sânge și sfâșiată pe alocuri.

— Tu m-ai îmbrăcat?

O întrebare prostească, fără discuție, luând în considerare întreaga situație. Dar gândul ca el să mă îmbrace în veșminte de noapte și să curețe sângele de pe mine...

Clatină din cap și, apoi, când își dă seama ce îl întreb de fapt, cască ochii.

— Te-a schimbat una dintre slujnice. Eu nu am... nu am fost... nu aș fi...

Dacă nu aș fi fost atât de epuizată, aș putea râde de roșeața care i se furișează în sus pe gât.

— Nu pentru asta îmi făceam griji, adaug cu blândețe.

A avut atâta grijă de mine!

— Ai fost rănit?

— Nu.

Flutură o mână ca să indice petele de sânge de pe tunică.

— Doar al tău, prin bunăvoința bargharului. Din fericire, vindecătorul meu era disponibil când am ajuns.

Camera se învârte cu mine. Închid strâns ochii pentru a o împiedica să se mai clatine, dar mirosul sângelui îmi umple nările. Când îl văd, mă trezesc înapoi în acea pădure, în fața acelei creaturi asemănătoare unui lup, care se aruncă spre mine.

— Un barghar? Asta a fost chestia aia?

— Unii îl numesc câinele morții.

— Vine din Regatul Unseelie?

— Există câini ai morții în toate regatele, dar unii dintre cei mai puternici Unseelie îi au ca familiari - animale magic Legate de ei, care le pot îndeplini poruncile necurate.

Oare Mordeus a trimis acel barghar după mine? Nu. Nu are niciun sens. Dacă își dorește cu adevărat să recuperez artefactele furate pentru regatul său, nu ar încerca să mă ucidă cu vreun monstru legat mintal. Dar Finn... M-a atacat Finn pentru că nu am fost de acord să mă aliez cu el?

— Acela a fost Legat de o făptură fermecată Unseelie?

Sebastian clatină din cap.

— Nu știu.

— Dacă nu ar fi apărut acei lupi...

Aș fi murit. Când mirosul propriului sânge îmi răscolește iar nările, sunt nevoită să-mi ascund fața în pernă.

— Îmi pare rău... Ai niște haine de schimb?

Bombăne o înjurătură și sare din scaun.

— Desigur. Îmi pare rău!

Se întoarce cu spatele la mine cât își desface nasturii de la cămașă.

— Trebuie să vorbim, adaug. Despre ce se va întâmpla mai departe.

Sebastian se uită peste umăr, iar ochii ni se întâlnesc.

— Ar trebui să te odihnești mai întâi.

Scutur din cap și mă căznesc să mă ridic. Am dat dovadă de mai multă slăbiciune de când am venit în Tărâmul Zânelor decât am făcut-o în ultimii nouă ani, iar acest lucru trebuie să înceteze acum.

— Sunt bine.

— Încă te recuperezi după o rană foarte gravă. Nu te forța!

Se întoarce spre mine, cu pieptul gol și... frumos.

Camera se învârte din nou cu mine.

Vreau să-l urăsc în forma asta - sinele său adevărat -, dar în ciuda celor întâmplate, îl găsesc pe Sebastian la fel de atrăgător ca în prima zi în care l-am văzut antrenându-se în curte.

Îmi desprind cu greu privirea de la pielea sărutată de soare, de la brațele lui sculptate.

— Cred că mă simt suficient de bine ca să vorbim.

Aud sunetul unui sertar deschis și, când mă întorc iar spre el, Sebastian își trage o cămașă nouă peste cap.

Urmăresc cum materialul alb și moale îi alunecă peste pielea aurie perfectă. Urăsc faptul că această atracție nu a dispărut odată cu încrederea pe care am pierdut-o când am descoperit adevărul.

Dacă sentimentele îmi erau vraiște înainte să mă salveze în pădure, acum sunt un adevărat dezastru.

Se așază înapoi pe scaunul de lângă pat și se apleacă, cu coatele pe genunchi.

— Bine. Putem vorbi, dacă asta îți dorești.

— M-ai salvat.

Înghit în sec. Amintirea terorii pândește în continuare, mult prea aproape de suprafață, așa că o împing undeva adânc înăuntrul meu.

— Îți mulțumesc!

— Îmi pare rău că nu am venit mai devreme!

— Nu mă așteptam să vii deloc.

Tresare, de parcă l-aș fi pălmuit. Apoi își pleacă în jos capul.

— Știu că nu îți place cine sunt, dar asta nu schimbă deloc ce simt pentru tine.

Un vârtej îmi tulbură stomacul.

— Nu-mi place că *ai mințit* în legătură cu cine ești.

Maxilarul i se încordează. Oftând adânc, își netezește părul alb pe spate și îl leagă cu o bandă de piele.

— Când ar fi trebuit să îți spun? Nu puteam lăsa pe nimeni din Elora să afle adevărul - aș fi fost răstignit. În plus, până am devenit prieteni și te-am cunoscut suficient de bine cât să îți încredințez informația, te făcuseși deja clar înțeleasă cu privire la ce simțeai față de tărâmul și de neamul meu, zice Sebastian, apoi se oprește, înghițind în sec. Poate că am fost egoist, dar nu suportam ideea de a renunța la tine.

— Ai avut vreodată de gând să-mi spui? Sau plănuiai să mă minți pentru totdeauna? Acesta a fost motivul real pentru care m-ai implorat să nu mă duc după Jas? Pentru că nu voiai să descopăr adevărul?

— *Am vrut* să-ți spun. De atâtea ori. Dar motivele pentru care voiam să rămâi de partea ta a portalului au fost sincere. Acesta e un loc primejdios pentru tine.

Privirea îi cade pe piciorul meu și, deși sunt vindecată, îmbrăcată în haine curate și acoperită de pături, știu că vede rănile făcute de barghar.

— Acum e mai clar? Înțelegi de ce mă îngrozește gândul că îmi cutreieri lumea în căutarea surorii tale?

Când ridică ochii înapoi la ai mei, îi susțin privirea.

— Nu o voi abandona.

— Nu-ți cer asta. Îți cer să îmi dai *mie* voie să o găsesc.

Cum nu-i răspund, îmi ia mâna și-mi strânge cu putere degetele.

— Mi-am anulat angajamentele pentru azi și, după ce dormi puțin, te voi însoți acasă.

Îmi smulg mâna din strânsoarea lui.

— Nu!

— Ai fi putut muri în seara asta. Cum ar fi ajutat-o asta pe Jas? mă întreabă el, clătinând din cap. Când o găsesc, nu mă obliga să-i spun că și-a pierdut singura rudă rămasă.

— Bash..., zic eu și închid ochii, amintindu-mi. Scuze! Adică, *prințe Ronan.*

— Nu.

Se mută de pe scaun pe marginea patului, lipindu-şi coapsa caldă de a mea.

— Spune-mi Sebastian. Așa cum ai făcut întotdeauna. Încă e numele meu - cel puțin, cel pe care îl prefer. Nimeni nu-mi spune prințul Ronan în afară de slujitorii și de supușii mei.

Ucenicul modest, după care am suspinat vreme de doi ani, are „slujitori și supuși".

Respir adânc. *Amintește-ți de învoiala cu Mordeus! Amintește-ți motivul pentru care ai venit aici!*

— Bine... *Sebastian.* Nu mă pot întoarce acasă. Oamenii lui Gorst sunt pe urmele mele și nu sunt în siguranță acolo. Te rog, lasă-mă să rămân! Voi fi atentă, dar nu mă obliga să mă duc acasă. Nu mă așteaptă nimic acolo.

Chiar dacă oamenii lui Gorst nu m-ar fi căutat, nu m-aș duce acasă fără sora mea, dar poate dacă aș pune accentul mai degrabă pe protecția mea decât pe salvarea lui Jas, el va fi de acord.

— Nu te pot proteja în afara zidurilor palatului.

Dar a făcut-o în seara asta. Contrar așteptărilor, a fost acolo când am avut nevoie de el.

— Înțeleg, șoptesc.

— Brie...

Simt că încearcă să găsească alt argument ca să mă trimită acasă. Arunc o privire în dormitorul său opulent, de parcă l-aș vedea pentru prima oară, de parcă nu aş fi explorat deja fiecare colţ al acestui castel. Am mai fost aici. Pur şi simplu nu ştiam că e camera lui când cotrobăiam prin ea.

— Acesta este un loc mare şi nu îţi voi sta în drum. Nu poţi găsi o cameră mică pentru mine? Nu există vreo cale prin care mi s-ar permite să rămân?

Efectiv pot să-l văd cum se gândeşte bine la ce i-am spus. Îmi ţin respiraţia.

— Există o singură cale, răspunde el. Nu cred că îţi va plăcea.

Curiozitatea îmi înlănţuie trăsăturile ca o mască. Ştiu deja încotro se îndreaptă această discuţie şi e exact ceea ce am nevoie.

— Spune-mi!

— În această dimineaţă, voi selecta o duzină de femei să rămână la curte. Douăsprezece femei care îşi doresc… să se căsătorească cu mine.

Aproape că se îneacă atunci când rosteşte cuvintele.

— Poate că dacă te-aş prezenta mamei mele ca pe o potenţială mireasă…

Chipul îl trădează: se aşteaptă să-l refuz. Nu ştie despre învoiala mea cu regele Mordeus sau că *am nevoie* de acces la acest castel; prin urmare, bineînţeles că el crede că aş urî ideea.

— Ce-ar trebui să fac?

Sebastian oftează.

— Să înveţi despre regat, să participi la câteva dineuri pretenţioase, poate la o petrecere sau două…

Zâmbeşte timid şi, o clipă, arată atât de vulnerabil, încât uit că nu e băiatul uman de care m-am îndrăgostit.

— Să te prefaci că mă placi.

O parte din mine şi-ar dori să fiu nevoită să mă prefac, dar sentimentele mele contradictorii sunt mult prea reale.

— Dacă m-aş comporta ca una dintre aceste potenţiale mirese, aş sta la palat?

— Da. Ai sta în aripa oaspeţilor, alături de celelalte fete.

— Şi cât sunt aici - *cât caut artefactele cerute de rege* –, o vei căuta pe Jas?

— Da, desigur. Indiferent dacă rămâi sau te întorci acasă, o voi căuta.

Îmi mângâie nodurile degetelor cu degetul mare, apoi îl lasă să se odihnească acolo.

— Ai cuvântul meu!

Mă uit lung la mâna lui aşezată peste a mea, prefăcându-mă că mă gândesc la propunerea sa. În realitate, va fi chinuitor să-l privesc cum își alege mireasa; în plus, a fi aici va fi o amintire constantă a înşelăciunii sale și a sentimentelor mele față de el, oricât de greşite ar fi. Dar totul va merita atunci când îi voi preda artefactele Regelui Umbrelor și o voi duce pe Jasalyn înapoi acasă.

— Vreau să rămân.

Sebastian se încruntă.

— Ce-i cu privirea asta? îl întreb.

— După ce ai aflat cine sunt și ai fugit, am crezut că nu mai vrei să ai de-a face cu mine. Am crezut că te-am pierdut pentru totdeauna. Faptul că rămâi aici... Ridică din umeri și conchide: Pare prea frumos ca să fie adevărat!

Mă forțez să zâmbesc, dar o parte din mine se face ghem de ruşine. Dacă rămân, dacă fac asta, nu înşel vreun prinț oarecare. Îmi voi înşela prietenul. Minciunile mele nu duc lipsă de motive, și chiar dacă pot spune acelaşi lucru și despre ale lui, aflarea adevărului m-a durut la fel de tare.

Clatin din cap, încercând să înlătur ghemul de sentimente strâns încleştate.

—Ai toată noaptea la dispoziţie, spune el. Odihneşte-te. Gândeşte-te bine. Dacă stai la palatul meu, nu îţi pot permite să te furişezi ca să o cauţi pe Jas. Trebuie să te hotărăşti dacă poţi accepta o astfel de condiţie.

— Voi fi prizonieră?

— Vei fi protejată.

Se joacă distras cu mâna mea, iar atingerea delicată a vârfului degetului său mare de-a lungul palmei îmi trimite un fior de dorinţă prin trup, care nu înţelege că Sebastian nu e cine credeam că e.

— Ştiu că nu-ţi stă în fire să stai deoparte şi să laşi pe altcineva să preia responsabilitatea, dar nu mă voi răzgândi. E prea periculos. Dacă îmi vei promite că nu o vei căuta pe Jas – că vei lăsa asta pe seama mea –, te voi ţine aici cât de mult pot.

— Bine, şoptesc. Îţi mulţumesc mult, Sebastian!

Aşază păturile în jurul meu, dar îmi dau seama că gândurile îi zboară deja în altă parte.

— Acum, dormi!

# CAPITOLUL 10

VISEZ FOC. PE BEBELUȘA JAS ÎN BRAȚELE MELE. VISEZ LA rugămințile disperate ale mamei, menite unui străin să mă vindece, și la sunetul lacrimilor ei când el acceptă. Visez la o noapte atât de întunecată, încât tot ce văd sunt colții bargharului când se aruncă la gâtul meu. Visez la ochi argintii și la Jas, în vârstă de doar cinci ani, spunându-mi să număr cât se ascunde.

„Nu trage cu ochiul! Prințul te va ajuta să mă găsești."

Când mă trezesc, nu mai sunt în camera lui Sebastian. Lumina se revarsă în odaie printr-un perete uriaș, cu ferestre înalte din podea până în tavan. Două slujnice se agită în jurul meu – una la picioarele patului, pregătind o tavă mică pentru micul dejun, iar cealaltă umplând cada din baia din interiorul camerei.

Oare Sebastian m-a purtat până aici sau a însărcinat un goblin să mă mute? Nu ar trebui să conteze. Nu contează. Dar după felul în care m-a purtat noapte trecută în castel, în brațele lui, e prea ușor să-mi închipui cum m-a adus aici în timp ce dormeam. Prea ușor să-mi închipui tandrețea din ochii lui și pe el coborându-și capul ca să-mi aștearnă un sărut pe obraz. Păstrez imaginea vie o secundă în plus, înainte de a o îndepărta. *Nu de asta sunt aici.*

Când mă ridic în șezut în pat, una dintre slujitoare aranjează un buchet de crini portocalii de zi, apoi se întoarce spre mine. *O ființă umană.* Poartă o rochie albastră simplă care atârnă pe silueta ei durdulie și are părul blond prins într-o împletitură obișnuită, dar elegantă. Îmi netezesc ușor propriul păr, care arată, fără îndoială, sălbatic după o noapte de somn agitat într-un pat străin.

— Bună dimineața, domniță Abriella! Eu sunt Emmaline și ea e Tess, spune femeia, gesticulând către slujnica din baie. Domnița ar vrea mai întâi o baie sau micul dejun?

Îmi apăs o mână de burta care ghiorăie. A trecut mult prea mult de când nu am mai mâncat ceva consistent, și deși sunt obișnuită cu lipsa mâncării, îmi forțez limitele.

— Micul dejun, te rog!

Îmi aruncă un zâmbet radios, de parcă tocmai i-aș fi oferit un cadou.

— Bună alegere!

Tess iese din baie, ștergându-și mâinile pe o rochie bej, strâmtă în partea de sus și cu o fustă largă. Gemene, îmi dau seama când îi văd împletitura blondă și zâmbetul identic.

— Ți-ar plăcea să iei masa în pat sau la masă?

— La masă e în regulă.

Îmi arunc picioarele peste marginea patului și mă întind, căscând. Am fost extrem de obosită și de slăbită când am adormit aseară, dar în această dimineață mă simt mai bine decât m-am simțit în ultimele zile – poate în ultimele luni. Vindecătorul trebuie să se fi ocupat și de alte aspecte, nu doar de rănile provocate de barghar.

— Aveți cafea?

— Desigur. Prințul ne-a spus că preferi cafeaua, răspunde Tess.

Își reține un zâmbet, iar ea și Emmaline schimbă o privire cu subînțeles.

— Și crinii de zi.

— Ne-am interesat, zice Emmaline, aplecându-se conspirativ. Nu a cerut să fie aduse flori niciunei alte fete.

— Și nici nu le-a alocat încă încăperile, adaugă Tess, făcându-mi cu ochiul.

Nu trebuie să mă prefac surprinsă sau încântată când mă apropii de masă. Trec un deget peste o petală moale, portocalie. Un fluture rătăcit își întinde aripile în stomacul meu și mi-l amintesc pe Sebastian strecurându-mi floarea în spatele urechii. Nu vreau să simt nimic pentru el, dar cum aș putea să nu o fac?

Mă așez la masa mică de lângă fereastră, oprindu-mă o clipă ca să apreciez căldura soarelui pe față. Întotdeauna am fost prea bufniță de noapte ca să acord vreo importanță dimineților, însă mă simt atât de odihnită după ce am dormit toată noaptea, încât sunt aproape optimistă.

O invoc pe Jasalyn a mea interioară. Sora mea ar fi mândră.

Iau o gură din cană. Licoarea e diferită de apa maro pe care cei de acasă o numesc cafea. Asta este mai densă și mai decadentă. Are straturi – ca și cum aș putea gusta soarele care a încălzit boabele și fructele din tufiș odată cu ea. Ca și cum dragostea mea anterioară pentru cafea ar fi fost menită doar pentru potențialul ei și, în sfârșit, îi savurez pe deplin gustul. Dar nici măcar ea nu mă poate distrage de la festinul care mă așteaptă. O farfurie plină cu rulouri cu fructe de pădure colorate și o ceașcă de iaurt cremos, și o tavă cu felii de carne afumată și brânzeturi. Aleg un rulou delicat de pe farfurie și aproape că gem când mi se topește pe limbă. Sunt subjugată de mâncare, în timp ce slujnicele își fac de lucru în jurul meu.

M-am îndopat până în punctul în care mai am puțin și explodez, când îmi dau seama că slujnicele au înlemnit în spatele meu.

— Alteța Voastră, rostesc ele la unison.

Mă întorc; amândouă au rămas încremenite în reverențe până la podea în fața lui Sebastian, care le întâmpină cu o încuviințare scurtă din cap și un zâmbet cald. Sincer, m-am așteptat ca sclavii umani din Tărâmul Zânelor să fie drogați sau lipsiți de rațiune, tratați asemeni unor instrumente de unică folosință, dar dacă gemenele sunt un model reprezentativ pentru felul în care trăiesc ființele umane aici, presupunerile mele au fost tare departe de adevăr.

*Poate că nimic nu e așa cum am crezut.*

— Tess, Emmaline, zice el, dând din cap spre ele. Cum sunteți în această dimineață?

— Bine, Alteță, răspunde Tess, îndreptându-se.

— Fericită să o cunosc pe lady Abriella, spune Emmaline.

Aceste femei nu îl privesc pe Sebastian ca și cum ar fi temnicerul lor. Expresiile lor sunt mai apropiate de cele ale mătușilor iubitoare, iar Sebastian le încântă cu același zâmbet fermecător cu care a fermecat jumătate din Fairscape.

— Doamnelor, mi-ați putea acorda un moment singur cu lady Abriella?

— Desigur, răspund ele la unison.

Ambele schițează o reverență scurtă și se grăbesc să iasă din cameră. Sebastian așteaptă până când ușa se închide în urma lor înainte să se întoarcă spre mine.

— Cum te simţi în această dimineaţă?

Are o expresie evaluatoare, măsurându-mă intens cu privirea, din cap până-n picioare, făcându-mă să mă mişc, brusc conştientă de faptul că sunt încă în cămaşă de noapte, lucru pe care aseară eram prea ostenită ca să-l simt.

— Sunt bine. Îmi cuprind trupul cu braţele, adăugând: Abia m-am trezit acum o jumătate de oră. Sunt ca nouă.

Dă din cap, dar nu e un secret că acest lucru nu-l surprinde. Ştia că sunt bine, altfel nu m-ar fi scăpat din ochi. Alt motiv l-a adus aici în această dimineaţă.

— Discuţia pe care am avut-o aseară - chiar vrei să faci asta?

Îmi ţin respiraţia şi dau din cap. *Te rog să nu mă trimiţi acasă! Te rog să nu mă faci să o dezamăgesc pe Jas!*

Îşi roteşte umerii înapoi.

— Bine, atunci. În această după-amiază, va trebui să te prezinţi în faţa mamei şi a mea şi să-ţi anunţi dorinţa de a...

Îşi drege glasul, însă nu-şi termină gândul.

— Mă căsători cu tine? întreb.

Aprobă din cap.

— Desigur, eu ştiu ce simţi cu adevărat, dar mama mea nu poate să afle.

— Înţeleg.

Se întoarce spre crinii de zi şi aranjează florile în vază, evitându-mi privirea.

— Trebuie să-ţi cer o favoare.

— Ce anume?

Rămâne atât de mult tăcut, încât încep să mă joc cu argintăria. Când vorbeşte, vocea îi este mai joasă decât înainte:

— Să ţii secret trecutul nostru. Nu vreau ca mama să ştie că ne-am întâlnit până azi. I-ar... influenţa părerea despre tine.

Nu există niciun viitor pentru mie şi Sebastian, aşa că rugămintea lui nu ar trebui să doară. Dar nu pot ignora junghiul ascuţit din piept.

— Nu vrei să ştie de unde mă trag. Că am făcut curat prin case luxoase în loc să locuiesc în una dintre ele?

Pe lângă hoţia şi harul de a mă ascunde în întuneric, nu mai am alte abilităţi sau talente cu care să mă laud.

— Nu vreau să ştie nimic care ar putea pune la îndoială motivul pentru care te afli cu adevărat aici.

Înghite în sec şi se întoarce spre mine. O grijă furtunoasă prinde contur în acei ochi scufundaţi în verdele mării.

— Deşi ştiu că ar fi alegerea raţională, nu *vreau* să pleci, Brie. Îmi place ideea de a te avea prin preajmă.

*Mi-aş dori să nu mai spui lucruri drăguţe!*

— Crezi că mama ta îmi va îngădui să rămân?

— Voi insista. Va fi în regulă.

Îmi ia mâna şi îşi trece uşor degetul mare peste locul în care îmi zvâcneşte pulsul. Conştientizarea mă înfioară, dar, când îmi cobor privirea, văd că mi-a dispărut cicatricea.

— Ce... ai...

— E o iluzie, răspunde el repede.

Mă uit fix la acea piele netedă de la interiorul încheieturii şi mă încrunt. Îmi place cicatricea mea. Îmi aminteşte cine sunt, de unde vin şi ce voi sacrifica pentru cei pe care îi iubesc. Simbolizează singurele lucruri cu adevărat bune la mine.

— Chiar e necesar?

— Mă tem că da.

Aud regretul atârnând de cuvintele lui blânde. Ce fel de mamă e ea, dacă nu îi va permite fiului său să se însoare cu o fată a cărei piele e brăzdată de o mică cicatrice?

— Bine. Înţeleg.

— Trebuie să plec, dar ne vedem curând. Amintește-ți să nu dai de înțeles că mă știi de dinainte să ajungi la castel și nu împărtăși nimănui detalii despre viața ta. Îți pot afla numele și că ești din Fairscape, însă nimic mai mult.

Dau din cap și, în timp ce îl privesc cum pleacă, stânjeneala îmi face stomacul ghem.

Cum e posibil ca sentimentul de a fi nevrednică de o poziție pe care nu mi-am dorit-o niciodată mă poate face să mă simt atât de neînsemnată?

Îmi joc rolul. O fată umană entuziasmată de perspectiva de a se căsători cu un prinț al zânelor.

Sunt îmbăiată, spălată, pensată și hidratată până ajung la o bătaie de inimă de moarte. Tess și Emmaline îmi pun întrebări despre casa mea, despre ce cred despre Sebastian, despre cum e să te bucuri de atenția lui. Încerc să mă comport ca o fată umană normală, mai degrabă obișnuită cu luxul decât nevoită să îl ofer eu altora. Mă prefac că nu știu mai multe decât ar trebui despre prințul lor – cum ar fi felul în care gravitează spre exterior atunci când soarele e sus pe cer sau felul în care mușchii spatelui i se încordează când mânuiește o sabie. Pentru ele, mă prefac că nu știu cum e să simt acele buze moi pe ale mele, iar pentru mine mă prefac că nu vreau să le simt din nou.

Toată dimineața mi se pare ireală. Slujnicele mă tratează de parcă aș fi o frumoasă prințesă dintr-un tărâm străin, nu hoața umană fără un sfanț, care a trăit într-o pivniță în ultimii nouă ani. Dacă sunt sinceră, cicăleala lor grijulie e... *drăguță*. Mi-am petrecut toată viața trecând neobservată, fiind neremarcabilă, și rămân uimită să constat că există o parte din mine căreia îi place să le audă complimentându-mi roşul înflăcărat al părului şi ochii căprui catifelaţi, pe care i-am considerat întotdeauna prea banali.

Îmi prezintă şase rochii de nuanţe şi stiluri diferite, fiecare mai frumoasă decât precedenta. Jas ar fi suspinat văzând aceste ţinute ca şi cum ar fi fost opere de artă nepreţuite, dar singurul lucru la care mă pot gândi e cât de mult aş prefera să port pantaloni. Dacă aş fi fost în pantaloni aseară, aş fi putut avea o şansă când fugeam de barghar. Trebuie să mă îmbrac într-o ţinută pe care regina o va considera potrivită pentru potenţiala mireasă a fiului ei.

— Tot părul prins sus sau doar jumătate? mă întreabă Emmaline.

Îmi lasă buclele și își ascunde chicotitul de încântare cu o mână.

— Indiferent ce alegi, sunt convinsă că prințul crede că ești frumoasă.

Îmi înclin capul în lateral, studiind-o în oglindă.

— De ce râzi așa când vorbești despre faptul că prințul Ronan mă place sau îți cere să faci lucruri pentru mine? E ceva neobișnuit în rândul făpturilor fermecate?

Slujnicele schimbă încă o privire lungă.

— Nu în rândul făpturilor fermecate, spune Tess. Dar prințul Ronan...

Emmaline clatină subtil din cap și îmi oferă un zâmbet în semn de scuză.

— Nu ar trebui să spunem.

— Mi-aș dori să puteți.

— Nu are ce rău să facă, îi șoptește Tess surorii ei gemene.

Emmaline își reține un zâmbet, apoi scuipă tot:

— Prințul nostru a ezitat să aleagă o mireasă. Pur și simplu își îndeplinește datoria, pentru că așa dictează tradiția, dar nu s-a implicat în nimic din toate astea. El singur a fost responsabil pentru toate întârzierile repetate ale ceremoniei.

— Nici măcar nu a apărut în prima seară a balului, comentează Tess.

— Se zvonește că i-a spus mamei sale că nu e pregătit, dar ea a înaintat oricum cu pregătirile pentru ceremonie. În cele din urmă, a trebuit să se conformeze, însă s-a purtat... distant.

— Până când ai apărut tu, domniță, completează Emmaline, fixându-mi o buclă în spatele capului. Acum a devenit brusc *foarte* interesat de proces. Atât de interesat, încât pare că a ales deja. „Asigurați-vă că Abriella are cafea. Vă rog să pregătiți rochii pentru Abriella! Ați putea pune un buchet de crini de zi pe tava ei pentru micul dejun?"

— Și, desigur, ți-a oferit și cele mai frumoase camere pentru oaspeți, adaugă Tess.

— Și, aparent, cele mai drăguțe slujnice, adaug eu încet.

Gemenele chicotesc fericite la compliment, dar nu e doar lingușeală. Știu că e adevărat. Sebastian a făcut toate aceste lucruri pentru mine, și nu sunt sigură că le merit.

Stau nemișcată în timp ce îmi termină de aranjat părul. Îmi trag jumătatea superioară la spate și o fixează meticulos, însă lasă restul liber, folosind creme speciale pentru a-mi îmblânzi buclele și a le convinge să atârne perfect.

Aceste femei vor să fie prietenele mele. Această bunătate simplă mă umple de vinovăție când îmi imaginez cum voi fi nevoită să le amăgesc în zilele următoare, dar încui sentimentul bine și îl alung departe. De acum înainte, voi folosi orice instrument aflat la îndemână ca să-i duc artefactele lui Mordeus și să o eliberez pe Jas.

Chiar și bunătatea acestor slujnice umane.

Chiar și încrederea oarbă a lui Sebastian.

# CAPITOLUL II

— LADY ABRIELLA KINCAID DIN FAIRSCAPE! ANUNȚĂ slujitorul postat în dreptul ușilor de la sala tronului. Maiestatea Sa, Regina Arya a Regatului Seelie, și Alteța Sa Regală, Prințul Ronan, vă vor primi acum.

Arunc o privire peste umăr la slujnicele mele. Am nevoie de încrederea lor. Îmi oferă zâmbetele pe care le căutam la el și inspir adânc, ca să-mi fac curaj, apoi îmi ridic fustele albe și delicate și îl urmez pe slujitor.

Gărzile reginei, îmbrăcate în gri și galben, stau înșiruite pe ambele laturi ale drumului de la ușă până la podium, unde ea șade pe tron într-o rochie galbenă, strălucitoare în lumina soarelui. Coroana de aur cu pietre prețioase care îi împodobește creștetul pare suficient de grea ca să-i rupă gâtul, însă regina își ține capul sus. Sebastian stă lângă ea, cu spatele întors în timp ce vorbește cu cel mai apropiat străjer înarmat. În uniforma sa de un gri oțelit, cu o bandă galbenă de catifea atârnându-i în diagonală pe tors, este imaginea incontestabilă a regalității.

Spațiul în sine este intimidant – prea mare pentru atât de puțini oameni, prea grandios pentru o fată ca mine – și fiecare pas înainte reprezintă un efort. Dar îmi dau seama că acesta și e scopul. Orice fată care nu se simte demnă odată ce intră în sala tronului nu este potrivită să devină Prințesa Seelie.

Când ajung la baza podiumului, fac o reverență până la podea. Mi-aș dori ca Sebastian să se uite la mine. Am nevoie de un semn încurajator - oricât de mic - că se va asigura că pot rămâne, că va fi bine.

— Maiestatea Voastră, zic eu, îndreptându-mă. Vă mulțumesc că m-ați primit în această după-amiază!

În timp ce vorbesc, Sebastian se răsucește brusc și clipește la mine. Probabil că nu a fost atent când mi-au strigat numele, pentru că pare surprins. Lent, privirea îi alunecă peste trupul meu, iar pielea mi se încălzește cu fiecare detaliu pe care îl observă. Părul meu, mai ondulat și mai aranjat decât l-a văzut vreodată, ochii dați cu kohl, buzele vopsite într-o nuanță închisă de roșu. Privirea lui îmi mângâie în grabă umerii goi, linia sânilor, dezvăluită deasupra decolteului în formă de inimă al rochiei, apoi corsajul care îmi strânge pieptul, acoperit cu cristale scânteietoare de argint și aur. Obrajii îmi iau foc, iar când buzele lui se despart și inspiră adânc, greoi, un val de căldură îmi cuprinde tot corpul.

Slujnicele mele au ales chibzuit. „Cu suficient alb, te putem face să arăți ca o mireasă, fără să porți o rochie de mireasă." Ridic bărbia, împotrivindu-mă instinctului de a mă delecta cu expresia de apreciere de pe chipul lui. Cu o săptămână în urmă, nu puteam decât să visez ca Sebastian să mă privească așa. E o luptă continuă să-mi amintesc că totul s-a schimbat. El nu mai este ucenicul drăguț de alături care se zbate din greu să devină mag. Iar eu nu mai sunt o fată inocentă care vrea să devină o făptură fermecată de sânge regal.

— Mai spune-mi o dată numele tău, copilă! îmi cere regina.

Îmi desprind privirea de la fiul ei ca să o privesc.

— Abriella Kincaid, îi răspund.

Nu folosesc titlul de *lady*, precum slujitorul. Nu sunt o lady, iar să pretind altceva pare o insultă adresată unei femei pe care nu pot risca să o supăr.

— Abriella. Ce nume încântător! Felicitări pentru faptul că ai ajuns până aici! După cum ai văzut, nenumărate femei au încercat și au fost alungate. Și mai multe vor fi trimise acasă astăzi. Spune-mi, tu de ce vrei să te căsătorești cu fiul meu?

Deschid gura ca să răspund, apoi o închid din nou cu iuțeală. Evident, am fost pregătită pentru această întrebare, dar în acest moment cuvintele mele bine pus la punct nu relevă nimic altceva decât superficialitate. Sebastian pare să-și țină răsuflarea în așteptarea răspunsului meu. Ochii ni se întâlnesc și îmi imaginez o realitate alternativă în care Sebastian nu a avut niciodată o identitate secretă. Una în care a devenit mag și m-a dus să-i cunosc familia.

— Nu pot pretinde că vă cunosc bine fiul, încep eu.

Se potrivește cu rolul pe care îl joc, dar este și adevărat.

— Dar am întâlnit mulți masculi, tineri și bătrâni, puternici și lipsiți de putere, continui, iar vocea îmi tremură puțin. Și totuși Se... prințul Ronan e singurul care m-a făcut vreodată să mă simt specială, încă de la primul său zâmbet, și în siguranță, prin simpla sa apropiere.

Regina chicotește și se uită la fiul ei.

— Pare destul de îndrăgostită de tine.

Când privirea i se întoarce iarăși asupra mea, își dă ochii peste cap într-un mod atât de tineresc și de uman, încât este aproape greu de crezut că e o conducătoare nemuritoare.

— *Toate* fetele îți împărtășesc sentimentele, draga mea. Să nu te simți prea specială!

Sebastian se mișcă agitat în scaun, evident stânjenit, dar nu o corectează. Cum ar putea, din moment ce nu vrea ca ea să știe că ne cunoaștem deja?

Regina arcuiește o sprânceană spre fiul ei.

— Părerea ta, dragul meu?

Sebastian mă măsoară iar cu privirea înainte de a-și drege glasul.

— Am avut ocazia să vorbesc cu Abriella și îmi doresc să rămână. Îmi... place compania ei.

Regina rânjește spre el ca și cum ar spune: „Aceasta? Serios?"

— Ai risca să te căsătorești cu o fată care s-ar putea să nu fie capabilă să-ți poarte copiii?

— Mamă, rostește el încet, un avertisment citindu-i-se în tonul cu care rostește cuvintele.

— Nu îmi voi cere scuze pentru că am observat că e foarte slabă.

Își lovește ușor unghiile de brațul tronului, cât mă privește cu atenție. Când își ridică ochii spre ai mei, mă uimește goliciunea întrezărită acolo. Tristețea. Poate că este efectul imortalității, însă sentimentele ei par să ascundă ceva mai mult de atât.

— E de așteptat ca mireasa fiului meu să-i poarte copii. Ai măcar menstruația regulată?

Mă albesc la față.

— Mă scuzați?

— Ciclul tău? Îl ai? Sau este neregulat din cauza - regina flutură o mână spre silueta mea - malnutriției?

Deschid gura - nesigură de ce aș putea spune -, dar Sebastian mi-o ia înainte:

— Sunt convins că lady Abriella nu e obișnuită să vorbească despre astfel de lucruri, mamă. Vine dintr-o parte a Elorei unde se așteaptă ca femeile să păstreze astfel de informații private.

Nu sunt sigură în ce parte a Elorei *nu* se aşteaptă asta. Fetele sunt învăţate să se teamă de ciclu, să nu vorbească niciodată despre el şi să ascundă toate dovezile existenţei lui. Cu toate necazurile pe care le aduce – şi riscul de a rămâne însărcinată ocupă un loc fruntaş pe lista aceea, în condiţiile în care nu există niciodată suficientă mâncare –, menstruaţia este considerată mai degrabă un blestem decât un semn de sănătate.

— A pierdut orice drept la intimitate atunci când a decis că vrea să fie mireasa ta.

— Îl am, răspund pe negândite. Adică, ciclul meu lunar este... este normal.

Obrajii mi-au luat foc. Se pare că am ghicit *ceva* în legătură cu Regatul Seelie. Toată această tradiţie e concepută în întregime în jurul fertilităţii umane. Ca şi cum, ca femeie, singura mea valoare constă în capacitatea de a le oferi urmaşi. Odată cu această confirmare, devine o adevărată corvoadă să zâmbesc, însă îmi dau toată silinţa.

— Aşa să fie? întreabă regina. Dacă îmi rog vindecătorul să te examineze şi el îmi spune că ai minţit...

— Te rog, mamă! intervine Sebastian. Sunt sigur că orice lipsuri din nutriţia lui lady Abriella pot fi compensate în timpul şederii ei la palat.

Degetele reginei mângâie uşor încheietura fiului său, însă ochii ei mijiţi rămân aţintiţi asupra mea.

— Cât de norocoasă va fi viitoarea mireasă a fiului meu că se va bucura de inima lui tandră! O moşteneşte de la tatăl său. Castan al meu a fost plin de compasiune şi de bunătate. Iubit de poporul nostru.

Încuviinţează spre mine.

— Deocamdată, poţi rămâne, Abriella. Dar vezi să profiţi din plin de mese cât stai aici, da? rânjeşte ea. Îi voi recomanda vindecătorului meu să te viziteze în două săptămâni pentru o completă examinare fizică. Presupunând că fiul meu nu se va plictisi de tine până atunci, desigur.

Dau din cap și fac o reverență.

— Desigur, Maiestatea Voastră.

Nu îndrăznesc să mă uit la Sebastian înainte de a-i permite slujitorului reginei să mă conducă afară din sală. Mi-e prea teamă că ușurarea de pe chipul meu o va face pe regină să-mi pună la îndoială adevăratele intenții.

După ce mi-am încuiat ușa dormitorului, îmi ridic mâneca și rup un fir de la brățara goblinului.

Când apare Bakken, are ochii mijiți și se încruntă.

Le-am permis slujnicelor mele să mă pregătească de culcare, apoi am așteptat să se retragă peste noapte. De când regina s-a arătat de acord să mă lase să rămân la palat, fiecare clipă mi-a sporit nerăbdarea de a-mi începe căutarea. La cină, mi-am amintit de brățara goblinului și mi-am dat seama că s-ar putea să nu fiu totuși nevoită să caut oglinda.

Bakken clipește de câteva ori, dar încruntătura i se preschimbă într-un zâmbet când mă privește lung.

— Fata Focului, unde îmi este plata?

Scot un cuțit pe care l-am furat de la masă în seara asta și îl folosesc pentru a tăia o șuviță de păr. Bakken mi-o smulge din strânsoare înainte să i-o pot oferi, îndesând-o rapid în tolba prinsă în talie.

— Data viitoare când mă chemi, nu o mai face din interiorul acestui palat. Nu sunt bine-venit aici.

— Am nevoie de Oglinda Revelației. Mă întorc spre pat și extrag falsul de sub saltea, adăugând: Arată ca asta și se spune că regina a furat-o de la Unseelie în timpul războiului.

Bakken ridică bărbia.

— Regina ține oglinda în Sala Soarelui, chiar lângă camerele ei de dormit.

În noaptea în care am căutat portalul prin castel, nu am putut niciodată să-i cercetez încăperile. Erau prea intens luminate și prea bine păzite.

Bakken duce șuvița de păr la nas și inspiră adânc, ca un dependent îmbătat de bucurie.

Deschid gura ca să întreb cum aș putea trece de gărzile ei, dar goblinul pocnește din degete și dispare la fel de brusc precum a apărut. Trebuie să-mi mușc pumnul pentru a-mi înăbuși un urlet de frustrare.

*Ce risipă de fir! Ce risipă de păr!*

Descui ușa și o deschid nițel, suficient cât să arunc o privire pe hol. Aripa de oaspeți a castelului e scufundată în tăcere, dar nu și în întuneric. Coridoarele sunt slab luminate de globuri mici și strălucitoare care plutesc între camere. Fără să scot un sunet, ies din cameră și închid ușor ușa în urma mea.

M-am întâlnit cu celelalte unsprezece fete la cină, dar nici urmă acum de ele când mă strecor pe lângă camerele lor. Oare Sebastian e înăuntru cu una dintre ele? Alung gândul gelos și mă concentrez asupra misiunii mele.

S-ar putea să fiu nevoită să mă preschimb în umbră ca să trec prin anumite părți ale palatului, dar voi aștepta cât pot de mult. Încă nu dețin controlul deplin al puterii mele, iar o fată răsărind brusc din umbre sare mult mai mult în ochi decât una dintre potențialele mirese ale lui Sebastian cutreierând palatul în miez de noapte.

Camerele de oaspeți se află într-o aripă separată, și până ajung la intrarea care dă în aripa încăperilor regale, mă dor oasele picioarelor de la piatra rece. Nu m-am gândit să încalț niște papuci înainte să plec din odaie.

Încăperea lui Sebastian se află în stânga, în partea de sus a scărilor, dar mă întorc la dreapta, spre camerele reginei, doar ca să mă împleticesc câțiva pași înapoi, orbită de lumina soarelui ce îi umple holul. Nu, nu e lumina soarelui. Fereastra din capătul coridorului încă poartă pecetea nopții. Pare că acești pereți au fost vrăjiți pentru a străluci precum soarele. Gărzile reginei Arya stau de pază la fiecare doi metri de-a lungul holului. Chiar dacă aș ști cum să-mi controlez umbrele suficient cât să mă strecor pe lângă străjeri, tot nu mi-ar fi de niciun folos. La ce bun să devii una cu întunericul atunci când există doar lumină?

— Brie?

Mă întorc și-l văd pe Sebastian. Ochii îi fug la cămașa mea de noapte albă și la picioarele goale, apoi își ridică bărbia și își ațintește privirea la fața mea, ca un adevărat gentilom.

— Cauți ceva?

*Da. Caut o oglindă magică, furată de mama ta din Regatul Unseelie. Vrei să mi-o aduci tu?* Măcar de-ar fi atât de simplu!

Oftez și îi ofer minciuna pregătită în prealabil:

— Nu pot să dorm. Speram să găsesc o ceașcă fierbinte de ceai în bucătărie, dar – mă uit în jur și ridic din umeri – mă tem că m-am rătăcit.

Mă aștept să-mi pună la îndoială explicația. Deși nu mi s-a arătat în mod oficial întregul castel, mi s-a arătat suficient pentru a ști că bucătăria nu e în această direcție. Sau la acest etaj.

Dar Sebastian e prea credul pentru binele său. Îmi răsplătește minciuna cu un zâmbet înțelegător.

— Nici eu nu pot să dorm. Vino cu mine și vom bea un ceai împreună.

Nu schimbăm o vorbă în drum spre bucătărie. Sebastian abia dacă îmi aruncă o privire în timp ce mă îndrumă în spațiul mare și gol, unde pune un ceainic pe sobă. Cu doar două nopți în urmă, căzusem prin perete în această bucătărie, iar blaturile strălucitoare erau acoperite cu suficientă mâncare pentru a hrăni câteva sute de persoane, în vreme ce servitorii se agitau în toate direcțiile. În seara asta, nu se află nimeni aici în afară de noi.

— Te-a supărat ceva? întreb, sprijinindu-mă de bufet.

Sebastian toarnă lichidul aburind în două căni. Se încruntă când mi-o dă pe a mea.

— De ce întrebi asta?

— Abia mi-ai vorbit de când ne-am îndreptat aici, jos, și am fost surprinsă când nu te-am văzut la cină.

— Nu sunt supărat. Sunt preocupat. Îmi cer scuze pentru asta! adaugă el, oftând. Tocmai m-am întors de la o întrunire cu informatorii mei din Regatul Unseelie.

Ridică lent ochii spre ai mei, dezvăluind suferința din ei.

— Nici urmă de Jas.

Întrucât panica îmi înlănțuie strâns plămânii, nici măcar nu pot conștientiza dezamăgirea.

— Ai spioni la curtea regelui Mordeus?

Știe că am fost acolo ieri? Știe despre învoiala încheiată cu regele? Dacă Sebastian află despre înțelegerea noastră, oare regele Mordeus își va retrage promisiunile?

Sebastian ridică din umeri, dar răspunsul este evident. Da, are spioni în Regatul Unseelie. *Bineînțeles* că are spioni.

— Nu înțeleg ce vrea de la ea, mormăie el.

Și iată răspunsul meu! Sebastian nu știe nimic despre învoiala mea cu Regatul Unseelie, dușmanul său de moarte.

— Niciuna dintre sursele tale nu are vreo bănuială?

— Nimic de ajutor, răspunde el, apoi ezită o fracțiune de secundă. A încercat să te contacteze?

— Nu. Crezi că m-ai putea pune în legătură cu el?

E ceea ce l-aș ruga, dacă minciuna mea ar fi adevărată.

— Poate îmi va spune ceva despre locul în care o ține pe Jas. Sau poate că va fi interesat de un soi de...

— Nu, mă întrerupe Sebastian, fluturând din nări. În niciun caz. Chiar dacă aș crede că poate fi de încredere – și nici nu pot sublinia îndeajuns că *nu poate fi* –, nu ți-ar cere nimic din ceea ce te-aș lăsa să-i oferi.

Înjură și își trece o mână prin păr.

— Ce încurcătură!

Chiar îl consumă faptul că nu o poate găsi pe Jas. S-ar putea să am încă rețineri să capăt din nou încredere în Sebastian, dar face tot ce îi stă în putință ca să-mi ajute sora. E imposibil să rămân supărată pe el.

— Îți mulțumesc! îi spun.

Măcar atât merită.

— Îți mulțumesc că încerci să o găsești!

Deschide gura și îmi dau seama că vrea să spună ceva, dar o închide la loc și rămâne cu ochii pironiți în cana cu ceai.

— Cum a fost cina?

Îmi rețin un zâmbet.

— Cu siguranță a fost... interesantă. În numele tuturor zeilor, Bash, cred că acele femei m-ar jupui de vie dacă ar bănui măcar că asta le va apropia de tine!

Clatin din cap.

Unsprezece femei frumoase și sănătoase, cu ochi strălucitori, fiecare mai încântată să fie mireasa lui Sebastian decât alta.

— Chiar te vei căsători cu o străină?

Mărul lui Adam i se mișcă în sus-n jos în timp ce înghite în sec.

— Sper că oricine va fi fata pe care o voi alege, nu va fi o străină când va veni momentul să ne căsătorim.

— Te eschivezi.

Încerc să-mi păstrez tonul vesel, degajat, dar ochii îi trădează oboseala. Sebastian ia o gură de ceai.

— Așa-i tradiția.

— Cum anume? Să alegi o mireasă așa cum ai alege o iapă de prăsilă?

Și dusă e încercarea mea de a mă purta frumos!

— Oricât de îngrozitor ar putea părea din punctul tău de vedere, e important să continuăm descendența regală. Nu am frați sau surori, iar bunicii și străbunicii mei au fost uciși în Marele Război al Fápturilor Fermecate. Eu și cu mama suntem singurii Seelie cu sânge regal rămași. Deși unii dintre strămoșii mei au putut se căsătorească din dragoste și să spere să fie binecuvântați cu copii în timp, eu nu îmi pot permite o asemenea libertate. A te naște cu privilegii vine cu responsabilități.

Îmi mușc limba. Urăsc discuția asta. O urăsc pentru că nu-mi pot ascunde sentimentele în legătură cu acest lucru și o urăsc pentru că am, de fapt, sentimente cu privire la acest subiect.

— Dacă ai avea de ales, ai prefera să te căsătorești cu o femelă zână - poate cu o membră a nobilimii?

Sebastian își lasă cana jos și se sprijină de bufet, cu brațele încrucișate.

— Sincer, aș prefera să nu mă gândesc deloc la căsătorie. Am doar 21 de ani; după standardele neamului meu, sunt foarte tânăr. Într-o lume ideală, nu m-aș gândi la căsătorie pentru încă un deceniu sau și mai bine, dar lumea mea nu e una ideală. Și mă trezesc în postura intimidantă și copleșitoare de a o repara. O parte din mine ar prefera să revină în Fairscape, în calitate de ucenic al unui mag, dar îmi iau în serios datoria față de poporul meu. Indiferent cât de mult aş vrea, nu am dreptul să mă gândesc la căsătorie și la Ceremonii de Legare cu aceleaşi noțiuni romantice pe care le-a avut mama la vârsta mea.

— Legare? Ce e romantic în a controla pe cineva?

Își înclină capul într-o parte, încruntat.

— De ce crezi că e vorba de control?

— Nu e Legarea felul în care îți încătuşezi sclavii?

Sebastian clatină din cap.

— Niciunul dintre slujitorii mei nu e Legat de mine. Și deși unele făpturi fermecate s-au folosit de Legătură pentru a înrobi pe vecie ființe umane, nu a fost niciodată menită să fie folosită astfel. Zânele au încorporat Ceremonia de Legare în cadrul nunților lor încă de la începutul timpului. Originile îi sunt pure. Făpturile fermecate Legate pe viață își simt reciproc sentimentele. Este o empatie sporită, care îți permite să știi când partenerul îți e în pericol sau rănit, care îți îngăduie să fii mereu conștient de nevoile sale. Zânele căsătorite simt durerea sau fericirea celeilalte ca și cum ar fi a lor. Sincer, este foarte frumos!

— Dar nu asta se întâmplă când te Legi de o ființă umană.

Sebastian se leagănă pe călcâie și oftează.

— Primele făpturi fermecate care s-au Legat cu ființe umane nu știau că va fi diferit. Dar ai dreptate. Este. Ființele umane nu sunt magice, prin urmare Legătura funcționează într-un singur sens. Partenerul uman nu este conștient de cealaltă parte a Legăturii, aşa cum ar fi o zână.

— Și le oferă făpturilor fermecate un anumit control asupra ființelor umane partenere, completez eu, nedorind să trec această parte sub tăcere. Clatin din cap, conchizând: Nu-mi dau seama de ce ar permite cineva asta.

— Nu le pot controla așa cum crezi. Ființa umană încă are voință proprie, dar zânele care nu respectă Legătura cu siguranță au folosit-o ca să-și constrângă partenerii umani.

— Asta îmi sună a control.

— Dar nu este, spune Sebastian, masându-și gânditor ceafa. Imaginează-ți că vreau să dormi. Nu te-aș putea forța să o faci, dar mental, aș putea înfăptui echivalentul stingerii luminii și înfășurării tale într-o pătură caldă. Încă poți alege dacă vrei sau nu să închizi ochii.

— Și dacă viitoarea ta mireasă nu dorește Legătura?

Îmi zâmbește cu tristețe și îmi susține privirea în timp ce îmi atinge obrazul. Mă furnică pielea sub apăsarea ușoară a vârfurilor degetelor sale bătătorite.

— Cred că mă uit la singura femeie din palat care ar refuza să fie Legată de mine.

Vrea să-mi cer scuze pentru asta? Se așteaptă să-mi schimb părerea și sentimentele despre tot, doar pentru că el nu e cine s-a prefăcut a fi?

Dar nu pare să aibă nevoie de un răspuns, pentru că nu a terminat de vorbit:

— Încă poate fi frumos - chiar și între o făptură fermecată și o ființă umană. E vorba despre protejarea cuiva care reprezintă o parte din tine. E un dar care te transformă în cel mai bun partener posibil printr-o conștientizare sporită... a nevoilor celuilalt.

Privirea îi coboară la decolteul cămășii mele de noapte și simt cum obrajii mi se încing.

— Înseamnă mult pentru tine, remarc eu.

— Într-adevăr. Și după ce mireasa mea va avea copii, va bea Poțiunea Vieții și Legătura va funcționa între noi la fel ca între oricare alte două zâne.

— Poțiunea Vieții?

— Este magia specială pe care o folosim ca să transformăm ființele umane în făpturi fermecate. Devin nemuritoare. Cu siguranță ai auzit de asta.

Da, însă m-am gândit că e doar o altă legendă pentru a convinge ființele umane să se încreadă în zânele profitoare.

— Ce se întâmplă dacă mireasa ta nu vrea să devină o făptură fermecată?

— Atunci presupun că va trebui să mă decid dacă mi-o doresc cu adevărat drept mireasă. Nu ar fi nici pe departe un lucru ușor să-mi privesc și să-mi simt partenerul Legat pe viață cum moare, știind că eu mai am secole întregi de trăit.

Se îndreaptă de spate și se îndepărtează.

— Te voi conduce în camera ta. Mâine te trezești devreme.

# CAPITOLUL 12

E STRANIU SĂ STAI ÎN PALAT. *AR TREBUI* SĂ PARĂ UN FEL de vis devenit realitate. În fiecare zi sunt alintată, hrănită cu preparate delicioase și înveșmântată în rochii frumoase. Deși continui să încerc să-mi conving slujitorii să-mi găsească pantalonii, nu prea am nevoie de ei când sunt înconjurată de lux. Noaptea dorm într-un pat cald, învelită cu cele mai moi pături.

Nu am cunoscut niciodată un trai asemănător și nici nu am crezut că o voi face, dar nu mă pot bucura de noua mea viață. Fiecare zi în care nu reușesc să găsesc oglinda e o altă zi în care sora mea rămâne întemnițată. Regele afirmă că ea e în siguranță, dar ce consideră *el* a fi în siguranță?

După cinci nopți petrecute la castel, sunt pregătită să las totul în urmă și să evadez, în ciuda splendorii din jur. Merg la mese alături de celelalte fete, iau lecții de dans, ascult prelegeri lungi despre istoria Regatului Seelie și a crimelor făpturilor fermecate Unseelie nelegiuite. Pe scurt, fac tot ce trebuie ca să continui această șaradă de a fi o potențială mireasă, în timp ce îmi dedic fiecare clipă liberă căutării unor căi de a pătrunde în odăile reginei. Observ gărzile și memorez sosirile și plecările slujitorilor.

Poate că mă aflu în impas cu oglinda, dar sper că tot ce învăț acum despre castel îmi va ușura semnificativ următoarea însărcinare. Cu cât pot termina mai repede această misiune și o pot aduce pe Jas acasă, cu atât mai bine.

Mă uit pe fereastra dormitorului și cercetez grădina de dedesubt. Crinii de zi își întind capetele spre soare și mă duc cu gândul la Sebastian.

— Vreo veste despre când se va întoarce prințul? îmi întreb slujnicele.

Sebastian abia dacă dă pe la castel, spre disperarea fetelor, și nu sunt sigură cum de găsește timp să-și cunoască potențialele mirese, dat fiind că e plecat atât de des.

— Nu e plecat, răspunde Tess, care îmi împletește părul, înlăturându-mi-l de pe chip. Își petrece ziua cu una dintre celelalte fete.

Gelozia îmi atârnă precum un bolovan în stomac.

— Oh! O favorită, să înțeleg?

Probabil că expresia mă dă de gol, pentru că Tess scoate un sunet dezaprobator și îi zâmbește reflexiei mele în oglindă.

— Nu ai de ce să îți faci griji. Toată lumea știe că pe tine te preferă.

Totuși, nu am mai vorbit de la discuția noastră din bucătărie. Nu există niciun motiv pentru care și-ar petrece timpul deja limitat cu mine, când știe că nu sunt interesată să devin mireasa lui. Asta ar trebui să mă bucure – am avut mai multă vreme să caut –, însă îmi este greu să renunț la sentimentele pe care le nutresc pentru Sebastian de doi ani.

— Sunt sigură că în curând va petrece timpul cu tine, mă încurajează Tess.

Îmi leagă coada cu o panglică și trece în cealaltă parte.

— În plus, probabil știe că nu ești liberă.

— Nu sunt?

— Astăzi îți vei întâlni tutoarea.

Mă încrunt.

— Tutoarea? Pentru ce?

— Fiecărei fete îi este desemnată o tutoare. Dacă tânărul prinț te alege ca mireasă, va trebui să fii pregătită. Tutoarea ta îți va rafina tabieturile și manierele, ocupându-se de tine la un nivel foarte personal.

— Nu puteți face *voi* asta? le întreb.

Îmi plac slujnicele mele și m-am obișnuit cu ele. Nu vreau să am încă o persoană cu ochii pe mine.

Emmaline râde din baie, unde spală cada.

— Noi nu suntem *doamne*, replică ea, scoțând capul pe ușă. Doar niște slujnice.

— Dar pun pariu că mă puteți învăța orice ar putea tutoarea mea.

Gemenele se uită una la alta. Nu-mi dau seama dacă le-am amuzat sau derutat. Probabil că ambele variante.

— În orice caz, adaugă Tess, tutoarea ta va ajunge din clipă în clipă. Numele ei este Eurelody și lucrează cu istoricii reginei de peste un secol. Ești norocoasă că ți-a fost desemnată!

*De peste un secol.* Poate va ști despre programul reginei și când se așteaptă ca Arya să plece de la castel. Dacă pot găsi o modalitate subtilă de a întreba...

— Îți putem aduce ceva înainte să plecăm? întreabă Emmaline.

— Nu, sunt bine. Vă mulțumesc!

Nu știu de ce presupuneam că Sebastian a plecat de la castel doar pentru că nu a venit să mă vadă. Poate că l-am jignit cu comentariile mele despre tradițiile lui sacre.

*Sau poate că încearcă să găsească o mireasă.*

— Pierdută în gânduri, dacă nu mă înșală vederea, rostește o voce blândă în spatele meu.

Mă întorc și dau cu ochii de o făptură fermecată scundă și dolofană, cu obraji trandafirii și urechi ascuțite. Abia îi intră pe ușă aripile transparente. Mă forțez să zâmbesc. Nu e vina ei că nu mă interesează timpul pe care îl vom petrece împreună.

— Bună! Tu trebuie să fii Eurelody. Eu sunt Abriella.

Femeia mă măsoară repede din cap până-n picioare și, aparent considerându-mi ținuta acceptabilă, se întoarce înapoi spre ușă.

— Foarte bine! Ce ai spune să ieșim pentru o vreme din palat?

Răsuflarea mi se oprește. Până în acest moment, nu îmi dădusem seama cât de claustrofobă mă simțeam închisă în interiorul acestor ziduri. După ce aproape că am murit în pădure, nici nu am mai îndrăznit să încalc porunca lui Sebastian de a nu păși dincolo de porțile palatului, dar cu siguranță nu voi păți nimic dacă sunt cu Eurelody.

Se îndreaptă deja spre capătul holului și nu am de ales decât să o urmez.

— Unde mergem?

Nu se obosește să încetinească sau să îmi arunce o privire peste umăr când îmi răspunde:

— Dacă vrei să fii o prințesă, trebuie să-ți întâlnești viitorii supuși.

Trăsura este amenajată confortabil, cu perne și draperii la ferestre pentru intimitate. Eurelody și cu mine stăm genunchi lângă genunchi când părăsim împrejurimile castelului și sunt foarte conștientă că mă urmărește cu atenție cât privesc peisajul schimbător de afară. Niciuna nu ne batem capul să umplem tăcerea. În schimb, sunt atentă la dealurile înverzite, la pădurea și la munții din depărtare. Chiar dacă știu cât de periculoase sunt aceste păduri, nu pot să nu le consider încântătoare. Întregul tărâm Seelie strălucește în verdele bogat al primăverii târzii. Mă întreb dacă meleagurile Unseelie sunt la fel sau dacă făpturile fermecate umbră înfruntă o iarnă veșnică.

La câțiva kilometri de castel, intrăm într-un sat pitoresc. Trăsura se zdruncină când roțile alunecă pe pietriș, aruncându-mă dintr-o parte în alta înainte de a se opri brusc.

— Am ajuns, anunță Eurelody.

Case îmbrăcate pe jumătate în lemn străjuiesc străzile pe care tot felul de făpturi fermecate își dreg glasul pentru a-și vinde mărfurile trecătorilor. Mirosuri de pâine proaspătă și de produse de patiserie plutesc din căruța unui negustor, umplând aerul. Un alt comerciant toarnă puțin vin pentru degustare unui proprietar de cârciumă, iar alții vând flori, țesături frumoase și bijuterii.

Fairscape are o piață identică. În copilărie, mama ne lua cu ea când îndeplinea sarcini pentru familia înstărită la care lucra. O trimiteau după lumânări și veșminte sau după obiecte de artă de atârnat pe pereții casei lor masive. Dacă ne purtam cuviincios, mama ne cumpăra fiecăreia câte o bomboană mică. Obișnuiam să-mi imaginez că facem cumpărături pentru familia noastră, că noi eram cele care ne puteam permite un asemenea lux.

— Ce sunt acele zâne mici? o întreb pe Eurelody, dând din cap către micuțele creaturi din aer cu aripi de fluture.

— Taci, copilă!

Clatină din cap și mă trage de braț în direcția unei alei înguste, vizavi de piața satului. Case aproape identice sunt înșiruite de-a lungului străzii, iar ea mă conduce spre treptele din față ale celei de-a treia. Ușa scârțâie când se deschide și, după ce Eurelody mă târăște înăuntru, se aruncă asupra ei ca să o închidă.

— Zânelor-spirit, spune ea, agitând un deget acuzator la mine, nu le place să fie numite *mici*.

— Dar ele...

— Sunt mai puternice decât par și mai malițioase decât îți poți imagina, mă întrerupe ea. De fapt, unii le numesc *malițioase*[1] tocmai din acest motiv, însă este un cuvânt din popor și multe malițioase îl consideră depreciativ. Dacă jignești o astfel de zână, s-ar putea să te trezești atacată de furnici de foc sau de un roi de albine!

— Nu sunt toate *atât* de malițioase, spune o voce adâncă. Unele sunt destul de docile.

Mă întorc spre dreapta și mă împleticesc înapoi spre ușă când văd masculul care iese dintr-o cameră slab luminată. *Kane*. Făptura fermecată cu ochi roșii și coarne care m-a purtat pe umărul său ca să-l întâlnesc pe Finn.

Mă răsucesc cu spatele spre Kane și îi zâmbesc tutoarei mele. Nu știu unde ne aflăm, dar nu pot îngădui ca unul dintre oamenii reginei Arya să creadă că m-am aliat cu inamicul.

— Ar trebui să plecăm.

Eurelody îmi răspunde la zâmbet, apoi aerul din jurul ei scânteiază și pielea îi strălucește. Dintr-odată, nu mai e Eurelody, ci *Pretha*. Se pare că această zâne are multe fețe.

— Pretha... *tu*..., mă agit eu, simțind cum mă enervez.

Surâde în semn de răspuns și schițează o mică reverență.

— Atât de amabil din partea ta să-ți amintești numele meu, Abriella!

---

[1] Joc de cuvinte bazat pe două paronime: *sprites* (zână-spirit) și *spites* (malițioase) (n. tr.).

— Unde este Eurelody?

— A părăsit serviciul reginei cu ani în urmă, dar apar din când în când cu chipul ei pentru a menține accesul facil la castel. Regina are atât de mulți slujitori, încât nici măcar nu observă că bătrâna ei erudită rareori mai cercetează.

Ochii îmi fug spre ușă. Trăsura în care am ajuns îi aparține Prethei sau reginei? Dacă fug afară, nu am de unde să știu că vizitiul mă va lua de aici.

— Dă-mi un singur motiv întemeiat să nu mă întorc la castel și să le spun cine ești cu adevărat!

Își dă ochii peste cap și se întoarce spre Kane.

— Prințul Ronan crede că e atât de inteligentă și atât de specială, dar dacă ar fi într-adevăr așa, cred că ar vrea să știe *toate* motivele pentru care nu ar trebui să-i spună reginei, nu doar unul singur.

— Prințișorul e tânăr și orbit de frumusețea ei, spune Kane. În noaptea când a fugit de la cârciumă, a dovedit ce lacune are la capitolul inteligență.

Îmi încrucișez brațele.

— Dacă mă tot insultați, nu veți ajunge nicăieri în afară de închisoarea reginei.

Amenințarea nu-l tulbură pe niciunul dintre ei. În schimb, Pretha își scoate cu nonșalanță mantia și o atârnă de cârligul de lângă ușă, apoi își aranjează vesta de piele și teaca din lateral.

— Nu sunt dușmanul tău, Abriella.

— Chiar și așa, ultima oară când am fugit de tine, un câine al morții aproape că m-a transformat în cina lui. Ar trebui să cred că a fost o coincidență?

— Crezi că *eu* am trimis bargharul după tine?

Pânza de argint de pe frunte pare să îi pulseze de indignare.

— Tu, Finn, Kane? Contează cine?

Kane mârâie.

— De ce am face așa ceva?

— Pentru că am refuzat să mă aliez cu voi. Nu sunt picată din cer. Știu că făpturile Unseelie iau uneori barghari pe post de familiari.

Kane râde, un sunet aspru, asemănător unui lătrat, după care scutură din cap și se îndepărtează.

— Îi voi spune lui Finn că este aici – și că e de părere că suntem ucigași care controlează monștri turbați și periculoși. Cred că va fi de acord că e un început promițător pentru o nouă alianță.

— De unde ți-ar veni o astfel de idee? întreabă Pretha, ignorându-l pe Kane. Ți-a spus cumva prințul tău că noi am fost răspunzători de atacul bargharului?

— Nu a fost nevoie.

— Ai vrut să pleci și te-am lăsat. Pretha se încruntă, continuând apoi: După ce ai plecat de la cârciumă, te-am urmat în pădure. Finn mi-a interzis să te urmez prea îndeaproape. A vrut doar să se asigure că ajungi în siguranță, indiferent încotro te îndreptai.

— Serios? Și i-ai spus că aproape am fost făcută bucăți?

— Da.

Își înclină capul în lateral.

— Bine că au apărut lupii aceia, ca să distragă creatura.

— Bine că a apărut Sebastian, ca să mă *salveze.*

— Deci l-ai iertat deja pe Prințișorul tău de Aur pentru înșelăciunile sale? întreabă Finn, care a ieșit din coridorul întunecat și a intrat în vestibul.

Am fost atât de distrasă de Pretha, încât nu i-am auzit pașii pe hol. Sau poate că nu aș fi făcut-o nici dacă aș fi încercat. Se uită la Kane și la Pretha.

— V-am spus că va dura mai puţin de o săptămână. Se pare că îmi datoraţi câte cinci monede de aur.

— Nu-ţi datorăm nici pe dracu', Finn! spune Kane, intrând la rândul său în vestibul, din spatele lui. Fata încă nu a răspuns la întrebare.

— Dacă nu avea încredere în băiatul ăla, nu s-ar fi urcat niciodată în trăsură cu Pretha în această dimineaţă.

Pretha clatină din cap.

— Poate avea încredere în el şi fără să-l ierte. Sunt sentimente complet diferite.

Pariază când îl voi ierta pe Sebastian. *Nişte bădărani!*

— Mă bucur că totul este atât de amuzant pentru tine!

Ochii argintii ai lui Finn se oţelesc şi scânteiază precum suprafaţa unui lac îngheţat în lumina lunii.

— Te asigur că nu sunt absolut deloc amuzat, replică el. Sunt nerăbdător. Având în vedere că unchiul meu o are pe sora ta, mă mir că nu eşti şi tu. Doar poate că te mulţumeşti să te bucuri de luxul traiului la palat, ocupată să te pregăteşti pentru viaţa ta ca *prinţesa* acelui flăcău.

— Cum îndrăzneşti...

Mă dau iute îndărăt un pas, întrezărind două perechi de ochi argintii strălucitori în coridorul întunecat.

Doi lupi uriaşi se apropie lent, într-o tăcere deplină, asemenea unor prădători, şi se opresc de ambele părţi ale lui Finn.

El pocneşte din degete, iar lupii se aşază pe labele din spate, adulmecând aerul în direcţia mea şi scâncind încet. S-au vindecat de când i-am văzut în pădure, dar în mintea mea nu există nicio urmă de îndoială că sunt aceleaşi animale care au atacat bargharul.

Când au fugit, blana lor cenuşiu-argintie era pătată de sânge, dar astăzi e curată şi strălucitoare, iar lupii sunt...

mult mai mari decât îmi aminteam. Arătau atât de mici în comparație cu bargharul, însă acum pot vedea cât sunt de masivi. Chiar și stând în șezut, sunt doar cu un cap mai scunzi decât mine.

Ochii îmi fulgeră spre Finn.

— Sunt ai tăi?

— Într-un fel, răspunde el, scărpinându-l distras pe unul dintre ei în spatele urechii.

— Ți-am spus că nu suntem dușmanul tău, Abriella, adaugă Pretha.

În noaptea atacului, m-am întrebat dacă lupii încercau doar să-l înlăture pe barghar din calea lor, astfel încât să poată ajunge la mine. Dar uitându-mă acum la ei, bucurându-se de afecțiunea stăpânului lor, cu boturile întredeschise și gâfâind ușor, sunt convinsă că m-au salvat. Dacă Sebastian nu ar fi apărut, ar fi continuat să lupte - până când murea bargharul. Sau până când mureau ei.

— Sunt teferi?

— Acum, da, spune Finn. Mulțumită vindecătorului meu.

— Cum îi cheamă?

— Dara și Luna, îmi răspunde Finn.

Urechile lupilor se înalță când își aud rostite numele.

— Îmi dai voie?

Sunt conștientă că toți ochii din cameră sunt ațintiți asupra mea în timp ce mă apropii treptat și întind câte-o mână tremurândă spre fiecare în parte. Finn murmură o comandă, iar lupii se ridică și se îndreaptă încet spre mine.

— Vă mulțumesc! le spun, după care îngenunchez în fața lor și le ofer dosul palmelor să le miroasă. M-ați protejat.

Lupii îmi ling mâinile, apoi îmi mângâie palmele cu boturile, ca niște pisici uriașe.

Când ridic privirea, ceva asemănător confuziei licărește în ochii lui Finn, dar clipește și fantasma dispare, înlocuită de răceala de oțel cu care sunt obișnuită.

— De ce au făcut-o? îl întreb.

— Pentru că așa le-am cerut eu.

— A fost un risc cumplit. Ar fi putut fi uciși!

Finn nu neagă. În schimb, își încrucișează brațele și se sprijină cu un umăr de perete.

— Sunt foarte loiali și acum, că te-au protejat o dată, ar face-o din nou.

Pretha oftează teatral.

— Dar ar fi mai bine pentru toți cei implicați dacă nu ai fugi și ai avea nevoie să fii salvată. Din nou.

Kane chicotește.

— Poate că îi place să fie salvată de prințișorul ei. Se zvonește că și-a făcut o intrare pe cinste când s-a întors la palat - alergând înăuntru cu ea în brațe și jucând rolul eroului pentru domnița la ananghie.

Obrajii mi se înroșesc la imaginea pe care o conturează. Detest gândul că cineva mă percepe astfel, dar nu mă obosesc să întreb de unde știu ce s-a întâmplat la castel. Evident, toată lumea spionează pe toată lumea aici. Îmi îndrept atenția către Finn când întreb:

— Ce vrei de la mine?

— Ți-am mai spus, răspunde el, cu vocea un pic mai dură, de parcă ar fi foarte, foarte obosit. Vrem să te ajutăm.

— De ce ai vrea să mă ajuți, când lucrez pentru regele care îți dorește moartea?

— Vrei să spui *falsul* rege, mă corectează Kane cu vocea ascuțită.

Finn pocnește din degete, iar lupii se întorc ascultători de-o parte și de alta a sa.

— Relicvele pierdute îmi slăbesc regatul. Poporul meu suferă și voi înfăptui tot ce pot ca să-l ajut.

— Chiar dacă asta va rezulta în consolidarea puterii reg... unchiului tău?

Ceva nu-mi miroase a bine; poate că îmi spune adevărul, însă nu e în totalitate sincer.

— Mordeus, completează Finn cu nimic din supărarea lui Kane strecurată în glas, nu poate deveni și mai puternic decât dacă poartă coroana.

Mă încrunt.

— Unde se află coroana?

— Coroana tatălui meu lipsește de la Curtea Lunii de prea mult timp, spune Finn, apoi, după ce se oprește pentru o fracțiune de secundă, continuă: Să înțeleg că nu ai găsit încă oglinda?

— Știu unde este, dar încă nu am reușit să ajung la ea, recunosc.

— Și ai încercat să-ți folosești magia? întreabă el. Știi tu, chestia aia care îți permite să treci prin pereți și de rune magice, de parcă nici măcar nu ar fi acolo?

*Ce măgar!*

— Cum ar putea, când nici măcar nu o poate controla? contraatacă Pretha, dar Finn îi aruncă o privire care o amuțește.

— Nu, spun, răspunzând la întrebarea lui Finn. Pretha are dreptate. Nu am suficient control. Dar nu asta-i problema. Regina are grijă ca oglinda să fie păzită și înconjurată de lumină. Chiar dacă mi-aș controla puterile, ar fi inutile acolo.

Kane pufnește pe nas.

— Habar nu are, nu-i așa?

— Nu mai vorbiți despre mine de parcă nu m-aș afla în cameră! mă rățoiesc eu. Și n-am idee despre ce, mai exact?

— N-ai idee cât ești de puternică, îmi răspunde Pretha, înclinându-și capul în lateral. N-ai idee de ce ești capabilă.

— Dacă ți-aș spune, zice Finn încet, că puterea ta nu este niciodată inutilă? Că ești suficient de puternică pentru a crea un întuneric absolut, atât de adânc, încât ar înghiți fiecare scânteie de lumină a reginei?

— De unde știi acest lucru? întreb.

— Te-am urmărit, răspunde Finn cu o ridicare din umeri.

— Ce zici, Brie? întreabă Pretha. Ne lași să te ajutăm?

Nu știu dacă pot avea încredere în Finn și în aliații lui, dar nu-mi permit să fiu descoperită în tentativele mele de a pune mâna pe oglindă. Nu-mi permit să dau greș. Mă uit la lupi și ajung la o decizie.

— Voi lucra azi cu voi. Învățați-mă orice trebuie să știu ca să pot schimba oglinzile.

Finn ridică dintr-o sprânceană închisă la culoare.

— Primul lucru pe care trebuie să-l știi este să nu folosești oglinda. Nu este o jucărie cu care să se joace fetele umane, ai înțeles?

Firește. Pentru că sunt doar o ființă umană modestă și nedemnă de prețioasa lui oglindă. În fine.

— Am crezut că o să mă înveți cum să-mi folosesc puterile pentru a putea intra în Sala Soarelui a reginei.

— Stai!

Finn ridică o mână.

— Nu ai spus că oglinda se află în „Sala Soarelui".

— Păi, acolo este. Și coridorul care duce la odăile ei este inundat de lumină. Presupun că situația nu diferă în Sala Soarelui, nu?

— Lumina e cea mai mică dintre grijile tale, răspunde Finn.

Fruntea Prethei se încrețește de îngrijorare.

— Dacă regina ține oglinda în Sala Soarelui, camera ei sacră, nimeni în afară de prinț sau de regină însăși nu o poate îndepărta de la locul ei.

— Ce se întâmplă dacă încearcă? întreb.

— Nimic, zice Finn. Nu o poți lua. Obiectele din Sala Soarelui a reginei sunt imposibil de clintit chiar și de către cele mai puternice mâini sau prin cele mai delicate atingeri. Vei descoperi, prințeso, că adevărata magie a lumii noastre e strâns legată de voința proprie. Nici măcar cea mai puternică făptură fermecată - sau cel mai talentat hoț - nu poate lua ceea ce poate fi oferit doar de bunăvoie.

— Există o contravrajă? întreb.

— Pentru orice există o contravrajă, spune Kane.

Finn se uită la Pretha, care clatină din cap.

— Nu îmi e cunoscută, admite ea, dar mă voi interesa și voi vedea ce pot afla. Între timp, va trebui să ne gândim la o altă cale.

Nu am timp să aștept ca Pretha să caute o contravrajă.

„Nimeni în afară de prinț sau de regină *însăși* nu o poate îndepărta de la locul ei."

— E în regulă. Știu ce să fac, rostesc încet și sincer.

Nu știu de ce nu m-am gândit la asta înainte.

— Să o ucizi pe regină? întreabă Kane, cu mâna îndreptată spre pumnalul de la șold. Sunt primul la rând.

Finn scutură din cap spre... prietenul lui? Străjerul lui?

— Ți-ar scoate măruntaiele și te-ar înfige într-un țăruș pe pajiștea din față drept exemplu.

Kane se încruntă. Eu oftez.

— Dacă singura modalitate de a obține oglinda este ca regina sau prințul să mi-o ofere, îl voi cere prințului Ronan să o recupereze pentru mine.

— Vorbești serios? întreabă Kane. Crezi că prințișorul pur și simplu îți va înmâna un artefact prețios?

— Da, confirm, împovărată deja de vinovăție. Îi pasă de mine și vrea să se revanșeze pentru înșelăciunea sa.

Lent, buzele Prethei se curbează într-un zâmbet aprobator.

— Cea mai simplă cale este, de obicei, cea mai bună. Până atunci, te vom instrui conform planului și, pentru orice eventualitate, voi căuta informații despre contravrajă. Dacă prințul nu îți va dărui oglinda, vom găsi o modalitate prin care să o furi.

— Dar roagă-l frumos, prințeso, spune Finn. Ai încredere în mine când spun că n-ai prefera calea mai dificilă.

# CAPITOLUL 13

ÎL GĂSESC PE SEBASTIAN ÎN RINGUL DE ANTRENAMENT DE pe acoperişul celui mai înalt turn, fără cămaşă, cu pieptul gol sclipind de sudoare, învăluit de ultimele raze ale soarelui.

Se luptă cu un alt mascul fără cămaşă. Încerc să iau act de părul auriu al străinului sau de tatuajul care îi şerpuieşte în jos pe gât şi peste umăr – dar cu greu îmi pot lua ochii de la Sebastian suficient ca să reţin ceva despre partenerul său. Şi ce e şi mai rău? Nu-mi pot convinge gura să articuleze cuvintele de care am nevoie ca să-l anunţ că sunt aici.

Nu doar fizicul lui e răspunzător pentru muţenia mea aproape desăvârşită, ci şi amintirea acelor zile petrecute în Fairscape. Momentele în care mă prefăceam că citesc în timp ce îl priveam antrenându-se în curte. Momentele în care mă prindea uitându-mă şi-mi făcea cu ochiul peste umăr, felul în care acel simplu gest îmi trimitea un roi de fluturi prin tot corpul. El şi Jas au fost punctele luminoase într-o existenţă întunecată şi dificilă: e o luptă continuă să-mi reţin impulsul de a mă agăţa de el, când simt că i-am pierdut pe amândoi.

Sebastian mă observă și îi face semn partenerului său să ia o pauză. Înșfacă un prosop și îl folosește ca să-și șteargă sudoarea de pe frunte.

— E totul în regulă?

*Cuvinte, Brie. Folosește-ți cuvintele!*

— Sunt bine. Doar... Înghit în sec și apoi adaug: Voiam să vorbesc cu tine. Dar pot pleca dacă e un moment nepotrivit.

Tresar. A-l aborda aici, sus, mi s-a părut o idee bună, dar acum mă simt ca o impertinentă. Nu contează că nu vreau să atrag prea multă atenție asupra a ceea ce urmează să-i cer.

— Nu am vrut să-ți întrerup antrenamentul.

— Nu pleca! spune Sebastian. Tocmai îl încheiam.

Toarnă apă într-un pahar și mi-l oferă. După ce clatin din cap, îl duce la buze, își lasă capul pe spate și îl golește. Sunt subjugată de mișcarea gâtului său în timp ce înghite.

Celălalt mascul mă surprinde cât mă holbez și i se zguduie pieptul, scuturat de un râs tăcut. Îmi face cu ochiul, cu subînțeles, apoi își trage o cămașă închisă la culoare peste cap.

— Oricum nu poate ține pasul cu mine, spune el. Prințul s-a înmuiat cât s-a aflat pe tărâmul ființelor umane.

Sebastian mormăie în barbă.

— Ai pierdut trei din cinci runde. Să fiu în locul tău, eu nu prea m-aș împăuna cu asta.

— Înainte să pleci, le-aș fi pierdut pe toate cele cinci.

Ridică din umeri și zâmbește când îmi întinde mâna.

— Eu sunt Riaan. Tu trebuie să fii captivanta și hoața-de-inimi Abriella, despre care am auzit atâtea.

Mi se aprind obrajii – la acea descriere și la gândul că Sebastian vorbește despre mine folosind astfel de termeni –, însă izbutesc să încuviințez.

— Mă bucur să te întâlnesc, Riaan! Vă antrenați des împreună?

— Nu la fel de des cum obișnuiam, îmi răspunde el, scuturând din cap. Ăsta-i prea ocupat pentru mine. Pregătindu-se să devină rege. Alegându-și o mireasă. Mă învrednicește cu o privire gânditoare, apoi adaugă: Deși, dacă mă întrebi pe mine, el ar trebui pur și simplu să se târască la picioarele tale, până când vei fi de acord să ocupi poziția.

Deschid gura, apoi o închid la loc, întorcându-mă spre Sebastian înainte să divulg ceva incriminator.

— Riaan e cel mai vechi prieten al meu, spune cu drag Sebastian.

— Secretul vostru este în siguranță cu mine, mă asigură Riaan, făcându-mi din nou cu ochiul.

Umple un pahar cu apă și îl ridică într-un simulacru de salut, apoi coboară scările, lăsându-ne pe Sebastian și pe mine singuri pe acoperiș.

— Nu ar fi trebuit să vă întrerup.

Încă mă gândesc la ce a spus Riaan. Poate că ar fi mai ușor să-i port ranchiună lui Sebastian dacă nu aș ști că simte la fel, însă fiecare amintire îmi testează principiile.

— Oricum ne pregăteam să încheiem, mă liniștește el, iar cuvintele sale îmi alungă îngrijorarea. Mama vrea ca el să o însoțească în nord în după-amiaza asta.

— Ce se află în nord?

— Un alt palat.

Râd.

— Ce-i? mă întreabă.

— O zici cu aceeași nonșalanță cu care Jas s-ar referi la *o altă rochie* pentru verișoarele mele răsfățate.

Mă uit împrejur, admirând priveliştea oferită de terenurile întinse ale Palatului de Aur.

— Nu-mi pot imagina cum ar fi să am un astfel de loc, cu atât mai puţin două.

Când mă întorc iar spre Sebastian, el se încruntă.

— E absurd, nu-i aşa? întreabă el încet. Atât de mult exces aici, când atât de mulţi oameni suferă în Elora. Nu mi-am dat seama... nu până când nu m-am mutat cu Magul Trifen.

— Oricum, de ce ai făcut asta? Ai magie – o magie mai bună decât ar putea visa orice fiinţă umană. De ce ai ales să devii ucenicul unui muritor?

— Magia fiinţelor umane e diferită şi nu sunt suficient de arogant să cred că nu am nevoie de ea.

Se întoarce, cu ochii aţintiţi asupra priveliştii îndepărtate; privirea îi devine absentă.

— Ştiu că voi avea nevoie de toate avantajele pe care le pot obţine dacă vreau să fiu cel mai bun conducător pentru poporul meu.

— Când se va întâmpla asta? Când vei domni?

— Doar vechii zei cunosc momentul, însă vreau să fiu pregătit, răspunde el, apoi îşi umple iar paharul şi mai ia o înghiţitură, adăugând: Nu ai venit până aici ca să vorbeşti despre ucenicia mea.

— Nu, am venit din cu totul alt motiv. Dar... acum pare prostesc.

Sebastian rânjeşte, conştient de stânjeneala mea.

— Ce s-a întâmplat?

Îmi apuc o şuviţă de păr şi o răsucesc, agitată.

— M-am gândit la o modalitate prin care o putem găsi pe Jas şi mi-am amintit legendele despre o oglindă magică, care ţi-ar arăta pe oricine ţi-ai dori să vezi.

— Oglinda Revelației? mă întreabă el, căscând ochii.

— Nu am știut niciodată cum se numește.

Ascund minciuna cu un zâmbet.

— Dar când te uiți în oglindă, poți cere să vezi pe cineva. Poate am putea să o folosim pentru a o localiza pe Jas.

— E greu de spus ce ai vedea dacă ai folosi-o. Se încruntă, gânditor, apoi adaugă: Poate fi imprevizibilă.

Înghit în sec. *Te rog să mi-o aduci! Te rog!*

— Dar nu ar merita încercat? oftez eu. O relicvă magică atât de veche... sunt curioasă.

Sebastian râde.

— Vorbește hoața din tine - nu te uita așa la mine, am zis-o ca pe un compliment. Dar nu te pot lăsa să te furișezi în Sala Soarelui, camera sacră a mamei, ca să-ți astâmperi curiozitatea. Voi vedea ce pot face.

— Oare cei de la palat nu vor considera că e ciudat că sunt plecată atât de des? întreb a doua zi, când Pretha mă însoțește pe ușa din față a casei lui Finn sub înfățișarea lui Eurelody.

— Vor crede că studiezi cu tutoarea ta la ea acasă. Finn a plătit bine familia bătrânei erudite pentru întrebuințarea locuinței.

Închide ușa în urma mea, apoi își scutură umerii. Aripile dispar și corpul îi revine la cel pe care îl știu drept Pretha.

— Asta e... forma ta adevărată? o întreb, dând din cap spre ea.

— Asta?

Un zâmbet leneș îi luminează chipul. E superbă. Mă întreb dacă este soția sau partenera lui Finn, ori... Reduc la tăcere gândul rătăcitor. De ce îmi pasă cu cine este el?

— Da, asta e forma mea adevărată.

— Poţi zbura atunci când ai aripile?

Pufneşte pe nas şi îmi face semn cu mâna să o urmez pe coridorul slab luminat până în spatele casei.

— Depinde de forma pe care o iau. Nu pot zbura când mă preschimb în Eurelody, pentru că Eurelody nu poate zbura. Alte forme...

Ridică din umeri.

— Sigur. Uneori. Deşi consumul de energie pentru a te preschimba complet e foarte mare.

Trecem de o uşă dublă şi ajungem într-o bibliotecă uriaşă, pe două etaje, cu rafturi de cărţi care acoperă fiecare perete din podea până-n tavan. În centrul încăperii, un trio de făpturi fermecate masculine s-au strâns în jurul unei mese, discutând în şoaptă. Îl recunosc pe Kane şi cred că ceilalţi doi păzeau uşa biroului în noaptea în care el m-a dus pe umăr în tavernă. Finn nu se zăreşte pe nicăieri, însă lupii săi moţăie în umbrele din adâncul bibliotecii.

— Buu-năă! rosteşte Pretha pe un ton cântat, iar masculii se îndreaptă de spate.

Kane ia ceva de pe masă - poate o hartă? - şi o rulează înainte să şi-o strecoare la spate, în pantaloni.

— Prinţesa se întoarce, bombăne el, făcându-mă să ridic dintr-o sprânceană.

— Dacă nu mă vreţi aici, atunci de ce o tot trimite prinţul vostru *pe ea* după mine?

— Ignoră-l pe Kane, spune Pretha. El e mereu prost dispus.

Kane se încruntă la ea, iar ceilalţi doi chicotesc.

Pretha arată spre masculul cu pielea închisă la culoare, codiţe scurte, negre, şi o pânză de argint pe frunte, asemănătoare cu a ei.

— Abriella, acesta este Tynan, îl prezintă ea.

El zâmbește când îi scutur mâna întinsă.

— Și Jalek, adaugă ea, arătând spre celălalt, un mascul cu pielea palidă, părul alb, tuns scurt, și ochii verde-închis.

Față de Tynan, el nu-mi întinde mâna. În schimb, mă salută cu o înclinare scurtă din cap și se dă un pas îndărăt, de parcă nu vrea să se apropie prea mult de mine.

Îmi dreg glasul.

— Mă... bucur să vă cunosc pe toți!

Jalek mormăie.

— Nu știe deloc să mintă. Ești sigură că îl poate fraieri pe prinț?

— Gura! exclamă Pretha. Abriella e cea mai bună șansă pe care o are regatul lui Finn.

Chipul îmi trădează uimirea. Regatul *lui Finn*.

— Nu ești Unseelie? mă ia gura pe dinainte.

Pretha se strâmbă și schimbă o privire cu Tynan.

— Nu prin naștere, îmi răspunde ea și oftează, adăugând: M-am născut Făptură Fermecată Sălbatică, dar i-am jurat credință lui Finn cu mult timp în urmă.

Mă uit la ceilalți.

— Și voi trei?

— Născut și crescut Unseelie, răspunde Kane, bătându-se cu pumnul în piept.

— Dar nu-ți face griji! intervine Tynan. Nu toți Unseelie sunt la fel urâți ca ăsta.

Kane îi răsplătește comentariul cu un gest vulgar, iar Jalek se abține cu greu să nu zâmbească. Pretha îi ignoră pe toți.

— Tynan e o Făptură Fermecată Sălbatică, la fel ca mine. Iar Jalek este Seelie prin naștere. Cu mulți ani în urmă, a fost curtean în timpul domniei tatălui Reginei de Aur.

— Ancestralul, bombăne Kane.

— Aş prefera să fiu bătrân şi înţelept, decât tânăr şi prost, spune Jalek, însă ochii îi rămân aţintiţi asupra mea, studiindu-mi reacţia la noile informaţii primite.

Încerc să nu mă holbez cu gura căscată. Am avut întotdeauna impresia că zânele sunt loiale doar regatului în care s-au născut, dar Finn pare să fi adunat o mică bandă de rebeli.

— Şi toţi lucraţi pentru Finn?

— Lucrăm pentru binele suprem al întregului Tărâm al Zânelor, replică Pretha, trăgându-şi părul lung peste un umăr şi începând să-l împletească. Şi, din moment ce Finn conduce atacul, da, lucrăm pentru el. Lucrăm *cu* el.

Jalek îşi mijeşte ochii aceia verzi, intenşi, la mine.

— Ai petrecut mult timp în compania reginei Arya la palat?

Clatin din cap. Nu am mai întâlnit-o pe regină din ziua în care m-am prezentat în faţa ei ca să pretind că vreau să mă căsătoresc cu fiul său.

— Nu. Nu stă prea mult la palat.

Jalek şi Tynan schimbă o privire, iar Kane mormăie ceva ce nu pot să aud.

— Cred că ar trebui să fiţi cu toţii undeva în această dimineaţă, glăsuieşte Pretha cu subînţeles şi, în loc să se răstească la o femelă pentru că îndrăzneşte să le dea ordine, cei trei masculi aprobă din cap şi se îndreaptă spre uşile duble ale bibliotecii.

Din moment ce femelele au atât de rar o putere relevantă în Elora, o respect puţin mai mult pe Pretha, fie şi involuntar.

Tynan pleacă ultimul. Se opreşte în prag, apoi se întoarce iarăşi spre Pretha.

— Misha şi Amira au solicitat o întâlnire cu Finn. Amira ţi-a cerut în mod special să participi. M-am gândit că s-ar putea să vrei să te pregăteşti.

Zâmbetul Prethei se estompează, dar și-l lipește repede la loc și încuviințează.

— Mersi că m-ai anunțat!

Tynan se întoarce și lasă ușile să se închidă în urma sa.

— Cine sunt Misha și Amira? o întreb.

— Regele și regina Făpturilor Fermecate Sălbatice. În ultimele două decenii, au fost esențiali în misiunea noastră.

Dacă au fost atât de esențiali, de ce pare șocată de vestea că va trebui să-i întâlnească?

Trage adânc aer în piept și își rotește înapoi umerii.

— Cum decurge căutarea oglinzii? L-ai întrebat deja pe tânărul prinț?

— Se ocupă deja de asta.

Pretha mă gratulează cu un zâmbet încordat.

— Bine. Acum, ce-ai zice să ne ocupăm de instructajul tău?

# CAPITOLUL 14

— DIN NOU, ÎMI CERE PRETHA.

După cinci ore scurse din cea de-a treia zi dedicată complet antrenamentului, descopăr că m-am săturat până peste cap de aceste două cuvinte. Cu excepția unei pauze scurte pentru prânz, petrecem toată ziua în bibliotecă, în timp ce ea mă presează să creez întuneric. Am început cu picături ivite în vârful degetelor și am trecut la o sferă întunecată și stabilă în palmă. Concluzia? În ciuda răbdării nesfârșite a Prethei, o pot face să apară, dar sunt incapabilă să îi poruncesc, să o mențin sau, în principiu, să înfăptuiesc ceva *util* cu ea.

Inspir adânc și mă concentrez asupra palmei, dorindu-mi ca întunericul să prindă contur. În momentul în care se ivește o sferă de întuneric, crește prea mare și prea repede, apoi se umflă și se revarsă, alunecându-mi ca nisipul printre degete înainte să dispară.

— Câtă neglijență! mârâie Finn în spatele meu.

Mă răsucesc pe călcâie, șocată de apariția lui neașteptată. În afară de scurta mea întâlnire cu cei trei masculi din prima zi în care Pretha m-a adus la bibliotecă, am fost doar noi două pe durata antrenamentului. Se pare că Finn a decis să mă binecuvânteze astăzi cu prezența lui.

— Ce-ai spus? întreb.

— Finn, intervine Pretha. Ce drăguț din partea ta să...

O întrerupe cu o clătinare violentă din cap.

— Nu azi, Pretha. Pleacă!

Pretha îmi aruncă un zâmbet în semn de scuză.

— Nu-i da voie să te descurajeze, mă sfătuiește ea încet.

— *Pleacă*, Pretha! repetă Finn, cu vocea amenințător de joasă.

Privirea ei se oțelește când și-o îndreaptă asupra lui, însă tot cu mine vorbește:

— Nu-i pune toanele la suflet. Ăsta-i depresiv de douăzeci de ani.

După ce pleacă, partea mai inteligentă și mai rațională a creierului meu țipă la mine că ar trebui să o urmez. Dar nu o ascult. Finn nu mă sperie. Poate că ar trebui, dar... faptul că întunericul din mâna mea a crescut atunci când a apărut el nu a fost o coincidență. Nu știu de ce sau cum, însă puterea mea reacționează la el. Chiar și când stau aici, emite un zumzet continuu, implorându-mă să o mânuiesc.

Arcuiesc o sprânceană când suntem singuri și rostesc un singur cuvânt:

— Ce?

— Ești neglijentă cu magia ta. Îți lipsește concentrarea și, dacă nu găsești o soluție, prințișorul tău adorator te va prinde strecurându-te prin palatul lui.

Ridic bărbia, dar cuvintele lui abia dacă își ating ținta: nu mai sunt la fel de tăioase. Are dreptate. În mod clar, sunt capabilă de mai multe decât am înfăptuit vreodată în lumea ființelor umane, însă nu am nici cea mai vagă idee cum să-mi controlez magia. Până acum, antrenamentul doar mă obosește. Dar dacă aș putea încerca cu *el* prin apropiere...

— Asta îți dorești? mă întreabă el. Să fii forțată să-ți abandonezi misiunea, ca să te poți obișnui cu noua ta viață confortabilă?

*Cât tupeu!*

— Nu prea te văd *pe tine* oferindu-te să mă înveți.

Își înclină capul într-o parte.

— E un mod destul de pasiv-agresiv de a cere ajutor.

— Eu...

Strâng un pumn, apoi îmi eliberez degetele. E atât de al naibii de arogant!

— Tu ești cel care a insistat să mă ajute, însă eu vin aici și tu mă lași cu Pretha.

— E o profesoară excelentă. Ar trebui să fii recunoscătoare pentru timpul petrecut cu ea, prințeso!

— De ce continui să îmi spui așa? răbufnesc eu. Nu sunt deloc prințesă!

— Te afli la doar câteva promisiuni dulci și niște momente tandre distanță de a deveni mireasa acelui flăcău și toată lumea știe asta.

Trebuie să-mi mușc limba ca să nu ripostez sau să pun și mai multe paie pe foc. Nu contează ce crede despre mine sau despre relația mea cu Sebastian. Tot ce contează e să obțin relicvele pentru rege, ca să o pot recupera pe Jas. Dar Finn e hotărât să mă provoace.

— Nu este viața la luxosul Palat de Aur tot ce și-a imaginat inima ta muritoare?

Un surâs disprețuitor îmi părăsește buzele.

— De ce presupui că *inima* mea *muritoare* și-ar fi imaginat ceva?

— Nu toate fetele muritoare visează să se căsătorească cu un prinț chipeș al făpturilor fermecate?

— Ești atât de al naibii de arogant!

O sferă-umbră se formează în mâna mea și îmi încleștez degetele în jurul ei.

— *Această* fată muritoare nu a visat niciodată la așa ceva. Nu eu am vrut să vin aici. Am fost forțată să vin când regele *regatului tău* mi-a cumpărat sora!

— Atunci, Pretha se înșală? *Nu* ai sentimente pentru prințișor?

— Eu...

Am avut. Am. Dar sentimentele mele complicate pentru Sebastian nu sunt treaba lui Finn. Sfera-umbră pulsează odată cu furia mea.

— Nu-mi doresc să devin o prințesă a zânelor. Dacă aș fi știut că Sebastian e o făptură fermecată, din capul locului nu am fi devenit vreodată prieteni. Iar el știa asta.

Finn îmi dă roată lent, făcându-mă să mă simt ca un cal la piață, apreciat din toate pozițiile.

— Cu siguranță l-ai iertat pentru minciunile sale dacă speri să te căsătorești cu el, să te Legi de el.

— Nu sper să mă căsătoresc cu el! izbucnesc.

Sunt nevoită să-mi răsfir degetele ca să țin sfera-umbră în palmă, pe măsură ce continuă să crească.

— Nu vreau să fiu prințesă. Nu vreau să mă Leg de o făptură fermecată - sau de *oricine altcineva.*

Finn pune capăt învârtitului în cerc și se oprește în fața mea. Ochii ni se întâlnesc.

—Deci nu ești Legată de nimeni?

Îmi dau ochii peste cap.

— Nu că te-ar privi pe tine, dar nu. Nu aș permite asta.

Umerii lui Finn se lasă în jos. Dacă nu l-aş cunoaşte mai bine, aş spune că e uşurat. Dar nu există niciun motiv pentru care acestui prinţ Unseelie i-ar păsa atât de mult de mine.

— În cele din urmă, Sebastian îţi va cere să te Legi de el.

— Ştie ce părere am despre voi, făpturile fermecate, şi despre Legăturile voastre prin care controlaţi fiinţele umane. Nu se va întâmpla aşa ceva!

Nici dacă aş vrea nu aş putea să mă leg de el. Nu-i pot oferi lui Sebastian o astfel de putere, să fie mereu conştient de prezenţa mea şi de nevoile mele, când trebuie să mă furişez ca să o salvez pe Jas.

— Mordeus îţi va înainta aceeaşi propunere. Aminteşte-ţi că singurul mod prin care cineva poate forma o Legătură cu tine este dacă *tu* îi permiţi. Dacă îţi preţuieşti viaţa muritoare, nu vei face asta - vreodată.

— E o ameninţare, Finn?

— E un avertisment, prinţeso.

— Învoiala noastră nu presupune nicio Legătură.

— *Deocamdată*, dar fereşte-te de uneltirile lui Mordeus.

Uneltirile *lui Mordeus*? Cum rămâne cu uneltirile lui Finn?

— Pot încerca să te ajut, continuă el. Adevărul e însă că Pretha şi cu mine nu ştim nimic despre muritorii care au magie - sau despre cum funcţionează magia în cazul vostru.

— De ce ar fi diferit?

Îşi ridică sprâncenele.

— Pentru că *tu* eşti diferită.

Acoperă distanţa dintre noi dintr-un singur pas şi mă apucă de braţ, apoi îmi trece vârful unui deget de la interiorul cotului până la încheietură, chiar deasupra locului în care ţin sfera-umbră. Un fior îmi alunecă pe şira spinării, ca o reacţie în oglindă.

Finn ridică ochii spre ai mei și buzele i se întredeschid. Preț de o clipă, cred că și el o simte - energia care pulsează între noi, conștientizarea ce mă face să mă simt mai lucidă și mai vie decât am fost vreodată. *Doar magia este de vină*, îmi spun, dar nu știu deloc să mint.

Îmi trece din nou vârful degetului peste piele, agonizant de lent, iar eu răsuflu lent și ușor. Mi-aș dori să mă elibereze. Ar face-o, dacă i-aș cere - sunt sigură -, dar refuz să-i mărturisesc că atingerea lui mă afectează.

— Ce se întâmplă dacă te tai? întreabă el.

— Sângerez.

Încuviințează din cap.

— Și dacă te vei vindeca, trupul tău va produce mai mult sânge pe măsură ce te vei recupera. Însă dacă tăietura este prea lată, prea adâncă, dacă sângerezi prea mult și nu poți produce sânge nou îndeajuns de repede pentru a ți-l pompa prin vene și a-ți îngriji trupul, vei muri.

— Sunt familiarizată cu modul în care decurge treaba, mormăi eu.

Finn mă privește amenințător. Trasează din nou acea linie și de data asta nu-mi pot reține fiorul.

— Magia e ca sângele pentru făpturile fermecate.

— Nu înțeleg. Voi nu sângerați?

Ceva nu se potrivește. L-am văzut pe Sebastian sângerând - uneori m-am îngrijit chiar eu de unele dintre rănile sale minore.

— Sângerăm, dar magia din sângele nostru e cea care ne vindecă, care ne ține în viață, nu sângele în sine. Sângele *tău* îți dăruiește viață. *Magia* noastră ne dăruiește viață.

Privirea îi coboară la gura mea și mi se taie răsuflarea.

Îmi eliberează brațul la fel de brusc cum l-a apucat și se îndepărtează. Se uită pe fereastră și își trece o mână prin păr. Și-l înlătură de pe chip, legându-l la spate ca și cum s-ar pregăti de luptă.

— Nu e o analogie perfectă, dar e cea mai bună pe care o am. Magia nu este infinită. E legată de sursa noastră de viață și trebuie să ne descoperim capacitatea, astfel încât să nu ne suprasolicităm. Dar, la fel cum sângele se regenerează după ce pierzi o cantitate mică, așa ar trebui să se regenereze și magia unei făpturi fermecate. Cât de mult poate pierde și se regenera o făptură fermecată, fără să devină vulnerabilă, depinde de puterea sa.

— Ce se întâmplă atunci când o zână sângerează prea multă putere, prea repede?

— În majoritatea cazurilor, ne-am pierde cunoștința înainte de-a suferi daune pe termen lung, însă dacă magia este consumată într-un mod intenționat, violent...

Se întoarce iar spre mine și ceva asemănător suferinței licărește în ochii aceia frumoși.

— Dacă este consumată prea repede, o zână poate muri în urma folosirii magiei sale?

— E o alegere. Un act magic atât de măreț și de drag făpturii fermecate, încât prețul merită cu desăvârșire să fie plătit.

— Crezi că *eu* aș putea muri dacă aș folosi prea multă magie, prea repede?

Își înclină capul în lateral și mă studiază.

— Tu nici măcar nu ai început să descoperi limitele puterii tale.

Sfera-umbră din mâna mea explodează ca un balon și se dezintegrează. Finn mă analizează din cap până-n picioare și clatină din cap, fără să-și ascundă dezgustul.

— Pentru cineva care deține un astfel de har, e aproape impresionant cât de puțin din el folosești. Puterea ta este la fel de vastă ca oceanul, iar tu te limitezi la ce poți ține în mână.

— Făceam întocmai cum mi-a *cerut* Pretha!

— Dădeai greș! mârâie el, cu nările umflate.

— Ce vrei de la mine?

Enervată, mă agăț aproape cu disperare de propria supărare. Prefer această animozitate dintre noi în detrimentul... *celorlalte* sentimente insuflate de Finn.

— Te afli aici să mă ajuți sau doar să mă descurajezi?

Își încrucișează brațele la piept.

— Prea bine! Arată-mi ce poți să faci! Și nimic din aiurelile alea neînsemnate de întuneric. *Impresionează-mă!*

Când ridic palmele pentru a da de înțeles că nu știu cum să fac ceva impresionant, Finn expiră zgomotos, scos din sărite.

— Jumătate din cameră aparține umbrelor. Ai cu ce să lucrezi aici, chiar din belșug. Nu mai analiza atât de mult totul și arată-mi odată!

Depărtându-mă de lumină, mă concentrez și încerc să devin una cu umbrele, reușind doar să-mi fac degetele să dispară și să reapară. Dar o simt – o simt mereu când e el aproape –, puterea ce mocnește în sânge, implorând să fie descătușată.

— Spune-mi cum!

— Te împotrivești puterii. Doar las-o să vină.

Îmi privesc fix mâna și încerc... să nu încerc. Când întunericul pâlpâie din nou, mârâi în semn de frustrare.

— Cred că s-ar putea să devin și mai neîndemânatică de-atât.

— Am o idee, spune el, uitându-se pe fereastră. Urmează-mă!

Fără să se întoarcă, se îndreaptă spre ieșire – nu spre partea din față a casei, pe unde intrăm zilnic eu și Pretha, ci spre o ușă din spate pe care nu am văzut-o niciodată folosită.

Îl urmez afară și dincolo de o terasă mobilată, de-a lungul unei alei slab luminate și pe lângă zidurile câtorva clădiri. Când în sfârșit se oprește, ne aflăm într-un cimitir uriaș. Noaptea-i senină, iar rândurile de monumente funerare au o frumusețe aparte, chiar dacă puțin morbidă.

— De ce aici? îl întreb.

Atenția lui Finn, distrasă de un stol de corbi ce zboară în cerc, revine asupra mea.

— Tu să-mi spui, glăsuiește el, ridicând dintr-o sprânceană.

Pentru că mă simt în elementul meu afară, sub cerul liber. Pentru că întunericul deplin al nopții mă face mereu să mă simt, într-un mod inexplicabil, aproape straniu, mai încrezătoare.

— Noaptea îmi sporește magia, nu-i așa?

Finn ridică din umeri.

— E un fel de-a privi lucrurile. Ce ai simțit înainte, în momentele în care ți-ai accesat cu succes puterea?

— Furie? Disperare? Nu știu.

Îmi mușc buzele și mă uit în sus la el, printre gene. Urăsc acest sentiment, să mă simt ca o proastă.

— Poți folosi furia pentru a crea magie?

— Sigur. E o emoție mai slabă, dar reprezintă un catalizator funcțional pentru o magie mai puțin însemnată. Dar furia nu va fi îndeajuns pentru a avea acces deplin la puterile tale.

Îmi dau ochii peste cap.

— Presupun că îmi vei spune că pentru asta am nevoie de *iubire*?

Ochii lui argintii strălucesc, însuflețiți, și sunt șocată să-l văd schițând un zâmbet. Cred că e prima oară când văd acest zâmbet fără să râdă de mine. Este… uluitor de chipeș. Nu vreau să bag de seamă, dar acești pomeți ascuțiți și ochi hipnotizanți, buzele pline care se întredeschid ușor doar atunci când mă privește! Ei bine, mă îndoiesc că oricine are o vedere sănătoasă n-ar remarca frumusețea lui Finn.

— Ai putea spune că mânuirea puterii magice depline evocă un sentiment asemănător, într-o mică măsură, iubirii, spune el. Dar mai degrabă...

Închizându-și ochii, își mișcă iute degetele și trage adânc aer în piept.

— Dar mai degrabă evocă un sentiment asemănător speranței.

— Atunci sunt condamnată.

Finn deschide ochii și se leagănă pe călcâie, studiindu-mă.

— Cum așa?

Clatin din cap.

— Nu sper. E o pierdere de vreme. Periculos, chiar.

— Te înșeli. Ceea ce este cu adevărat periculos e să nu speri.

Oftez.

— Și dacă nu există nimic pentru care să speri?

Buzele îi zvâcnesc, marcând revenirea acelui zâmbet batjocoritor.

— Te minți singură sau doar pe mine?

— Nu mint.

Chicotește. Măgarul *râde* de mine.

— Locuiești în palat, unde cauți relicvele Unseelie și înfrunți de una singură o curte duplicitară. Vii aici și te antrenezi cu înverșunare, până la ultima suflare. De ce faci toate aceste lucruri?

— Pentru a-mi salva sora.

Finn își întoarce ambele mâini cu fața în sus, ca și când ar spune: „Uite-ți răspunsul!”

— Nu-i totuna. Acționez logic, nu disperat.

— Cine spune că speranța trebuie să fie disperată?

Face un pas în față și mă ia de mână, iar acea legătură incontestabilă dintre noi se trezește din nou la viață. Amurgul pălește și cerul se întunecă, punctat doar de o infinitate de stele. Scot un suspin adânc. Întunericul îmi alină mintea cuprinsă de tumult și îmi tempereazä anxietatea, chiar dacă sunt conștientă că nu e vorba de tot cerul nopții, ci doar de o sferă în jurul nostru.

— Ai chemat întunericul, remarc eu. E frumos!

— E înăuntrul tău, răspunde el încet, aproape cu tristețe. Puterea pe care o vezi aici nu e a mea. E *a ta*. Eu sunt doar un conductor, un instrument pentru a deschide ușa, din moment ce continui să îți pui singură bețe în roate.

Întind mâna liberă deasupra capului și se contopește cu întunericul. Pe măsură ce dispar treptat în noapte, pe măsură ce devin întunericul, știu că îl controlez.

— Simți asta? întreabă Finn, atrăgându-mi din nou atenția asupra sa.

Ochii lui îmi cercetează din nou chipul, de parcă ar căuta un secret. Și chiar simt asta. Fiecare privire ca de mercur pare o atingere intimă. Când vorbește din nou, vocea îi este mai joasă, mai răgușită:

— Simți potențialul care îți pulsează în sânge, auzi acel zumzet stins?

Privirile ni se întâlnesc și înghit în sec. Asta simt când mă atinge? Potențial? Pentru că pare a fi... *dorință*. Dar aș prefera să mai petrec o noapte în închisoarea lui Mordeus, decât să recunosc așa ceva; prin urmare, încuviințez din cap.

De îndată ce mâna lui Finn îmi părăsește brațul, sfera-noapte se spulberă, înlocuită de strălucirea aurie a amurgului. Atenția i se îndreaptă iar spre stolul de corbi.

— Ar trebui să ne întoarcem înăuntru.

— De ce? întreb.

Nu vreau să mă întorc înăuntru. Nu încă.

— Vezi acele păsări?

Ca și cum ar reacționa, una croncăne fără echivoc, sunetul ascuțit sfâșiind liniștea purtată de adierea înserării.

— Da?

— Când corbii roiesc așa, este un semn că sluaghulii sunt pe aproape.

— Sliu... cum?

— Sluaghulii. Sunt spiritele morților care nu au reușit niciodată să treacă mai departe. Oricare ar fi motivul, sunt prinși între viață și moarte.

— Sunt fantome?

Finn se strâmbă, studiind în continuare corbii. Mă întreb ce vede când îi urmărește. Parcă ar căuta răspunsuri în mișcările lor.

— Presupun că da, într-un fel. Sunt morți blestemați, făpturi fermecate ucise prea devreme și cărora le-a rămas prea multă putere. Sunt înlănțuiți aici, rătăcind pe acest tărâm până când moartea le este răzbunată. Unii vor ademeni nevinovați spre propria moarte, doar pentru a-și potoli sufletele pline de furie.

Un fior de groază îmi șerpuiește fulgerător de-a lungul șirei spinării și înghit în sec.

— Întotdeauna rămân în cimitire?

— Rămân în apropiere de locurile în care au fost uciși și, dacă nu cumva ai prefera să primești o lecție detaliată despre sluaghuli, îți sugerez să ne mișcăm repede.

# CAPITOLUL 15

Târziu în noapte, o briză se strecoară pe fereastră, o alinare răcoroasă după o zi caniculară.

Mimez o migrenă, astfel încât să scap de cina alături de celelalte fete în seara asta. După mica mea sesiune de antrenament cu Finn, sunt epuizată psihic, deși aș fi putut rezista câteva ore în plus înainte de a mă retrage. De fapt, nu vreau să le văd pe toate celelalte fete cum suspină leșinate după Sebastian, încercând să-l lingușească sau să-i atragă atenția. Nu vreau să văd cum le zâmbește, așa cum obișnuia să-mi zâmbească mie, și nu vreau să mă gândesc că el va avea un viitor cu una dintre ele.

Privesc visătoare cerul nopții împânzit de stele, când cineva bate ușor la ușa mea. *Trei bătăi. Pauză. Două bătăi.*

Zâmbesc la semnalul distinctiv al lui Sebastian.

— Intră!

Ușa se crapă nițel, suficient cât să își bage capul înăuntru.

— Ești singură?

Încuviințez din cap.

— Slujnicele mele s-au retras pentru restul nopții.

Împinge complet ușa ca să intre. Poartă pantaloni roșii de piele și o tunică albă descheiată la gât, dezvăluind pielea aurie a pieptului. Părul alb îi atârnă liber în jurul umerilor, iar zâmbetul său îmi săgetează pieptul încătușat de dor, care tânjește după lucruri pe care nu le am și nu ar trebui să mi le doresc.

Sebastian scoate ceva ascuns la spate într-un mod teatral, iar ochii mi se măresc când observ oglinda poleită cu argint. E identică, până la cel mai mic detaliu, cu cea pe care o am sub saltea.

— Este... chiar este...

— Oglinda Revelației.

Ținând-o în ambele mâini, o întinde spre mine. În timp ce îmi încleștez degetele în jurul metalului rece, inima își întețește bătăile.

*Sunt cu un pas mai aproape, Jas.*

— Pari... uimită, spune el.

Îmi desprind ochii de la propria reflexie și mă uit la el.

— Cine nu ar fi?

Zâmbește timid.

— Mă surprinzi. Întotdeauna ai vorbit cu atâta ură despre lumea mea! Nu m-am așteptat niciodată să fii interesată de relicvele noastre sacre.

*Are dreptate.* Înghit în sec.

— Cu cât stau mai mult aici, cu atât sunt mai interesată să îți înțeleg tărâmul?

Nu reușesc să-mi controlez tonul vocii, să împiedic cuvintele să sune ca o întrebare. Preț de câteva clipe lungi nu zice nimic. Îi zâmbesc stingherită și încep să mă întorc, când spune:

— E chiar atât de groaznic?

— Ce anume?

Sebastian își desface brațele în lateral, indicând camera, palatul, poate întreaga sa curte.

— Să te afli aici. Știu că nu ai vrut niciodată să vii, dar te simți... *nefericită*?

— Nu voi fi fericită până când Jasalyn nu va fi în siguranță.

Își coboară capul și-și masează ceafa.

— Bineînțeles că nu. Înțeleg.

*Sunt fără speranță.*

— Îmi pare rău, Sebastian! Nu am vrut...

Expresia îi trădează durerea, de parcă ar fi torturat, când întreabă:

— Chiar nu ai vrut?

Deschid gura să obiectez, însă el ridică o mână.

— Vrei să o încerci?

Dă din cap spre oglindă. Nu mi-am dat seama că o strâng la piept.

Cu un nod în gât, o întind în față și îmi privesc reflexia. Le-am cerut slujnicelor să-mi lase părul despletit în seara asta, iar buclele îmi sunt o învălmășeală sălbatică, o aură înflăcărată în jurul feței, departe de șuvițele perfect răsucite și îmblânzite ce prind contur de fiecare când gemenele mă pregătesc pentru o nouă zi. Dar fața mea... fața mea s-a schimbat de când am ajuns pe acest tărâm, acum nouă zile. A beneficiat de o alimentație îmbelșugată și de un somn regulat. Cercurile întunecate de sub ochi s-au estompat, iar obrajii nu-mi mai sunt la fel de scobiți. Am înflorit și m-am întremat aici, dar cum rămâne cu Jas? Până în acest moment, nu mi-am dat seama că mi-a fost teamă să aflu răspunsul la această întrebare.

— Cum funcționează?

— Îți arată ce vrei să vezi. Sau așa ar trebui. Nu știu dacă a folosit-o vreodată un muritor.

Ochii i se îmblânzesc și mă încurajează cu un semn din cap.

— Spune-i ce să-ți arate.

— Arată-mi-o pe Jasalyn, îi cer încet.

Aerul din jurul oglinzii scânteiază de magie și artefactul pare să vibreze în mâna mea, pe măsură ce reflexia îmi dispare treptat. Sticla îmi înfățișează un dormitor opulent; parcă privesc printr-o fereastră. Jasalyn stă la o măsuță de toaletă, zâmbind la reflexia ei, în timp ce slujnicele îi periază părul. Sunetul care îmi scapă dintre buze e pe jumătate strigăt, pe jumătate suspin. Arată *bine*. Obrajii îi sunt îmbujorați de râs, iar fața i-a devenit mai plină, de parcă și ea, asemenea mie, nu ar fi mâncat niciodată la fel de bine ca acum, de când se află pe Tărâmul Zânelor.

— Mi-e dor de sora mea, le spune Jas slujnicelor ei. V-ar îndrăgi pe amândouă.

Cea care îi perie părul îi întâlnește ochii în oglindă și zâmbește.

— Sunt convinsă că vă veți reîntâlni în curând.

Jas își mușcă buza de jos.

— Așa sper. Am atâtea să-i povestesc!

Imaginea pălește până când mă văd iarăși în oglindă.

— Deci?

Îmi ridic cu greu privirea spre a lui Sebastian, care nu-și poate ascunde nerăbdarea.

— Nu ai auzit asta? îl întreb.

Clatină din cap.

— Nu pot vedea ce îți arată ție. Și, dacă aș ține-o la rândul meu, nici tu nu ai putea vedea ce îmi arată mie. A funcționat?

Încuviințez și nu mă obosesc să-mi ascund zâmbetul care mi se lățește pe față.

— Jas e bine. Îi este dor de mine, dar e sănătoasă și pare liniștită. Nu este - mi se încleștează gâtul și am senzația că trebuie să împing cuvântul prin cel mai mic spațiu posibil ca să-i dau glas - singură.

Sebastian oftează ușurat.

— Bun! murmură el, aproape ca pentru sine. Deci avem ceva timp.

Strâng din nou oglinda la piept.

— Îți mulțumesc, Sebastian! Îți mulțumesc din suflet pentru asta!

— Cu plăcere! răspunde el cu voce blândă. Vreau doar să fii fericită aici, să te simți în siguranță și să ai încredere că fac tot ce îmi stă în putință pentru a o recupera pe Jas.

Face un pas înainte, cu ochii îndreptați spre fața mea, iar inima mi-o ia la galop.

— Vrei să vii la o plimbare cu mine?

Inspir adânc.

— Sigur.

Încerc să mă conving că îi acord atenția de care are nevoie, astfel încât să mă lase să rămân, încerc să mă conving că fac ceea ce trebuie pentru a recupera următoarea relicvă pentru rege, dar mi-a fost dor de Sebastian în ultimele zile. Nu l-am mai văzut de când l-am vizitat la ringul de antrenament și i-am cerut oglinda. Am fost cu Pretha, în timp ce el a fost doar zeii știu pe unde și mi-au lipsit zâmbetele lui liniștitoare. Căldura lui.

Ridic oglinda.

— O voi lăsa aici, ca să nu o vadă nimeni.

— Desigur, mă aprobă Sebastian.

Deschid un sertar de la birou și pun cu grijă oglinda înăuntru. Brusc conștientă că sunt în pijama, îmi îndrept spatele.

— Probabil că ar trebui să mă îmbrac.

— Arăți bine așa!

Întâmpin noaptea fierbinte de vară în pantaloni roz largi, cu talie joasă, și un top de dormit asortat, cu un decolteu foarte generos, care îmi lasă brațele descoperite, și nu am nimic altceva decât dantelă fină peste abdomen și în jurul taliei. Ridic dintr-o sprânceană.

— Oare servitorii nu vor considera ciudat că mă plimb cu prințul lor în pijama? Oricum, sunt vraiște.

Privirea i se plimbă peste mine la fel de lent ca o mângâiere.

— Ești frumoasă indiferent de ce ai purta!

Căldura îmi inundă numaidecât obrajii și mi se adună undeva jos, în pântec. Sebastian micșorează distanța dintre noi, iar fiecare celulă din trupul meu se trezește la viață.

— Dacă dorești, aș putea arunca o iluzie asupra noastră, astfel încât nimeni să nu ne poată vedea.

— Poți... poți face asta?

În afară de atacul său asupra bargharului și de amorțirea durerii provocate de rana mea după aceea, nu prea l-am zărit pe Sebastian folosindu-și magia de făptură fermecată. Rânjind, pocnește din degete.

— Gata.

Mă încrunt.

— Dar încă te pot vedea.

— Și eu pe tine.

Mă soarbe lent din priviri, de parcă ar spune că nici nu ar accepta o altă posibilitate.

— Dar nimeni nu ne va vedea sau ne va auzi când vorbim. Ai încredere în mine?

E o întrebare capcană, încuietoare, la care încă nu pot răspunde. Înainte să vin aici și să aflu cine este, am avut încredere deplină în el. Apoi, mi-a trădat încrederea. Dar acum? Mi-a oferit oglinda, ca să pot vedea cum se simte Jas, și îmi caută sora. Ar fi ușor să am iarăși încredere în el. Poate prea ușor.

Ca și când ar intui încotro rătăcesc gândurile mele, ridică bărbia.

— Vom ajunge și acolo. O voi recâștiga. Îți promit!

Îmi întinde o mână și o iau, conștientă de căldura pielii lui și de asprimea degetelor sale întrepătrunse cu ale mele.

Ieșim pe hol, cu mâinile înlănțuite, și trecem pe lângă străjerii și servitorii care pregătesc palatul de culcare. Nimeni nu vede prin iluzia lui Sebastian și nu pot să nu mă întreb ce ar crede el dacă ar ști că și eu aș putea face asta - într-un mod mai puțin eficient și mai puțin stabil. Odată, ar fi fost prima persoană cu care aș fi vrut să vorbesc despre puterile mele. Acum sunt recunoscătoare că nu știam ce sunt când încă eram în Fairscape. I-aș fi spus, iar misiunile mele de aici ar fi fost din start sortite eșecului.

— Vrei să ne plimbăm prin grădini? întreabă el.

Îmi mușc buza și arunc o privire înspre picioarele goale.

— Să mă întorc în cameră după niște pantofi?

— Grădinile sunt imaculate. E absolut sigur să mergi desculț.

De fapt, nu mă pot gândi la nimic mai frumos decât la o plimbare sub lumina lunii, într-o noapte caldă, la senzația ierbii răcoroase care mi se strecoară printre degetele de la picioare. Îi strâng mâna și îl las să mă conducă printr-o pereche de uși de sticlă într-o grădină interioară uriașă. Nu e nici pe departe singura: nenumărate altele sunt răspândite în jurul palatului și am mai trecut pe lângă aceasta, deși până acum nu am am vizitat-o.

Ne plimbăm până ajungem în centrul grădinii, unde mă opresc sub fâșia unei semiluni în descreștere. Cu ochii închiși, inspir aerul nopții, îmbătată de parfumul trandafirilor și al crinilor. Aproape că pot mirosi lumina lunii, atât de vrăjită sunt de astrul nocturn.

Când deschid ochii, Sebastian mă urmărește.

— Ce-i? întreb, simțindu-mă puțin ridicol.

Înghite în sec, neliniștit.

— Îmi place să te văd cum te liniștești. Nu o faci foarte des, însă în astfel de momente...

Ridică o mână și îmi atinge gâtul.

— Îmi tai răsuflarea.

Degetele îi zăbovesc la urechea mea și, pentru o bătaie de inimă, cred că ar putea să mi le strecoare în păr... că ar putea, în sfârșit, să-și coboare din nou gura spre a mea. Dar se trage înapoi și se întoarce pentru a studia o fântână care susură în mijlocul unui rond de trandafiri.

Dezamăgirea își înfige ghearele înăuntrul meu. Îmi plec capul, încercând să mă adun și să-mi amintesc ce vreau - de ce am *nevoie* de la Sebastian –, și nu este un sărut.

— Știu că nu ți-ai dorit niciodată să trăiești pe Tărâmul Zânelor, reia Sebastian, cu ochii în continuare ațintiți asupra fântânii. Dar... trebuie să știu dacă tu crezi că ai putea fi fericită aici. Trebuie să știu... dacă aș putea fi suficient de norocos pentru a te convinge să duci o viață alături de mine.

O viață alături de el. Pe Tărâmul Zânelor. Pentru totdeauna. Îmi cere să trăiesc ca o prințesă răsfățată, închisă în castelul ei și ignorând armata de servitori umani care îmi asigură această viață? Chiar dacă slujitorii de la Palatul de Aur duc o viață mai bună decât mi-aș fi putut imagina vreodată, cum pot face parte dintr-o lume care tratează atât de multe ființe umane asemenea unor simple bunuri?

Oare Finn are dreptate când susține că aș fi atât de ușor de convins să accept această viață?

Nu. Chiar dacă o parte din mine îl vrea din nou – încă? – pe Sebastian, nu asta e viața pe care mi-o doresc.

Dar dacă vreau să rămân la castel, s-ar putea să fiu nevoită să-l fac pe Sebastian să creadă că mi-aș putea dori-o. Chiar dacă gândul de a-l minți îmi zdrobește ceva fragil în piept.

— E greu pentru mine, șoptesc, iar adevărul acestor cuvinte mi se reflectă în voce. Aș minți dacă ți-aș spune că sunt pregătită să accept o viață pe Tărâmul Zânelor.

Își pleacă fruntea. Mi-aș dori să se uite la mine.

— Dar nici nu vreau să te părăsesc, adaug, dându-mi seama că și acest lucru e adevărat. Îmi mai poți acorda puțin timp?

În cele din urmă, se întoarce și-și înalță capul, ochii aceia încătușați de verdele mării părând să privească direct înăuntrul meu.

— Pot face asta. Dacă ești dispusă, cu adevărat, să iei în considerare o viață aici.

Inima îmi bate năvalnic, iar fiecare răsuflare îmi strecoară picături de vinovăție în sânge. Îi ofer cât de mult adevăr pot:

— E ușor să-mi închipui o viață cu *tine*, Bash. Celelalte părți sunt grele pentru mine.

Scutură din cap și întrezăresc ceva asemănător mirării în ochii lui.

— Îți mulțumesc!

— Pentru ce?

— Pentru că m-ai iertat. Pentru că ești aici, cu mine, acum. Nu iau acest lucru ca atare.

Simt un nod în gât. *Nu te merit. Nu ar trebui să ai încredere în mine.*

Când mă ia din nou de mână, mă conduce la o bancă de piatră unde stăm împreună, scăldați în lumina lunii, vorbind despre lucruri mărunte și mirosind parfumul florilor. Noaptea a înglobat întotdeauna orele mele preferate, însă noaptea pe Tărâmul Zânelor îmi face puterea să-mi vâjâie sub piele, îmi subjugă mintea până în punctul în care simt că aş putea zbura. Și aici, lângă Sebastian, simt că aş putea fi *fericită*.

— Mama iubeşte aceste grădini, continuă el. Când era mai tânără, își petrecea fiecare clipă liberă printre flori. Tata obişnuia să o găsească aici, în toiul nopţii, şi să o tragă înapoi în pat.

— Mama ta l-a pomenit pe tatăl tău când m-am prezentat în faţa ei. A spus că ai moştenit inima tandră de la regele Castan. Pun pariu că el ar fi mândru de tine!

Sebastian își coboară capul.

— Îmi place să cred asta.

— Ce s-a întâmplat cu el?

— A fost ucis acum câţiva ani, în urma unei tentative de asasinat asupra mamei mele.

— De către cine? întreb, suspinând adânc.

— Un grup de făpturi fermecate care au dezertat de la curtea noastră și s-au aliat cu Unseelie.

Tremur, răscolită de briza nopţii, însă vinovăţia, nu aerul înmiresmat, îmi înţeapă pielea. Nu ar trebui să-mi pierd vremea făcându-mi griji dacă îmi doresc sa nu un viitor alături de Sebastian. Dacă ar ști că lucrez cu prințul Unseelie și cu banda lui de prieteni rebeli, viitorul respectiv ar ieşi din discuție.

— Îmi pare rău! şoptesc, dar știu că o scuză nu e îndeajuns pentru o astfel de înşelăciune.

El oftează.

— S-o fi terminat războiul, dar vrajba dintre regatele noastre e mai intensă ca oricând. Unii sunt de părere că soluția constă în eliminarea monarhiilor ambelor regate și în a o lua de la capăt.

— Tu ce crezi?

— Cred că schimbarea se apropie, răspunde el după ce mă privește lung. Și că un conducător potrivit ar putea uni ambele regate.

Clătinând din cap, se ridică în picioare.

— Ajunge cu discuțiile politice pentru o seară! Hai înăuntru!

Îmi țin buzele ferecate până ne întoarcem înapoi în palat. Îmi lipsesc numaidecât aerul nopții și intimitatea grădinii.

De îndată ce intrăm, un grup de fete înveșmântate în rochii elegante și corsete se îndreaptă spre sala de bal. Din moment ce regina e plecată și prezența mea nu este necesară, am uitat că în seara asta are loc o petrecere. Probabil că gemenele mă așteaptă deja în odăile mele, dornice să afle dacă m-a mai lăsat durerea de cap, astfel încât să mă poată îmbrăca ca pe o păpușă.

— Nu ar trebui să li te alături? îl întreb pe Sebastian, sperând că nu va sesiza nota de gelozie strecurată în voce.

Ochii îi săgetează spre mine.

— Cred că amândoi știm că aș prefera să-mi petrec noaptea cu tine.

Și, uite așa, fluturii din stomac își întind din nou aripile, dar ignor senzația și îl înghiontesc cu umărul.

— Flirtezi cu nerușinare!

Îmi mușc buza, încercând să nu dau glas întrebării care m-a frământat întreaga zi.

— Ce-i? întreabă el. Cunosc privirea aia. La ce te gândești?

Zâmbește în timp ce își strecoară brațul sub al meu și mă conduce spre bucătărie. Când mă privește așa, este extrem de ușor să-l văd pe băiatul pe care îl cunoșteam de acasă. Extrem de ușor să uit de orice altceva.

— Ai spus că intenționai să te întorci în Fairscape după mine.

— Și am vorbit serios.

Împinge ușa de la bucătărie. Încăperea e goală, la fel ca ultima dată când am fost aici, însă mirosul de pui prăjit, dovlecei și supă din această seară încă plutește în aer – o amintire dulce-amară a belșugului oferit de această viață.

— Cum ar fi funcționat asta, Bash? Aveai de gând să vii acasă, să îți alegi o soție și apoi să revii în Fairscape după mine ca un bărbat însurat?

Își rotește umerii de câteva ori.

— Mi-e foame. Ție?

— Nu evita întrebarea!

— Nici gând. Dar am nevoie de ceva de mâncare, răspunde el zâmbind și flutură un deget spre răcitorul mare lipit de perete. Avem înghețată proaspătă.

Propunerea îmi lasă gura apă. Înghețata e o amintire din copilărie. Nu este un deliciu comun în Fairscape. Laptele proaspăt e scump și, odată ce înghețata este preparată, trebuie să o mănânci imediat, însă cele mai bogate gospodării din Elora au răcitoare în care sunt întotdeauna păstrate delicii înghețate, ca să fie la îndemâna celor avuți. Asta înseamnă să trăiești pe Tărâmul Zânelor? Înghețată în fiecare bucătărie? Să închei fiecare zi cu acea dulceață cremoasă care ți se topește pe limbă? Ridic dintr-o sprânceană și mă prefac că mă gândesc la propunerea lui, în loc să mă dau de gol că deja salivez.

— Ce aromă?

— Avem multe arome, dar, dacă memoria nu mă înșală, orice cu ciocolată este preferata ta.

Aceste cuvinte mă fac să mă simt vulnerabilă și, dintr-un anumit motiv, să devin brusc conștientă de faptul că sunt în pijama și în picioarele goale. Anul trecut, de ziua mea, Sebastian mi-a adus ciocolată. Doar o mică porție, cumpărată de la unul dintre vânzătorii din piață. A fost așa un răsfăț și mi s-a părut prea mult, dar gestul în sine, atât de atent, de înduioșător, m-a făcut să mă îndrăgostesc și mai tare de el.

— Cu ciocolată e perfect!

Sebastian scoate două castroane și linguri, făcându-mă râd. Mă gratulează cu un rânjet.

— Ce s-a întâmplat?

— Când vine vorba de sarcini plictisitoare, cum ar fi să pui înghețată, întotdeauna mi-am imaginat că făpturile fermecate și-ar folosi puterile.

*Sau servitorii.*

— Asta ar însemna să mă dau mare, spune el, făcându-mi cu ochiul.

Iar dacă magia simbolizează viața, așa cum a descris-o Finn, poate că ei nu o folosesc atât de neglijent.

Sebastian pune o porție consistentă de înghețată de ciocolată în fiecare castron, înainte de a-mi înmâna unul dintre ele.

Mâncăm în tăcere, sprijinindu-ne de bufete opuse, așa cum am făcut când am băut ceaiul, iar castronul meu e deja pe jumătate gol când el vorbește din nou:

— Aveam de gând să mă întorc odată ce eram în măsură să te eliberez de acel contract. Sincer să fiu, nu m-am gândit niciodată atât de departe. Știam că mă vei urî când vei afla cine sunt, dar mi-am promis că, de îndată ce voi avea puterea, te voi ajuta, fie că vrei sau nu.

Vreau să subliniez faptul că el e prinț, să îl întreb de ce nu ne-a ajutat mai devreme, dar având în vedere tot ce a făcut pentru mine, asta pare a fi o întrebare demnă de o mucoasă nerecunoscătoare. În schimb, amestec înghețata care mi se topește în castron.

— Când o recuperăm pe Jas, poți găsi o modalitate ca ea să rămână aici pentru o vreme? Poate nu imediat, din moment ce s-ar putea să fii încă în mijlocul alegerii unei mirese, dar... când se va putea? Vreau ca ea să cunoască și această viață. În plus, când ne vom întoarce pe tărâmul ființelor umane, nu îi voi mai putea oferi nimic asemănător.

Mai degrabă îl simt decât îl văd pe Sebastian apropiindu-se de mine. Cu un deget, îmi ridică bărbia astfel încât să mă uit la el.

— Când voi fi rege, tu și sora ta veți avea întotdeauna un loc la palat.

Restul atârnă, nerostit, în aer: dacă devin mireasa lui, nu va mai trebui să aștept până va deveni rege. Și poate... poate că dacă sunt sinceră cu mine însămi, posibilitatea ar fi tentantă. Dacă nu ar fi fost învoiala mea la mijloc.

Îmi termin înghețata în tăcere, blocată în bucla propriilor gânduri. Când termin, Sebastian lasă ambele castroane în chiuvetă și mă conduce înapoi în dormitorul meu.

— Îți mulțumesc pentru seara asta! spune când ne oprim în fața ușii mele. A fost plăcut să te am doar pentru mine, chiar dacă minutele s-au scurs prea repede.

— A fost foarte frumos, recunosc! Îți mulțumesc!

Privirea îi coboară spre gura mea și buzele i se întredeschid.

Cuvintele lui Finn îmi răsună în urechi: „Te afli la doar câteva promisiuni dulci și câteva momente tandre distanță de a deveni mireasa acelui flăcău, și toată lumea știe asta."

Fac un pas înapoi.

— Noapte bună, Sebastian!

Dorm cu oglinda sub pernă și mă aștept ca goblinul lui Mordeus să apară în camera mea în timpul nopții. Nu apare.

A doua zi, după micul dejun, mimez o altă migrenă pentru a rata pregătirea cu „tutoarea" mea și rămân în cameră, cu oglinda.

Vreau să i-o duc regelui cât mai curând posibil, astfel încât să pot începe căutarea următorului artefact, oricare ar fi acela.

Dar se pare că goblinul lui Mordeus acționează după propriul program.

Petrec mult timp folosind oglinda ca să o văd pe Jas și, în vreme ce lenevesc în pat, în așteptarea goblinului, îmi îngădui să arunc o nouă privire. Azi coase, bea ceai și râde cu slujnicele ei.

Închid ochii și strâng relicva la piept. Oare chiar ar putea fi atât de bine îngrijită? Vreau să o cred, dar un avertisment supărător prinde glas în subconștient, atenționându-mă că nu ar trebui să fiu chiar atât de dornică să am încredere în această formă de magie. Nici măcar Sebastian nu s-a arătat convins că va funcționa pentru mine. De unde știe că mă pot încrede în ceea ce am văzut? Trebuie să aflu dacă Jas e bine.

Mă ridic în șezut în pat. Nu trebuie să fie neapărat complicat. Încă mai am oglinda, așa că o pot testa.

— Arată-mi-l pe Sebastian!

Reflexia mea dispare și mă uit la Prințul de Aur. Stă la biroul din odăile sale, cu o expresie serioasă întipărită pe chip, în timp ce e atent la cartea din fața sa.

Sar din pat și înlocuiesc oglinda cu artefactul fals, apoi străbat în goană palatul.

La jumătatea drumului, planul meu nu mai pare atât de strălucit. Ce se întâmplă dacă pleacă înainte să ajung la el? Dacă își dă seama că oglinda pe care i-o înapoiez e un fals? Cu fiecare îndoială ivită, mă mișc mai repede și când ajung la ușa lui, abia mai pot răsufla.

În clipa în care străjerul postat în afara camerelor lui Sebastian mă vede, zâmbește și înclină capul.

— Lady Abriella.

— Este aici?

Străjerul aprobă din cap.

— Da, domniță. Vă pot conduce numaidecât înăuntru. Alteța Sa a spus că sunteți întotdeauna bine-venită.

Îmi deschide ușa, iar eu pășesc în cameră. Nu am mai fost aici din noaptea în care am fost atacată de barghar. Acum sunt mai obișnuită cu opulența castelului, dar, chiar și așa, nu am avut niciodată șansa de a aprecia pe deplin frumusețea încăperii sale în acea noapte - mobilierul din lemn închis la culoare, zona de relaxare, la fel de mare ca întregul parter al lui Madame Vivias, ferestrele din podea până-n tavan înșiruite pe peretele îndepărtat.

Îl găsesc pe Sebastian la biroul lui, arătând la fel ca în oglindă, și aproape că mă topesc de ușurare. Funcționează. *Jas e bine*. Sebastian își ridică ochii din cărțile sale și îmi zâmbește.

— Hei, tu!

Nu mă obosesc să-mi ascund rânjetul. Știind că Jas e bine îngrijită, îmi simt umerii eliberați de o povară uriașă. Vreau să dansez.

— Hei!

Sebastian închide cartea pe care o citea și împinge scaunul pentru a se ridica.

— Servitorii mi-au spus că ești bolnavă și ți-au anulat întâlnirea de azi cu tutoarea. Ești bine?

Dau din cap, amețită.

— Eram doar obosită.

Îmi înlătură șuvița scurtă de păr de pe față și o aranjează după ureche. Nu va rămâne acolo, dar mă îndoiesc că are ceva de comentat, din moment ce îi oferă scuza să mă atingă.

— Te-am ținut afară până la o oră prea târzie. Îmi pare rău!

— Nu-ți cere scuze, spun și îi întind oglinda falsă. Am uitat să ți-o înapoiez seara trecută.

— Așa e. Am fost... distras.

Îmi zâmbește și o ia, degetele lui atingându-le ușor pe ale mele.

— Nu-mi place că sunt nevoit să scurtez acest moment, când te am din nou pentru mine, dar am o întrevedere la care trebuie neapărat să ajung.

Mă dau un pas îndărăt.

— Desigur. Îmi pare rău! N-am vrut să te rețin.

— Am o pistă în legătură cu Jas, îmi explică el, vârând oglinda într-un sertar. Trebuie să mă întâlnesc cu una dintre sursele mele.

— Ce vei face dacă îți dai seama unde se află?

Privirea i se oțelește, trecând de la verdele mării la așchii de gheață.

— Orice trebuie să fac.

Mi se strânge inima. Ca să o salvez pe Jas, la fel voi proceda și eu în continuare, însă dacă Sebastian o poate elibera înainte să recuperez toate cele trei relicve, cu atât mai bine.

— Ai grijă! șoptesc. Am auzit că regele-i viclean și că îți poate întoarce proprii oameni împotriva ta. Păzește-ți spatele!

— Să am grijă?

Îmi cuprinde fața într-o mână mare și îmi zâmbește.

— Oare ar putea Abriellei Kincaid să îi pese de soarta unei făpturi fermecate malefice?

— Tu nu ești malefic, îl contrazic.

Apoi ies repede din cameră, pentru că îmi pasă. Îmi pasă prea mult.

Mi-aș dori să știu cum să-l contactez pe rege. Mi-am petrecut cea mai mare parte a zilei singură, în camera mea, iar goblinul său tot nu a apărut ca să ia oglinda. Gândindu-mă că poate îi este imposibil să intre în castel, le spun slujnicelor mele că vreau să ies la o plimbare.

Având drept țintă împrejurimile castelului, străbat grădinile și mă îndrept spre zona în care goblinul lui Mordeus m-a lăsat ultima oară.

Caut. Umblu de colo-colo. Mă întind pe iarbă și privesc fix norii, lăsând lumina apusului să-mi încălzească fața.

Goblinul nu vine.

# CAPITOLUL 16

— CINE TE-A ÎNVĂȚAT SĂ ȚII O SABIE AȘA? ÎNTREABĂ Jalek cu un zâmbet disprețuitor.

— Nimeni.

Nu contează de câte ori îmi ajustez strânsoarea în jurul bățului de antrenament din bambus, tot nu pot imita felul în care acest rebel Seelie își prinde sabia.

După trei zile petrecute în jurul Palatului de Aur așteptându-l pe slujitorul lui Mordeus, Pretha a insistat să plec cu ea astăzi, după ce m-a asigurat că goblinul mă va găsi doar atunci când va dori și nici o secundă mai devreme.

Când am ajuns azi-dimineață la casa lui Finn, mi s-au oferit haine de schimb – în sfârșit, *pantaloni*, slăviți fie zeii! – și am fost adusă într-o sală de antrenament de la subsol, unde mi s-a spus că voi învăța cum să mă apăr fizic.

— Nu am ținut niciodată o sabie până azi.

Expresia lui Jalek e sumbră când îmi aruncă o privire critică.

— Ar fi trebuit să începem cu antrenamentul ei fizic încă din prima zi în care a ajuns aici, i se adresează el Prethei fără să-și desprindă ochii de pe mine. Uită-te la brațele ei! Sunt puţin mai mult decât nişte crenguţe. Nu s-ar putea apăra nici măcar de o zână-spirit!

— Te-am *auzit*! răbufnesc eu.

— Dacă îşi stăpâneşte puterea, nu va avea nevoie de săbii, argumentează Pretha, încrucişându-şi braţele la piept.

— Oricum nu am nicio intenţie să mă implic într-o luptă cu sabia, mormăi eu.

Jalek îmi studiază poziţia.

— Umerii înapoi, bărbia sus! Picioarele depărtate la nivelul umerilor!

Îmi loveşte uşor băţul de antrenament şi mă clatin într-o parte.

— Ţine-ţi genunchii relaxaţi.

— Pretha!

Ne răsucim cu toţii spre acel sunet, numele ei fiind rostit ca un suspin adânc, pentru a-i vedea pe Finn şi pe Tynan pe scări. Chipul lui Finn e palid şi strâmbat de durere. Se înclină în lateral, în vreme ce Tynan îl susţine cu un braţ.

Jalek îşi aruncă sabia, iar el şi Pretha se reped spre prinţul lor, ajutându-l pe Tynan să-l ducă pe un scaun în colţul camerei.

— L-am găsit prăbuşit în capul scărilor, zice Tynan.

Finn se ţine cu o mână de-o parte a trupului şi pleoapele îi flutură de parcă se străduieşte din răsputeri să nu-şi piardă cunoştinţa.

— Ce s-a întâmplat? întreabă Pretha, îngenunchind în faţa lui.

— Mi-am lăsat garda jos, şopteşte Finn.

— Nu mai spune! se răsteşte Jalek. Ce naiba căutai pe-afară? Dacă ai ceva care trebuie rezolvat, îl trimiţi pe unul dintre noi. În niciun caz nu te duci singur!

— Am fost cu Kane.

Pantalonii lui Finn sunt murdari de sânge, dar abia când se lasă pe spate văd lichidul roşu-aprins care îi acoperă degetele.

— Kane? se răsteşte din nou Jalek. Minunat! Întregul nostru tărâm în mâinile a *doi* idioţi Unseelie.

— Am avut o pistă, se apără Finn printre dinţii încleştaţi, şi niciunul dintre voi nu era disponibil. Nu am de gând să stau degeaba până mor de bătrâneţe.

— Ce fel de creatură ţi-a făcut asta? întreabă Jalek. Există vreo şansă ca rana să fie otrăvită?

Finn clatină din cap.

— Sabie..., tuşeşte el. Eu şi Kane scoteam un grup din tabăra de nord a reginei. Străjerii postaţi de pază erau îmbrăcaţi precum garda ei regală şi am presupus că sunt Seelie. Până acum, nu a catadicsit niciodată să îmbrace Făpturile Fermecate Sălbatice în culorile ei sacre, dar se pare că babornitei i-a venit mintea la cap.

— Unul dintre ai noştri a făcut asta? întreabă Tynan, aruncându-i o privire Prethei, care scuipă dispreţuitor:

— Trădători împuţiţi!

Tynan trage adânc aer în piept, neliniştit.

— Unde e Kane?

— Kane a scăpat odată cu grupul, în timp ce eu doboram gărzile, răspunde Finn. Dara şi Luna sunt cu el. Ar trebui să se întoarcă peste câteva ore, după ce îi trece pe refugiaţi prin portal.

— Deci nenorocitul care a făcut asta e mort? întreabă Jalek, cu acei ochi de un verde-închis aprinşi de furie.

— De propria mea sabie, îi răspunde Finn.

Tabere? Refugiaţi? Făpturi Fermecate Sălbatice trădătoare?

— De ce sunt mai periculoase Făpturile Fermecate Sălbatice decât gărzile Seelie? întreb eu, neînţelegând nimic.

Mă ignoră cu toţii. Pretha dă deoparte mâinile lui Finn ca să-i inspecteze rana. Expresia ei aduce cu un duel între un sentiment duios de tandreţe şi o îngrijorare adânc înrădăcinată.

Fac un pas înainte ca să arunc o privire îndeaproape rănii. Este adâncă, dar ieri l-am văzut pe Riaan tăindu-şi braţul când se antrena cu Sebastian. S-a vindecat atât de repede, încât efectiv am putut vedea cum carnea se cosea singură la loc, însă rana lui Finn nu dă niciun semn că ar intenţiona să facă asta.

— De ce nu te vindeci?

Finn îmi ignoră întrebarea şi îşi ridică bărbia în direcţia lui Jalek.

— Am o trusă medicală în seif. Adu-mi-o!

Vocea îi este îngroşată de durere.

— Finn?

Aştept să-şi îndrepte atenţia asupra mea – asupra întrebării mele –, însă el doar închide ochii şi se lasă pe spate. Pretha îşi reprimă un suspin, în timp ce îşi ţine o mână deasupra rănii.

— Nu-ţi irosi energia, Pretha! îi cere încet Finn.

Îi atinge cu blândeţe faţa şi ceva incomod mi se răsuceşte în piept. Mă încrunt. Nu ar trebui să-mi pese de relaţia lor dincolo de modul în care îmi afectează antrenamentul şi învoiala cu regele.

— Nu e o lovitură mortală, şopteşte el. Mă *voi* vindeca.

Pretha înghite în sec şi dă din cap. Practic o pot vedea cum se adună.

— Pierzi prea mult sânge.

Jalek trage o măsuţă lângă scaunul lui Finn şi aşază trusa medicală deasupra.

— Trebuie să tocmim un vindecător uman care să ne înveţe cum să folosim drăciile astea de muritori, bombăne el, cu ochii fixaţi asupra unguentelor şi alifiilor.

Finn își înalță capul și-mi întâlnește privirea.

— Ai vreo experiență cu cusutul rănilor, prințeso?

— Puțină.

M-am cusut singură de câteva ori, dar niciodată nu am avut de-a face cu ceva atât de grav.

— Dar va durea, iar cusăturile mele sunt mai predispuse să lase o cicatrice urâtă decât una curată.

— Ai auzit-o, Tynan, mormăie Finn, însă cuvintele îi sunt o înșiruire de răsuflări întretăiate și tresare de parcă l-ar durea când vorbește. Poate că a mea va fi mai urâtă decât a lui Kane și nu se va mai împăuna atâta.

— Nu voi înțelege niciodată masculii, mormăie Pretha, împingându-se în picioare înainte să se întoarcă spre mine. De ce ai nevoie, Abriella?

Sortez prin grămada de unguente și găsesc trei alifii pentru dezinfectare, vindecare și amorțire. Din păcate, cu o astfel de rană, niciuna dintre ele nu poate fi aplicată decât după ce îl cos.

— Poți să faci ceva în legătură cu durerea lui? o întreb. După atacul bargharului, Sebastian mi-a amorțit piciorul până când vindecătorul a putut ajunge la mine. Ai putea înfăptui ceva asemănător?

Pretha strânge din buze și clatină din cap.

— Aș putea încerca, dar nu ar ajuta.

— Finn e un dur, spune Jalek, schițând primul zâmbet de când l-a zărit pe Finn pe scări. Nu are nevoie de nimic.

— Îți voi aduce ceva de băut, intervine Tynan, iar pe masa mică apar o carafă cu lichid chihlimbariu și un pahar mare, fără picior.

Îl umple cu mâini tremurânde și i-l dă lui Finn, care nu ezită înainte să golească tot paharul din două înghițituri.

— Fă-o, prințeso!

Iau ața și acul din trusă, dar când mă uit în jos la mâini, văd că îmi tremură la fel de rău ca ale lui Tynan.

— Poți să-mi dai și mie puțin din aia? îl întreb. Doar ca să mă calmez.

— Cu mare drag!

Tynan face să apară din neant încă un pahar, îmi pune jumătate din cantitatea turnată pentru Finn și mi-l înmânează. Iau o înghițitură mare și tușesc când lichidul îmi arde gâtul.

— E suficient pentru mine! bălmăjesc, apoi dau din cap spre Finn. Trebuie să curățăm zona.

Finn se ridică prudent, iar Pretha îi este din nou alături ca să-l ajute cu nasturii și să-i scoată cămașa. Pieptul său brun-deschis și musculos e acoperit cu câteva tatuaje runice, iar priveliștea oferită este suficientă să mă lase cu gura căscată. Mă întorc. Și așa e destul de rău că mă holbez la el când e rănit, dar și mai rău să o fac în fața... Până la urmă, ce este Pretha? Soția lui? Perechea lui? Doar o prietenă?

Oare sunt geloasă? Nu pe ea pentru că îl are, ci pe legătura dintre ei, pe încrederea și onestitatea pe care eu nu le pot avea cu Sebastian, chiar dacă mi-aș recăpăta încrederea în el. Datorită învoielii mele cu Mordeus, nu pot avea niciodată asta.

Chiar și așa, îmi feresc privirea, folosind timpul cât Pretha curăță zona ca să pregătesc acul și ața pentru cusut. Mama m-a învățat să cos, dar nu am fost niciodată la fel de preocupată precum Jas. Doar mulțumită insistenței surorii mele am învățat cum să fac cusături rezistente și îngrijite.

După ce Pretha termină de pregătit zona, îi iau locul și îngenunchez lângă Finn. Acum, că a fost curățată, rana nu mai arată la fel de înfiorător ca înainte, dar e adâncă și ezit înainte să înfig acul în piele.

— Fă-o! îmi cere Finn.

Tresare la prima alunecare a acului, apoi nu se mai mişcă.

La vederea sângelui care curge, stomacul mi se revoltă, dar expir adânc şi continui să cos. *Pot face asta!*

— Îmi spune şi mie cineva despre aceste tabere ale reginei? întreb fără să-mi desprind privirea de la ceea ce fac.

Îi pot simţi uitându-se unii la ceilalţi în timp ce cos, ca şi cum ar purta o conversaţie tăcută prin care decid ce să-mi zică.

— Nu lăsa cuvântul *tabără* să te deruteze, replică Jalek. Sunt închisori.

— Pentru criminali? întreb.

Jalek scutură din cap.

— Singura lor crimă este că au fost prinşi pe Tărâmul Seelie cu sânge Unseelie în vene.

— La ce te referi când spui închisoare?

Nu am dat niciodată crezare ideii că făpturile fermecate Seelie sunt „bune", din moment ce nu am avut niciodată încredere în vreo zână, dar îmi este greu să cred că ar fi crude faţă de cele de-un neam cu ele fără un motiv întemeiat, chiar dacă făpturile fermecate cu pricina ar aparţine de un regat rival.

— Adulţii sunt trimişi în lagăre de muncă şi forţaţi să muncească optsprezece ore pe zi cu provizii minime, mă informează Jalek, cu un chip atât de sumbru, încât nu pot să nu-l cred. Sunt executaţi dacă nu se conformează.

Oare Sebastian ştie despre asta?

— Prinţişorul tău a încercat să-şi convingă mama să desfiinţeze taberele - cel puţin aşa cum sunt ele acum, adaugă Finn, strâmbându-se de durere şi citindu-mă, ca întotdeauna, precum o carte deschisă. Dar regina refuză.

Răsuflu uşurată. Poate că Sebastian nu e masculul pe care l-am crezut cândva, dar n-aş fi putut îndura o lume în care bunul și grijuliul ucenic de mag, după care am tânjit odată, ar fi răspunzător de asemenea atrocități.

— *A încercat* pe dracu'! bombăne Jalek. Dacă ar vrea cu adevărat să pună capăt cruzimii, ar asasina-o el însuși pe regină, însă nu are curajul necesar. Am crezut că își va băga mințile în cap după ce a aflat despre copii, însă...

— Ce-i cu copiii? întreb.

Pentru o fracțiune de secundă, ochii Prethei îi întâlnesc pe ai lui Finn, de parcă i-ar cere permisiunea înainte să explice:

— Îi separă pe copii de părinți. Ei spun că motivul îl reprezintă descurajarea familiilor să mai treacă pe meleagurile Seelie, dar îi spală pe creier, hrănindu-i cu propagandă despre regină și învățându-i că sunt, încă de la naștere, inferiori făpturilor fermecate Seelie și, prin urmare, meniți să-i slujească.

Îmi fac mâinile să se oprească. Trebuie să închid ochii o clipă, cu gândul la acei copii. Știu cum e să fii fără părinți și obligată să-i slujești pe cei care te hrănesc și te adăpostesc. Cât de naivă am fost să cred că toate făpturile fermecate duc vieți ușoare, lipsite de griji?

De data aceasta, când mi se agită stomacul, nu are nicio legătură cu vederea sângelui.

— Ei bine, ia te uite! șoptește Pretha.

— Prințeso, spune Finn și îmi deschid ochii ca să descopăr că ne-am învelit pe amândoi în întuneric.

Singura sursă de lumina provine de la acei ochi argintii hipnotizanți.

— Găsim copiii și îi ducem în siguranță pe teritoriul Făpturilor Fermecate Sălbatice. Kane transportă două duzini chiar acum.

Îi susțin privirea în timp ce puterea se încolăcește înapoi înăuntrul meu. Îmi șuieră prin sânge ca un animal sălbatic care se agită înnebunit într-o celulă.

— Dacă e atât de rău, de ce făpturile fermecate Unseelie vin aici?

— Pentru că viața lor sub domnia lui Mordeus e atât de cumplită, încât riscul merită asumat, răspunde Pretha. El este lacom și egoist, și nu-l interesează să aibă grijă de tot regatul său. Legile sale îi favorizează pe cei bogați și puternici și îi pedepsesc pe cei mai puțin norocoși.

Cu ochii în continuare ațintiți asupra lui Finn, nu mă pot abține să mă gândesc că suferința care îi brăzdează chipul are mai puțin de-a face cu rana din coaste sau cu acul din piele și mai mult cu starea regatului său.

— Mulți preferă să fugă decât să trăiască în astfel de condiții, reia Jalek de unde a rămas Pretha. Dar Regatul Unseelie este înconjurat de mări vaste și înșelătoare de fiecare parte, cu excepția celei care se învecinează cu Regatul Seelie. Așa cum a zis și Finn, Făpturile Fermecate Sălbatice vor primi refugiați, dar Unseelie trebuie să ajungă acolo – fie făcând drumeții lungi și anevoioase de-a lungul teritoriului Seelie, fie găsind un portal.

Continui să cos, dar trebuie să mă concentrez ca să-mi pot împiedica furia ce-o simt în interior să umple toată încăperea cu întuneric.

— De ce nu folosesc goblini ca să îi transporte?

Jalek scoate un mormăit, evident dezgustat.

— Creaturile alea sunt mai egoiste chiar și decât Mordeus. Refugiații nu le-ar putea oferi nimic care să-i convingă să se pună rău atât cu Mordeus, cât și cu Arya.

— Și oricum, intervine Pretha, un goblin nu poate transporta mai mult de doi refugiați o dată, în cel mai bun caz. Pentru grupurile mai numeroase, cea mai ușoară cale către teritoriul Făpturilor Fermecate Sălbatice e un portal.

Tynan a rămas atât de tăcut, încât sunt aproape surprinsă când vorbește:

— Regele și regina Făpturilor Fermecate Sălbatice s-au străduit din răsputeri să primească făpturile Unseelie dezrădăcinate - doar temporar, până când Finn își poate ocupa locul de drept pe tron. Dar pentru siguranța propriei lor granițe, nu pot permite portaluri direct din tărâmul lui Mordeus către ale lor. Uzurpatorul le-ar folosi împotriva lor ca să-și trimită cele mai înfricoșătoare creaturi să tortureze Făpturi Fermecate Sălbatice nevinovate.

Pânza de pe fruntea sa strălucește mai puternic și pulsează până când își întinde gâtul și inspiră adânc.

— Am creat portaluri lângă granița Seelie și am încercat să-i trecem dincolo pe Unseelie, înainte să fie prinși de gărzile reginei.

— Portalurile trebuie să fie deschide, închise și mutate frecvent, pentru a evita gărzile Aryei, adaugă Pretha, turnându-și ceva de băut. Ne epuizează forțele, dar, deocamdată, e cea mai bună soluție la care ne-am gândit.

Finalizez ultimele copci și, când îmi ridic din nou privirea spre Finn, descopăr că mă urmărește. Nici măcar nu încerc să-mi ascund suferința față de el, una atât de sfâșietoare, de profundă! Aplic în liniște alifiile necesare de-a lungul cusăturilor, dar mintea îmi este un vârtej de emoții și gânduri. *Copiii!*

— O să moară?

Întrebarea șoptită, îngroșată de lacrimi, vine de pe scări. Mă întreb de cât timp stă copila acolo și dacă a văzut cât de gravă e rana lui Finn. Din instinct, mă ridic în picioare și pășesc spre ea.

Nu ajung prea departe, căci Tynan se repede să o ia în brațe.

— Neah, puștoaico. O să fie bine! Vezi?

O duce la Finn, care întinde în sus o mână și îi gâdilă piciorul gol. Ea chicotește și își șterge lacrimile.

Dacă ar fi o ființă umană, aș presupune că ar avea cinci sau șase ani. Pielea îi este brun-deschis, iar părul, întunecat și mătăsos ca al Prethei. Pe fruntea copilei pot întrezări primele semne ale pânzei de argint pe care o au Pretha și Tynan, însă ochii ei mari sunt argintii, iar zâmbetul, la fel ca al lui Finn.

— Lark, ți-am spus să rămâi la etaj când avem oaspeți! o dojenește Pretha, aruncându-mi o privire.

Înțelesul cuvintelor ei nici că ar putea fi mai clar. S-ar putea să ne ajutăm reciproc, dar nu are încredere în mine nici cât să-mi împărtășească faptul că are o fiică. Nu contează că tocmai l-am cusut pe... orice ar fi Finn pentru ea.

— Dar am văzut-o într-un incendiu, spune Lark și arată spre mine, înclinându-și capul, ca și când ar încerca să rezolve un puzzle. Sora ta nu este acolo.

— Lark, oprește-te!

Pretha o ia pe copilă din brațele lui Tynan și își îngroapă fața în părul ei.

— Ce ți-a spus mami în legătură cu folosirea previziunii?

— Pretha, zice Jalek, cu voce blândă, poate ar trebui să aflăm mai multe despre acest incendiu dacă...

— Atunci găsiți un clarvăzător! răbufnește ea, cu lacrimi în ochi. Nu-mi folosiți fiica.

— Îmi pare rău, mami!

Lark își pune mânuțele pe obrajii Prethei.

— Nu încerc. Pur și simplu *văd*. Și nu vreau ca ea să moară în foc. Doar a făcut-o deja.

Mi se strânge cu înverșunare inima la îngrijorarea din vocea acestui copil adorabil.

— Nu am murit, spun și întind brațele spre ea. Vezi? Am fost prinsă într-un incendiu cu mult timp în urmă, dar am supraviețuit.

Lark nu mă bagă în seamă. Se uită la mama ei când spune:

— Data viitoare când moare, trebuie să fie în timpul unei Ceremonii de Legare. Altminteri nu va fi niciodată regină.

Îmi îngheață sângele în vene. „Data viitoare când moare..."

— *Regină?* exclamă cu putere Jalek.

— Te rog, oprește-te, puiule!

Lacrimile curg pe obrajii Prethei. E mai mult decât tulburată.

Jalek se răsucește spre mine.

— De fapt, tu *chiar* îl iubești pe Prințul de Aur, spune el, apoi murmură o înjurătură. Trebuie *să ne spui* înainte să-i promiți ceva.

Îl ignor pe Jalek și mă prefac că nu observ privirea argintie sfredelitoare a lui Finn fixată asupra mea.

— Nu am murit, îi spun lui Lark. Și nu voi deveni Regina Seelie.

Copila chicotește.

— Nu ai putea deveni niciodată Regina Seelie.

Asta ar trebui să fie o ușurare. Însă cuvintele sunt tăioase, o așchie mică înfiptă în partea melancolică a inimii mele, pe care o țin ascunsă față de lume - față de mine. Partea care îl dorește pe Sebastian, partea care își dorește să fie suficient de bună pentru a deveni...

Nu. *Nu*-mi doresc asta.

Jalek îi aruncă lui Finn o privire aspră, apoi ochii i se întorc înapoi la copilă pentru a-i studia chipul.

— Vrei să spui „Regina Unseelie", Lark?

Pretha îl învrednicește cu o căutătură atât de furioasă, încât toată lumea se micșorează sub forța sa, însă Lark zâmbește.

— Ar putea deveni, dacă ar vrea, dar nu va avea nicio șansă dacă moare în incendiu.

— Tynan, spune Pretha, trecându-și fiica în brațele lui. Te rog, du-o pe Lark în camera ei!

Tynan încuviințează din cap, iar Lark își înfășoară brațele în jurul gâtului său.

— Mi-ai promis că mă vei învăța regulile jocului tău de cărți. Putem face asta acum? întreabă Tynan în timp ce urcă scările.

— Bine, dar sunt foarte bună, spune ea. N-ai voie să te enervezi dacă înving.

— Promit să fiu băiat de treabă, o asigură el, iar vocile lor se estompează.

— Ei bine, asta a fost... revelator! remarcă Jalek.

Pretha se uită urât la el.

— Lark nu se poate abține, replică Finn cu blândețe. Magia ei nu e ca a ta, Pretha. Nu o poate chema sau bloca. Pur și simplu *vine*.

— Avem de gând să vorbim despre ce a văzut? întreabă Jalek.

— Da, moartea prin foc.

Finn se uită la mine, iar sprâncenele îi dispar în buclele ciufulite.

— Idei, prințeso?

— Cred că e doar o copilă și nu înseamnă nimic.

Îmi las brațele să cadă pe lângă corp.

— Vezi? Nu sunt moartă. Ființele umane nu se bucură de privilegiul de a continua să umble de colo-colo după ce mor.

Jalek bombăne ceva. Habar n-am ce înseamnă asta.

Pretha își șterge lacrimile și respiră adânc, revenindu-și în fire înainte să se întoarcă spre Finn.

— Întreabă-i pe spionii tăi de la Curtea Unseelie dacă știu ceva despre un atac asupra Palatului de Aur. Poate ceva care implică foc sau explozibili, spune ea, apoi se întoarce spre mine, zâmbind forțat. Iar tu? Te oprești, te arunci la pământ și te rostogolești[1], bine?

Mă abțin cu greu să nu-mi dau ochii peste cap.

— Putem reveni la problema taberelor și a refugiaților?

Finn arată mai dărâmat și mai obosit decât l-am văzut vreodată, dar trebuie să știu.

— Toate astea ar înceta dacă ai fi pe Tronul Umbrelor? îl întreb.

— Nu pot schimba legea Seelie, spune Finn, însă aș putea îmbunătăți viața din regatul meu. Aș face tot ce îmi stă în putință pentru a mă asigura că supușii mei nu mai sunt nevoiți să fugă. Tot ce înfăptuiesc este pentru a-i proteja și a le oferi un cămin sigur.

Privirile ni se înlănțuie și el mă fixează cu așa o intensitate, încât ai crede că doar eu, singură, aș avea puterea să-i redau tronul tatălui său.

— Aceasta e adevărata responsabilitate a unui rege.

Trebuie să o salvez pe Jas, iar asta trebuie să rămână prima mea prioritate, dar mă gândesc încontinuu la acei copii Unseelie, întemnițați în închisori adevărate, cărora li se spune că sunt mai puțin vrednici din cauza originii lor. Dacă Finn îl detronează pe Mordeus, învoiala ar deveni irelevantă. Finn mi-ar înapoia sora. Știu că ar face-o.

— Spune-mi cum pot ajuta!

Chipul lui Finn se preschimbă într-o mască de gheață și se întoarce spre Jalek.

— Mă ajuți să ajung în camera mea?

— Fata vrea să *ajute*, spune Jalek.

---

[1] *Stop, drop and roll*, în orig.: o tehnică simplă de securitate în caz de incendiu (n. tr.).

Finn se împinge în scaun pentru a se ridica, apoi tresare de durere când se îndreaptă.

— Sau voi ajunge acolo de unul singur.

— Fie!

Jalek mă studiază câteva clipe, înainte să-și ajute prințul să urce scările.

— Am spus ceva greșit? o întreb pe Pretha.

Clatină din cap.

— Cred că a fost prea multă agitație pentru azi. Să ne întoarcem mai devreme la castel!

# CAPITOLUL 17

A TRECUT O SĂPTĂMÂNĂ DE CÂND SEBASTIAN MI-A DAT oglinda. O săptămână în care am așteptat în jurul castelului și mi-am distras atenția cu rebelii lui Finn, întrebându-mă dacă Mordeus a uitat de mine și de învoiala noastră. O săptămână în care i-am cerut obsesiv oglinzii să-mi arate sora. Doar dovada că e fericită și bine îngrijită face ca așteptarea să fie mai tolerabilă. Pe cât de aglomerat este Palatul de Aur, mă simt de parcă nu aș avea pe nimeni alături când sunt acolo. Singura persoană în care am câtuși de puțin încredere este Sebastian, însă nu îi pot împărtăși frământările mele.

Încep să mă întreb dacă regele intenționează vreodată să recupereze oglinda, dar între timp nu voi mai pierde niciun antrenament. S-ar putea să am nevoie de aceste talente neobișnuite pentru următoarea relicvă. Deși, dacă e să fiu sinceră cu mine, motivul pentru care prefer să fiu alături de rebelii Unseelie nu se rezumă doar la învoială. Când Pretha mă ia de la palat și mă duce la casa lui Finn, îmi închei ziua zâmbind și simțindu-mă mai… plină de speranță.

Astăzi am petrecut dimineața exersând cum să dispar treptat, devenind una cu umbrele, și să trec de rune și prin pereți. Mi-am îmbunătățit controlul asupra abilității, dar de îndată ce Pretha mi-a spus să o preschimb pe ea în umbră, am ajuns într-un punct mort. Ne-am lovit de un zid, la propriu și la figurat.

— Să luăm o pauză de prânz, propune acum Pretha, îndrumându-mă afară din bibliotecă. Jake face sendvișuri.

Când intrăm în bucătărie, Jalek și Tynan sunt deja la masă cu Finn. Mai sunt puse trei farfurii, dar nici urmă de prietenul lor Unseelie cu ochi roșii.

— Nu știu pe unde umblă Kane în această dimineață, bombăne Jalek când mă observă privind spre vestibul. Îmi e prea foame ca să-l aștept, așa că ia odată un loc!

Pretha își îndreaptă ochii spre mine.

— Ignoră-l. Devine irascibil când îi este foame.

— Devin irascibil, izbucnește Jalek, când Litha[1] este atât de aproape și scorpia aia e încă pe tron. Devin *irascibil* când prințul căruia i-am jurat credință are febră și nu va face tot ceea ce este necesar ca să se vindece.

Întorc fulgerător capul spre Finn. Când am sosit azi-dimineață, l-am întrebat cum se simte, dar m-a ignorat și mi-a spus să nu-l cocoloșesc. Acum observ broboanele de sudoare care îi acoperă fruntea, pe care până acum le-am ignorat cu desăvârșire.

— Păi nu poți rezolva nimic din toate astea dacă ți-e foame, îi zice Pretha lui Jalek, ocupând locul de lângă Finn. Așa că, mănâncă!

Îi șterge fruntea, însă el îi dă peste mână.

— Sunt bine, mormăie Finn.

[1] Sărbătoare păgână a solstițiului de vară. În unele tradiții, Litha este un moment în care are loc o luptă între lumină și întuneric (n. tr.).

— Ai febră? îl întreb. Ai folosit alifia?

— Nu e de la asta.

I se încordează maxilarul; s-a săturat să explice acest lucru.

— Este o febră obișnuită.

— Cum arată copcile? întreb. Roșeață, umflături?

— M-am uitat chiar eu la ele azi-dimineață, răspunde Pretha, evitându-mi privirea. Totul e sub control. Acum, ia un loc!

Fără tragere de inimă, mă așez lângă Pretha, iar Tynan trece în jurul mesei un platou cu sendvișuri, în timp ce Jalek ne umple paharele cu o apă ușor acidulată, cu gust de soare și lămâi - o descriere pe care aș fi considerat-o ridicolă înainte de a veni pe Tărâmul Zânelor, pentru simplul motiv că nu aș fi înțeles că se... potrivește.

Mi-am terminat jumătate din sendviș și băieții sunt deja la al doilea, când Kane intră în bucătărie alături de o femeie.

Conversația se oprește și nu mai mănâncă nimeni.

Finn își împinge scaunul și se ridică de la masă. Lupii, pe care nici măcar nu i-am observat până acum, răsar din umbre și își ocupă locurile de-o parte și de alta a stăpânului lor.

— Ce înseamnă asta?

Vocea îi este înfricoșător de joasă, o amenințare șoptită.

Kane înclină capul.

— Ți-am găsit un tribut.

Am mai auzit acest cuvânt. Ființele umane din Elora sunt bine plătite pentru a merge pe Tărâmul Zânelor ca tributuri. Verișoarele mele obișnuiau să emită teorii despre ce credeau că implică, chicotind, desigur, dar eu eram conștientă de un singur lucru, și anume că tributurile nu se întorceau niciodată acasă. Îmi împing scaunul înapoi și mă îndrept spre fată, însă Pretha mă apucă de încheietura mâinii și mă strânge cu putere.

— Brie. Nu!

— Nu am cerut un nenorocit de tribut! urlă Finn, cu furia radiind din fiecare cuvânt. Du-o acasă!

— Finn, dă Kane să spună cu o voce dură, foarte asemănătoare cu cea a lui Finn. Fii rezonabil!

Fata păşeşte înainte. Este puţin mai mare decât mine şi foarte frumoasă, cu un păr lung şi blond, prins cu agrafe la spate pentru a-i dezvălui pomeţii înalţi şi ochii albaştri strălucitori. Mă întreb cum o cheamă. Mă întreb dacă are o familie care îi va simţi lipsa.

Îmi smucesc din nou braţul, dar Pretha mă ţine strâns.

— Nu face nimic împotriva voinţei ei, Abriella.

Tânăra îşi pleacă uşor capul.

— Te rog, prinţul meu! Am fugit de la curtea lui Mordeus. Am trăit pe Tărâmul Zânelor toată viaţa şi am... am văzut destule pentru a înţelege ce fac.

Se lasă în genunchi – o reverenţă, îmi dau seama.

— Te rog?

Finn se uită îndelung şi cu asprime la ea, apoi la Kane. Cu o clătinare violentă din cap, se năpusteşte afară din cameră, lupii urmându-l într-o tăcere deplină.

Pretha tresare. Kane înjură în şoaptă. Iar fata îşi îngroapă faţa în mâini şi plânge în hohote.

— Voi vorbi eu cu el, se oferă Jalek.

Pretha îl opreşte, punându-i o mână pe piept.

— Nu! Vorbesc eu.

Se duce după Finn în bibliotecă şi închide uşa după ea.

— Îmi pare rău! îi spune Kane fetei. Aşteaptă puţin!

— Vrea cineva să-mi explice şi mie ce se întâmplă aici?

Le arunc o privire acuzatoare lui Jalek şi lui Tynan. Jalek clatină din cap şi începe să strângă masa, iar Tynan se apleacă pentru a o ajuta pe fată să se ridice, murmurând cuvinte liniştitoare.

— Mă duc în curtea din spate, îi anunț, deși nu mă bagă nimeni în seamă.

O iau de-a lungul coridorului până în spatele casei și, în vreme briza verii îmi mângâie fața, las ușa să se trântească în urma mea.

M-am săturat de atâtea secrete! M-am săturat ca persoanele în care sunt obligată să am încredere să nu aibă la rândul lor încredere în mine.

Ferestrele bibliotecii sunt deschise. Străbat curtea ca să ascult, dar nu pot distinge nici măcar un singur cuvânt. Probabil că Pretha a creat un scut în jurul încăperii, un mijloc de protecție împotriva celor care trag cu urechea... împotriva *mea*.

Mă îndrept de spate. Dacă vreau să știu ce se întâmplă acolo, sunt complet capabilă să aflu.

Închid ochii și simt cum mă dizolv în umbră, în întuneric, în nimic. Nu-i deschid până nu mă strecor ușor prin perete, pe lângă runele răspândite în jurul casei, prin scutul Prethei și în bibliotecă.

Finn stă întins pe canapea; o mână îi atârnă peste spătar, deasupra capului, iar cu cealaltă își masează tâmplele.

— Abriella nu este pregătită. Dacă o rog acum, risc să-i trezesc suspiciunile.

Pretha măsoară cu pasul podeaua, înainte și înapoi, în fața lui.

— Prea bine! Atunci trebuie să faci asta.

— De ce? Pentru că am o infecție neînsemnată? Crezi că *asta* mă va împiedica să câștig războiul?

— Nu. Cred că mândria ta prostească este cea care ne va împiedica să câștigăm războiul.

Când își șterge obrajii, îmi dau seama că plânge.

— Ai idee cât de greu mi-a fost să-l privesc pe Vexius cum se stinge?

„Vexius?” Am mai auzit acest nume?

— Ai idee cum e să trăiești fiecare zi știind că lucrurile puteau sta altfel?

— Te comporți de parcă ar fi foarte simplu, spune Finn, dar dacă accept tribut după tribut, cu ce sunt mai bun decât *el*?

Cine este „el”? Mordeus? Și el ia tributuri? Ce fac tributurile? Și de ce?

— Cred că încă suferi după Isabel și...

Pretha se răsucește spre mine și cercetează peretele cufundat în umbră, plin de cărți. Finn se ridică în picioare.

— Ce s-a întâmplat?

— Am senzația că nu suntem singuri.

*La naiba!*

Își mișcă fulgerător încheietura mâinii, cu îndemânare, și un glob de lumină îi apare în vârfurile degetelor. Cu o mișcare identică, o trimite plutind spre mine.

Mă strecor înapoi prin perete înainte să mă poată vedea.

— Nu văd nimic, spune Finn, în vreme ce dispar. Ești sigură?

— Nu ar trebui să zăbovești în întuneric când e ea prin preajmă.

Nu ar trebui să știu că fata se află în continuare aici. Nu ar trebui să o văd pășind în bibliotecă, unde Finn a meditat toată după-amiaza. Și cu siguranță nu ar trebui să-mi folosesc umbrele ca să mă strecor în spatele ei și să-i spionez.

De când Pretha m-a învățat despre rune și despre scuturi de protecție și m-a ajutat să-mi dau seama că treceam involuntar peste sau prin ele, la adăpostul umbrelor, am devenit mai conștientă de acel câmp adițional de magie. Îl pot simți acum, când mă furișez înăuntru - un scut suplimentar, pe care cineva l-a plasat în jurul bibliotecii.

Tânăra stă în fața lui Finn, cu capul plecat.

— Te rog să nu mă alungi!

Finn îi ridică ușor chipul spre al lui și o studiază cu atenție.

— Nu înțelegi ce oferi.

— Ba da. M-am născut și am crescut pe Tărâmul Zânelor, și știu ce urmează să se întâmple. Nu sunt o ființă umană obișnuită.

— Și dacă te-aș trimite la Făpturile Fermecate Sălbatice? întreabă el, înclinându-și capul în lateral. Oare ai duce o viață chiar atât de rea acolo?

Fata înghite în sec.

— Fac asta pentru fratele meu - fratele meu vitreg. Era Unseelie și singura persoană căreia i-a păsat cu adevărat de mine.

— El unde e acum?

Ea își coboară capul.

— A murit, prințul meu. Nu ar fi trebuit, dar blestemul...

— Înțeleg.

Fata scoate un pumn de pietre din buzunar.

— Te rog?

— Ce îți pot oferi în schimb?

Ea clatină din cap.

— Văd tot ce faci pentru făpturile Unseelie. Acesta e modul în care pot ajuta. Vreau să fac asta pentru tine și pentru ei.

— Cu siguranță trebuie să fie ceva?

Vocea îi este groasă și răgușită. Tânără îi zâmbește timid.

— Nu este nimic.

Fata întinde mâinile pentru a-i cuprinde chipul între palmele ei și se apleacă spre el, cu buzele la câțiva centimetri de ale lui Finn. Ochii lui rămân deschiși în timp ce își coboară lent gura spre a ei.

În momentul în care buzele li se ating, ceva întunecat și ascuțit mă sfâșie pe dinăuntru.

Mă întorc cu spatele la ei și părăsesc biblioteca. Îmi spun că sunt supărată în numele Prethei. Chiar dacă nici măcar nu știu sigur dacă sunt… implicați într-o relație. Însă e singurul motiv pentru care ar trebui să simt ceva la vederea lui Finn sărutând pe cineva.

Stau în grădină și urmăresc soarele care alunecă spre orizont. Pentru prima dată, de-a lungul întregii zile, vreau să mă întorc la palat. Nu vreau să fiu aici în timp ce Finn își ia… tributul. Vreau să ignor acest sentiment din piept pe care nu-l pot numi. Oare este gelozie? Nu. Nu-mi doresc vreun prinț încruntat al făpturilor fermecate.

*Nu-l doresc pe el.*

Prin urmare, de ce mă doare atât de tare să-l văd atingând cu atâta tandrețe pe altcineva?

Mi-ar fi ușor să-mi ignor emoțiile, să le consider o formă de recunoștință față de cineva care mă ajută când am nevoie disperată de sprijin, dar cum rămâne cu legătura dintre noi? Cum rămâne cu modul în care puterea mea pare să crească atunci când e el în apropiere sau cu felul în care ne simțim când ne atingem?

Ce se întâmplă dacă toate aceste emoții înseamnă ceva? Dacă Finn înseamnă mai mult pentru mine, dacă nu e doar un mentor și un prieten?

Gândul pare un act de trădare față de Sebastian. Mi-aș dori să mi-l pot smulge fizic din minte.

— Acum ești gata să te întorci? mă întreabă Pretha din prag.

A încercat să mă convingă toată după-amiaza să mă întorc la palat.

— Nu-ți pasă că el e acolo și că o *atinge* pe fata aia?

Pretha clipește la mine, iar umerii par să i se prăbușească în semn de… *ușurare*?

— Nici măcar nu te-am simțit trecând de scutul meu, mormăie ea. Impresionant!

— A sărutat-o! Aș crede că îți pasă de asta. Vocea îmi este la fel de răutăcioasă și de crudă ca a verișoarelor mele, așa că scutur din cap și îmi îndulcesc tonul: Adică, am crezut că ai vrea să știi.

Pretha se încruntă, apoi, după ce totul capătă sens, zâmbește.

— Crezi că *eu* sunt împreună cu *Finn*? râde ea. De unde naiba ți-a venit ideea asta?

Obrajii îmi iau foc și încerc să-mi ascund stinghereala, dar n-are rost. Am făcut presupuneri greșite și acum arăt ca o fraieră.

— Lark are ochii lui.

— Lark are ochii tatălui ei, spune ea, respingându-mi ideea cu o fluturare din mână. Finn este unchiul ei și este liber să sărute pe cine dorește.

Bombăne ceva în șoaptă care sună foarte asemănător cu „Probabil se gândea la altcineva".

— Ce reprezintă tributurile? De ce aveți nevoie de ele și ce li se întâmplă? De ce avea fata aceea un pumn de pietre în buzunar?

Pretha își încrucișează brațele.

— Încercăm să fim prietenii tăi, Brie. Prietenii nu spionează.

# CAPITOLUL 18

— FATA FOCULUI. TREZEȘTE-TE! ÎMI SPUNE O VOCE ASPRĂ la ureche.

După ce Pretha m-a adus înapoi la palat, m-am dus direct la culcare – supărată pe mine însămi pentru i-am spionat pe oamenii care au încredere în mine și chiar și mai supărată pentru că am simțit... orice am simțit când l-am văzut pe Finn sărutând-o pe fata aia.

— Fata Focului.

O unghie ascuțită îmi atinge în treacăt pavilionul urechii, iar ochii mi se deschid brusc.

Goblinul regelui Mordeus stă chircit peste perna mea.

*În sfârșit!*

— Ce ți-a luat atât de mult? întreb cu un șuierat, în timp ce îmi trec repede picioarele peste marginea patului.

— Regele a avut chestiuni de rezolvat, fato. El lucrează după propriul program.

Pufnesc. *Toate* făpturile fermecate par să lucreze după propriul program. Dau vina pe nemurire pentru incapacitatea lor de a se grăbi.

— Lasă-mă să mă îmbrac.

Goblinul clatină din cap.

— N-avem timp!

Mă uit în jos la cămașa mea de noapte subțire.

— Faci mișto de mine? Nu plec îmbrăcată așa.

— Fie vii acum, fie mai aștepți o săptămână. Decizia îți aparține.

Uitându-mă urât la el, îmi recuperez tolba de unde am ascuns-o sub saltea. Înainte să mă pot întoarce din nou spre goblin, degetele lui uscate mi se înfășoară în jurul încheieturii, iar încăperea dispare.

Când ne anunțăm prezența la Curtea Lunii, mă aștept să mă trezesc în sala tronului. În schimb, mă aflu la intrarea într-un mic salon. Regele stă tolănit pe un fotoliu roșu cu spătar înalt. Goblinul îmi eliberează brațul, încăperea se învârte și cad la pământ, dezechilibrată.

Fierea mi se ridică în gât și îmi duc dosul palmei la gură.

— Abriella, arăți minunat! mă întâmpină regele.

Astăzi e îmbrăcat în negru din cap până-n picioare - de la pantaloni, la tunica fină, lipsită de cute, până la mantia de catifea drapată pe umeri. Până și unghiile i-au fost vopsite în negru. Trei străjeri stau de ambele părți ale regelui, cu limbi bifurcate care le țâșnesc din când în când din gură, de parcă ar putea gusta primejdia din aer.

Îmi ridic bărbia chiar când simt primele valuri de greață. Refuz să dau dovadă de slăbiciune în fața acestui mascul - deși, sinceră să fiu, m-aș bucura puțin să vărs peste rege.

— Am oglinda ta de o săptămână. Nu-mi place să fiu lăsată să aștept.

— Nici mie, răspunde el, pe un ton plictisit. Și ți-a luat mai mult decât mă așteptam. Spionii mei mi-au spus că până la urmă i-ai cerut-o Prințului de Aur. Cât de inteligent! Mi-aș dori doar ca ei să fi putut vedea ce plată a pretins pentru această favoare. Sper că a profitat din plin de ea!

Într-o fracțiune de secundă, greața este înlocuită de furie, iar fâșii de întuneric se desfășoară ca niște pânze de păianjen din vârfurile degetelor mele, fiecare în parte dând naștere unei crăpături în podea. Străjerii regelui își întind mâinile după săbii. Arunc o privire fugară adâncimilor nesfârșite ivite în marmura care se sfărâmă.

Orice ar fi această putere a mea, *se dezlănțuie* în palatul Unseelie.

— Ia te uită!

Ochii regelui se întunecă, iar nările i se umflă când se uită la dezastrul pe care l-am creat.

— Văd că încă nu ai învățat cum să-ți controlezi magia.

Aparent, încă nu am învățat ce poate *să facă*. Cu siguranță nu știam că pot face asta. Dar îmi strâng mâna-n pumn și mă concentrez să chem puterea înapoi înăuntrul meu, în spirale întunecate. Mi-o imaginez încolăcită în pântec, nu în stare latentă, ci asemenea unui șarpe puternic - alertă și pregătită de atac.

Regele îmi cercetează fața.

— Ce nu aș da pentru un astfel de har!

Nu-mi pasă ce părere are despre puterile mele și nu vreau să rămân aici mai mult decât este nevoie. Nu am nimic împotriva curții, ci împotriva lui Mordeus. Felul în care se uită la mine - de parcă vrea să se furișeze în creierul meu și să arunce o privire în jur - îmi face pielea de găină. Mă ridic de pe podea și îmi îndrept cămașa de noapte cât pot de bine.

— Lasă-mă să-mi văd sora!

— Știi că nu pot face asta.

— Lasă-mă să o văd și îți voi da oglinda!

— După cum ai descoperit deja, îți poți vedea sora în oglindă, replică el.

Nici nu vreau să aflu cum de știe asta. Imagini cu spionii lui, care mă urmăresc în timp ce stau în camerele mele, îmi trec fulgerător prin minte, înfiorându-mă. Dar e imposibil. Cu siguranță a fost doar o presupunere.

— Nu e suficient.

Mordeus ridică din umeri.

— Va trebui să fie. E tot ce îți pot oferi. Te-ai bucurat de asta în ultima săptămână? Să ai la îndemână imaginea a orice ai cere?

Clatin din cap.

— Vreau să o văd. În carne și oase.

A trecut prea mult timp, iar absența ei este ca o conștientizare permanentă în subconștient.

— Ia loc!

Mordeus flutură din degete și o carafă plină cu lichid roșu închis îi apare în mână.

— Să bem în cinstea succesului tău!

Să beau vinul zânelor. *Nici nu se pune problema!*

— Nu, mersi!

— Insist!

Umple două pahare și arată din cap spre scaunul gol de lângă el.

— Bem și apoi îți voi spune despre următoarea relicvă pe care am nevoie să o recuperezi, astfel încât să-ți vezi cât mai repede sora în carne și oase.

*Jocuri. Se joacă din nou cu mine.* Din moment ce nu am de ales, mă agăț de ultima fărâmă de răbdare, intru în cameră și mă așez. Când îmi oferă un pahar, îl accept, sperând că astfel îl voi convinge să se grăbească. Mordeus își ridică paharul.

— Pentru putere! spune el.

Arcuiesc o sprânceană, iar regele se oprește cu paharul la jumătatea distanței spre buze.

— Nu?

— În lumea mea, puterea înseamnă abilitatea de a-i răpi cuiva, prin vicleşug, viaţa, alegerile şi voinţa.

Mă sfredeleşte cu privirea lui argintie şi simt că vede prea multe. Rotesc paharul între degete şi studiez lichidul.

— Nu mă interesează să toastez pentru putere.

— Dar pentru ce anume ai vrea să toastezi?

Îi întâlnesc privirea şi las tăcerea să atârne greu preţ de o bătaie de inimă înainte să-mi ridic paharul.

— Pentru promisiuni ţinute şi respectate.

— Ah, da. Preocuparea ta principală rămâne în continuare sora ta, spune Mordeus, dând din cap. Voi toasta pentru asta, din moment ce aştept cu nerăbdare să-ţi respecţi promisiunea.

Când îşi ciocneşte paharul de al meu, zâmbetul lui îmi trimite un fior de nelinişte în sus pe şira spinării. Îl privesc cum bea, în timp ce vinul meu rămâne neatins, câteva minute bune, înainte ca Mordeus să scoată un oftat exasperat.

— Până nu bei, nu vom discuta despre informaţiile pe care le aştepţi, copilă.

Vreau să ripostez, dar ce rost are? Totul se rezumă la putere pentru acest mascul care, în cea mai mare parte, a furat-o pe a sa. Nu va tolera nici cea mai mică urmă de sfidare. Iau cea mai mică înghiţitură posibilă. Vinul e dulce şi catifelat, revărsându-mi valuri de căldură în piept.

— A doua relicvă? insist.

Rânjeşte.

— Cât de perseverentă eşti! Nu vrei să-ţi savurezi vinul câteva secunde?

Îi arunc o privire furioasă. Intensă. Mordeus se lasă pe spate în fotoliu.

— A doua relicvă poartă numele de Grimoricon și va fi mult mai dificil de recuperat decât oglinda.

Oare de ce nu mă miră acest lucru? Nu mă pot aștepta ca Sebastian să-mi dea mură-n gură tot ce am nevoie pentru a-mi recupera sora. Deși încep să cred că ar face-o – pentru mine, pentru Jas. Numai dacă a-i spune adevărul nu mi-ar anula învoiala cu Mordeus.

— Ce este Grimoricon?

— S-ar putea să o știi drept Marea Carte. Este textul sacru al Tărâmului Zânelor și conține primele vrăji și noțiuni de magie de la Cei Străvechi.

— O carte?

Mordeus mai ia o gură de vin.

— Într-un fel. Ceva atât de puternic nu poate fi cuprins, cu atât mai puțin controlat, doar de pagini. Prin urmare, asemenea tuturor celor mai mărețe texte de magie, își poate schimba forma și înfățișarea.

— În ce?

Nu simt niciun efect secundar în urma înghițiturii de vin, așa că îndrăznesc să mai iau una. Este cu adevărat delicios. În plus, dacă vrea să recuperez această carte, nu-l va ajuta cu nimic dacă mă droghează până nu mai știu de mine.

— În *orice*, copila mea. Se poate și se va transforma în orice dacă simte pericolul.

O carte care simte pericolul și își schimbă forma. Până la urmă, se pare că am început cu cea mai ușoară dintre relicve.

— Unde se află?

— La asta nu îți pot răspunde. Regatul Seelie a furat-o în timpul războiului și a păzit-o de atunci, deși aparține curții mele și magia sa nu poate fi folosită de făpturile fermecate de aur.

— Atunci de ce au furat-o?

Mai ia o gură de vin și se holbează în gol, ca și cum ar răsfoi prin milenii de amintiri în căutarea răspunsului.

— Din același motiv pentru care au luat totul. Ca să ne slăbească.

— Vrei să găsesc o carte care s-ar putea afla oriunde în Regatul Seelie și care ar putea arăta ca *orice*?

E mai rău decât un ac în carul cu fân. Cel puțin atunci când dai peste ac, știi că ai găsit ceea ce căutai. Aş putea dormi lângă Grimoricon în fiecare noapte și nici măcar să nu știu acest lucru.

— Îți voi permite să păstrezi oglinda, continuă el, privirea sa căzând în poala mea, unde strâng atât de tare relicva într-o mână, încât încheieturile degetelor mi s-au albit.

De fiecare dată când îmi aminteam că voi pierde oglinda – singura mea legătură cu Jas –, alungam gândul, incapabilă să-l iau în considerare. Acum, știind că voi putea să văd ce face, o greutate mi-a fost înlăturată de pe umeri.

— Mult noroc!

Goblinul lui Mordeus mă ia repede de la palatul Unseelie și mă trezesc din nou în grădinile din jurul castelului reginei.

— De ce m-ai putut lua din camerele mele, dar nu mă poți duce înapoi acolo? îl întreb, luptându-mă cu greața iscată de modul de a călători al goblinilor.

— Pentru că ai un vizitator în odăile tale, îmi răspunde el, și nu am de gând să-mi pierd capul astăzi.

— Dar de unde știi asta?

Goblinul îmi oferă un rânjet larg, dezvăluindu-și toți dinții galbeni și ascuțiți, apoi dispare.

Am crezut că am petrecut doar câteva ore la Curtea Lunii, însă soarele e deja sus pe cer. Grădinile sunt însuflețite de personalul responsabil de îngrijirea florilor, iar parfumul de lavandă și de trandafiri mă ademenește în timp ce mă îndrept spre intrarea palatului. Sunt atât de tentată să mă așez aici, poate să închid și ochii, să las soarele să-mi încălzească fața și ciripitul păsărilor să mă adoarmă! Dar rezist. Dacă cineva se află cu adevărat în odăile mele, vreau să știu cine anume.

— Te-a așteptat acolo toată dimineața, glăsuiește o voce siropoasă în spatele meu. Prințul ar putea intra la bănuieli dacă apari în pijama.

Mă întorc să o văd pe „Eurelody", care îmi face semn spre o trăsură.

— Am trimis deja vorbă slujnicelor tale că te antrenezi cu mine toată ziua.

Mă strâmb la ea.

— Sunt prea obosită ca să mă antrenez.

— Iar urechile mele sunt prea drăguțe ca să asculte văicăreli, și totuși, iată-ne aici! Haide!

Nu protestez - nu când are dreptate în privința pijamalei. Dar când ajungem la casă, pășim direct în mijlocul unui haos absolut.

— Dă-te din calea mea, Tynan! latră Jalek.

— Nu!

— Te comporți ridicol. Plec să dau o raită, nu să...

— În primul rând, nu te cred, spune Tynan. În al doilea rând, nu contează *unde* crezi că mergi. În niciun loc nu vei fi mai în siguranță decât aici.

Pretha mă trage prin ușă și mă îndepărtează din calea tărăboiului. Se întâmplă adesea ca membrii bandei de rebeli să se ia la harță, însă de data aceasta nu e una dintre ciorovăielile lor obișnuite. Jalek e înveșmântat din cap până-n picioare în piele, cu paloșul prins la spate. Se uită furios la Tynan, a cărui pânză argintie strălucește odată cu emoțiile sale. Finn stă între ei, cu picioarele depărtate, iar privirea îi fuge de la un prieten la altul.

— Te rog, Jalek! insistă Tynan, cu vocea preschimbată acum într-o simplă șoaptă. Fii rezonabil!

— A fost un vis, spune Jalek, care își încrucișează brațele și se uită la Finn. Te rog, explică-i că nu-mi poate cere să stau în camera mea la nesfârșit doar pentru că am avut un coșmar!

— Nu a fost doar un coșmar. *Am auzit-o.*

Tynan aproape tremură de frustrare.

— Uită-te în ochii mei și spune-mi că nu te-ai trezit cu o Banshee[1] stând pe pieptul tău! Uită-te în ochii mei și spune-mi că nu te tulbură mai mult să ieși pe ușa aia acum decât în orice altă zi!

— Nu trebuie să mergi, Jalek, îi spune Finn. Îl voi trimite pe Kane.

— Kane are nevoie de o pauză, ripostează Jalek. A fost plecat jumătate de noapte pentru a proteja noul portal.

— Ce e o Banshee? întreb și trei capete se întorc spre mine.

Jalek se uită urât la Tynan.

— E o prostie.

— E o femeie care vine în timp ce dormi și se așază pe pieptul tău, spune Tynan. Apare atât în această lume, cât și în visul tău și…

— O femeie? întreb.

— Un spirit, mă lămurește Pretha, oftând. Când te vizitează, ți se așază pe piept și îți rostește la nesfârșit numele. Legendele spun că e un semn al morții tale iminente.

— E o minune că moare vreodată cineva, din moment ce îi *avertizează* pe toți, spune Jalek.

[1] Spirit feminin din mitologia irlandeză care anunță moartea unui membru al familiei, de obicei strigând sau bocind (n. tr.).

Dar întrezăresc îngrijorarea ascunsă în ochii lui. Poate că nu vrea să creadă în avertismentul oferit de Banshee, însă apariția ei l-a zguduit.

— Este prea aproape de solstițiu, spune Tynan, înghițind în sec.

— Tocmai din acest motiv vreau să merg, zice Jalek.

— Vezi? Știam că minți! mârâie Tynan.

— Îl trimit pe Kane, intervine Finn. Nu merită riscul.

Jalek își încleștează maxilarul.

— Nu mai încerca să mă cocoloșești atâta! Nu sunt un copil. Pot să iau singur decizii.

— Faci parte din acest grup și mi-ai jurat credință *mie. S-a decis!* spune Finn.

Vocea îi este atât de joasă, încât abia îi aud cuvintele, însă porunca este incontestabilă.

Pretha mă apucă de mână.

— Hai să te schimbăm și să te ducem înapoi la castel. Prințul devine nerăbdător.

— Dacă ai vrut doar să mă schimb, de ce nu am făcut-o pur și simplu în trăsură? întreb.

— Iart-o pe Pretha, spune Finn, privindu-l pe Jalek cum se năpustește în sus pe scări. Nu și-a dat seama că un război civil va avea loc în casa noastră taman azi. Dar cel mai bine ar fi să pleci. Starea de spirit a lui Jalek nu se va îmbunătăți decât după apusul soarelui, în ziua solstițiului de vară.

Ușa mea este într-adevăr întredeschisă când mă întorc în odăile mele de la Palatul de Aur.

Îmi lipesc o mână de tolbă – oglinda este în continuare ascunsă acolo – și pe cealaltă de coapsă, unde îmi țin legat pumnalul.

— Hei? strig, pășind în cameră.

Sebastian mă observă şi sare de pe scaun, acoperind distanţa dintre noi din trei paşi mari.

— Unde ai fost?

Înghit în sec şi arunc tolba pe pat.

— M-am antrenat cu Eurelody.

— Am venit înainte de micul dejun şi erai deja plecată.

— A vrut... să începem de la prima oră.

Sebastian tresare şi mă întreb dacă ştie că mint.

— M-am gândit că poate te-ai hotărât deja să te întorci pe tărâmul muritorilor.

Îi apăs o mână pe inimă și îi simt bătăile agitate sub palmă. Sebastian e cald și puternic, și mi-e dor să mă încred în el, mi-e dor de sentimentul că bunătatea lui era ceva ce meritam. Numai dacă ar exista o cale de a ocoli minciunile. Inima îmi arde de ură pentru Regele Umbrelor – pentru ce i-a făcut surorii şi vieţii mele.

— Îmi pare rău că te-am făcut să te îngrijorezi!

Sebastian îmi ia bărbia în palmă şi îmi cercetează chipul.

— Ești bine?

— Da. Sunt bine.

Își coboară gura spre a mea – o atingere blândă a buzelor care se transformă rapid într-o căutare intensă. Îmi pierd instantaneu răsuflarea și nici nu mă obosesc să mi-o recapăt. E prima oară când ne sărutăm de când i-am descoperit adevărata identitate, și e de-a dreptul feroce. Îi simt fiecare urmă de îngrijorare și de groază în sărut, până în măduva oaselor. Poate că ar trebui să mă retrag. Poate că ar trebui să-i spun că nu are niciun drept să mă sărute. Poate că ar trebui să fiu în continuare supărată pe el pentru că m-a mințit timp de doi ani. Însă adevărul e că sărutul lui are efectul unui balsam liniștitor pentru singurătatea și teama mea.

Căldura şi statura lui impunătoare dezlănţuie ceva înlăuntrul meu. În braţele lui, mă simt în siguranţă. Atâta timp cât e aproape, nimeni nu mă poate răni, iar eu nu-l pot răni pe el. Dacă nu punem capăt acestui sărut, nu va trebui niciodată să ştie că l-am folosit, că l-am minţit, că l-am trădat.

Gura îi devine mai blândă, iar mâna îi alunecă din părul meu pe gât, un deget mare mângâindu-mi linia maxilarului, în vreme ce cealaltă mână îmi găseşte talia şi mă trage mai aproape, strivindu-mă de pieptul lui. Mă lipesc şi mai tare de el. Sebastian geme aprobator şi zâmbesc, cu gura înlănţuită cu a lui, simţindu-mă puternică, îmbătată de acest sentiment. Trebuie să-i simt fiecare fărâmă din forţă, vreau să-mi întipăresc în memorie fiecare răsuflare întretăiată care i se strecoară printre buze.

Nu ştiu de cât timp ne sărutăm, dar tot nu e suficient. El e cel care se retrage. Își sprijină fruntea de a mea și amândoi respirăm greoi, inhalând cu lăcomie aer. Îmi cobor privirea spre mâna de la talie, unde mi-a strâns fusta în pumn, dezvăluindu-mi coapsele și pumnalul. Dacă Sebastian îl observă, nu are nimic de comentat.

Oftând, deschide mâna și face un pas înapoi.

— Îmi pare rău!

Își trece o mână peste chip, închide ochii și murmură o înjurătură.

— Nu am venit aici să te seduc. Am venit să te invit la sărbătoarea Litha din această seară.

O sărbătoare, adică și mai multe rochii și dansuri și momente în care mă prefac că nu am nimic mai bun de făcut decât să mă uit la alte fete flirtând cu Sebastian. Fete care încă nu știu că îl vor pierde.

— Cred că știi care dintre aceste opțiuni mă tentează mai mult.

Întind o mână nesigură, trecându-mi ușor un deget de-a lungul încheieturilor sale.

— Nu trebuie să-ți ceri scuze pentru că m-ai sărutat.

Buzele îi zvâcnesc, arcuite într-un zâmbet strâmb.

— Nu?

— Ți-am răspuns la sărut.

— Știu, dar...

Oftează din nou și mărește distanța dintre noi cu încă un pas, de parcă nu ar avea încredere în el însuși.

— Totul a devenit atât de complicat!

Nu îl pot contrazice. Chiar și așa...

— De ce spui asta?

— În prima seară în care te-am văzut în grădini, am fost atât de fericit! Știam că ești aici pentru Jas, și totuși...

Pentru o secundă, neliniștea îi sufocă glasul.

— Până și faptul că te-am văzut pe meleagurile mele mi-a întrecut toate așteptările. Apoi, când ai fugit de mine, mi-am dat seama că trebuia să renunț la orice fărâmă de speranță pe care o simțeam în acel moment. Îmi urai prea mult poporul - și, în clipa aceea, mă urai și pe mine.

— Nu te uram, șoptesc. Eram șocată și rănită. Poate am vrut să te urăsc, dar n-am putut.

Sebastian înghite nodul din gât și se îndepărtează. Doar încă un pas, dar pare a fi un kilometru.

— Când ai spus că vrei să rămâi, nu am putut renunța la speranța că ai putea să te răzgândești. Și cu fiecare zi în care te văd aici, în palatul meu, cu poporul meu, devine tot mai greu de ignorat.

Acopăr distanța care ne separă și îi iau mâna, nedorind să accept ce încearcă să spună, chiar dacă trebuie să o fac. Sebastian se joacă absent cu degetele mele.

— Știu că nu ai vrut niciodată să fii mireasa mea. Știu că nu asta te reține aici. Când ai dispărut în această dimineață, mi-am amintit, plin de durere, că întotdeauna ai intenționat ca șederea ta la palat să fie temporară - un mijloc pentru atingerea unui scop. Dar nu-mi pot imagina o altă persoană alături de care aș vrea să-mi petrec viața. Tu ești cea care m-a făcut mereu să râd. Tu ești cea care mă face să mă simt că încă mai pot fi *eu*, fără să las datoria față de coroană să mă absoarbă cu totul. Însă aceeași datorie mi-ar putea cere să renunț la tine.

Vinovăția îmi strânge stomacul. Oare știe ceva? Bănuiește că fur din regatul său?

— Cum? De ce ai spune asta?

— Mama mă presează să-mi aleg mireasa, spune el, cu ochii în jos, de parcă ar mărturisi ceva rușinos. M-a informat noaptea trecută că mai am timp până la următoarea lună plină să mă hotărăsc.

— Dar asta înseamnă peste doar trei săptămâni!

Mă înjunghie pieptul. Mă doare să răsuflu adânc. Își va alege o mireasă și, deși ar trebui să mă concentrez asupra implicațiilor, mai exact cum îmi va afecta decizia lui accesul la castel, o gelozie arzătoare îmi găurește stomacul și îmi acaparează toată atenția.

— De ce atât de curând?

— Vrea să am o regină. Cineva care mă poate susține. Când domnești...

Își îndreaptă privirea spre fereastră, cu ochii fixați asupra grădinilor.

— Te apasă singurătatea. Și vrea să am o parteneră înainte să înceapă cedarea puterii.

— Ai ales deja?

Nu vreau să ştiu cu adevărat. Nu am niciun drept să simt ceva cu privire la viitoarea mireasă a lui Sebastian, însă această gelozie pare să mă sfâşie pe dinăuntru.

În cele din urmă, îşi înalţă capul, iar ochii lui îi găsesc din nou pe ai mei.

— Îmi spun că nu contează. În rândul nobilimii, căsătoriile înseamnă mai degrabă putere şi alianţe, decât iubire. Dar apoi mă gândesc că pleci şi... Brie, dacă există vreo şansă ca tu să fii fericită aici, asta vreau şi eu. Te vreau *pe tine* ca regina mea.

Simt că încăperea se micşorează în jurul meu. Nu-mi pot închipui cum ar arăta o astfel de viaţă – să fiu prinţesa unui regat care îi întemniţează pe cei care fug dintr-un tărâm ostil. Dar dacă eu şi Sebastian am domni, am schimba totul.

Aş putea deveni o forţă a binelui pe acest tărâm? Nu doar o altă regină care nu-şi doreşte niciodată ceva pentru alţii, doar să stăpânească asupra lor, ci o regină a schimbărilor? Dar nu. Asta nici măcar nu e o alegere. Când Sebastian va afla adevărul, nu va mai dori niciodată să stea alături de mine. Previziunea lui Lark a fost lipsită de orice echivoc:

„Nu ai putea fi niciodată regina Seelie."

Şi iată dovada josniciei mele. El crede că mă vrea *pentru totdeauna*, iar o parte din mine ia în considerare posibilitatea, chiar în timp ce îl trădez. Sunt hoaţa care fură din regatul pe care Sebastian ar vrea să-l conduc alături de el. Şi apoi mai sunt sentimentele mele pentru Finn – felul în care puterea mea creşte când e aproape de mine, atracţia pe care nici nu mi-o doresc, însă nici nu o pot nega. M-ar mai dori Sebastian dacă ar afla aceste lucruri? În plus, chiar dacă ar face-o, asta nu ar demonstra că nu îl merit?

Rămân tăcută prea mult timp şi Sebastian închide ochii. Durerea care îi trece fulgerător peste chip e ca un pumn în centrul fiinţei mele.

— În regulă, șoptește el. Ei bine, cel puțin acum știi ce simt și ce îmi doresc.

Se răsucește pe călcâie și se îndreaptă spre ușă.

— Bash! îl strig, urmându-l.

Se oprește, însă rămâne cu spatele la mine. Nu am încredere în mine să-i privesc chipul, așa că mă adresez umerilor lui lați în loc să-l rog să se întoarcă:

— Nu mi-am dorit niciodată să mă căsătoresc cu un prinț.

Vreau să-mi apăs palma între omoplații lui, să simt siguranța oferită de puterea și de căldura sa. Sau poate să-l cuprind în brațe, să-mi lipesc fața de spatele său și să-mi pun palma pe pieptul lui pentru a-i simți bătăile liniștitoare ale inimii. Nu dau frâu liber niciuneia dintre dorințe.

— Dar m-aș fi căsătorit cu Sebastian, ucenicul magului, fără să stau pe gânduri.

Își pleacă ușor capul, descumpănit.

— Nu îl poți avea pe unul fără celălalt, Brie.

— Ah! exclam aproape neauzit. Dar începe să-mi placă de prinț.

Când se întoarce, speranța din ochii lui mă taie adânc, și nu știu ce urăsc mai mult: că îl manipulez sau că tot ce-am spus e adevărat.

# CAPITOLUL 19

DUPĂ DISCUȚIA SINCERĂ CU SEBASTIAN DE AZI DUPĂ-AMIAZĂ, lipsa timpului și vinovăția mă apasă greu când scot oglinda pentru a începe căutarea Grimoriconului. Dacă Sebastian trebuie să aleagă o mireasă până la următoarea lună nouă, am la dispoziție doar câteva săptămâni să găsesc a doua și a treia relicvă pentru Mordeus și să o salvez pe Jas.

Ochii îmi fug spre ușa încuiată pentru a zecea oară, înainte să ridic oglinda și să-mi privesc fix reflexia.

— Arată-mi Grimoriconul! cer cu o voce joasă, atentă să nu vorbesc prea tare.

Oglinda îmi arată o bibliotecă grandioasă și puternic luminată, care nu seamănă cu nimic din ce am văzut vreodată. E uriașă, cu un tavan din vitralii sub formă de cupolă și rânduri peste rânduri de cărți răspândite în jurul unui podium aflat în centrul încăperii. Iar acolo, pe acel podium, o carte groasă, legată în piele, tronează pe un piedestal.

Când imaginea dispare, repet întrebarea, iar oglinda îmi arată același lucru.

De ce ascunde regina cartea sacră într-o bibliotecă? Dacă ar fi în teancurile de pe rafturi, aş putea crede că încearcă să o ascundă la vedere, dar ea e chiar acolo, sub ochii tuturor, atracţia principală a sălii.

Las deoparte oglinda, la loc sigur, apoi folosesc clopoţelul de lângă uşă ca să-mi chem slujnicele. Am răscolit fiecare centimetru al acestui palat şi nu am văzut niciodată o cameră precum cea dezvăluită de oglindă. Poate că e ascunsă sau poate că biblioteca se află în bine păzita Sală a Soarelui. Ar avea sens, fiind vorba de un obiect atât de valoros, însă o astfel de posibilitate complică şi mai mult lucrurile pentru mine.

— Lady Abriella, spune Emmaline, făcând o reverenţă când intră în cameră. Cum îţi putem fi de folos în această seară?

Nu le chem niciodată, prin urmare, surpriza de pe chipul ei e complet justificată.

— Prinţul mi-a spus că în seara asta au loc nişte festivităţi speciale.

— Da, domniţă. În seara asta sărbătorim Litha.

— Aş dori să merg. Mă poţi ajuta să mă îmbrac?

Emmaline clipeşte nedumerită. Nu o pot învinovăţi. În cele două săptămâni şi jumătate de când sunt aici, nu mi-a păsat niciodată de petrecerile şi balurile aparent nesfârşite desfăşurate în jurul castelului. Merg doar când mi se cere şi, de obicei, am atât de multe scuze pregătite, încât gemenele au încetat să mai încerce să mă convingă de contrariu.

— Desigur. Îmi pare nespus de rău! Ar fi trebuit să întrebăm.

Îi înlătur scuza cu o fluturare a mâinii.

— M-am hotărât cu câteva clipe în urmă.

Ea surâde încântată şi mă forţez să-i întorc zâmbetul.

— Dintr-odată, am chef să dansez.

Am pierdut timp prețios cu oglinda, dar nu voi repeta greșeala. Nu-mi permit. Îmi voi pune sub lacăt vinovăția, undeva adânc înlăuntrul meu, și îl voi trage de limbă pe Sebastian, atât cât voi putea. Și dacă mă va urî pentru totdeauna după ce va afla cum l-am folosit... ei bine, dacă acesta este prețul salvării lui Jas, atunci e unul pe care sunt dispusă să-l plătesc.

Până când slujnicele mă îmbracă într-o rochie cu mâneci stil clopot, croită dintr-un material din cea mai deschisă nuanță de violet, și îmi preschimbă părul într-o cascadă de bucle fixate cu minuțiozitate deasupra capului, muzica și sărbătoarea sunt atât de asurzitoare, încât pot urmări cu ușurință zgomotul până la festivitatea de pe peluză.

Ies din palat și mă opresc în capul scărilor, uimită de priveliștea desfășurată mai jos.

Litha, am aflat de la slujnicele mele, este o sărbătoare care durează de la asfințit până în zori, în noaptea dinaintea solstițiului de vară. Focuri de tabără sunt aprinse în jurul castelului pentru a onora soarele și a întâmpina cea mai lungă zi din an. Sărbători mai mici, asemănătoare, au loc pe tărâmul ființelor umane, dar nu mi-a păsat niciodată de ele și nici nu am înțeles de ce masele ar celebra binecuvântări într-o lume care pare să binecuvânteze atât de puține făpturi. Dar sub strălucirea rece a semilunii, cu mâncare și vin din abundență, cu atât de multă muzică și râsete, aproape că pot înțelege nevoia unui astfel de spectacol al recunoștinței.

Cobor încet treptele castelului și mă aventurez pe iarbă. Focurile sunt uriașe, cu valuri de căldură revărsându-se din ele. Exact când o peliculă fină de sudoare îmi mângâie fruntea, un servitor îmi pune un pahar rece de vin în mână și se îndepărtează înainte să pot refuza.

— Ai venit, spune încet Sebastian în spatele meu.

Încordată, mă întorc spre el, mult prea conștientă de suferința pe care i-am provocat-o mai devreme.

— Dacă vrei, pot să mă întorc în odăile mele.

— Sunt destul de sigur că problema mea constă în faptul că nu vreau deloc asta.

Ochii i se plimbă lent pe trupul meu.

— Deși pare că te-ai hotărât să mă torturezi cu frumusețea ta.

Nu există nicio urmă de amărăciune ascunsă în cuvinte și zâmbește când mă privește iarăși în ochi.

— Mă bucur că ai venit!

— Mă bucur că te bucuri!

Îl studiez la rândul meu și îmi înăbuș un suspin. Nu e singurul care se simte torturat. Are părul alb dat pe spate, prins la baza gâtului, iar tunica aurie îi face umerii să pară imposibil de lați. Privirea îmi coboară preț de o bătaie de inimă, dar nu îndrăznesc să-mi las ochii să zăbovească asupra coapselor sale puternice, în pantaloni de piele.

— Îmi pare rău pentru mai devreme! Nu aveam niciun drept să...

— Nu. *Mie* îmi pare rău!

Și e adevărat. S-ar putea să nu schimbe ce simt sau ce trebuie să fac, dar urăsc să-l rănesc. Urăsc să știu că tot ceea ce fac acum îl va răni și mai mult.

— Sunt conștientă că am venit aici cu prejudecăți și înțeleg acum cât de nedrepte au fost. Îmi dau seama că Tărâmul Zânelor nu e tocmai locul pe care mi l-am imaginat.

Mă privește atent.

— Asta e un lucru bun?

— În mare parte.

Încerc să găsesc cuvintele care să explice schimbarea survenită în gândurile mele, însă nu sunt sigură cum să procedez.

— Îmi este greu să am încredere în cei de aici, dar, pe de altă parte, nici acasă nu mi-a fost mai ușor. Tărâmul Zânelor ar putea avea de înfruntat propriile probleme, însă făpturile fermecate nu sunt mai crude sau mai egoiste decât ființele umane.

Sebastian îmi studiază chipul, ca și cum mi-ar putea găsi toate minciunile și secretele scrise acolo.

— Și ce înseamnă asta pentru noi?

Mă apropii de el. Când îl iau de mână, simt cum îmi asum cu desăvârșire rolul de trădător.

— Înseamnă că sper. Sper că nu vei renunța încă la mine.

Ochii i se măresc, iar nările i se umflă.

— Nu știu cum să renunț la tine, Abriella.

Sunt prea lașă ca să-i susțin privirea frumoasă, așa că îi dau drumul la mână și mă uit în jos la vinul meu.

— Așadar, asta e Litha? întreb, chiar dacă numai pentru a spulbera tăcerea.

— Da. Deși, după cum ai observat, vom folosi orice scuză sa dansăm și să bem vin în exces.

— Pot întreba de ce o sărbătoare a zilei se ține noaptea?

Sebastian cercetează mulțimea, focurile, muzicienii.

— Pentru că nu poți avea cea mai lungă zi din an fără cea mai scurtă noapte. Și pentru că onorăm soarele prin aducerea focurilor în noapte. Sunt aprinse înainte de apusului soarelui și vor arde până când va răsări, iluminând simbolic chiar și orele scurte de întuneric.

— Și ce simbolizează vinul și dansul?

— Pofta noastră de viață.

Rânjește, iar privirea îi cade pe vinul încă neatins din mâna mea.

— Nu are gust bun?

— Nu l-am încercat.

O clipă, mă gândesc să iau totuși o gură. Bulele se agață de sticlă și sclipesc în lumina focului.

— Vinul zânelor nu îi face pe muritori să renunțe la inhibiții?

Sebastian râde.

— La fel ca vinul muritorilor, depinde în totalitate de cât de mult bei.

Se întinde după paharul meu, iar degetele ni se ating ușor când îl ia. Această singură mângâiere mă trimite înapoi în odăile mele, mâna lui pe talia mea, gurile noastre înlănțuite, și un fior îmi alunecă iute de-a lungul șirei spinării, eliberând o ploaie de furnicături pe piele. Sebastian agită conținutul și îl miroase, apoi îmi înapoiază paharul.

— E sigur, dacă vrei să-l încerci.

Este rândul meu să miros lichidul auriu. Un parfum încântător îmi gâdilă nările, cel al cireșelor coapte la soare. Îi susțin privirea lui Sebastian în timp ce duc paharul la buze. Dulceața și aroma îmi explodează pe limbă, iar căldura îmi umple numaidecât pieptul. Murmur în semn de apreciere și golesc jumătate de pahar.

— Uau! E atât de bun, încât vreau să înot în el!

Sebastian chicotește.

— Vinul de la solstițiul de vară e și preferatul meu.

Privim focurile și oaspeții cât golesc conținutul paharului. Îngrijorată că un exces de curiozitate din partea mea va părea suspect, amân încă puțin întrebările despre bibliotecă. A petrece timp cu Sebastian nu e nici pe departe o sarcină dificilă și, surprinzător, nici nu ne deranjează nimeni. Nici măcar atunci când muzica devine mai lentă și câteva cupluri încep să danseze pe pajiștea din fața noastră.

Mă încrunt brusc.

— Mă aşteptam ca toate celelalte fete să te răpească de lângă mine.

Cu câteva ore în urmă, în vreme ce mă pregăteau pentru sărbătoare, gemenele mi-au spus că dintre cele douăsprezece fete care au fost invitate să rămână la castel, şase au fost deja trimise acasă. Mă întreb dacă Sebastian e interesat de fetele care au rămas. Odată ce îmi va descoperi înşelăciunea, oare va fi fericit să o aleagă pe una dintre ele?

Îşi desprinde privirea de pe un grup de dansatori şi se uită la mine.

— Am aruncat o iluzie asupra noastră, astfel încât fiinţele umane să nu poată vedea că suntem aici, îmi zice el, rânjind. Nu aveam de gând să ratez ocazia de a petrece seara asta cu tine.

Vreau să-l zgâlţâi şi să-i spun că nu merit idolatrizarea din ochii lui. Eu reprezint tot ce-i mai rău. Sunt o mincinoasă. O hoaţă. O manipulatoare. În schimb, îi dau paharul gol unui servitor aflat în trecere şi îmi încolăcesc braţele în jurul gâtului lui Sebastian.

— Atunci, poate că ar trebui să dansăm, cât avem ocazia.

Mâinile îi alunecă pe spatele meu şi mă trage mai aproape. Îmi sprijin capul de pieptul lui şi mă legăn, purtată de muzică. În prima mea noapte pe Tărâmul Zânelor, muzica a fost ca un ritm sincopat şi îmbătător, aproape toxic, care m-a subjugat cu puterea sa. Acum e diferită. De fapt, îmi aminteşte de casă. Îmi aminteşte de mama cântând la pian, în timp ce eu şi Jas ne jucam cu păpuşile. Îmi aminteşte de balurile la care participau verişoarele mele, în timp ce eu eram ocupată să fac curăţenie şi încercam să-mi plătesc datoria faţă de Madame V. Îmi aminteşte de ce aş putea avea cu Sebastian, dacă nu aş fi nevoită să-l păcălesc ca să-mi salvez sora.

E-o amintire prețioasă și o oportunitate ratată. E amar și dulce.

Simțind schimbarea stării mele de spirit, Sebastian se trage înapoi pentru a se uita la mine.

— Spune-mi la ce te gândești!

*Iată șansa ta, Brie!* Șovăi. Vreau să fim Bash și Brie încă puțin, dar nu am timp de pierdut.

— Mă gândeam cum, după o astfel de noapte, mi-ar plăcea să-mi petrec o zi întreagă în pat citind.

Mă urăsc pentru că exploatez acest moment, însă mă silesc să-i zâmbesc.

— Crezi că mi-ai putea arăta bibliotecile? În felul ăsta, data viitoare când trebuie să mă părăsești zile întregi, mă pot pierde cu totul într-o carte.

Ochii îi scânteiază de amuzament.

— Știi că nu-mi *place*, de fapt, să te părăsesc, dar nici nu-mi pot evita responsabilitățile.

Umorul îi dispare de pe chip, iar mâna lui îmi trasează cercuri mici și delicate pe spate, sub talie.

— Chiar dacă timpul petrecut împreună este limitat.

Limitat, pentru că nu vreau să mă căsătoresc cu el. Limitat, pentru că el trebuie să aleagă o mireasă până la următoarea lună plină.

Îmi plec capul și închid ochii împotriva durerii. Nu mi-am imaginat niciodată că inima îmi va tânji, rănită, după o făptură fermecată, însă iată-mă aici.

— Nu pot îngădui să arăți atât de necăjită de Litha. Nu voi accepta așa ceva!

Înainte să-i pot domoli grijile și să mă prefac că sunt bine, mă ia de braț și mă conduce înapoi în palat.

— Unde mergem?

— Mi-ai cerut atât de puţine în timpul petrecut aici! Dacă vrei să vezi biblioteca, te voi duce imediat acolo.

Inima mi-o ia la galop şi nu mă sinchisesc să-mi ascund zâmbetul. Nu mă aşteptam să mă ducă în seara asta. Poate că aş putea să înşfac cartea, în vreme ce toţi ceilalţi sunt distraşi de petrecere.

— Ştii, spune el cât mergem, când am văzut prima oară acel dulap oribil, pe care îl numeai dormitor în Fairscape, citeai.

— Îţi aminteşti asta?

Ştiu că *eu* îmi amintesc. Îl cunoşteam de puţin timp pe Sebastian şi am fost îngrozită când Jas l-a adus pe ucenicul cel chipeş în pivniţa noastră. Nu voiam să vadă realitatea în care trăiam.

— Stăteai ghemuită în colţul patului, complet absorbită de carte, de parcă nu ar fi contat că duceai o existenţă brutală şi că aveai doar o cameră minusculă numai a ta. Nu conta că trebuia să munceşti din greu pentru tot. Când citeai, erai în altă parte. Erai alt*cineva*.

Sebastian a observat mult mai multe despre mine decât mi-am dat vreodată seama.

— Mama ne-a învăţat să citim şi să apreciem puterea poveştilor, spun. După ce a plecat, poveştile au fost singurul lucru care au ajutat-o pe Jas când îi era dor de ea. Poveştile ne-au ajutat pe amândouă să trecem peste faptul că ne-a abandonat.

Îmi aruncă o privire curioasă.

— Mă mir că în ultima vreme nu m-ai întrebat de sora ta.

— Eu...

Îmi privesc picioarele în timp ce mergem. *Are dreptate.* Din moment ce el crede că i-am returnat oglinda, nu are de unde să ştie cât de obsesiv o folosesc pentru a mă asigura că Jas e în siguranţă.

— Cred că încerc să nu mă gândesc la asta.

— Hei, spune el și mă strânge de mână. Nu am vrut să te supăr. Voiam doar să știi că nu am uitat. Spionii mei au micșorat numărul locurilor în care s-ar putea afla. Am soldați care se îndreaptă deja într-acolo. Nu vreau să-ți faci prea multe speranțe, dar...

Mă opresc. Nu sunt sigură când am renunțat la speranța că Sebastian ar putea să o salveze. Atât de tipic pentru mine!

— Serios?

Expresia îi este sumbră.

— Regele e viclean. Nu ți-ar fi luat sora dacă nu ar considera-o valoroasă, așa că nu va renunța ușor la ea. Deși simt că suntem mai aproape decât am fost înainte, până când Jas nu e acasă, în siguranță, și sub protecția mea, totul se poate schimba într-o clipă. El e mult prea puternic.

Regele chiar *e* puternic. Am văzut-o cu ochii mei. Însă nu l-am văzut niciodată pe Finn folosindu-și puterile. Oare magia lui e cumva suprimată pentru că nu se află pe tron, acolo unde îi e locul? Din acest motiv nu s-a vindecat după ce s-a luptat cu Făpturile Fermecate Sălbatice trădătoare?

— Puterile regelui provin de la tron?

Sebastian se încruntă.

— Puterile regelui sunt ale lui.

— Dacă altcineva ar urca pe tron, puterea aceea s-ar transfera noului conducător?

Clatină din cap.

— Te gândești la coroană, dar Mordeus nu a reușit să o găsească. De fapt, nici măcar nu poate sta pe tron fără coroană și, până când nu o obține, nu poate folosi nici puterea ei, nici pe cea a tronului.

*Coroana dispărută.* Ar putea Finn să aibă puteri, dar să aleagă să nu le folosească? Oare le păstrează pentru momentul când va recupera coroana? Nu mai înțeleg nimic și știu că îmi lipsește o informație vitală.

— Am ajuns.

Sebastian împinge ușile înalte din lemn care duc la biblioteca reginei. Cea pe care am văzut-o și explorat-o deja de câteva ori.

— Am mai fost aici, zic pe un ton degajat. E cu adevărat uimitoare, dar dacă ții cu tot dinadinsul să mă răsfeți în seara asta, ce-ai spune să mă duci la una mai mare?

Îmi respinge propunerea cu o mișcare din cap și râde încet.

— Nu există alta - mai mare sau mai mică. Dar dacă iubești atât de mult cărțile, poate că îl voi însărcina pe arhitectul palatului să construiască o nouă aripă, doar pentru bibliotecă.

Apoi zâmbetul îi pălește, de parcă și el se gândește cât de puține zile mi-au mai rămas aici.

Ignorând vina care mă înjunghie ca un cuțit, îl iau de mână și mă plimb prin bibliotecă, pe lângă rafturi. Am spus că vreau o carte și, întrucât aici sunt mii, Sebastian ar intra la bănuieli dacă nu aș alege una. Din fericire, acest mic joc de actorie e floare la ureche. Chiar iubesc cărțile și găsesc de îndată vreo șase în paginile cărora abia aștept să mă scufund.

— Pot lua câteva? îl întreb pe Sebastian, trecându-mi degetele peste cotoare.

— Ia câte dorești, răspunde el, cu vocea puțin aspră.

Mă limitez la patru, dar, când mă întorc din nou spre el, descopăr că mă privește fix, cu un sentiment asemănător uimirii în ochii larg deschiși.

— De ce mă privești așa? îl întreb, zâmbind.

Pare că are un nod în gât când vorbește:

— Înainte de toate astea, nu-mi puteam imagina cum te-ai putea integra aici, dar acum, după ce ai făcut parte din această viață, îmi va fi cu atât mai greu să te las să pleci.

Îmi întețesc strânsoarea în jurul teancului de cărți. Nu-mi pot închipui o viață fără Sebastian. În Fairscape, el a fost pata de culoare strecurată în existența mea schițată în alb și negru. Mi-a redat speranța când mă simțeam pustiită. Când fiecare zi părea a fi o înșiruire nesfârșită de muncă grea, hoție și eșec, tot așteptam cu nerăbdare să-l văd.

— Nici eu nu vreau să te părăsesc, recunosc.

*Mi-aș dori doar ca o viață cu tine să nu-mi impună să trăiesc aici.*

Adevărul e că n-aș putea să duc o viață sub același acoperiș cu regina. Nu vreau să fiu genul de persoană care poate închide ochii la cruzimea ei ce i-a devenit trăsătură distinctă, și indiferent ce simt pentru Sebastian, refuz să renunț la acea parte emblematică din mine.

Sebastian îmi ia cărțile din mâini și le pune pe o masă din apropiere. Când se uită iarăși la mine, expresia îi este mai blândă, mai tandră.

— Închide ochii!

Arunc o privire prin bibliotecă. Sper că nu are vreo surpriză pregătită pentru mine aici. Vinovăția e deja aproape paralizantă.

— De ce?

— Doar fă-o!

Nici măcar nu pot zâmbi.

— Bine.

Închid ochii și îl simt aplecându-se mai aproape.

— Ține-i închiși!

Sebastian îmi suflă un curent de aer într-o ureche, o senzație delicată, ca o mângâiere. Îmi arcuiesc spatele de plăcere, dar îmi țin ochii închiși. Suflă și în cealaltă, și atunci o aud - încet, la început, apoi mai tare. O melodie dulce îmi umple urechile - umple toată camera.

— O auzi?

— De unde vine? întreb.

— De la zânele pixie ale bibliotecii. Iubesc cărțile și trăiesc printre ele. Dacă știi cum să asculți, le poți auzi cântând.

Zâne pixie ale bibliotecii, care trăiesc printre cărți și cântă. Mă întreb dacă aș fi putut vreodată să urăsc făpturile fermecate dacă aș fi știut că există așa ceva.

— De ce nu le putem auzi cu ochii deschiși?

— Eu le pot auzi fără probleme, dar tu ești muritoare. Urechile tale nu sunt la fel de sensibile ca ale noastre.

Și-a folosit magia pentru a-mi dezvălui o parte specială a lumii lui, una pe care urechile mele de ființă umană nu ar fi auzit-o niciodată.

— Vrei să dansezi cu mine? întreabă el, strecurându-și brațele în jurul taliei mele.

Cu ochii în continuare închiși, îmi sprijin capul pe pieptul lui și mă legăn în ritmul sunetelor eterice răspândite de zânele pixie ale bibliotecii. Poate că melodia lor este de vină, dar, cumva, mă simt mai aproape de el în timp ce dansăm. Pentru o clipă, îmi dau voie să-mi imaginez că aș putea accepta ceea ce îmi oferă, că aș putea fi soția lui și să am o viață de sărutări furate și dansuri în bibliotecă.

— Prințe Ronan.

Sebastian împietrește, iar eu ies fără tragere de inimă din cercul brațelor sale când se întoarce spre Riaan, care a intrat în bibliotecă.

— Îți cer iertare, Alteță, dar ai cerut să fii înștiințat dacă există vreo veste despre...

Pentru o fracțiune de secundă, ochii îi fulgeră spre mine, înainte de a reveni asupra chipului prințului său.

— Despre trădător.

Un fior țesut din așchii de gheață îmi înlănțuie trupul. *Trădătorul.*

Sebastian se cutremură, propria sa reacție fiind, mai mult ca sigur, singurul lucru care îl împiedică să o observe pe a mea. Când îmi acordă din nou întreaga lui atenție, încerc să-mi păstrez chipul lipsit de orice expresie.

— Trebuie să plec. Dacă vrei să rămâi aici, mă pot întoarce după tine, dar ar putea dura o vreme.

Mă uit prin bibliotecă și la teancul de cărți care mă așteaptă pe masă. Tot ce îmi doresc acum e să aflu ce a vrut să spună Riaan prin *trădător*.

— Cred că voi merge la culcare.

— Odăile tale sunt în drumul meu. Permite-mă să te însoțesc!

Îmi oferă brațul, iar eu îl iau, potrivindu-mi pașii cu ai lui și încercând să-mi păstrez mișcările cât mai naturale, deși fiecare părticică din mine e încordată, cuprinsă de tensiune. Riaan rămâne în spatele nostru, dar fără să se îndepărteze prea mult.

Sebastian se oprește la ușa mea.

— Noapte bună!

Îmi ridică mâna la buzele lui și îmi sărută încheieturile degetelor.

— Somn ușor!

— Noapte bună, Seb...

Îmi dau seama că Riaan ne urmărește cu ochi bănuitori. Oare îmi poate auzi bătăile agitate ale inimii cu urechile lui sensibile? Cel puțin Sebastian pare complet neștiutor și îi zâmbesc în timp ce îmi plec ușor capul în semn de noapte bună.

— Alteța Voastră.

— Vise plăcute!

Sebastian îmi face cu ochiul.

Mă retrag în odăile mele fără să închid ușa și îi privesc cum se îndepărtează pentru a se ocupa de trădător.

De îndată ce sunt suficient de departe, încât să nu cred că mă vor observa, mă furișez în umbre și îi urmăresc.

# CAPITOLUL 20

— Ești sigur că e el? îl întreabă Sebastian pe Riaan în timp ce o iau de-a lungul unui coridor secundar care, din fericire, e slab luminat.

Dacă se îndreaptă spre odăile reginei, va trebui să renunț la misiunea mea.

— Da. Și regina l-a recunoscut.

Sebastian își trage umerii spre spate, apoi o ia pe un hol pe care nu l-am mai văzut până acum. Probabil că regina l-a ascuns cu ajutorul unei iluzii.

— Vom da un exemplu prin el.

E mai degrabă un tunel decât un hol, cu tavane atât de joase, încât masculii trebuie să-și plece capetele când merg. Pasajul duce repede la o scară întunecată, iar Riaan invocă un glob de lumină pentru a le călăuzi drumul. Rămân la o distanță sigură în urma lor și mă străduiesc să-mi mențin concentrarea, astfel încât să fiu perfect ascunsă de umbre.

Cu fiecare pas spre adâncuri, aerul devine tot mai rece și mi se ridică părul de pe brațe. Sebastian se oprește la baza scărilor și rămâne cu picioarele îndepărtate și brațele încrucișate, ațintindu-și privirea spre o celulă cu gratii. De aici, nu văd în interiorul acesteia, dar sunt suficient de aproape să-i aud vorbind.

— Jalek, spune Sebastian și mi se strânge stomacul, deja neliniștit.

Ar putea fi acel Jalek din grupul lui Finn? Cel care m-a învățat să mânuiesc o sabie?

— Ce drăguț din partea ta că te-ai întors acasă pentru sărbătoare!

Prizonierul din spatele gratiilor îl scuipă pe Sebastian.

— Du-te dracului! mârâie el, și știu că este Jalek.

Recunosc vocea aceea.

— Nu așa te porți cu cel care îți ține soarta în mâini!

Într-un acces de furie, Jalek scoate un soi de râset ca un hârâit.

— Vrei să cred că există vreo șansă să mă eliberezi?

Sebastian își bagă mâinile în buzunare și se sprijină cu spatele de peretele din fața celulei.

— Aș putea, dacă ne spui despre cei cu care lucrezi și unde îi putem găsi.

— Lucrez singur.

Sebastian mormăie.

— Nu sunt prost. Știu că lucrezi cu prințul Finnian. El te-a trimis? Dezvăluie-mi planurile lui și te voi proteja de pedeapsă.

— Nu-mi trădez propriul popor – spre deosebire de regina ta.

Pronunță cuvântul *regină* ca și cum ar fi o insultă, moment în care Sebastian se aruncă înainte, îl apucă de cămașă printre gratii și îl ridică de la podea.

— Trădător nenorocit!

Jalek horcăie după aer și arată ca un pește pe uscat, cu gura deschizându-i-se și închizându-i-se continuu. Chipul îi devine roșu, apoi violet, ca și cum cineva îl sufocă. Vreau să-mi feresc privirea. Nu vreau să văd această latură a lui Sebastian. Nu vreau să cred că e capabil de cruzime împotriva unui mascul pe care am ajuns să-l consider drept bun și amabil. Dar mă forțez să privesc tot ce se întâmplă acolo.

Sebastian încă îl ține suspendat în aer, dar, deodată, Jalek gâfâie și bolborosește, de parcă ar fi fost înlăturată presiunea care i-a încătușat traheea.

— Dă-mi un motiv să nu te ucid chiar acum! mârâie Sebastian.

— Ucide-mă și ea nu îți va da niciodată coroana.

De ce i-ar refuza regina dreptul din naștere lui Sebastian pentru uciderea unui trădător?

Sebastian îi dă drumul și face un pas în spate, cu nările umflate.

— Ce știi despre asta?

Jalek râde.

— Îndeajuns cât să știu că nu ai reușit s-o păcălești.

Un fulger de lumină îl lovește din plin pe Jalek, aruncându-l la podea.

— Dormi aici în seara asta, mârâie Sebastian. Dacă te răzgândești până mâine-dimineață, poate putem ajunge la o înțelegere. Dacă nu, te voi da drept exemplu. Voi arăta întregului regat care sunt consecințele amenințării familiei mele.

Sebastian se năpustește în sus pe scări și trece pe lângă mine, cu Riaan urmându-l îndeaproape.

Aștept până când o cotesc pe holul din capătul scărilor și dispar din vedere. Abia atunci îmi eliberez strânsoarea asupra umbrelor și îmi regăsesc forma materială.

Mă apropii de celulă și îmi frec pielea de pe brațe. E atât de frig aici jos!

— Jalek?

El se îndreaptă de spate la vederea mea.

— Brie! De cât timp ești aici?

— De multă vreme.

La auzul cuvintelor mele, pălește.

— Cât ai auzit?

— Suficient pentru a înțelege că e posibil să te omoare dacă nu îl trădezi pe Finn.

Și nu îmi pot asuma un astfel de risc, din prea multe motive.

— Trebuie să te scot de aici.

Îmi trec mâinile peste gratii în căutarea încuietorii.

— E o celulă magică. Intrarea apare și dispare după voia prințului Ronan.

Tremur toată.

— Vei îngheța înainte să răsară soarele. Trebuie să existe o cale. Dar magia ta?

Jalek chicotește - un sunet jos, aspru și... lipsit de speranță.

— Primul lucru pe care l-au făcut a fost să-mi injecteze o toxină care îmi blochează puterile.

Capul i se clatină în lateral și închide ochii.

— E ca și cum ți-ar fi fost injectat plumb în vene.

— Îi va trece efectul? Poate pot să-l distrag pe Sebastian dimineața, pentru ca tu să...

— Apreciez oferta, dar nu. L-ai putea distrage pe prinț zile întregi, iar ei tot m-ar îndopa cu acea otravă.

— Mi-e greu să mi-l imaginez pe Sebastian așa. Dacă nu aș fi văzut cu ochii mei...

Cuvintele îmi sunt retezate de un nod în gât. Mă simt atât de confuză!

— Războiul scoate la iveală tot ce e mai rău din noi toți, spune Jalek, clătinând din cap. Spune-i lui Finn că îmi pare rău. Spune-i...

Cu capul în mâini, murmură un șir de înjurături.

— Spune-i că a avut dreptate în legătură cu regina. Moare, dar nu suficient de repede.

Îmi încolăcesc mâinile în jurul gratiilor, dorindu-mi să am ceva de spus, câteva cuvinte care să-l liniștească. Dar tot ce am sunt și mai multe întrebări.

— Oare regina chiar va refuza să-i dea coroana lui Sebastian dacă te ucide? Dacă e adevărat, poate el te va ține în viață, atâta timp cât ea va trăi.

Îmi întâlnește ochii și îmi oferă un zâmbet trist.

— Știi prea multe și nu îndeajuns.

— Atunci spune-mi ce trebuie să știu!

Jalek închide din nou ochii și pare să se ghemuiască, o siluetă tot mai mică, în timp ce șoptește:

— Blestemele sunt făurite din secrete și sacrificii. Vom suferi atâta timp cât ea va plăti prețul.

Când mă furișez afară din palat, sărbătoarea Litha e încă în toi și e destul de ușor să furi un cal din grajduri. Am fost condusă între palat și casa lui Finn de suficiente ori cât să-mi întipăresc traseul în memorie.

Călăresc repede, la adăpostul umbrelor, fără să mă gândesc la ce se ascunde în întunericul de dincolo de copaci.

Când ajung la Finn, leg calul în fața clădirii și nu mă obosesc să bat la ușă. În schimb, o iau pe aleea lăturalnică și mă preschimb în umbră ca să trec prin zid în partea din spate a casei. Voci coborâte își croiesc drum din bibliotecă și devin tot mai puternice.

Una îi aparține lui Finn și, când mă apropii, îmi dau seama că a doua este a Prethei. Aș putea să mă furișez în casă și să spionez – să aflu ce spun când nu cred că sunt aici –, dar nu mă simt în stare, nu în seara asta. După ce l-am văzut pe Sebastian aproape sugrumându-l pe Jalek și apoi pe Jalek ghemuit în celulă, cu înfrângerea citindu-i-se în ochi, ca un mascul care își așteaptă execuția, ceva s-a frânt în sufletul meu.

Nu-i pot înșela pe acești rebeli care sunt... Pretha a spus că încearcă să fie prietenii mei. Oare chiar sunt? Nu știu. Nu știu dacă cineva îmi mai este prieten, dar nici nu-l pot abandona pe Jalek acolo. Chiar dacă nu mă va trăda pe mine sau pe Finn, n-aș putea să mi-o iert dacă ar muri. Așa că ies din umbre, deschid ușile bibliotecii și pășesc înăuntru.

Finn și Pretha amuțesc și se întorc spre mine.

— Ce s-a întâmplat? întreabă Pretha.

— Jalek. A fost capturat. Sebastian amenință să...

Îmi dau seama că nu știu exact ce va face Sebastian dacă Jalek nu îi oferă informațiile pe care i le cere. Să-l omoare, presupun. Poate chiar ceva mai rău de atât.

— Sebastian a spus că îl va da drept exemplu.

— Știm, spune încet Pretha, aruncându-i o privire lungă lui Finn. Tocmai discutam cum să-l găsim și să-l eliberăm. Nu știe nimeni cum să ajungă în temnițele reginei.

— Știu eu. L-am urmărit pe Sebastian acolo, în seara asta, dar nu l-am putut elibera pe Jalek. Celula lui nu are o ușă - numai gratii.

— Doar muritorii sunt îndeajuns de proști pentru a le oferi uși prizonierilor săi, prințesă, răspunde Finn.

Pretha își trece unghia degetului mare peste dinți.

— Vom oferi ceva la schimb pentru el.

— Cum ar fi? întreabă Finn.

— Cred că am o idee, intervin eu.

— Informații, propune Pretha, continuând de parcă nici nu aș fi vorbit. Trebuie să existe ceva.

Finn clatină din cap.

— Nu există nicio informație pe care i-o pot da prințului Ronan, suficient de valoroasă cât să considere că ar merita schimbul.

— Știu ce putem face, încerc din nou.

— Dar există, spune ea, uitându-se pe furiș la mine.

— Nu, mârâie Finn. Am muncit prea mult.

— Ascultați-mă! strig, cu o voce destul de puternică pentru a răsuna în camera cu tavan înalt.

Finn ridică o sprânceană.

— Iertare, prințeso! Nu am vrut să te supărăm. Împărtășește-ne ideea ta.

Condescendența picură din cuvintele sale și aproape că sunt tentată să plec, doar pentru a-l sfida, dar... Jalek. Nu-l pot lăsa acolo.

— Nu îi putem deschide celula, așa că îl scoatem prin pereți.

Ochii Prethei scânteiază, brusc însuflețiți, și îi îndreaptă spre Finn.

— Ai putea...

— Nu, o întrerupe el. Nici măcar într-o zi bună și categoric nu acum.

— Cred... Cred că *eu* pot.

Pretha pășește înainte, încruntată.

— Atunci de ce nu ai făcut-o când erai acolo?

— Pentru că *nu poate*, spune Finn pe un ton batjocoritor și se întoarce spre mine. Optimismul tău este încântător, dar încă nu am avansat suficient cu antrenamentul tău. Cu greu îți poți controla cea mai mică fărâmă de putere, iar dacă ți-ai pierde controlul asupra ei în timp ce te strecori pe lângă runele reginei, ai avea întreaga gardă regală pe urmele tale.

Roșeața îmi inundă obrajii. Mă simt ca o proastă pentru ce sunt nevoită să recunosc mai departe, dar nu am de ales:

— Ai dreptate. Nu pot. Nu de una singură, dar puterea mea... crește când ești prin preajmă. Iar când mă atingi...

Îmi regret imediat cuvintele. Totul sună mult, *mult* prea intim. Chipul mi-a luat foc, dar ridic bărbia și continui:

— Cred că dacă mergi cu mine, impulsul pe care îl primesc de la tine îmi va oferi puterea și controlul de care am nevoie pentru a-l salva pe Jalek.

Finn mă privește fix, cu ochii larg deschiși. Pretha clatină din cap.

— E prea riscant! Ce se întâmplă dacă intri în celulă și nu poți s-o faci? Atunci rămâneți toți trei închiși. Lăsând deoparte necazurile pe care o astfel de conjunctură ni le-ar provoca, Brie, chiar vrei să riști ca prințul tău să descopere cu ce te-ai ocupat în acest timp?

— Hai să-i arătăm!

Finn face un pas în față și-mi oferă mâna. Mi-o așez pe a mea într-a lui și îmi arcuiesc spatele, în timp ce puterea se trezește înlăuntrul meu. Întunericul învăluie complet încăperea, iar Pretha înjură în șoaptă chiar înainte să o prind de mână. Apoi, toți trei trecem prin perete și ieșim pe aleea din spate.

— Trezește-te, ticălos leneș! spune Finn, împingându-l pe Jalek cu cizma. Doar dacă nu cumva vrei să devii micul dejun al reginei în această dimineață.

Mă strâmb la Finn. În bezna desăvârșită a celulei, îi disting cu greu trăsăturile, chiar și cu excelenta mea vedere nocturnă.

— *Micul dejun* al reginei? E cumva o canibală?

— E un monstru, spune Jalek, împingându-se în podea și încruntându-se la noi. Cum naiba ați intrat voi doi aici? Așa de rău vi s-a urât de viață?

Finn înclină capul în direcția mea și ridică din umeri.

— Prințesa a insistat. Nu am vrut să o dezamăgesc, mai ales când avea chef de o aventură.

— Dacă ajungi să te sacrifici pentru mine, mormăie Jalek, te voi ucide înainte să aibă regina șansa să o facă!

Auzind pași târșâindu-se pe scări, mă întorc spre gratii și încerc să văd cine vine, dar nu am nicio șansă, nu din acest unghi. Când ne-am furișat pe lângă petrecerea asurzitoare de afară și în castel, pe coridorul cu ușa camuflată de iluzie erau două gărzi staționate și încă două în partea de sus a scărilor temniței.

— Vine cineva, șoptesc.

Finn își smucește capul spre scări și, înainte de a-i putea urmări privirea, m-a tras deja în colțul din spate al celulei. Acolo, ne contopim cu întunericul.

Ochii lui Jalek se măresc!

— În numele tuturor zeilor! murmură el.

Văd lumina înaintea străjerului. E îmbrăcat în ținuta tradițională a gărzii Aryei și ține un glob de lumină în palmă.

— Vorbești singur, trădătorule? întreabă masculul în uniformă.

Chipul lui Jalek devine o mască a indiferenței când se întoarce spre gratii.

Străjerul folosește globul pentru a lumina mai întâi fața lui Jalek și apoi pentru a cerceta celula. Finn mă ține în continuare de mână și mă trage mai aproape de el, astfel încât spatele meu să fie lipit de pieptul lui. Atingerea îmi taie respirația, iar trupul îmi rămâne complet nemișcat.

— Șșș! îmi șoptește Finn și îi simt răsuflarea fierbinte în ureche și mâna liberă apăsată ferm pe stomac.

Închid ochii și înghit în sec. Urăsc că are acest efect asupra mea. Urăsc și mai mult acea parte din mine care își dorește ca el să-și mute mâna, să-mi mângâie pielea care arde sub atingerea lui.

— Te bucură prea mult asta, murmur eu.

Un chicotit silențios îi zguduie pieptul lipit de spatele meu, iar buzele lui îmi dezmiardă urechea.

— Nici n-ai idee.

Străjerul o ia de-a lungul coridorului și trece de celula lui Jalek, însă noi rămânem ascunși, așteptând să se întoarcă la postul său din capătul scărilor.

Degetul mare al lui Finn îmi trasează cercuri pe burtă, agonizant de lent.

— Încetează!

Protestul e mai mult o șoaptă, prea înăbușit ca să pară sincer.

— Cum dorești!

Dar senzația degetelor lui răsfirate, apăsându-mi ușor burta, este aproape mai greu de îndurat, și trebuie să-mi înăbuș un geamăt de plăcere. Întunericul zvâcnește în jurul nostru.

— Ușor, prințeso, concentrează-te asupra magiei! Când ieșim de aici, poți să-ți imaginezi din nou toate modurile în care vrei să-mi simți mâinile pe tine.

Deschid gura pentru a-i spune că e un porc dezgustător, care nu are nicio idee încotro se îndreaptă gândurile mele, dar o închid repede la loc când se întoarce străjerul. Aruncă pentru a doua oară lumină în celulă. Când colțul nostru din spate rămâne înveșmântat în falduri de întuneric și străjerul își îndreaptă iarăși atenția asupra lui Jalek, fără să știe că ceva e-n neregulă, oftez ușurată.

— Îmi amintesc de sora ta, spune soldatul cu un surâs disprețuitor. Mare păcat să vezi o fată atât de drăguță plătind prețul pentru crimele fratelui ei, dar nu ți-a păsat, nu-i așa?

Am avut chiar eu norocul să o dau focului. Nu voi uita niciodată sunetul țipetelor ei când flăcările îi topeau pielea.

Finn mă strânge mai tare, de parcă i-ar fi teamă că aş putea să mă arunc asupra gărzii. Tot trupul lui Jalek împietreşte, mâinile i se strâng în pumni pe lângă corp, dar nu-i răspunde.

Sora lui, arsă de vie. Mă doare inima pentru el și sunt mai nedumerită ca niciodată în legătură cu aceste făpturi fermecate aparent „bune".

Străjerul se uită pieziş la Jalek, cu buzele curbate într-un rânjet trufaş.

— Sper că ea te va lăsa să putrezeşti aici, jos!

Apoi se întoarce spre scări și ne ținem cu toții răsuflarea în timp ce îi numărăm paşii până sus.

Finn mă eliberează, atingându-mi uşor burta cu degetele, mai lent decât ar fi nevoie. Mă răsucesc și îl săgetez cu o privire furioasă.

Rânjeşte doar, apoi își îndreaptă atenția asupra lui Jalek.

— Când te vom scoate de aici, va trebui să treci fix pe lângă el.

Jalek se răsuceşte fulgerător și, chiar și în semiîntuneric, pot vedea chinul din ochii lui.

Finn traversează celula pentru a-și privi prietenul în ochi.

— Știu că ți-ar plăcea să-l rupi în bucăți, dar va trebui să-ți îndeplineşti într-o altă zi dorința. Înțelegi?

Cu un nod în gât, Jalek dă scurt din cap.

— Cum procedăm?

Vocea îi este joasă, dar obosită. Finn mă ia de mână, apoi i-o oferă pe cealaltă prietenului său.

— Doar ține-te bine și lasă-ne pe noi să o luăm înainte.

# CAPITOLUL 21

ÎN CLIPA ÎN CARE NE ÎNTOARCEM LA FINN, MĂ SIMT LA FEL de extenuată ca în ziua în care m-a abandonat mama. Nu am folosit niciodată atât de multă magie deodată, iar evenimentele din această noapte m-au stors complet emoțional, absorbindu-mi chiar și ultima fărâmă de energie rămasă.

În vreme ce Jalek se reunește cu prietenii lui, eu ies afară și mă las moale pe unul dintre scaunele de pe veranda care înconjoară spatele casei. Soarele va răsări în curând și trebuie să mă întorc la palat înainte ca cineva să-mi sesizeze lipsa, dar parcă nu-mi vine să plec. Nu încă.

Ridic fața spre stele și îmi las pleoapele să cadă. Știu de ceva vreme că Unseelie nu sunt diavolii portretizați de mitologie, însă ultimele ore mi-au înlăturat vălul de pe ochi, relevând cruzimea curții lui Sebastian. Arderea de vie a unei nevinovate pentru a-i pedepsi fratele? Gândul îmi provoacă de fiecare dată o senzație de greață.

Aud clicul ușii din spate și, fără să mă uit într-acolo, știu că e Finn. Îl *simt*... Un alt gând asupra căruia nu vreau să zăbovesc prea mult.

— Ești bine aici?

*Bine? Ce înseamnă bine?*

— Mda. Sunt doar obosită.

Îmi trag umerii spre spate.

— Crezi că a existat riscul să-mi consum puterea în seara asta? Mă simt complet secătuită.

Finn clatină din cap.

— Abia ai început să descoperi lucrurile de care ești capabilă. Ai nevoie doar de antrenament. Nu ești obișnuită să folosești atât de multă putere. S-ar putea să te simți... *sleită* câteva zile. De fapt, îi voi spune Prethei că mâine nu te antrenezi. Ar trebui să te odihnești.

Privesc intens luna care coboară spre orizont.

— Vrei să spui azi.

— Presupun că da. Azi, mâine... ia-ți cât timp ai nevoie. Te-ai descurcat excelent în seara asta! De îndată ce te ajutăm să scapi de acest blocaj al tău, vei fi...

Îmi îndrept iute ochii spre el.

— Voi fi cum?

Chipul îi este solemn când ni se întâlnesc privirile.

— Vei fi de neoprit.

— De ce a plecat Jalek de la Curtea de Aur? îl întreb. Dacă le-a îngăduit să-i ardă sora ca să poată...

— Nu le-a îngăduit nimic. Nu a știut ce îi făcuseră lui Poppy decât atunci când era prea târziu.

Când îl privesc fix, în așteptarea unui răspuns la întrebarea pusă mai devreme, oftează.

— El a plecat pentru că nu voia să o slujească pe regină. A plecat în semn de protest, dar și pentru că voia să mă ajute să o detronez.

— Acum cât timp s-a întâmplat asta?

Finn se așază pe scaunul de alături și se lasă pe spate, înclinându-și chipul către bolta cerească.

— Acum douăzeci de ani.

— Iar ea încă se află la conducere, șoptesc.

Nu e un reproș și, când Finn încuviințează din cap, cred că știe acest lucru.

— Nu știu cum aș putea să mă prefac fericită în acel palat când am văzut cât de crudă poate fi ea.

Finn mormăie:

— Abia dacă ai văzut o părticică.

— Când Sebastian vorbea cu Jalek, acesta i-a spus că regina nu i-ar da niciodată coroana dacă l-ar ucide. Dar apoi a părut că regina plănuia să-l omoare ea însăși pe Jalek, așa că nu înțeleg...

În cele din urmă, ochii lui Finn părăsesc cerul, iar atenția îi revine asupra mea.

— Ești sigură că vorbea despre Arya?

— Da, el...

Finn ridică dintr-o sprânceană, așteptând să-mi amintesc. Dar nu. Jalek a spus „ea", nu „regina".

— Atunci, cine?

— Mi-ai impresionat întreaga echipă cu ceea ce ai înfăptuit în seara asta, continuă el, cu riscul pe care ți l-ai asumat.

Ar trebui să-l presez să-mi răspundă la întrebare, dar știu deja că ar fi în zadar și sunt prea obosită pentru o eventuală dispută.

— Cu toții ați fi procedat la fel dacă aș fi fost eu în celula aceea.

Finn inspiră adânc, iar sprâncenele i se unesc.

— Nu știu dacă asta ar fi fost adevărat până în seara asta, prințeso. S-ar putea să fii mai bună decât noi toți.

Mă încrunt, amintindu-mi de noaptea petrecută în închisoarea regelui Mordeus și de visul meu despre Finn. El a venit la mine? Aceasta e puterea lui? Întrebarea îmi joacă pe buze, dar o alung înainte să prindă glas. Ultimul lucru pe care trebuie să-l fac e să dezvălui ce impact a avut asupra mea din prima noapte în care ne-am întâlnit. Cred că voi duce acel secret cu mine în mormânt, dacă nu din alt motiv, măcar pentru a mă scuti de umilința iminentă dacă se dovedește că a fost doar un vis.

— Ești gata să te întorci la palat?

Clatin din cap.

— Nu încă, dacă nu te deranjează. Doar...

Trag adânc aer în piept și apoi îl eliberez.

— Mai am nevoie de câteva minute.

— Cum zici tu!

O parte din mine se așteaptă ca el să se ridice și să se întoarcă înăuntru, însă Finn rămâne, iar când îi arunc o privire, se joacă absent cu buclele de la ceafă și privește fix cerul nopții.

— Obișnuiam să-mi petrece nopțile afară, cu mama, spun.

Nu știu ce mă îndeamnă să-i fac o astfel de confesiune, însă în clipa asta vreau să-mi amintesc de ea.

— Iubea întunericul, luna, constelațiile. Îmi spunea să aleg o stea și să-mi pun o dorință.

Finn nu se uită la mine. Închide ochii, de parcă și-ar imagina scena.

— Pare minunată!

— Uneori mi-aș dori să nu fi fost. Dacă nu ar fi fost atât de minunată, poate că nu ar fi durut atât de mult când a plecat, continui, apoi oftez. Dar mama ta? Mai trăiește?

— Mama mea a murit când l-a născut pe fratele meu mai mic, acum mulți, mulți ani. Îmi închipui că a fost precum a ta, în multe privințe.

Vocea îi devine aspră.

— Și ea a iubit noaptea și și-a pus copiii mai presus de orice.

Totuşi, mama mea nu a făcut-o. Ne-a abandonat. Dar nu îl corectez.

Finn mă ia de mână şi îmi strânge degetele. Puterea se revarsă în mine, răscolită de orice efect ar avea legătura dintre noi asupra magiei mele. Stelele par să strălucească mai intens.

— Alege o stea! spune el. Pune-ţi o dorinţă!

Scutur din cap. Chiar şi cu acest val de putere de la atingerea lui, mă simt extrem de obosită, cu lacrimile la o răsuflare distanţă.

— Nu sunt sigură că mai cred în aşa ceva.

— Oh, ba crezi! Sunt o făptură fermecată. Avem un instinct înnăscut pentru astfel de lucruri.

— Când eram mică, aveam atâtea motive să cred, atâtea motive să sper! Apoi, cu fiecare zi, săptămână, an care trecea după plecarea mamei...

Înghit în sec şi îmi retrag mâna dintr-a lui. Asta - orice simt când el mă atinge - e prea derutant. Nu vreau să mă ocup acum de găsirea unui răspuns, pe lângă tot ce s-a întâmplat în seara asta.

— După ce a plecat, puteam vedea în continuare stelele, dar părea că din ce în ce mai puţine erau pentru mine. Dorinţele erau pentru fetele care aveau părinţi, pentru fiinţele umane care nu erau încătuşate de contracte imposibile. Dacă o pierd pe Jas, nu cred că va mai exista o singură stea pe cer care să pară că îmi aparţine.

Dar în acest moment, stând aici şi uitându-mă la stele, lângă această făptură fermecată care mă ajută să folosesc o putere pe care nici măcar nu o înţeleg, o putere care, foarte posibil, mi-ar putea permite să-mi salvez sora, pot înţelege speranţa. Pot înţelege frumuseţea punerii unei dorinţe la stele. Aproape că pot să cred că o voi face pentru foarte mult timp.

Când Finn se ridică în picioare, privirea îi rămâne aţintită la mâna pe care mi-am retras-o dintr-a lui.

— Abriella, fiecare stea de pe cer strălucește pentru tine.

Abia când ușa se închide în urma lui, îmi dau seama că mi-a spus pe nume.

După salvarea lui Jalek din temnițele reginei, zilele se scurg foarte lent. Finn s-a ținut de cuvânt și mi-a oferit o pauză de la antrenament, dar să rămân închisă toată ziua la palat pare mai degrabă o pedeapsă decât un răgaz, mai ales fără Sebastian prin preajmă. Când l-am găsit pe Riaan antrenându-se pe acoperiș, m-a informat că prințul său este „plecat". Din moment ce nu l-am mai văzut pe Sebastian de la Litha, nu știu ce părere au avut el și regina despre dispariția prizonierului lor – oricum, nu e ca și cum Sebastian mi-ar spune.

A doua seară după Litha, umblu încoace și încolo prin cameră, plictisită de moarte și frustrată pentru că am ajuns într-un punct mort în recuperarea Grimoriconului. Mă întreb cum să o contactez pe Pretha, când mă hotărăsc să-i cer oglinzii să mi-o arate din nou pe Jas. Simt o împunsătură în piept la vederea surioarei mele, ca de fiecare dată când o văd prin oglindă.

Jas coase și spune povestea despre prințesa făpturilor fermecate care s-a îndrăgostit de Regele Umbrelor.

— Când părinții Prințesei de Aur au aflat că fiica lor se întâlnea cu Regele Umbrelor pe tărâmul muritorilor, și-au unit puterile magice pentru a sigila toate portalurile dintre lumea ființelor umane și Tărâmul Zânelor – împiedicând-o pe fiica lor să ajungă la iubitul ei și pe Regele Umbrelor să se întoarcă acasă.

Când imaginea dispare, dau să pun oglinda jos, dar decid să încerc altceva.

— Arată-mi-o pe mama.

Îmi privesc fix reflexia de atâta timp, încât mă gândesc că nu va funcționa. Apoi, apare ea.

Nu am mai văzut-o pe mama de nouă ani, dar femeia din oglindă arată exact așa cum mi-o amintesc – înaltă și grațioasă, cu același păr castaniu ca al lui Jasalyn. Îl poartă împletit și răsucit într-o coroană deasupra capului. Cutreieră printr-un cimitir, oprindu-se la o singură piatră funerară în fața căreia cade în genunchi. Amurgul îi învăluie șuvițele cu irizații roșiatice într-o strălucire efemeră, făcându-mă să simt un mic junghi în piept, cuprinsă de un dor neașteptat. Era o mamă atât de bună! Râdeam împreună și ne spunea povești. Voia mereu să se joace și să facă plimbări lungi cu noi. Întotdeauna ne punea pe primul loc.

Până când nu a mai făcut-o.

Acesta e adevăratul motiv pentru care trebuie să-mi păzesc inima de Sebastian.

Iubirea pentru o făptură fermecată te subjugă treptat, până când te pierzi pe tine însuți. Te îndeamnă să uiți ceea ce contează cel mai mult. Mama i-a picat în mreje.

Ce caută în cimitir? Ar putea fi acela mormântul făpturii fermecate pe care a iubit-o? Studiez la nesfârșit imaginea din oglindă. Ceva pare familiar. Apoi, îmi pică fisa. E același cimitir în care m-a dus Finn când a vrut să-mi arate de ce e capabilă puterea mea. Nu se află deloc departe de aici.

Imaginea pălește și iau rapid o decizie. Îmi arunc o tolbă de piele pe umăr și strecor artefactul înăuntru. Apoi alerg spre cimitir, călăuzită de ultima scânteie a apusului, o singură dungă aurie rămasă de-a lungul orizontului.

Dacă mama e atât de aproape, poate mă poate ajuta să o recuperez pe Jas. Știu că făptura fermecată pe care a iubit-o era importantă – o făptură fermecată de viță nobilă, a spus ea, un cârmuitor care și-a iubit poporul și căruia i-a păsat îndeajuns de el cât să-și sacrifice propria fericire. Poate că e cumva legat de regele Unseelie. Poate că ea l-ar putea convinge să o elibereze pe Jas înainte să-i recuperez toate artefactele. Chiar dacă nu are nicio influență, ar fi o alinare să o am aproape. Să am pe cineva de încredere și să știu că nu sunt singură în asta.

Pantofii mei moi și eleganți nu au fost făcuți pentru a alerga pe acest teren accidentat. Pietrele îmi mușcă și îmi zgârie tălpile, dar nu încetinesc până nu ajung la mormintele întrezărite în oglindă.

Cimitirul este gol și mă răsucesc pe călcâie, sperând să văd unde s-ar fi putut duce.

— Mamă! strig. Mamă?

Mi se frânge vocea și, simultan, ceva îmi despică pieptul, eliberând un șuvoi de sentimente necunoscute. Scot iarăși oglinda.

— Arată-mi-o pe mama!

Imaginea dezvăluie un mormânt, un cadavru în putrefacție întins în semiîntuneric, cu brațele încrucișate peste piept.

Scap oglinda, de parcă m-ar fi ars.

— Nu!

Mă îndepărtez de artefact. Nu. Sebastian a spus că s-ar putea să nu funcționeze pentru muritori. Doar pentru că a funcționat până acum... Nu. Asta nu înseamnă nimic.

O briză rece șuieră printre morminte odată cu dispariția soarelui, dar nu sunt pregătită să mă întorc la palat.

Înghit în sec, mult prea conștientă de nodul din gât, și mă forțez să ridic oglinda și să o îndes în tolbă. *Imaginea nu a însemnat nimic.*

— Brie!

Numele meu pare un strigăt eliberat de pădure, iar vocea...

— Brie! Ajută-mă!

Chiar în timp ce o iau pe urmele strigătului, încerc să mă conving că vocea nu îmi e familiară – că nu e una pe care o cunosc mai bine decât pe-a mea.

Aud din nou strigătul – un strigăt și un suspin îngrozit. La auzul urletului disperat al surorii mele, alerg cât pot de repede printre copaci. Solul pădurii e ca o pătură groasă făurită din tufișuri, crenguțe, bețe și frunze. Fusta mi se agață de un tufiș, iar pantofii, complet inutili, se rup, dar alerg în continuare.

— Ajutor! Brie? Brie, ajută-mă!

Luând-o la goană către sunetul vocii lui Jas, mă învârt în jurul copacilor și prin tufișuri, îndrumată de strigătele ei, pe măsură ce devin tot mai puternice și mai înfricoșate. Alerg până când mă ard picioarele și mă ustură gâtul. Nici măcar nu sunt surprinsă când îmi văd casa din copilărie – cea din care am scăpat acum aproape zece ani. Cea în care a murit tatăl meu.

Flăcările șerpuiesc de-a lungul zidurilor, lingând acoperișul și ajungând tot mai sus. La fel ca în noaptea aceea.

Mă dau un pas îndărăt. *Nu e real.*

Focul pârâie și trosnește, fumul îmi intră în forță pe nări, iar căldura văpăilor îmi arde obrajii.

— Brie, te rog!

Mă năpustesc înăuntru fără să mă gândesc.

Când îmi strigă iar numele, abia o aud, cu urechile copleșite de vuietul asurzitor al focului. Știu că vocea îi va deveni tot mai tăcută, mai înăbușită. Știu, pentru că am mai fost aici. Și știu că va amuți complet înainte să ajung la ea. Va fi inconștientă pe podeaua de sub patul ei.

O voce lăuntrică mă avertizează că totul nu e decât o iluzie. Casa s-a năruit. Nu poate fi aici. Dar nu o pot abandona. Dacă nu sunt fata care fuge în foc pentru a-și salva sora mai mică, atunci nu exist.

Jas țipă din nou, iar o pocnitură puternică sfâșie aerul când grinzile tavanului se prăbușesc.

Focul devine insuportabil. Îmi umple complet plămânii, blocând orice gură salvatoare de oxigen, în timp ce mă împleticesc în jurul dărâmăturilor prăvălite și evit flăcările. O grindă îmi cade pe picior și mă prăbușesc pe podeaua cuprinsă de flăcări.

— Jas, șoptesc.

— Abriella!

Urletul descătușat al unei voci adânci răsună din fața casei.

— Abriella!

— Aici, în spate!

Cuvintele sunt rostite în șoaptă, plămânii îmi sunt prea plini de fum. Nu există nicio șansă ca el să mă fi auzit peste zgomotul casei arzând în jurul nostru.

Împing grinda, dar nu se clintește din loc. Nasul mi se umple de mirosul propriei mele cărni care arde. Nu-mi pot menține capul ridicat. Nici măcar nu o mai pot auzi pe Jas.

— Muritoare nesăbuită!

Inconștiența mă acoperă ca o pătură grea. Încerc să ies de sub ea, dar nu pot.

— Trebuia să o salvez, șoptesc.

Și apoi totul se întunecă.

# CAPITOLUL 22

— Ce a pățit?

Vocea joasă abia îmi pătrunde în subconștient, înecată de o durere atât de intensă, încât s-a preschimbat într-o fiară care îmi urlă în creier.

— Sluaghul a ademenit-o în pădure. Era înconjurată de flăcări și de fum. Piciorul ei e într-o stare gravă, iar mintea…

— S-a luptat cu noi chiar și după ce i-am alungat, rostește o altă voce. A spus că nu își va părăsi sora.

Mă căznesc să deschid ochii, agățându-mă de realitate.

— Jas?

Vocea mi-e răgușită. Prea mult fum mi-a pătruns în plămâni. *A fost real.*

— Ai luat-o pe sora mea?

— Șșș! Nu vorbi!

Ochi argintii îmi studiază chipul. *Finn.* Își ferește privirea.

— Vindec-o!

— Glumești? întreabă o altă voce masculină.

Kane?

— E o binecuvântare. Un dar de la vechii zei. *Acceptă-l!*

Finn mârâie un avertisment în şoaptă, pe care nu-l pot distinge în totalitate.

— Fă ce vrei, dar nu voi sta aici să te privesc cum arunci totul la gunoi.

Paşi. O uşă trântită.

— Nici eu nu vreau să o văd rănită, adaugă Pretha.

Vreau să deschid ochii, dar nu am destulă putere.

— După ce a făcut pentru Jalek, niciunul dintre noi nu vrea, dar nu mai comite aceleaşi greşeli altruiste care m-au transformat într-o văduvă.

— Eu nu sunt Vexius.

— Şi *ea* nu este Isabel.

— Nici să nu îndrăzneşti! hârâie Finn.

— Regatul tău este sortit pieririi fără tine, nu înţelegi? Iar aceste răni...

— Nu-mi vorbi despre regatul meu, Pretha! Să o lăsăm să moară, când avem mijloacele de o a salva, e o crimă în sine. Vrei ca magia să se întoarcă împotriva noastră? întreabă Finn.

Apoi tăcere, o tăcere atât de lungă, de apăsătoare, încât aproape că reuşesc să deschid ochii.

— Vindec-o! *Acum!*

Când îmi ridic din nou pleoapele, cu greu, Pretha îngenunchează lângă pat, cu o mână pe fruntea mea, iar cu cealaltă pe pieptul meu.

— Dormi acum! spune ea. Te vei simţi mai bine când te vei trezi.

Nişte glasuri mi se furişează în vise. Finn. Pretha. Iar se ceartă.

— Va fi bine, spune Pretha. Trebuie doar să se odihnească.

— Mulţumită ţie, zice Finn.

Glasul îi sună sleit, epuizarea picurând din fiecare silabă în parte.

— Trebuie să vorbim despre decizia pe care ai luat-o în seara asta, spune Pretha.

— Nu, nu trebuie, îi răspunde el. S-a terminat.

— Te culci cu ea?

— Nu, mârâie el.

— Dar te îndrăgostești de ea. Am văzut felul în care o priveai când te-ai întors cu Jalek. V-am urmărit apoi pe verandă și am văzut...

— Nu ai văzut nimic.

— Ești sigur de asta? Pentru că ar trebui să te concentrezi la...

— Îmi cunosc datoria. Acum, poate că a sosit timpul să ți-o amintești și tu pe-a ta.

Somnul începe să mă prindă înapoi în mreje sale când o aud pe Pretha spunând:

— Nu ești singurul care are ceva de pierdut, Finn.

Visez un copil al zânelor cu ochi argintii mari și un zâmbet neastâmpărat. Ne aflăm pe un câmp cu flori, iar ea are o acadea în gură și țopăie pe lângă mine. Suntem învăluite de lumina minunată a soarelui, de mirosul divin al florilor. Copila seamănă atât de bine cu un heruvim, cu trăsăturile ei angelice și obrajii dolofani, încât mă întreb dacă până aici mi-a fost. Am murit în incendiu – exact cum m-a avertizat Lark că s-ar putea să se întâmple.

— Am murit? întreb.

— Doar o dată, dar nu și de data asta.

Îmi zâmbește, cu gura roz și lipicioasă de la acadea.

— Mă bucur! Cealaltă cale e mai bună pentru toată lumea.

— *Cealaltă* cale?

— Ei bine, una dintre ele. Unele sunt rele. Uneori, mori definitiv, iar Regina de Aur se bucură. Dar altădată devii zână. Altădată devii *regină*.

Își aruncă acadeaua în lateral, iar o minge roz și pufoasă de vată de zahar îi apare în mână.

— Ce fel de regină?

Lark zâmbește. De parcă ar fi așteptat întrebarea.

— O regină diferită. O regină nouă.

Închide ochii câteva secunde. Fața îi devine serioasă, ca și cum ar încerca să se concentreze la ceva.

— Iar uneori, o regină rea. Uneori, furia preia controlul și îi permiți să te consume pe dinăuntru. Să nu faci asta! Nu-mi place de tine când ești așa. Dacă îl lași, Finn îți va explica.

Vorbește în cimilituri, dar nu izbutesc să le deslușesc înțelesul.

— Și dacă nu vreau să fiu o zână sau o regină? întreb.

— De ce nu ai vrea să fii o zână?

Se încruntă în timp ce mușcă din vata de zahăr.

— Ai prefera să fii moartă?

Nu știu cum să răspund la această întrebare.

— Nu știu nimic despre a fi regină. Nu-mi place ideea de a avea atât de mult când ceilalți nu au nimic.

— Atunci e ideal, spune ea. Pentru că vei pierde tot.

Smulge o bucată de vată de zahăr și mi-o oferă. O refuz cu o mișcare a capului, iar ea își aruncă fericită delicatesa în gură.

— Ai întotdeauna dreptate în privința viitorului? o întreb.

— Nu-i posibil. Pentru că, uneori, viitorul se înșală în privința ta, glăsuiește Lark, apoi se întoarce. Trebuie să plec. Nu-i spune mamei că am fost aici!

# CAPITOLUL 23

MĂ TREZESC ÎNTR-UN PAT MARE CU BALDACHIN, ÎNTR-O cameră pe care nu o recunosc. Perdelele sunt trase, dar pe măsură ce ochii mi se obișnuiesc cu întunericul, reușesc să-l disting pe Finn în partea opusă a încăperii. Stă pe un scaun tapițat, străjuit de ambele părți de lupii săi.

Inspir adânc și mă împing cu grijă în șezut.

— Ce s-a întâmplat?

Vocea îmi e răgușită. Îmi amintesc incendiul. Că am mers după Jas. Casa veche, care nu ar fi avut cum să fie acolo, deoarece a fost arsă din temelii când aveam opt ani. Totul părea atât de real! Luând în considerare gâtul inflamat, focul cu siguranță a fost.

Dau păturile la o parte pentru a-mi privi picioarele, pregătită să văd bandaje, arsuri sau chiar ceva mai rău, dar nu există nicio rană vizibilă. Clatin din cap, încercând să elimin iluzia din realitate.

— Sluaghul te-a ademenit în pădurile de lângă cimitirul Armatei de Aur.

Înghit cu greu în sec din pricina arsurii din gât.

— Poftim?

— Jocuri psihologice. Iluzii, spune el.

Închide cartea pe care nu observasem până atunci că o ține în poală, apoi o bagă sub braț când se ridică de pe scaun.

— Îți pătrund în cele mai cumplite amintiri și te prind înăuntrul lor.

Finn aprinde o lumânare pe noptieră și ne uităm cu intensitate unul la celălalt. Pielea lui întunecată pare mai palidă ca niciodată și, când se întoarce la locul său de pe scaun, observ că șchiopătează.

Oare s-a rănit salvându-mă? Cumva, știu că nu ar vrea să-l întreb.

— Cât timp am fost inconștientă?

— O zi întreagă. Pretha te-a vindecat cât de bine a putut, apoi am adus un vindecător adevărat ca să facă restul. Ai avut piciorul rupt și ai fost acoperită de arsuri – majoritatea superficiale, slavă zeilor! Acel nivel de magie este istovitor pentru o ființă umană, așa că vindecătorul ți-a indus o stare de somn profund pentru a te ajuta să te refaci.

Pretha m-a vindecat, nu el. Oare este lipsit de magie sau pur și simplu alege să-i lase pe alții să facă treaba în locul lui? Pentru cineva care pare să dețină atâta influență asupra ființelor magice din jurul său, mă îndoiesc că nu are și el propriile abilități.

— Cum m-ai găsit?

— Dara și Luna au simțit că ești în pericol. M-au condus la tine.

Încuviințez din cap, ca și cum totul are sens. Ca și cum să dau peste monștri care îmi pot recrea cele mai cumplite amintiri e ceva ce se întâmplă în fiecare zi, ca și cum e perfect normal să am o pereche de lupi care acționează ca îngerii mei păzitori.

— Ești norocoasă. Câteva minute în plus și...

— Știu! izbucnesc, întrerupându-l.

Nu vreau să aud restul.

Știu ce s-ar fi întâmplat. S-ar putea ca prietenul vindecător al mamei să fi îndepărtat arsurile de acum nouă ani, dar nu a șters și amintirea flăcărilor lingându-mi pielea sau a focului din plămâni. Știu prea bine ce simți atunci când mori într-un incendiu. Clatin din nou din cap.

— Dar... Nu a fost real? Sau a fost?

— Iluzia sluaghului devine reală când interacționezi cu ea. Focul a fost foarte real pentru că sluaghul a devenit însuși focul odată ce ai crezut acest lucru. Și ai fugit direct în el.

— Am auzit țipete.

— Sora ta? întreabă el. De aceea te-ai avântat în flăcări?

— Da. Părea... real.

Mă bucur că sunt încă în pat, așezată pe perne, dar mâinile tot îmi tremură.

— Deci focul a fost real, dar ea nu?

— Nu mai era nimeni cu tine în pădure. Când am alungat sluaghul, erai singură.

— Tolba mea? întreb, dând să mă ridic.

— Rămâi acolo!

Se apleacă să ia ceva de sub scaun. Când se întoarce la pat, îmi așază ușor tolba în poală.

— Te-am avertizat să nu folosești oglinda.

— Așa e.

Ridic bărbia, dar acum nu mă simt prea încrezătoare în deciziile mele. Oglinda m-a păcălit să merg la cimitir. M-a condus direct în capcana sluaghului.

— Nu poți avea încredere în artefact, spune el.

— Știu, recunosc printre dinții încleștați.

Deși nu știu. Nu cu adevărat. Uneori pare că funcționează, dar evident că nu întotdeauna. Mi-a arătat-o pe mama vie și nevătămată, dar mi-a arătat-o și ca un cadavru într-un fel de cavou.

— Atunci de ce te aflai acolo?

Îmi susține privirea și așteaptă.

— Ce căutai?

— Nimic. Nu... nu contează.

Îmi feresc privirea. M-am dovedit a fi o ființă umană imprudentă și nesăbuită, iar o parte din mine și-ar dori ca Finn să plece ca să mă pot ascunde sub pături. O altă parte din mine ar protesta dacă ar pleca. *Mi-a salvat viața. Din nou.*

— Oglinda nu a mai funcționat cum trebuie de ani buni, spune Finn. A fost creată în urmă cu multe milenii, când cârmuitorii Seelie și Unseelie aveau o alianță. Unindu-și puterile, au făurit mai multe artefacte magice și le-au împărțit între regate, ca o dovadă de bună credință. Dar magia a fost coruptă când Curtea de Aur a furat-o pentru propriul folos.

— Uneori funcționează, spun eu, vorbind ca un copil bosumflat.

Finn clatină din cap.

— Îi poți cere în continuare să-ți arate ceva sau pe cineva, dar nu poți avea încredere în ceea ce vezi. Magia coruptă este primejdioasă. Lucrurile pe care ți le arată te pot pune în pericol.

— Poate nu ar fi stricat să menționezi asta mai devreme?

— Nu mi-am dat seama că „Nu o folosi!" e o poruncă prea complicată. Oftează, iar tonul îi devine mai blând: O astfel de oglindă e periculoasă pentru cineva ca tine.

Îmi dau ochii peste cap.

— O ființă umană?

— Nu. Cineva cu atât de multă speranță în inimă.

„Cu atât de multă speranță?" Oare nu mă cunoaște deloc? Sunt cea mai pesimistă persoană pe care o cunosc.

Apoi, deodată, devin conștientă de locul în care mă aflu. Într-un pat. În casa lui.

— Acesta e dormitorul... *tău*?

Aproape că spun *pat*, dar mă corectez în ultima clipă. Într-un fel, e și mai jenant așa.

— Da. A fost cel mai la îndemână loc unde să veghez asupra ta, iar patul e suficient de mare pentru a-i oferi vindecătorului spațiul necesar îngrijirii tale. Dar acum, că ești trează și mai mult sau mai puțin vindecată, te pot muta în camera de oaspeți.

De ce e atât de bun cu mine? Jumătate din timp cred că mă urăște, iar în cealaltă jumătate... Nu-mi place să mă gândesc la ceea ce simt atunci între noi.

— Trebuie să mă întorc la palat.

Când mă ridic din pat, camera se învârte cu mine. Mă așez din nou și cad la loc pe mormanul de perne.

— Stai locului! spune Finn. Ești vindecată, dar vei fi slăbită pentru câteva zile.

— Nu pot să dispar, pur și simplu. Vor veni să mă caute.

— S-a ocupat Pretha de asta.

Nu-mi surâde situația. Aș putea rata ceva important și să o înfurii pe regină. Dacă nu mă va lăsa să rămân la palat și mă va obliga să plec acasă înainte de a recupera ultimele artefacte pentru Mordeus?

— În calitate de *tutoare* a ta, îmi explică Finn, a reușit să obțină permisiunea de a te lua de la palat pentru câteva zile de antrenament. În prezent, vizitezi un oraș din sud, cunoscut pentru spectacolele sale muzicale.

— Oh!

Mă afund la loc în perne. Chiar sunt foarte obosită; cât despre ideea de a mă întoarce la palat și de a mă preface că sunt bine? Deocamdată, nu cred că aș reuși să o scot la capăt.

— Mi-a spus despre fratele tău. Vexius? Îmi... îmi pare rău!

Finn dă din cap, dar ochii lui îi evită pe ai mei.

— Și mie.

Ce a spus Pretha când Finn îi poruncea să mă vindece? „Nu mai comite aceleași greșeli altruiste care m-au transformat într-o văduvă." Vreau să știu ce a vrut să spună cu asta, dar sunt convinsă că Finn va refuza să-mi răspundă.

— Mai ai alți frați?

— Niciunul pe care vreau să-l recunosc.

Își îndreaptă umerii ca și când, dintr-odată, și-ar fi dat seama cât de anchilozat e după ce a dormit atâtea ore pe scaun.

— Odihnește-te, prințeso! îmi cere el. Toate problemele tale vor fi în continuare aici și mâine.

Nu vreau să-l ascult asemenea unui cățeluș docil, însă asta nu mă împiedică să-mi găsesc un loc confortabil în maldărul de perne; simt cum mi se închid ochii.

— Trebuie să-ți fie foame. Voi cere să ți se aducă o tavă.

— Finn?

Se oprește la ușă și se întoarce.

— Îți mulțumesc! Pentru că m-ai salvat. Din nou.

Înghite în sec, ușor neliniștit.

— Sper că orice ai fi căutat a meritat!

Privirea îi cade pe tolba din poala mea.

— Nu te încrede în oglinda aceea!

— Ai vreun indiciu cu privire la Grimoricon? întreabă Finn a doua zi dimineață.

Suntem în bibliotecă, iar lupii dorm pe podea, de o parte și de alta a sa – aparent, locul lor preferat.

Având în vedere că tocmai m-a salvat din necazul în care am intrat după ce am folosit oglinda, nu vreau să-i spun despre biblioteca pe care mi-a arătat-o.

— Nu chiar. Ai vreo idee?

— Grimoriconul o sperie pe regină, prin urmare, mă îndoiesc că l-ar ține aproape de ea. Sursele mele mă informează că nu s-a aflat niciodată la Palatul de Aur.

*Minunat!*

— Ei bine, spune-le *surselor* tale că ar fi de mare ajutor dacă ar putea fi mai specifice.

— Așa voi face, mormăie el.

Mă simt îndeajuns de întremată cât să mă joc cu puterea mea, deși Finn nu-mi permite să depun prea mult efort. Până acum, tot ce am obținut a fost să învăț cum să învălui obiecte în umbră, astfel încât să le pot ascunde asupra mea. Vreau să exersez transformarea altora în umbră, însă Finn m-a avertizat că este prea epuizant, așa că am trecut la obiecte din ce în ce mai mari. Fixez o teacă în lateral și o învelesc în falduri de întuneric, apoi mă uit la Finn.

— Bravo! spune el, dar nu pare impresionat.

Nimic din ce am înfăptuit cu magia mea nu-l impresionează pe Prințul Umbrelor. Nu că mi-ar păsa.

— Cum te tratează flăcăul? Oare programul îi oferă timp să te curteze?

Mă încrunt.

— Ce flăcău?

— Prințul Ronan, copilul de aur - cred că îi spui „Sebastian"?

Pufnesc.

— De ce l-ai numi pe Sebastian „flăcău"? Are douăzeci și unu de ani.

Finn mă ignoră, dar am propria întrebare de pus:

— *Tu* câți ani ai?

— Mai mulți decât el.

— Acesta nu-i un răspuns.

Scarpină absent capul unui lup adormit.

— Sunt îndeajuns de bătrân ca să fi luptat în Marele Război al Făpturilor Fermecate și îndeajuns de tânăr ca să nu-mi amintesc de o perioadă când regatele noastre nu erau pornite să se distrugă reciproc.

Asta îi plasează vârsta undeva între cincizeci și cinci sute de ani. De asemenea, nu e un răspuns, dar tot am mai multe informații decât înainte. Îmi plec capul pe un umăr și-l privesc cu atenție. Evident, e mai mare decât Sebastian, deși par de aceeași vârstă. În timp ce Arya și Mordeus par mai bătrâni. Dacă ar fi fost ființe umane, aș presupune că ar fi de vârsta mamei. Apoi mai e și Lark, care pare să îmbătrânească asemenea unui copil muritor.

— De fapt, în ce ritm îmbătrânesc făpturile fermecate?

Finn oftează.

— Depinde de rasă. Unele au o viață foarte scurtă. De exemplu, majoritatea zânelor-spirit trăiesc mai puțin de cinci ani. Alte făpturi fermecate pot trăi mii de ani.

De ce trebuie să fie mereu atât de insensibil? Și de bătut în cap?

— Știi bine că întreb despre făpturile fermecate ca tine. Când reticența pare să-l împiedice să răspundă, adaug: Dacă nu-mi răspunzi, pur și simplu îl voi ruga pe Sebastian să-mi spună.

— Făpturile fermecate elf, *ca mine*, spune el, îmbătrânesc, în mod normal, asemenea ființelor umane până la pubertate, apoi semnificativ mai lent după aceea. Pentru ochii voștri umani, câteva sute de ani între noi ar putea părea un deceniu.

— În mod normal? Când îmbătrâniți într-un mod anormal?

Finn ridică din umeri.

— Arya, de exemplu, e mai aproape de vârsta mea decât de cea a lui Mordeus.

— Jalek a spus că e pe moarte. De aceea pare mult mai în vârstă?

— E rândul tău să răspunzi la întrebări, spune el. Cum te tratează Prințul de Aur?

— „Sebastian" este în regulă, spun.

Mă încrunt, dându-mi seama că nu prea știu exact cum își petrece timpul.

— Într-adevăr, e ocupat, dar dacă ai impresia că îți voi spune ceva ce poate fi folosit împotriva lui, nu mă cunoști deloc!

— Oh, știu deja că îl vei proteja, replică el, mijindu-și ochii argintii. Ai fost cât se poate de clară în această privință. Dar, dacă e să fim sinceri, și el te-a protejat.

Dă din cap spre încheietura mea, unde o iluzie îmi ascunde cicatricea. Lipsa ei obișnuia să mă sperie, dar acum uit mai tot timpul de ea.

— Cum mă protejează ascunderea cicatricei?

Finn se încordează, apoi clatină din cap.

— Mă refeream la atacul bargharului.

Oare?

— Te-a convins să te răzgândești cu privire la posibilitatea de a deveni regina lui?

— *Nu*. De ce presupui că o voi face?

— Pentru că ești îndrăgostită de el.

— Ce-are una cu cealaltă?

Creez o sferă mică de întuneric în mână și o arunc spre pieptul lui. Finn o prinde și o ține în palmă, apoi începe să o învârtă.

— De obicei, când iubești pe cineva în acest fel, găsești o modalitate de a fi împreună cu persoana respectivă.

— Odată ce își va da seama că am furat de la el, mă îndoiesc că o să mă mai dorească.

Sfera de întuneric rotitoare se dezintegrează.

— Ah! Deci adevărul iese totuși la iveală. Problema nu e că nu vrei să fii cu el. Problema e că tu crezi că nu te poate ierta pentru lucrurile pe care le faci ca să-ți salvezi sora.

— De ce insiști asupra acestui subiect? *Vrei* să fiu regina lui?

— Nu vreau să mă trezesc cu vreo surpriză pe cap, replică el pe un ton veninos, ridicându-se în picioare și îndreptându-se spre ușă. Pretha te va escorta înapoi la palat.

— De ce nu-ți folosești niciodată magia? întreb, fără să gândesc, înainte să plece.

Se întoarce cu încetineală spre mine și își înclină capul într-o parte, o mișcare care îi aruncă una dintre buclele acelea întunecate în ochi.

— Îmi folosesc magia.

— Nu am văzut-o niciodată.

— Harurile mele nu sunt menite să te distreze pe tine, prințeso.

Îmi dau ochii peste cap. Înțeleg întru totul însemnătatea răspunsului oferit - o eschivare. Finn nu are în plan să-mi dezvăluie de ce nu își folosește puterile. Și de ce ar face-o? Dacă, dintr-un anumit motiv, chiar nu e capabil să le folosească, ar fi o slăbiciune covârșitoare. Una care i-ar putea semna condamnarea la moarte, dacă informația ar ajunge la urechile dușmanilor lui. Totuși, nu pot scăpa de gândul care îmi tot răscolește mintea, cum că are ceva de-a face cu coroana tatălui său și cu făptura fermecată greșită aflată la conducerea Regatului Unseelie, la Curtea Lunii.

— Finn, meriți să fii pe acel tron. După ce îmi voi găsi sora și o voi duce acasă în siguranță, aș vrea să te ajut să găsești coroana tatălui tău.

Se dă înapoi, cu ochii scăpărând. Deschide gura şi cred că mă va certa, dar o închide brusc la loc, apoi se răsuceşte pe călcâie şi se năpusteşte afară din bibliotecă.

Lupii se ridică de unde dormeau şi, când îmi aruncă o privire, jur că întrezăresc o umbră de dezgust în ochii lor înainte să-şi urmeze stăpânul.

Mă prăbuşesc pe un scaun şi lupt cu înverşunare împotriva lacrimilor. Vreau să ajut, dar nu au suficientă încredere în mine ca să mă lase. Într-adevăr, adun relicvele care se presupune că îi vor ajuta regatul pe termen lung, însă mi se ascund atât de multe lucruri, încât nici măcar nu înţeleg cum anume îi va ajuta recuperarea artefactelor.

Scot oglinda şi îmi privesc fix reflexia. Ştiam deja că lipseşte coroana, aşa că de ce nu mi-a trecut niciodată prin minte să întreb oglinda?

*Pentru că nu poţi avea încredere în ea.*

Dar, uneori, are dreptate. Şi poate că acum va fi unul dintre acele momente.

— Arată-mi coroana regelui Oberon! îi cer pe un ton coborât.

Însă imaginea din oglindă nu se schimbă şi, indiferent de câte ori cer, mă uit în continuare la propria reflexie.

# CAPITOLUL 24

— Ghici cine s-a întors la palat și vrea să te vadă? mă tachinează Emmaline în timp ce îmi perie părul.

Mă răsucesc să mă uit în ochii ei mari și albaștri.

— Sebastian?

Ajunsesem la palat ieri după-amiază, însă când aflasem că Sebastian nu dăduse niciun semn de la Litha, începusem să mă îngrijorez - poate fusese rănit, poate descoperise cumva că îi eliberasem prizonierul sau că stătusem la Finn. Nimeni nu știa unde se află, iar mintea mea fusese mai mult decât fericită să-mi furnizeze o mulțime de posibilități cumplite, oricât de improbabile, de paranoice și de egoiste ar fi părut.

Emmaline rânjește.

— Da, bineînțeles că vorbesc despre Sebastian. Ne-a rugat să îți spunem că va veni la tine după apusul soarelui și că ar dori să mergeți la o *plimbare*.

După felul în care ciripește, ai crede că „plimbare" e un cod pentru ceva mult mai scandalos.

— Părea... încântat de ideea să mă vadă sau serios?

O urmăresc pe Tess în oglinda de la măsuța de toaletă cum îmi aranjează patul.

— Foarte entuziasmat, spune ea, făcându-mi cu ochiul.

Bun, deci nu e supărat. E un început - mai ales că știu unde se află cartea și trebuie să-i cer o altă favoare.

— Cât de mult ai vizitat din Tărâmul Zânelor de când ești în serviciul reginei? o întreb pe Emmaline.

Îmi zâmbește, în timp ce îmi răsucește părul pe spate.

— Slujim Regatul Seelie, așa că mergem unde merg și ei.

Se încruntă la șuvița scurtă de păr de la baza gâtului.

— Mi-aș dori să pot pune mâna pe incompetenta care ți-a tuns părul!

— Ți-am spus că a fost un accident, spun, trecând repede peste nemulțumirea ei obișnuită. Doar lasă-mi părul desprins la spate și nu se va vedea. Așadar, regina are și *alte* palate?

— Bineînțeles că are, îmi confirmă Tess.

— Multe, adaugă Emmaline, dând din cap.

Acest lucru ar fi trebuit să fie evident pentru mine, dar abia ieri, când Finn mi-a spus că Grimoriconul nu se află în acest palat, mi-a trecut prin minte că *nici* biblioteca pe care o caut nu se află aici.

Pe de o parte, după întâlnirea cu sluaghul, nu ar trebui să mai am încredere în oglindă. Pe de altă parte, nu am nicio pistă cu privire la Grimoricon, așa că nu prea am de ales. Noua strategie? *Folosește oglinda, însă procedează cu prudență!*

Azi-dimineață, când am întrebat din nou artefactul, am studiat imaginea cu mai multă atenție decât prima dată, iar răspunsul era chiar sub ochii mei. Valurile se izbeau de țărm, chiar dincolo de ferestrele bibliotecii. Dacă le-aș fi observat de prima dată când m-am uitat, nu aș fi pierdut timpul gândindu-mă că mai există o bibliotecă secretă în acest palat. Din tot ce am văzut aici până acum, nu suntem nici pe departe aproape de mare.

Tess îmi toarnă o ceașcă de ceai și Emmaline continuă să se lupte cu buclele mele rebele, în timp ce ascunde șuvițele ciuntite.

— Regina are mai multe palate pe întreg teritoriul Seelie. Aceasta e reședința ei principală și locul celor mai formale evenimente, dar petrece doar aproximativ jumătate din an aici. Cealaltă jumătate o împarte între alte trei palate.

Le ofer cea mai bună tentativă a mea a unui oftat visător.

— Cred că dacă aș fi o regină puternică, aș vrea să-mi petrec toată ziua lângă mare.

Gemenele râd.

— Poate pentru că ți-ar aminti de *ochii* unui anumit prinț? chicotește Emmaline.

— *Când* vei fi regină, spune Tess, vei putea alege unde îți petreci timpul.

— Palatul Serenității, castelul de la malul mării, e minunat, însă nu e menit întregii curți. Reprezintă mai degrabă un refugiu pentru familia regală, îmi explică Emmaline. Dar presupun că tu ai putea schimba asta.

— Deci există un castel la malul mării? întreb.

— Desigur. Malul sudic este considerat de mulți ca fiind cea mai frumoasă parte a Regatului Seelie. Se zvonește că părinții reginei se dădeau în vânt după Palatul Serenității.

— Poate de aceea îl vizitează rar, meditează Tess.

Emmaline îi aruncă o privire tăioasă, iar sora ei își pleacă fruntea.

— De ce nu ar vrea să viziteze un loc care îi amintește de părinții ei? întreb.

Ceva dincolo de suferință se ascunde aici, dacă ele nu ar trebui să vorbească despre acest lucru.

Emmaline clatină din cap.

— Nu am avea de unde să știm, domniță. Suntem în serviciul ei doar de zece ani. Părinții reginei au murit acum douăzeci și unu de ani.

Schimbă între ele o altă privire îngrijorată. Sunt convinsă că știu mai multe, dar, din moment ce sunt prea speriate ca să vorbească, decid să nu forțez nota.

— Am o idee, îi spun lui Sebastian în timp ce ne plimbăm prin grădini în seara aceea. Promiți că nu vei râde de mine?

Ziua fierbinte s-a răcorit odată cu apusul soarelui, iar acum tremur în rochia mea de vară, largă și fără mâneci. Sebastian mă trage mai aproape de el, încălzindu-mă cu trupul său.

— Presupun că asta depinde de idee, îmi răspunde rânjind.

Azi-dimineață mi-a explicat că mai multe întruniri importante l-au ținut departe de palat. În mare, îl cred, însă nu pot să nu mă întreb ce părere are despre prizonierul dispărut. Nu vreau să cred că l-ar fi ucis cu adevărat pe Jalek, cu toate că incertitudinea începe să mă macine.

— Spune-mi ideea ta, mă îndeamnă el.

— Slujnicele au pomenit un minunat palat de la malul mării, pe care mama ta îl folosește rar. Unul aflat pe malul sudic? Mă gândeam că ar putea fi frumos ca noi doi să scăpăm de toate presiunile și pretențiile de la curte. Să petrecem realmente câteva zile împreună, ca să ne putem concentra unul asupra celuilalt.

Rânjește și-și arcuiește cu subînțeles sprâncenele.

— Oh, chiar așa?

Îl împung cu cotul în coaste.

— Nu la asta mă refer și o știi prea bine.

— Ce păcat! face el, chicotind.

— Spune omul care abia dacă vrea să mă sărute, îl tachinez și, când amuzamentul îi dispare de pe chip, îmi amintesc că el nu e o ființă umană.

E atât de straniu cum, atunci când suntem singuri, un astfel de amănunt devine ușor de uitat!

— Masculul, am vrut să spun. Scuze!

Maschez momentul stânjenitor cu un zâmbet. Sebastian oftează.

— Bărbat, mascul, nu contează. După ce am trăit doi ani ca ființă umană, nu mă mai afectează aproape deloc eticheta. Cât despre *cealaltă parte*...

Mă încrunt, nedumerită, iar el îmi explică:

— Crezi că nu *vreau* să te sărut?

— Păi...

Îmi mușc buza inferioară, iar ochii lui se lasă în jos, atrași de gest.

— Jumătate din timp nu mă pot gândi la nimic altceva.

— Dar nu o faci, spun încet, gândindu-mă la conversația avută cu Finn, la revelația lui că, *de fapt*, îl vreau pe Sebastian, dar nu și riscul de a fi respinsă atunci când va afla adevărul.

Finn a avut dreptate, chiar dacă refuz să recunosc acest lucru. Sebastian zâmbește.

— Nu-ți dai seama că o fac pe inaccesibilul?

Râd.

— Oh, am observat. Aparent, o faci pe inabordabilul de doi ani.

Îmi ia bărbia în palme și își trece ușor degetul mare peste buzele mele. Atingerea sa e ca prima gură de vin spumant - dulce și îmbătătoare, o promisiune care mă îndeamnă să tânjesc după mai mult.

— Funcționează?

Înghit în sec.

— Poate.

— Chiar vrei să pleci cu mine? Doar noi doi?

— Nu ar fi frumos să mergem într-un loc unde nu sunt atât de mulți ochi ațintiți tot timpul asupra noastră?

— Brie, realitatea vieții mele e că există mereu cineva cu ochii pe mine. Aş vrea să-ți spun că îți pot oferi orice, dar adevărul e că un conducător nu are parte de viață personală.

Și dacă voi rămâne cu el, aceasta este o realitate pe care va trebui să o accept. *Asta-i cea mai mică dintre problemele tale, Brie.*

— Chiar şi să scap de hoardele de curteni ar fi ceva, spun. Mi-a plăcut întotdeauna oceanul şi mi-ar plăcea să văd cum e în lumea ta.

Expresia i se îmblânzeşte şi îmi depune un sărut apăsat pe creştetul capului.

— Sincer să fiu, ideea de a te avea doar pentru mine, timp de câteva zile, e incredibil de atrăgătoare. Lasă-mă să văd ce pot rezolva. Trebuie să plec mâine la prima oră şi mă aştept să fiu plecat toată ziua.

Mi se strânge inima, dar nu desluşesc motivul, dacă este pentru că sunt nerăbdătoare să ajung la carte sau pentru că nu vreau să plece din nou.

— Unde te duci de data asta?

— Am întâmpinat câteva probleme la granița de est. Se încruntă, adăugând apoi: Garda noastră nu mai e ce era odată.

— Te referi la tabere?

Când expresia îi devine mai dură, şovăi, dar cuvintele au fost deja rostite; prin urmare, continui. Acest lucru este prea important.

— Tu nu-i ajuți să le închidă pe acele făpturi fermecate nevinovate, nu-i aşa?

— Ce ştii despre tabere?

— Eu… nu prea multe. Doar că făpturile Unseelie sunt cele care încearcă să scape de domnia tiranică a lui Mordeus şi… sunt doar în căutarea unei vieți mai bune, Bash.

Văd în ochii lui că nu ar trebui să cunosc nici măcar jumătate din toate astea.

— Nu am crezut că ai avea vreo legătură cu taberele. Am crezut că vrei să ajuți făpturile fermecate - indiferent din ce curte provin.

— Bineînțeles că vreau. Dar trebuie să înțelegi că...

Clatină din cap.

— Nu contează. Nu ai nevoie de detalii. Cine ți-a spus despre asta?

— Pur și simplu... i-am auzit pe alții vorbind.

— Pe cine anume?

Mă îngrijorează mânia din ochii lui - nu îndreptată asupra mea, ci asupra oricui l-aș putea implica. După ce l-am văzut cu Jalek, nu mai sunt pe deplin sigură cu cine am de-a face.

— Nu știu.

— Pot avea încredere în tine, nu, Brie?

*Nu poți avea niciodată încredere într-un hoț pe care l-ai primit în casa ta.*

— Bineînțeles.

Minciuna mi se pare amară pe limbă, însă are efectul dorit, din moment ce umerii lui Sebastian se relaxează.

— Am, să știi. La bine și la rău, am.

Îmi ridică mâna la buze și îmi sărută încheieturile degetelor, înainte să mă conducă înapoi la palat și în camera mea.

Somnul mă ocolește jumătate de noapte, iar gustul amar din gură îmi strânge stomacul.

Pretha mă ia din odăile mele la scurt timp după micul dejun. Vinovăția îmi urmărește îndeaproape fiecare pas spre trăsură, prezentă la fiecare cotitură spre casa lui Finn.

„Pot avea încredere în tine, nu, Brie?"

Nu poate avea încredere în mine și trebuie să păstrez acest secret până când Jas e iar acasă, în siguranță. Odată ce sentimentele lui Sebastian și libertatea lui Jas sunt puse în balanță, alegerea devine evidentă. Simplă. Prin urmare, de ce mă simt așa?

— Ce-i cu tine? mă întreabă Pretha când trăsura se oprește în sat.

— Nimic.

Cobor în urma ei și mergem una lângă alta spre casă, cu tăcerea atârnând greu între noi. Pretha se oprește în fața ușii.

— Nu mă minți, Brie! E în zadar.

— Îmi vreau doar sora înapoi. Vreau să găsesc nenorocita aia de carte, pentru ca Mordeus să-mi spună ce urmează. M-am săturat ca toți să se comporte de parcă am avea tot timpul din lume. Vreau să-mi îndeplinesc partea mea de învoială, să-mi recuperez sora și să merg acasă.

Însă vocea îmi cedează la ultimul cuvânt. *Acasă?* Asta este? Nu putem rămâne în Fairscape. Gorst nu va înceta niciodată să mă vâneze pentru că am furat de la el, și să mă întorc în Elora, oricum ar fi, înseamnă să-mi iau rămas-bun de la Sebastian... și de la Finn și de la Pretha, și de la toată banda de făpturi fermecate rebele.

Când ridic privirea, descopăr că Pretha mă privește cu ochi cercetători. Poate că de vină e doar înfățișarea lui Eurelody, dar expresia ei pare aproape compătimitoare.

— Tu și Sebastian vă certați?

— Deloc.

Clatin din cap și mă uit în altă parte. De cealaltă parte a străzii pietruite, o făptură fermecată cu niște aripi transparente adorabile și coarne curbate își mătură prispa casei.

— Problema e că are încredere în mine, și am nevoie ca el să o facă, dar mă simt ca naiba de fiecare dată când exploatez asta.

Pretha se încruntă.

— Ai fost pusă într-o situație imposibilă.

Aştept să-mi ofere câteva sfaturi înţelepte şi utile cu privire la situaţia mea imposibilă, dar ea doar intră în casă şi îmi face semn să închid uşa în urma mea. Se preschimbă înapoi în propria formă şi o ia înainte spre bibliotecă.

Uşile din capătul holului întunecat sunt închise şi Kane stă de pază; cu braţele încrucişate în faţa sa, cu ochii roşii strălucind în coridorul slab luminat.

Privirea Prethei oscilează între el şi uşa închisă, apoi se încruntă.

— Fratele meu a ajuns mai devreme?

— Regele şi regina vorbesc acum cu Finn şi Tynan, dar regina se aşteaptă să li te alături la prânz.

Kane se strâmbă.

— Vrei să inventez nişte scuze pentru tine?

Pretha clatină din cap.

— Ştiam că asta va urma. Prânz, cină? Chiar contează?

Tonul îi este relaxat, dar mersul, când se întoarce pe călcâie şi se năpusteşte în salon, e departe de-a fi aşa.

Simţindu-mă neputincioasă, privirea mi se mută de la Kane la coridorul întunecat, unde a dispărut Pretha.

— Oare ar trebui să o las singură sau...

Kane îşi ridică mâinile cu palmele în sus.

— Nu poţi face chestia aia feminină?

Arcuiesc o sprânceană.

— „Chestia aia feminină?"

Flutură o mână.

— Ştii tu, când spui lucrurile alea drăguţe şi o faci să se simtă mai bine, chiar dacă are inima frântă şi dragostea e un blestem?

— Oh, eu... De ce este asta o chestie „feminină"?

— Crezi că *eu* sunt un candidat bun pentru treaba asta? mormăie el. Nici măcar nu îi pot ura cuiva să aibă o zi bună fără să pară că aș dori în secret să moară.

Are dreptate. Mă încrunt, gândindu-mă mai bine.

— Are inima frântă? Din cauza cui?

Kane se clatină pe călcâie.

— Dacă vrei să afli, ar trebui să te duci să faci chestia.

După felul în care se uită după ea, îmi dau seama că urăște faptul că nu poate fi acel gen de prieten pentru Pretha, însă mă îndoiesc că eu sunt o candidată mai potrivită.

Totuși, mă trezesc că pornesc în direcția salonului, unde o găsesc pe Pretha la fereastra din față, privind fix strada, lipsită de expresie, cu ochii goi.

— Vrei să vorbești despre asta?

Se încordează.

— A recunoaște că există ceva de vorbit aduce cu o trădare la adresa soțului meu.

*Oh! Păi, atunci…*

— Când a murit Vexius?

— Acum patru ani. A fost rănit în timp ce ducea un grup de refugiați Unseelie la un portal spre teritoriul Făpturilor Fermecate Sălbatice.

Înghite în sec.

— Nu s-a vindecat.

Nici nu e de mirare că părea atât de afectată când Finn a fost rănit în aceleași împrejurări.

— Patru ani e mult timp. Cu siguranță te poți ierta pentru că ai căpătat anumite sentimente pentru cineva.

Își smulge privirea de pe stradă și se uită în ochii mei. Nu am văzut-o niciodată arătând atât de îmbătrânită sau de obosită.

— Ce simt pentru Amira simțeam cu mult înainte să-l întâlnesc pe Vexius. Cu mult înainte ca oricare dintre noi să se căsătorească.

Numele îmi sună cunoscut. Aceasta este întâlnirea de care se temea.

— Amira este regina Făpturilor Fermecate Sălbatice?

Pretha dă din cap și-și ferește din nou privirea.

— Și soția fratelui meu.

— Oh!

Stomacul mi-o ia la vale când încerc să-mi închipui situația.

— Oh, Pretha. Îmi pare atât de rău!

— Da, și mie!

Răsuflarea ei, mai mult un pufăit, aburește ușor fereastra.

— Amira și cu mine eram amândouă de vârsta ta când a fost adusă la palatul familiei mele. Venise pentru a se pregăti să fie mireasa lui Misha, dar m-am îndrăgostit de ea din prima clipă în care am zărit-o.

— Cât de frumos!

Vocea îmi este încărcată de tristețe. Știu încotro se îndreaptă această poveste.

— Să înțeleg că l-a ales pe el în detrimentul tău?

Tresar când îmi aud propria întrebare. Dacă ar fi fost Kane aici, ca să asiste la neputința mea, poate că ar fi luat problema în propriile mâini.

Pretha râde batjocoritor, un sunet plin de amărăciune.

— Nici pe departe. Nu am avut niciodată de ales, niciuna dintre noi. Față de Seelie, Făpturile Fermecate Sălbatice sunt mai tolerante la adresa celor ca mine și ca Amira. Părinții mei ne-au crescut să credem că iubirea e frumoasă în toate formele sale, dar am știut întotdeauna că această toleranță piere la ușile palatului. A fi în familia regală înseamnă a trăi după un set diferit de reguli.

— De ce? întreb. În ce constă diferența?

— Ei ți-ar spune că e vorba despre puterea liniilor genealogice, dar, de fapt, e vorba despre aparențe. Și despre propriul lor disconfort față de ideea că fiica lor iubește o altă femelă.

Oftează.

— Dar timp de trei ani, Amira și cu mine am putut fi împreună în timp ce o pregăteau pentru viața ei ca regină. Lui Misha nu-i păsa. Nu se căsătorea cu ea din dragoste, ci doar pentru a consolida alianța dintre familiile noastre. Însă când au aflat *părinții* noștri?

Buzele îi zvâcnesc, evocând... amuzament? Iritare? Furie reprimată? Poate o combinație între toate trei.

— Îți poți imagina cât de îngrozită am fost când m-au îndepărtat de la curte și m-au trimis să mă căsătoresc cu fratele mai mic al prințului Unseelie.

— Vexius, completez cu blândețe.

Nu-mi pot imagina cum o fi să se aștepte din partea ta să te căsătorești cu cineva din motive politice. Nu-mi pot imagina posibilitatea ca iubirea să aibă o însemnătate atât de mică, să fie aproape lipsită de prioritate pe lista motivelor pentru care decizi să îți petreci viața alături de cineva. Cu toate astea, exact asta îl va aștepta pe Sebastian dacă aleg să nu rămân cu el.

— Dar, în cele din urmă, ai ajuns să ții la el?

— În unele zile mi-aș dori să nu o fi făcut, răspunde ea, bătându-se ușor cu pumnul în piept, de parcă ar încerca să stăvilească durerea încătușată acolo. Dar a fost atât de al naibii de ușor de iubit!

— Faci progrese, zice Finn.

Mă uit cu gura căscată la el.

— A fost cumva un compliment?

Ne aflăm la etaj, în timp ce Pretha ia prânzul cu fratele ei și cu regina Făpturilor Fermecate Sălbatice. Deși nu m-am așteptat să fiu la rândul meu invitată, am presupus că cel puțin Finn va fi acolo pentru a-și sprijini moral cumnata. Se pare că nu. Regele și regina au cerut să li se acorde intimitate.

— Concentrează-te! îmi cere Finn.

Tynan își încrucișează brațele și își ridică bărbia într-o atitudine provocatoare.

Obiectivul meu e să-l învălui în umbră... nu cum aș proceda ca să trec pe cineva printr-un perete odată cu mine, ci ca să-l *prind* în umbrele mele. O manevră defensivă, proclamată cu îndârjire de Jalek drept singura mea speranță în luptă, din moment ce abilitatea mea de a mânui o sabie e de tot râsul.

Desfășurându-mi magia, îmi îndrept întreaga atenție asupra lui Tynan și îl învălui în umbră - doar pentru ca învelișul întunecat să se destrame când ridică din umeri.

— Ar trebui să funcționeze bine, apreciază Tynan, cu o sclipire jucăușă în ochi. Atâta timp cât dușmanii tăi rămân *perfect nemișcați.*

Îi răsplătesc numaidecât remarca printr-un gest obscen, dar râd. Poate că sunt departe de a-mi perfecționa abilitățile, însă fac progrese.

— Finn.

Kane stă în pragul dormitorului.

— Avem o problemă. Prințul Ronan este la ușă.

Cu acest singur nume, buna mea dispoziție e spulberată. Simt un gol dureros în stomac. De acest moment mi-a fost teamă. Sebastian va afla că-l trădez. Cum m-a găsit aici?

Finn pare să se gândească la același lucru.

— I-ai spus unde îți petreci timpul?

Clatin din cap.

— Nu. Știe doar că sunt cu tutoarea mea.

— Ne-am pregătit pentru asta, i se adresează Finn lui Kane. De aceea suntem aici, nu? Așa că trimite-o pe Eurelody să vorbească cu el! Amira și Misha vor ierta întreruperea.

— Am face-o, dar...

Kane își drege glasul.

— O are cu el pe adevărata Eurelody. I-a dat de urmă, iar ea a recunoscut că a părăsit serviciul reginei cu ani în urmă.

Finn înjură în șoaptă. Tynan se strâmbă.

— Trebuie să-l scoatem de aici înainte să-și dea seama că Misha și Amira sunt la fața locului.

— Pot să vorbesc eu cu el, mă ofer, deși nu am nicio idee ce-i voi spune.

Vreau doar să scap de acel sentiment rău-prevestitor din stomac. Ce i se va întâmpla lui Jas dacă Sebastian mă trimite acasă?

Sprâncenele lui Finn dispar cu totul, ascunse de bucle.

— Vrei ca el să știe, fără nicio urmă de îndoială, că ești aici? Că lucrezi cu noi?

Tresar.

— Așa credeam și eu. Rămâi aici!

Îl urmează pe Tynan afară din cameră și închide ușa după el.

Ascult sunetele înăbușite ale masculilor de jos. Aud vocea joasă a lui Finn și pe cea a lui Sebastian, dar nu disting ce își spun unul altuia.

Un alt bubuit înfundat îmi ajunge la urechi și, apoi, o tăcere deplină, bruscă. Nu mai rezist.

Ușa dormitorului scârțâie când o deschid; tresar și merg tiptil spre capul scărilor.

— Lasă-mă să intru!

Mârâitul lui Sebastian practic zguduie casa. Stă față în față cu Finn, care îl are pe Tynan alături. Cei doi prinți oferă o priveliște formidabilă, amândoi cu umeri lați, aruncându-și priviri amenințătoare, furioase.

— Știu că o ai aici.

— Poate că te lasă baltă magia, prințișorule. Sunt convins că vei corecta destul de curând problema asta, cu toate acele oportunități perfecte care te așteaptă la palat.

Nu văd chipul lui Finn, dar îi disting insinuarea disprețuitoare din voce.

— Taci din gură! mormăie Sebastian. Nu te purta de parcă ai fi mai presus decât mine.

— Pleacă, flăcăule! Întoarce-te la castel și la mama ta iubitoare. Întoarce-te la turma ta de femei umane, disperate să renunțe la viețile lor pentru tine.

Finn se dă doi pași îndărăt, retrăgându-se în casă, dar Tynan nu se clintește din loc, cu pieptul înfoiat de parcă ar fi gata să atace.

— Finnian, ești un măgar mai mare decât îmi aminteam!

Finn îi răspunde cu o jumătate de plecăciune, pur zeflemitoare, iar Sebastian se răsucește pe călcâie și se îndepărtează furios, cu pași apăsați. Tynan trântește ușa în urma lui, apoi se întoarce spre Finn cu maxilarul încleștat.

— Am crezut că putem avea încredere în ea.

— Putem, replică Finn.

— Atunci cum explici *asta*?

Finn scutură din cap.

— Nu face presupuneri. Voi rezolva situația.

Îmi dau seama că Finn se îndreaptă spre scări, așa că mă reped înapoi în dormitor, închizând ușa în urma mea. La fereastră, cercetez strada în căutarea lui Sebastian, dar nu e acolo. Trebuie să fi venit aici cu goblinul său și probabil că l-a pus să-l readucă la castel.

Ușa dormitorului scârțâie când se deschide.

— Încerci să tragi o ocheadă la alesul inimii tale? întreabă Finn.

Nu mă întorc spre el.

— Tu bați vreodată la ușă?

— Nu în propria mea casă.

— Atunci poate că pur și simplu ar trebui să...

Nu am șansa de a-mi duce până la capăt amenințarea goală, pentru că Finn mă învârte în loc și-mi scoate amuleta ascunsă sub rochie.

— De ce nu mi-ai zis nimic despre asta?

În majoritatea timpului, Finn e mai degrabă iritat sau irascibil decât fericit, dar nu l-am văzut niciodată *așa*. Furia îi arde în ochi și îi deschide aproape până la alb argintul din jurul pupilelor.

— Nu te privește!

— S-o crezi tu! Dacă te voi ține aici, dacă îmi voi pune în pericol *propriii confrați* pentru a te proteja, mă privește în totalitate. De unde o ai?

Nu pot risca să o pierd. Aproape că am murit de două ori de când am ajuns în acest tărâm blestemat. Am nevoie de orice protecție oferită de amuleta lui Sebastian.

— Mi-a dăruit-o mama.

Finn își strânge degetele într-un pumn în jurul amuletei și mi-o smulge de la gât, rupând lanțul, apoi se răsucește și se îndreaptă spre ușă.

— Ce naiba crezi că faci?

Mă apropii hotărâtă de el, călcând apăsat. Poate că prietenii lui se tem de el, dar eu nu.

— E a mea. N-ai dreptul...

— N-am dreptul să distrug amuleta de *urmărire* a prințului Ronan? N-am dreptul să-i împiedic pe el și pe regină să știe unde îți petreci timpul?

Strânge atât de tare amuleta, încât i se albesc încheieturile degetelor.

— Nu știi ce vorbești. E o amuletă de *protecție.*

— Chiar așa? Cât de bine te-a protejat când sluaghulii te-au prins în ghearele lor? Cum crezi că te-a găsit prințișorul tău în noaptea în care bargharul te-a prins în pădure?

— Eu...

Dorința de luptă se scurge din mine și tremur toată când mă las jos pe pat. Nu m-am întrebat niciodată cum m-a găsit Sebastian în acea noapte. Pur și simplu am fost atât de ușurată să fiu salvată și m-am gândit... m-am gândit că el e o făptură magică. Nu mi-a fost chiar atât de greu să cred că ar fi capabil să mă găsească.

Finn deschide palma ca să-mi arate amuleta. Până nu demult, lucioasă și strălucitoare, a căpătat culoarea apei murdare de când mi-a smuls-o de la gât.

— Te urmărea cu asta și te-a urmărit direct până la ușa mea.

— Îmi pare rău! șoptesc.

*M-a urmărit.* Mi-a spus că mă va proteja, dar singura lui intenție a fost să stea cu ochii pe mine. Un gând teribil îmi trece prin minte și mă uit numaidecât la Finn.

— Curtea Lunii. Am purtat amuleta ambele dăți când am mers să vorbesc cu Mordeus.

Dacă Sebastian își dă seama că îl păcălesc, dacă știe că lucrez pentru Mordeus ca să fur de la curtea lui...

— Amuleta asta nu e îndeajuns de puternică să funcționeze la o distanță atât de mare. Nu va ști că ai fost la Mordeus - cel puțin nu cu ajutorul ei, adaugă el și se îndreaptă spre fereastră. Îi voi cere Prethei să te ducă înapoi la palat, cât de repede. Sebastian te va căuta acum, că suspectează că ai fost cu noi, și nu pot risca să afle despre alianța noastră. Pretha îl va vrăji pe unul dintre ceilalți tutori ca să-i facă să creadă că au lucrat cu tine în tot acest timp.

Dau din cap. Corect! Trebuie să abordăm problema. Dar oare va fi suficient pentru a-l convinge pe Sebastian?

— Nu veni să ne cauţi! Va trebui să ne mutăm. Pretha va veni la tine când va fi sigur.

Finn va trebui să se mute. Să-şi dezrădăcineze prietenii şi pe Lark. Totul, din cauza mea.

— Îmi pare rău!

Ridică din umeri, dar nu-mi scapă oboseala întipărită pe chipul lui.

— Oricum era un cămin temporar. Vine la pachet cu o viaţă trăită în exil. Nimic nou pentru noi.

— Tu şi Sebastian… nu v-aţi luptat.

Când se răsuceşte spre mine, epuizarea îi trage umerii în jos.

— Crezi că asta a fost o întâlnire *prietenoasă*?

— Nu, dar aveam impresia că vă urâţi. M-am gândit că aţi putea încerca să vă ucideţi unul pe celălalt, dacă v-aţi afla vreodată în acelaşi loc.

Finn studiază amuletă din palmă.

— Nu ştiu ce ţi-a spus despre mine, dar nu-i doresc deloc răul prinţişorului tău. Mamei sale, pe de altă parte…

Îşi înclină capul în lateral, întinzându-şi gâtul. Furia îi umbreşte chipul, dar apoi dispare la fel de repede pe cât s-a ivit.

— Sebastian nu îmi este duşman.

E o uşurare să aud asta şi, în timp ce mă întorc la palat, aproape că mă las convinsă că totul va fi bine.

Dar când deschid uşa de la odăile mele, Sebastian mă aşteaptă lângă ferestre.

— Ce mai face prinţul Finnian?

# CAPITOLUL 25

ÎMI DAU SEAMA DUPĂ POZIȚIA UMERILOR CĂ E FURIOS.

— Bash? rostesc pe un ton blând.

Vinovăția și rușinea mă răscolesc. Sunt mereu acolo, înfășurându-se în jurul picioarelor mele, încercând să mă încetinească, însă acum sunt un val în creștere ce amenință să mă înece.

— Ce... ce vrei să...

— *Prințul. Finnian.* Știu că ai petrecut timp cu el.

Vocea îi este răgușită - de parcă ar fi urlat. Îmi cuprind trupul cu brațele.

— Eu...

Să încerc să neg sau asta doar ar înrăutăți lucrurile?

— Contează? Este un prieten.

Ochii lui Sebastian sunt roșii, maxilarul, încleștat. De cât timp așteaptă aici, în dormitorul meu gol, știind adevărul despre unde mă aflam?

— Ești îndrăgostită de el?

— Poftim? icnesc. De ce m-ai întreba așa ceva?

Însă poate că întrebarea e prea sensibilă, prea personală, pentru că tot ce îmi doresc acum este să fug. De Sebastian.

De acei ochi învolburați de verdele mării, care par să observe prea multe. De propriile sentimente confuze. S-ar putea să nu mă pot căsători vreodată cu el, dar îl iubesc. Mă doare gândul că, într-un fel, se simte constrâns să stea în fața mea și să mă întrebe dacă sunt îndrăgostită de o altă făptură fermecată. Mă doare pentru că, deși nu-l iubesc pe Finn, chiar simt *ceva* pentru el. Simt mai mult decât ar trebui.

— El e *dușmanul* meu, Abriella.

— Ei bine, tu nu ești al lui, așa că poate ar trebui să te gândești mai bine la asta, răbufnesc eu.

O voce lăuntrică îmi șoptește că nu-i acum momentul potrivit pentru o astfel de confruntare, dar m-am săturat de secrete. În plus, nu mai vreau să simt că trădez un prinț în favoarea celuilalt, când amândoi sunt masculi onorabili, care vor ce e mai bun pentru popoarele lor.

— Asta ți-a spus? Așa ți-a câștigat încrederea? Pretinzând că suntem prieteni?

— Nu am afirmat că sunteți prieteni. Nu sunt chiar atât de naivă. Dar el nu e un monstru asemeni lui Mordeus și, dacă ai în vedere ce e mai bun pentru poporul tău, ar trebui să faci tot posibilul ca să-l așezi pe Finn pe Tronul Umbrelor, unde îi este locul.

Tresare. *Tresare.*

— Sebastian.

Nu se uită la mine. Cu pași mici, acopăr distanța dintre noi, iar când îmi pun mâna pe brațul lui, închide ochii - oare îi place sau îmi suportă atingerea? Nu-mi dau seama.

— Uită-te la mine. Te rog!

— Nu pot.

Maxilarul i se încordează.

— În timp ce trăiai sub acoperișul meu, umblai cu *dușmanul* meu și mă făceai să cred... Clatină din cap, ferindu-și în continuare privirea când întreabă: Iei măcar în considerare cererea mea în căsătorie sau doar te prefaci ca să-i poți furniza informații pentru a-mi distruge regatul?

— Nu!

Poate că sunt oribilă, poate că l-am mințit pe Sebastian, dar nu aș încerca niciodată să-l ajut pe Finn să distrugă Regatul Seelie.

— N-aș face niciodată așa ceva! Dar nu asta își *dorește* Finn.

Vocea îmi tremură.

— Atunci de ce ți-ai petrecut timpul cu el?

A-l vedea atât de distrus, de zdruncinat, îmi frânge inima. *Nu-mi cunoști cea mai cumplită dintre trădări, Sebastian. Nu te merit.*

Din pricina învoielii mele cu Mordeus, nu-i pot dezvălui niciodată lui Sebastian tot adevărul cu privire la alianța mea cu Finn - cum și de ce mă ajută. Și chiar de aș putea, nu știu dacă aș face-o. Uneori cred că Sebastian ar fi capabil de orice ca să mă ajute să o salvez pe Jas, dar alteori... În nopți precum cea de Litha, când l-am văzut aruncându-l pe Jalek dintr-o parte în alta a celulei, mi-am dat seama că mai sunt atât de multe lucruri pe care nu le știu despre această lume și despre rolul lui Sebastian în ea. Mai sunt atât de multe lucruri pe care nu le înțeleg despre dinamica dintre regate și în cadrul lor!

Sebastian se răsucește spre mine, iar furia și disperarea fulgeră în egală măsură în acei ochi frumoși.

— Răspunde-mi!

— Mă antrenează, mă ia gura pe dinainte. Mă ajută să învăț cum să-mi folosesc puterile care s-au manifestat când am ajuns în Tărâmul Zânelor.

— Puteri.

O parte din suferință îi părăsește chipul.

— Spune-mi la ce te referi!

Îmi ling buzele, dornică să-i explic într-un mod care îi va permite să mă ierte pentru că mi-am petrecut timpul cu dușmanul său.

— Știi că întotdeauna m-am înțeles bine cu întunericul, dar, când am venit aici, deodată am putut deveni una cu întunericul și cu umbrele. Am putut dispărea în ele.

Îmi studiază fața cu o expresie indescifrabilă.

— Știi de unde provin aceste puteri?

Clatin din cap.

— Nu. Sunt pur și simplu *acolo*, deși nu prea mă pricep să le mânuiesc. Finn s-a oferit să mă ajute.

— În schimbul a *ce*?

Închide ochii. Nu-i pot răspunde la întrebare fără să-mi încalc învoiala.

— Nu știu, șoptesc și, de îndată ce minciuna îmi alunecă de pe buze, îmi dau seama că nu există nicio minciună pe care să nu o spun, niciun obiect pe care să nu-l fur pentru a-mi salva sora.

— De ce nu m-ai rugat *pe mine?*

*Pentru că nu voiam să știi despre puterile mele. Nu voiam să știi că am abilități care îmi permit să mă strecor prin palatul tău, care îmi permit să fur și să spionez și să eliberez prizonieri.*

Îmi plec capul.

— Îmi pare rău!

Mă mângâie pe obraz și îmi împinge ușor bărbia în sus, până mă uit din nou la el.

— Sunt *nebun* de gelozie. Mi-am pierdut mințile aici, crezând că el ți-ar putea fura inima. Am încercat să mă conving că tot ceea ce contează cu adevărat este protecția regatului meu, când, de fapt – se apleacă și își atinge fruntea de a mea –, de fapt, te-am pus mai presus de regatul meu de multă vreme.

Îmi urmărește linia maxilarului cu degetul mare și mă las subjugată de această atingere - de căldura și de alinarea sa.

— Pot avea cu adevărat încredere în tine, Abriella?

Dacă ar putea, nu ar repeta întrebarea. Dar nimic nu s-a schimbat. Am nevoie de încrederea lui Sebastian. Am nevoie să mă ducă la palatul de vară și am nevoie să-mi permită în continuare să rămân aici ca să pot recupera al treilea artefact.

— Bineînțeles.

— Oare?

Oftează adânc.

— Poate că nu înțelegi cum stau lucrurile între mine și Finn, cum stau lucrurile între familiile noastre, secolele de animozitate. Te-am protejat până acum și, ce să vezi, tu ți-ai petrecut timpul cu el! Nu pot închide ochii, să mă prefac că nu e o trădare.

— Bash, poți avea încredere în mine. Cum ți-o pot dovedi?

*Cum te pot face să crezi această minciună îngrozitoare?*

— Tu… Noi am putea…

Înghițind în sec, pare să-și ia în considerare cuvintele, apoi clatină din cap.

— Nu te voi sili să faci ceva pentru care nu ești pregătită.

Îmi strecor ambele mâini în jurul cefei lui și mă ridic pe vârfuri pentru a-mi lipi buzele de ale sale. Dacă m-am îndoit vreodată de sentimentele mele pentru Sebastian, acest sărut este răspunsul. După o simplă atingere a buzelor sale, vreau să-i cuprind cu totul trupul cu al meu.

Dar, din nou, Sebastian e cel ce se retrage. Ochii îi sunt încețoșați de dorință, însă inspiră adânc, devenind dur ca oțelul, apoi mărește distanța dintre noi cu un pas. Îl prind de mână.

— Unde te duci?

Buzele îi zvâcnesc brusc, unite într-un zâmbet strâmb.

— Dacă rămân aici, te voi săruta din nou.

Mai fac un pas spre el.

— Sună bine!

Expresia i se întunecă.

— Nu te juca cu mine, Brie! Nu suport asta.

Încă un pas și îmi lipesc palma de pieptul lui.

— Nu mă joc.

Și poate că în orice alt moment ar fi o minciună, dar în acest moment, chiar acum, e purul adevăr. Nu-mi doresc nimic altceva în afară de sărutul, de atingerea, de afecțiunea lui. Vreau să absorb cât pot de mult din el, înainte să descopere adevărul despre mine și să mă îndepărteze.

Agonizant de lent, își coboară gura spre a mea.

— Inima mea e în mâinile tale, Abriella, spune el cu o clipă înainte ca buzele să ni se întâlnească.

Nu știu dacă este efectul cuvintelor sale sau al blândeții cu care îmi desparte buzele cu ale lui, însă în această clipă uit de orice altceva. Mintea mi se golește, trupul mi se trezește la viață. Mâinile lui Sebastian îmi coboară pe brațe, mângâindu-mă ușor, și apoi urcă din nou, iar fiecare dezmierdare a degetelor sale bătătorite îmi trimite un impuls electric prin corp. Ar fi atât de frumos să dau toate cărțile pe față! El face tot ce îi stă în putință să o recupereze pe Jas, să mă protejeze. Nu mai vreau să-l mint sau să mă furișez. Nu mai vreau să port această povară de una singură.

În curând. E o promisiune pe care mi-o fac chiar acum. Una pe care, în secret, în tăcere, i-o fac lui Sebastian. De îndată ce învoiala mea cu Mordeus va fi onorată, iar sora mea, în siguranță, nu voi mai păstra și alte secrete. Voi găsi o cale de a fi demnă de iubirea pe care mi-o oferă. Dacă mă va dori și el.

Îmi înfig degetele în părul lui, iar șnurul de piele care îl ține legat se desface. Îi ating limba cu tandrețe, provocator, iar el geme în gura mea – vibrația sunetului mă înfioară, descătușând scântei orbitoare de plăcere în jos, pe șira spinării. Sărutul devine mai înfocat, mai adânc, o luptă lacomă pentru revendicare.

Îmi urmărește linia gâtului cu buzele, îmi sărută partea de sus a sânilor dezvăluită de corsaj, își strecoară limba sub materialul rochiei. Pielea îmi arde de nevoia de mai mult, de nevoia de *el*.

Mă împinge până când partea din spate a coapselor mi se lovește de marginea patului. Mă așez pe pătură, cu mâinile pe șoldurile lui, o îndrumare să mi se alăture.

— Nu pot gândi limpede când vine vorba de tine, Brie, rostește el cu răsuflarea fierbinte pe gâtul meu. Am îndatoriri față de familia mea, față de poporul meu, dar de îndată ce-ți simt gustul, vreau să uit totul.

Îi cuprind chipul între mâini și îl îndemn să se uite la mine. Ochii îi sunt întunecați, împăienjeniți de dorință, și mă privește intens, cercetător, cu buzele întredeschise.

— Atunci să uităm! Doar pentru aceste clipe. Să ne prefacem că nu mai există nimic altceva.

I se umflă nările, apoi își coboară gura și îmi prinde buza de jos între dinți. Gemând, îmi apucă poalele fustei, iar eu îmi ridic șoldurile ca să-l ajut să o tragă în sus, până când îmi rămâne adunată în jurul taliei. Sebastian se așază între picioarele mele și pot simți cât de mult mă dorește. Mă pierd în senzația îmbătătoare oferită de greutatea trupului său peste al meu, în plăcerea aproape dureroasă a mâinii lui pe șold, degetul său mare mângâindu-mi înnebunitor pielea.

Își înclină capul ca să-mi sărute sânii, să-mi sugă sfârcurile prin material. Țip și mă arcuiesc spre el. Mâinile mele sunt peste tot – pe umerii lui, pe pieptul puternic, apoi mai jos, de-o parte și alta a trupului său, până ajung la curea. Vreau să-l ating peste tot, deodată.

Se trage înapoi și mă privește iarăși în ochi.

— Spune-mi că vei fi a mea! murmură el. Spune-mi că vei rămâne aici cu mine!

— Sunt aici, cu tine, acum.

Tristețea se contopește cu pasiunea, iar cuvintele îmi tremură pe buze în timp ce îi ofer singura promisiune posibilă.

— Sunt a ta în seara asta.

Se îndepărtează, cu regret, și brusc nu-i mai simt trupul peste al meu, iar el stă pe marginea patului, respirând greoi, cu capul plecat.

— Îmi pare rău!

Mă ridic pe coate.

— De ce? Ce s-a întâmplat?

Sebastian stă în picioare acum.

— A fost prea repede. Ne mișcăm prea repede.

Oare? Nu mi s-a părut prea repede. De fapt, mi s-a părut *potrivit*. Ușor. Și știu că dacă el nu s-ar fi oprit, l-aș fi lăsat să continue până unde ar fi vrut el. Ar fi, oare, atât de rău?

Mă dau jos din pat, apoi îmi îndrept rochia înainte de a mă așeza în fața lui.

— Hei!

Îmi lipesc o mână de obrazul lui, iar el își întoarce capul ca să-mi depună un sărut în podul palmei.

— Nu m-a deranjat. Întoarce-te în pat!

Se uită intens în ochii mei, prelungind atât de mult momentul, încât sunt singură că îmi poate vedea toate secretele. Toate trădările.

— Vreau mai mult decât sărutările tale, Brie.

Mă abțin să nu zâmbesc.

— Sunt sigură că dacă te urci înapoi în acest pat cu mine, îți voi oferi mult, *mult* mai mult decât sărutările mele.

Ochii îi scânteiază.

— În numele tuturor zeilor, ce tare mă ispitești, femeie!

Oftez.

— Nu suficient, dacă ai de gând să pleci.

Sebastian se uită la ușă, apoi înapoi la mine.

— Nu vreau să plec, dar am o întrunire. Încerc să nu las dezamăgirea să mi se citească pe față, dar probabil că dau greș, pentru că el spune: Îmi pare rău că sunt mereu atât de ocupat! Mă voi revanșa.

Îmi prinde bărbia între degetul mare și arătător.

— Ce ai spune dacă am da o fugă la palatul de vară, așa cum îți dorești cu atâta îndârjire?

Mintea îmi este o nebuloasă desăvârșită după săruturile lui, și am nevoie de câteva secunde pentru a-mi aminti de ce vreau să merg la palatul de vară și ce misiune am de îndeplinit acolo.

— Vorbești serios?

— Foarte serios. Cred că ai dreptate. Ne-ar prinde bine să plecăm de-aici și să avem timp doar pentru noi doi.

Îmi mângâie ușor buzele cu ale lui, un sărut dulce, plin de promisiuni.

— Când mă voi culca în sfârșit cu tine, nu va mai fi pe grabă.

Golul din stomac crește iar și trupul îmi freamătă tot, cuprins de remușcare. Sebastian vrea să fim doar noi doi, vrea să folosească timpul petrecut la palatul de vară pentru a face dragoste cu mine și pentru a ne apropia și mai mult unul de celălalt, când eu voi avea nevoie de fiecare secundă prețioasă ca să caut și să fur un obiect sacru din biblioteca mamei sale.

Probabil că-mi surprinde chinul întipărit pe chip, pentru că se încruntă.

— Dacă te-ai răzgândit în legătură cu palatul... sau în legătură cu... noi doi, împreună...

— Nu! mă grăbesc să-i răspund. Nu m-am răzgândit cu privire la nimic. Sunt doar... nerăbdătoare, dar ai lucruri de făcut. E în regulă. Îți mulțumesc!

Pentru Jas, îl voi minți încă puțin. Pentru Jas, nu mă voi ridica la imaginea pe care și-a făurit-o despre mine.

Dar, în curând, voi fi mai bună. În curând.

Îmi cercetează chipul de parcă ar încerca să pună cap la cap ceea ce vede acolo.

— Poate că așteptarea îți va oferi oportunitatea să te gândești la... noi. Să te gândești la viitor.

— Sebastian...

Îmi mușc buza. „Spune-mi că vei fi a mea!" Nu vreau să-i spun *nu*, nici măcar că *nu știu*. Pentru că știu ce vreau să spun, dar se bate cap în cap cu învoiala care trebuie onorată. Prin urmare, nu pot spune *da*. Nu încă.

În curând.

Cu o tresărire ușoară, îmi pune un deget pe buze.

— Nu trebuie să spui nimic. Știu că nu ești pregătită.

Apoi pleacă din cameră, închizând ușa în urma lui.

Sebastian mă va duce la palatul de vară și, până atunci, nu am nimic altceva de făcut... decât să mă antrenez.

După ce pleacă, mă preschimb în umbră și explorez palatul așa cum am procedat de atâtea ori până acum. Trec pe lângă Riaan și câțiva membri ai gărzii regale prinși într-o discuție aprinsă, cu glasuri coborâte. Mă gândesc să mă opresc, dar în seara asta nu sunt dornică să-i spionez pe străjerii lui Sebastian, nu când vinovăția mă roade pe dinăuntru. Însă trebuie neapărat să-mi testez abilitatea.

Nu mă aventurez niciodată în aripa de est a castelului, unde se află încăperile familiei regale. Sunt mereu prea intens luminate, dar nu am de ales, nu dacă vreau să-mi depășesc limitele și să încerc să-mi folosesc harurile în zonele mai luminoase. Dacă pot întuneca holul strălucitor care duce la odăile lui Sebastian, aș putea găsi curajul să încerc ceva mai dificil.

Zâmbesc când trec pe lângă un al doilea membru al gărzii și mă strecor mai aproape de ușa lui. Apoi zâmbesc și mai mult când îmi amintesc că Sebastian știe acum despre puterile mele. *Un secret mai puțin.* Poate îi voi lăsa un bilețel, pentru a-l înștiința că am fost acolo. Poate îi voi sugera să ne întâlnim când se întoarce de la întrunirea de la curte.

Aud voci înăuntru și trec grațios prin ușă, fără să o deschid. Sau pur și simplu îl voi surprinde acum.

De îndată ce fac un pas mic în cameră, mă întâmpină un râs feminin, urmat de vocea posesoarei, care spune:

— Prințe Ronan, ce diavol ești!

Imaginea care prinde contur în fața mea mă lovește în plin. Deschid gura, dar nu pot respira. Nu există suficient spațiu în piept pentru plămânii mei, nu când sunt înconjurați de schijele inimii mele spulberate. Sebastian și o fată umană sunt lipiți unul de celălalt, într-o încâlceală de mâini și de picioare. Cu o voce joasă și răgușită, el îi murmură ceva în ureche. Fata are fusta ridicată, strânsă în jurul taliei, și un picior palid încolăcit în jurul șoldurilor sale. Când gura lui se deschide pe gâtul ei, ea geme de plăcere.

— Nu!

Cuvântul îmi scapă involuntar, înainte să mă pot controla, dar ei sunt prea absorbiți unul de celălalt ca să-l audă. Mă întorc și mă lovesc de ușa pe care nu am deschis-o niciodată.

Mi-am pierdut controlul asupra umbrelor și am nevoie de toată concentrarea să mă preschimb la loc, de tot controlul să mă agăț de magia mea în timp ce alerg înapoi spre odăile mele. Abia ajung în holul destinat oaspeților înainte să devin din nou tangibilă și, când intru din nou în camera mea, mă prăbușesc direct pe podea, tremurând, fără să mă obosesc să închid ușa.

*Nu poate fi adevărat! El nu ar fi făcut așa ceva. Nu a fost Sebastian.*

Poate vreo zână metamorf i-a furat înfățișarea ca să ajungă la fete – sau poate... poate...

Poate că Sebastian nu crede că voi fi de acord să mă căsătoresc cu el și acționează întocmai cum mi-a spus. Poate că încearcă să-și găsească o mireasă, să-și îndeplinească datoria față de regatul său.

Dar cumva... cumva, nu mi-a trecut niciodată prin minte că atunci când nu e cu mine, când nu mă curtează și nu mă sărută, e cu una dintre ele. Oare se culcă cu celelalte fete? Oare am fost atât de incredibil de naivă să cred că nu ar face-o? Știam că se pregătea pentru posibilitatea alegerii unei alte mirese, dar durerea pe care o simt nu și-a înfipt ghearele înăuntrul meu pentru că o săruta, ci pentru că părea că nu vrea să se oprească. Nu am asistat la vreo *datorie* față de coroană, ci la pasiune și plăcere – chiar lucrurile pe care i le-am oferit când a plecat pentru o „întrunire".

Am senzația că inima mi-a fost sfâșiată și nu mă pot hotărî dacă vreau să plâng sau să mă năpustesc înapoi în camera lui și să țip la el. Tot ce știu e că trebuie să fac ceva. Nu pot sta pur și simplu aici, ca o fetiță tristă, până se întoarce să-mi explice de ce a mințit și de ce a fugit din patul meu pentru a se întâlni cu o altă femeie.

*Mă doare.* Îmi apăs un pumn pe piept, dornică să-mi smulg organul dinăuntru, disperată după o cale de a pune capăt suferinței. Nu vreau să fiu o fată care-și pierde mințile din cauza unei făpturi fermecate, dar nu știu cum să accept ceea ce tocmai am văzut. Inspir adânc, cu noduri, răsuflare după răsuflare. Nu îi voi permite lui Sebastian să mă transforme într-o idioată smiorcăită. Credeam că *pe mine* mă dorește. Am fost atât de proastă, închipuindu-mi că sunt specială!

După ce am aflat cine e cu adevărat, nu mă așteptam să-l doresc vreodată pentru mine. Nu mi-am dat seama că gândul de a-l ști cu altcineva mi-ar provoca o asemenea durere. Până când mi-am dat seama că sentimentele mele nu au dispărut odată cu descoperirea înșelăciunii sale, l-am crezut pe cuvânt când mi-a spus că eu sunt cea pe care o dorește. Nicio clipă nu m-am îndoit de mărturisirea lui.

Ar trebui să vorbesc cu Sebastian. Ar trebui, cel puțin, să-i spun ce simt, dar nu-mi permit să mă cert cu el. Nu-mi pot asuma riscul să anuleze călătoria noastră la Palatul Serenității sau să intre la bănuieli cu privire la motivul pentru care rămân și mă prefac că e totul în regulă. Sebastian mă *cunoaște.* N-ar crede niciodată că aș trece cu vederea faptul că l-am surprins cu o altă femeie.

Mă ridic de jos, hotărâtă să mă adun. Mă aflu aici pentru un singur scop, și anume să-mi salvez sora. Poate că am început să cred că ar putea ieși ceva mai mult de atât, că Sebastian și cu mine am putea, cândva...

Nu contează. Dacă Sebastian vrea să dea bir cu fugiții când se încing lucrurile cu mine, doar ca să poată săruta alte fete, a lui e pierderea. Vom merge la Palatul Serenității și numai asta contează. Între timp, nu voi fi fata care rămâne în camera ei și plânge din cauza unui băiat.

N-am nevoie decât de puțin dans și de vinul zânelor. Îmi voi acorda o noapte de visare, iar mâine voi putea să mă concentrez din nou asupra misiunii mele. E mai bine așa. Mai bine să știu adevărul. Mai bine să nu fiu distrasă de Sebastian și de un viitor imposibil.

Când pășesc în sala de bal, cu muzica sa răsunătoare și mulțimea de trupuri înlănțuite în frenezia dansului, îl zăresc pe Riaan și afișez un zâmbet fals pentru prietenul cu păr auriu al lui Sebastian.

— Bună!

— Abriella, mă întâmpină el, zâmbind la rândul său. Ce plăcere să te văd! Unde este Sebastian?

— Cu o altă femeie.

Cuvintele îmi scapă înainte să le pot opri, însă maschez amărăciunea cu un al doilea zâmbet, de parcă ele nu ar făuri o lamă ascuțită care, în prezent, mi se răsucește în mijlocul pieptului. De fiecare dată când clipesc, văd mâna lui Sebastian alunecând în sus, sub fusta acelei fete. Parcă aș fi înjunghiată la nesfârșit în același loc. O rană deschisă, care devine tot mai adâncă, tot mai însângerată, cu fiecare lovitură.

Riaan nu mai zâmbește.

— Sunt sigur că ar prefera să fie cu tine.

— Chiar deloc!

Cercetez petrecerea aflată în plină desfășurare, evitând acei ochi pătrunzători, mult prea bine informați.

— M-a părăsit ca să fie cu ea. Dar nu-i nicio problemă. Cel puțin acum știu pe ce poziție mă aflu.

— De fapt, nu știi.

Clatină din cap.

— Ți-ar oferi orice. Abriella, uită-te la mine!

Când îi îndeplinesc rugămintea, se apleacă puțin, astfel încât ochii noștri să se afle la același nivel.

— Prințul meu te dorește *cu disperare*. Dacă se află acum cu o altă femeie, e doar pentru că a fost atât de rănit să descopere că ți-ai petrecut timpul cu Finnian.

Nu reușesc să-mi ascund consternarea. Și Riaan știe? Chiar nu am fost în stare să țin niciun secret?

— Îmi împărtășește tot, mă lămurește Riaan. Dacă ții la el, dacă nu vrei să pierzi ceea ce aveți voi doi, trebuie să-i recâștigi încrederea.

— Asta îmi doresc, îi răspund, dar, de fapt, nu e o dorință.

Inimii mele nici că i-ar putea păsa acum de încrederea lui Sebastian, dar *trebuie* să o recâștig... pentru a-mi îndeplini misiunea.

— Dar când l-am întrebat pe Sebastian cum aș putea să o fac, mi-a spus că nu mă va presa să fac ceva pentru care nu sunt pregătită.

— Există o singură dovadă supremă de încredere între o ființă umană și o făptură fermecată.

— Legătura, șoptesc.

La asta se referea Sebastian. Vrea să am o Legătură pe viață cu el. Dar nu pot. Nu înainte să recuperez artefactele lui Mordeus. Nu când Legătura i-ar permite lui Sebastian să știe – chiar și într-un sens vag – unde sunt și ce fac. Dar după ce Jas va fi în siguranță, când îi voi putea spune în cele din urmă adevărul, oare aș fi dispusă, pentru a dovedi că pot fi de încredere, să mă Leg de el? După ce am văzut în seara asta, nu sunt sigură că *eu* am suficientă încredere în Sebastian.

— Nu te teme de ea! mă sfătuiește Riaan, zâmbind blând. E un fel de intimitate pe care pur și simplu nu ți-o poți imagina.

O conexiune mai profundă decât oricare alta pe care am cunoscut-o vreodată. Doar... ia-o în considerare.

Se îndreaptă de spate când îl strigă cineva din cealaltă parte a sălii. Face semn cu mâna, apoi își îndreaptă din nou atenția asupra mea.

— În altă ordine de idei, spune-mi ce pot face pentru tine, astfel încât să te poți bucura de această petrecere minunată!

Îl îndepărtez cu o fluturare a mâinii.

— Du-te de-aici! Sunt bine.

Mă studiază preț de o fracțiune de secundă.

— Ești sigură?

— Am *să dansez*, îi răspund, zâmbind fals.

— Așa te vreau!

Îmi dă un bobârnac peste nas și se întoarce pentru a-și găsi prietenii.

În fiecare noapte au loc petreceri la Curtea de Aur. Aparent, majoritatea celor care locuiesc în palat își petrec serile dansând și bând, însă cu excepția Lithei, nu m-a interesat niciodată să particip. Mereu am inventat scuze. Dacă era necesară prezența mea, apăream din politețe și apoi mă furișam, câteva clipe mai târziu, de la petrecere. Dar în seara asta, când mi se oferă vinul zânelor, nu-l refuz. Înșfac paharul din mâna chelnerului și îl golesc din două înghițituri, înainte să trec la următorul.

Îmi doresc descătușarea pe care am simțit-o când am dansat în prima noapte aici. Îmi doresc căldura liniștitoare pe care am simțit-o când am băut vinul lui Mordeus. Îmi doresc să uit de această grijă lăuntrică și de inima mea frântă. Încurajez băutura să-mi răpească orele, ca să nu fiu nevoită să îndur senzația de a fi zdrobită sub greutatea dezamăgirii – provocată de Sebastian și de mine.

Înainte ca al doilea pahar să îmi atingă buzele, deja dansez. Îmi simt membrele mai ușoare, capul, eliberat de îngrijorarea continuă. În acest moment, sunt liberă. Sunt păsările care descind din cerul nopții. Zmeul desprins de la sol și purtat de briză, chiar deasupra valurilor.

Sunt vag conștientă de uralele, de zâmbetele și de râsetele petrecăreților din jurul meu, dar, în mare, sunt în altă parte. Sunt, simultan, aici și nicăieri. Sunt liberă.

Nu știu de cât timp dansez, când mă trezesc din nou cu Riaan alături. Are un zâmbet larg pe față.

— Cum te simți, Abriella?

Lăsându-mi capul să se clatine într-o parte, rânjesc.

— Frumoasă.

Își coboară gura la urechea mea și șoptește:

— Nu-ți refuza masculul pe care îl dorești. Nu-ți fie teamă de această viață.

Îmi întind brațele deasupra capului și îmi ondulez șoldurile după ritm.

— În seara asta, nu mă tem de nimic.

— Bun!

Mă ia de talie și mă întoarce către ușile sălii de bal.

— A trimis-o pe fată acasă. E singur în odăile lui. Poate că amândoi puteți avea ce vă doriți în seara asta.

Mă agit până mă eliberez din strânsoarea lui, apoi mă întorc spre el.

— Te referi la Legătură?

Ochii lui mă măsoară cu subînțeles, iar colțul gurii îi zvâcnește în sus, într-un zâmbet strâmb.

— Printre alte lucruri.

— Dar nu pot, mă plâng eu.

Cuvintele sună nedesluşit. Cred că încă dansez. Nu ştiu cum să mă opresc. Nu vreau să o fac.

— Nici măcar nu-ţi pot spune de ce, pentru că astfel îmi voi pierde pentru totdeauna sora.

Ceva îi străfulgeră de-a lungul trăsăturilor şi, pentru o bătaie de inimă, ochii îi devin prea serioşi.

— Sebastian va găsi întotdeauna o cale de a-ţi oferi ceea ce vrei.

— Vreau *să dansez.*

Mai iau un pahar de vin de la un slujitor care trece pe lângă noi.

— Atunci dansează! mă încurajează Riaan, ciocnindu-şi paharul de al meu. E plăcerea mea să-mi servesc viitoarea regină.

Aceste cuvinte evocă o imagine sfâşietoare: Sebastian şi fata, înlănţuiţi în umbrele camerei sale. Nu vreau astfel de gânduri. Nu vreau sentimentele neplăcute care însoţesc această amintire, aşa că dau pe gât al treilea pahar, bând atât de repede, încât încep să tuşesc.

Muzica se schimbă... sau poate că e vorba doar de mine. Deodată, trupul meu, uşor ca un fulg, mi se pare foarte diferit. Sunt mai mult decât conştientă de mâinile mele, care se mişcă prin aer, de şoldurile ce mi se leagănă pe ritmul muzicii. De ce nu am observat niciodată cât de frumos e să ai un trup? Să ai braţe şi mâini? Să simţi atingerea aerului pe piele?

Vreau *mai mult.*

Îmi duc mâinile la spate pentru a-mi desface corsajul, dar cineva mă opreşte.

— Abriella, încetează! îmi cere Emmaline, prinzându-mă de umeri.

Clipesc de câteva ori la slujnica mea, dar o văd o dată limpede, o dată încețoșată, apoi, când îmi mijesc ochii, nu e una dintre gemene, ci *Pretha*.

— Preeetha! cânt eu, prelungind prima silabă.

Îmi trec mâna în sus și-n jos peste fața ei netedă într-o mângâiere ușoară, încercând să zăresc adevărata forma a frumoasei zâne.

— Ești atât de frumoasă! De ce te preschimbi mereu pentru a fi cineva care nu ești?

— Plecăm! spune ea. Încetează!

Cu o palmă, îmi îndepărtează mâinile de pe șireturile corsajului.

— Ar trebui să ne scoatem hainele și să simțim aerul pe piele, îi șoptesc conspirativ. E minunat să ai o piele care *simte* atât de multe! Vreau doar să simt cu pielea, și nu cu inima mea naivă.

— Ai fost drogată, spune ea. Nu știi *ce* îți dorești.

— Ai dreptate în privința asta.

O las să mă conducă în afara sălii de bal, în special pentru că e mai ușor să o urmez decât să mă lupt cu ea. De ce mi-aș dori să lupt și să distrug acest sentiment minunat?

Întotdeauna am plecat de la palat cu o trăsură, însă astăzi mă duce la o ușă nouă pe hol.

— Asta de unde a mai apărut? întreb, dar Pretha mă trage deja înăuntru și, dintr-odată, ne aflăm în salonul liniștit al unei case calde și primitoare.

# CAPITOLUL 26

— MAGIA ARE GUST DE CURCUBEU, SPUN, CLĂTINÂN-du-mă pe picioare.

— În numele tuturor zeilor! murmură Pretha.

Un covor acoperă podeaua, iar în sfeşnicele de pe pereţi ard lumânări. Ar fi un loc minunat pentru a citi o carte, dar în seara asta nu vreau să citesc. Vreau *să simt.*

O apuc de braţ.

— Asta-i noua voastră casă? Îmi pare atât de rău că a trebuit să vă mutaţi din cauza mea! Îmi pare rău că sărută o altă femeie din cauza mea!

Pretha clatină din cap şi îmi întoarce spatele. Ce păcat! Şi-a recăpătat înfăţişarea şi e atât de frumoasă, însă apoi văd la cine se uită şi înţeleg.

— Finn, zic, împleticindu-mă spre el. Şi tu eşti atât de frumos! De fapt, frumuseţea ta mă distrage când mă aflu în preajma ta. Ţi-am spus vreodată asta? Sebastian ar fi atât de supărat dacă ar şti! chicotesc eu. Poate ar trebui să mergem să-i spunem. L-ar învăţa minte.

— A fost drogată, îl informează Pretha.

— Evident, spune Finn.

Acei uluitori ochi argintii licăresc de amuzament.

— Adu-o aici!

Finn o ia înainte pe o scară grandioasă, iar Pretha mă ține în picioare în timp ce îl urmăm până sus într-un dormitor spațios. Observ cât mai multe detalii - covoarele mari și uzate, lumina lumânărilor, patul masiv. Privirea mi se oprește pe pat și rămâne ațintită acolo până când încep să mi-l imaginez pe Finn întins pe o parte, sprijinit în cot. Mi-ar zâmbi de sus și aș simți acele cearșafuri albe și netede pe pielea goală, în contrast cu arșița vârfurilor degetelor sale alunecându-mi pe burtă, așa cum au făcut-o când ne ascundeam în colțul întunecat al celulei.

Pleoapele îmi flutură și închid din nou ochii, lăsând fantezia să se înfășoare în jurul meu. Sunt vag conștientă de contactul brusc cu podeaua.

Căldura mă apasă în lateral, în vreme ce sunt trasă în brațele cuiva. Finn m-a ridicat de pe podea, iar mirosul lui, atât de aproape, trezește ceva înăuntrul meu. Acea dorință sexuală latentă devine tot mai intensă, tot mai apăsătoare, până când capătă forța unei nevoi urgente. Îmi încolăcesc brațele după gâtul lui și îmi îngrop fața la pieptul său.

Finn înțepenește și murmură cu voce aspră:

— Mersi!

Oare am spus ceva? Poate cât de bine miroase, cum uneori mă gândesc la mâinile lui mari sau mă întreb cum s-ar putea schimba acei ochi hipnotizanți când e întărâtat - nu, nu asta. Nu mi-ar mulțumi pentru asta.

— Ce-ai băut? Și cât de mult?

Sunetul vocii sale le poruncește ochilor mei să se deschidă - nu-mi amintesc să-i fi închis. Chipul lui Finn e atât de aproape când mă ține așa, iar buzele îi plutesc deasupra alor mele!

— Doar unul, două, trei pahare, spun. Aş vrea mai multe, te rog!

— Sunt convins că ai vrea, mormăie el, apoi își mută privirea de la mine.

Gestul lui mă întristează. Nu vreau să se uite la nimeni altcineva în afară de mine.

— E prea târziu pentru elixir.

— Sunt pe moarte?

Probabil că da, din moment ce Finn mă ține în brațe și mă atinge atât de tandru. Are o mână pe șalele mele, iar cealaltă îmi mângâie ușor gâtul, degetele coborându-i pe o parte.

— Nu ești pe moarte. Ești *intoxicată*.

Dar nici măcar nu se uită la mine.

— Prințul nu era prin preajmă, îl anunță Pretha. Iar regina nu s-a mai întors la palat de la Litha, deși încă nu avem motive să credem că știe cine este Abriella.

— Atunci cine a făcut asta? întreabă el.

O urmă de amenințare i se strecoară în voce și știu că ar trebui să mă sperie – *el* ar trebui să mă sperie –, dar în schimb sunetul aspru nu face decât să intensifice pulsul arzător dintre picioarele mele.

Intoxicată. Beată. Drogată. Oricum ai numi această amorțeală, îi sunt recunoscătoare, pentru că acum sunt diferită. *Această* Brie nu se teme. *Această* Brie nu trebuie să înfrunte o inimă frântă, o vinovăție stupidă. Poate să spună și să facă orice își dorește, iar ea își dorește să-și treacă degetele prin părul lui Finn.

— Buclele tale sunt atât de moi!

Răsucesc una în jurul unui deget. Finn înjură.

— Se încinge.

Mă mişc în braţele sale. Mâna îmi alunecă din părul lui, oprindu-se din nou pe ceafa lui, apoi îmi ridic gura către urechea sa.

— Trebuie să-ţi spun un secret.

— Se va face bine? îl întreabă Pretha.

Simt răsuflarea adâncă a lui Finn. Sunt atât de tare apăsată de pieptul lui, încât mă mişc de fiecare dată când respiră.

— Voi avea grijă de ea. Du-te să afli tot ce poţi!

Pielea mă arde, tânjind să fie atinsă, şi îmi frec nasul de gâtul lui.

— Brie.

Vocea îi este joasă şi adâncă. Timbrul răguşit îmi răscoleşte terminaţiile nervoase sensibile, chiar şi atunci când o parte îndepărtată a minţii mele ia notă de avertisment.

— Am văzut-o cu tine.

— Despre ce vorbeşti?

Mă duce undeva. Undeva departe de pat, îmi dau seama cu dezamăgire, dar încă mă ţine în braţe, aşa că nu protestez.

— A fost cu tine în bibliotecă. Ai sărutat-o. Am văzut.

— Pe cine? Pe Kyla?

— Aşa o cheamă? Ce s-a întâmplat cu ea?

Mă pune cu grijă pe picioare.

— Îţi cam place să spionezi, nu-i aşa, prinţeso?

— Încercam să obţin răspunsuri. Nu că ar fi dat rezultate.

Chicotesc şi mă împiedic de marginea covorului. Finn mă prinde, degetele lui mari mângâindu-mi razant partea inferioară a sânilor. Mă apropii şi mai mult de el, ameţită de acea atingere efemeră, şi mă uit în ochii lui - mai degrabă gri decât argintii în seara asta. Ridic mâna şi îi trasez cu degetul conturul buzelor.

— Eşti frumos! Cred că vreau să te sărut. Măcar o dată.

Expresia i se schimbă și, preț de o bătaie de inimă, cred că întrezăresc ceva pe chipul lui. Să fie dorință? Dar apoi a dispărut.

— Ai fost drogată. Nu ești tu însăți acum.

— Ai dreptate. Nu sunt. Eu sunt Abriella, cea responsabilă. Cea puternică. Cea *plictisitoare*. Închid ochii și-mi așez mâna peste a lui, conducând-o în jos, de-a lungul burții, în timp ce șoptesc: Cea singuratică.

— Trebuie să te răcorim.

Îmi place sunetul vocii lui, ca un masaj delicat pe piele. Vorbește în continuare - prostii plictisitoare cu privire la temperatura corpului și apă și bla bla bla –, dar micșorez din nou distanța dintre noi, ghidându-i mâna peste burta mea.

— Brie! Abriella!

Deschid larg ochii. Ne aflăm într-o sală de baie uriașă. Cum am ajuns aici? Când?

Finn dă drumul la apă în duș, apoi face un semn din cap.

— Treci înăuntru!

Mă uit la el în timp ce umblu la șireturile de la corsaj, apoi las rochia să-mi alunece de pe trup într-un maldăr de satin în jurul picioarelor, dezgolindu-mă aproape complet. Ochii lui nu se desprind nici măcar o clipă de pe fața mea.

— N-ai pic de haz! îl tachinez, mergând în cerc în jurul lui. Ce are Kyla și eu nu? Ce are fata lui Sebastian și eu nu?

Un mușchi îi zvâcnește în maxilar.

— Treci în duș!

Pășesc înainte, ascultătoare, clătinându-mă ușor. Încă mai port lenjeria intimă, cea delicată și dantelată pe care mi-o dau întotdeauna Emma și Tess, dar nu o voi scoate. Vreau ca *el* să mi-o scoată. Îl vreau acolo cu mine, apa fierbinte pe pielea noastră, mâinile lui pe mine, să mă atingă peste tot. Sebastian nu e singurul care poate găsi companie în altă parte.

Dar când pun un picior în cabina de duș cu gresie, apa rece ca gheața îmi lovește pielea și mă smucesc înapoi.

Finn îmi blochează calea de evadare. Cu picioarele depărtate, cu brațele încrucișate.

Tremur.

— E foarte rece!

— Ba nu. Temperatura corpului tău e prea mare.

Clipesc la el pe măsură ce apa se revarsă peste mine, udându-mi părul și lenjeria.

— Lasă-mă să ies!

— Nu pot.

— Bine, atunci.

Întind mâna, îi strecor două degete sub curea și îl trag în cabină cu mine.

Ochii i se închid și văd adevărul în expresia lui încordată. Mă dorește. Finn *mă dorește* și se împotrivește acestui impuls lăuntric.

Cu cămașa udă, pot distinge tatuajele ascunse de sub material. Urmăresc conturul runelor de pe fiecare pectoral cu degetele mari.

— Îmi plac enorm tatuajele tale!

Ochii i se deschid fulgerător, iar trupul îi devine rigid.

— Nu!

Oare vrea să spună să nu-l ating sau…

— Nu, ce?

Testând, degetele mele urmăresc liniile unui tatuaj în formă de flacără.

— Să nu fac asta?

Finn se cutremură, iar pieptul îi saltă și-i coboară cu iuțeală iar și iar, ca și cum ar alerga.

— Nu-mi aprecia tatuajele! șoptește el. Nu romantiza ceva despre care nu știi nimic!

— *Uite-l* pe ursuzul meu Prinţ al Umbrelor!

Îmi las degetele să-i atingă în treacăt muşchii tari ai abdomenului şi toate însemnele de acolo.

— Nu-ţi plac?

— Nu în mod deosebit.

— Atunci de ce ţi le-ai făcut?

Îi ridic cămaşa şi studiez unul care îi coboară sub brâu. Arată ca o stea cu cinci colţuri, străpunsă prin mijloc de o linie uşor piezişă. Îmi apăs degetul mare pe tatuaj şi ridic ochii pentru a-i întâlni pe ai lui.

— Vreau să-l gust pe acesta.

I se umflă nările. Cu un mormăit gutural, mă prinde de încheieturi şi îmi ţintuieşte mâinile de peretele duşului, deasupra capului.

— Brie. Stai nemişcată!

— De ce? Finn…

Îi şoptesc numele ca un secret. Cu mâinile încătuşate, singurul mod în care îl pot atinge e dacă îmi arcuiesc spatele pentru a-mi lipi trupul de al lui, aşa că exact asta fac.

— Te rog! Vreau să fiu dorită. Fără implicaţii, fără aşteptări. Un sărut fără pretenţii pentru o promisiune pe care nu o pot îndeplini. Măcar o dată.

Se încruntă la mine. Pare mai tânăr când se încruntă aşa. Mai puţin serios, ceea ce e bizar. Cine pare *mai puţin* serios când se încruntă?

— Sebastian o dorea pe fata pe care o săruta. Totuşi, pe mine nu mă doreşte. Nu aşa.

— Crede-mă, Sebastian chiar te doreşte. Cu disperare.

Un rânjet dulce-amar, insinuant, îi însoţeşte cuvintele, dar când îmi rotesc şoldurile pentru a mă lipi şi mai mult de el, apăsându-mi trupul de al lui, dispare la fel de repede pe cât a apărut.

Clatin din cap.

— Toată lumea dorește ceva de la mine, dar nimeni nu mă dorește *pe mine*. El pleacă de fiecare dată când îl sărut. Cred că e pentru că nu îi voi promite să-i fiu mireasă. Dar *pe ea* nu voia să o părăsească. Pe ea voia să o sărute în continuare.

Maxilarul lui Finn se încleștează, eliberând un sunet ascuțit.

— E un idiot!

Cuvintele mă îndeamnă să zâmbesc, dar încerc să nu-mi las buzele să se arcuiască.

— Dar tu... uneori mă privești de parcă mă dorești - adică atunci când nu mă privești de parcă m-ai urî. Finn...

Scot un oftat, dar sună ca un scâncet.

— Atinge-mă!

— Nu mă voi culca cu tine doar pentru că prințișorul tău ți-a rănit sentimentele.

Încerc să-mi eliberez mâinile, dar Finn își întețește strânsoarea.

— Nu te poți preface? întreb. Măcar un minut? Sărută-mă așa cum ai sărutat-o pe ea!

— Pe cine?

Pieptul îi urcă și coboară în ritmul gâfâielilor grele, iar privirea i se întoarce mereu spre gura mea, indiferent de câte ori se uită în altă parte.

— Pe fata umană pe care ți-a adus-o Kane. Tributul. Am văzut-o în brațele tale și... mi-am dorit să fiu eu în locul ei.

Finn înlemnește și rămâne așa mult timp, singura mișcare vizibilă fiind cea a gâtului său în timp ce înghite în sec.

Pielea mea e atât de fierbinte! Prea fierbinte. Și apa e prea rece. Și singurele părți ale corpului meu pe care le simt cum trebuie sunt cele care îl ating pe el. Iar dacă Sebastian ar ști despre sentimentele mele pentru Finn, dacă ar ști că o parte din mine îl *dorește* pe Finn, nu m-ar ierta niciodată. Dar ce mai contează dacă îi mai înșel încă o dată încrederea? Ar conta măcar, până la urmă? Nu m-a ales pe mine în seara asta. De ce m-ar alege vreodată după ce află adevărul?

— Încă te-ar alege pe tine, spune Finn, încruntându-se.

Câte-am rostit cu voce tare? În acest moment, nici nu-mi mai pasă, nu când pielea mă furnică de parcă ar fi fost menită să fie atinsă. Nu când Finn și-a ajustat strânsoarea asupra mâinilor mele, iar degetele lui mari îmi masează ușor interiorul încheieturilor.

— Lasă-mă să te ating!

Mă zvârcolesc. Finn își folosește corpul ca să mă lipească de perete și să mă imobilizeze, împingându-și o coapsă puternică între picioarele mele. Își coboară gura spre curbura gâtului meu. Pielea îmi e atât de fierbinte, încât răsuflarea lui e ca o mângâiere rece.

— Doar... stai nemișcată. Vor trece și aceste senzații.

Mă împing în el, având parcă nevoie de eliberare.

— Ard de dorință.

Nu-mi pasă că par penibilă. *Disperată.* Nimic nu mai contează în afară de căldura încolăcită jos, în stomac, și de nevoia arzătoare din sânge.

— Știu.

Își ține chipul îngropat în gâtul meu și abia îi aud cuvintele înăbușite peste vuietul din urechi.

— Eu sunt de vină?

Mi se frânge vocea. *Eu sunt de vină. Nu sunt de ajuns.*

— Niciodată.

— Dovedește-o!

Înțepătura ascuțită a dinților săi pe gât îmi smulge un suspin adânc de pe buze, dar apoi limba lui îmi alunecă peste piele, transformând durerea în plăcere. Sângele îmi pulsează acolo, implorând în tăcere să i se acorde mai multă atenție.

Las instinctul să preia controlul - instinctul și nevoia de a evada de propriile gânduri învolburate. Șoldurile mi se mișcă, frecând acel loc dureros de sensibil de coapsa lui musculoasă, implorând cu propriul corp pentru *mai mult*, dar strânsoarea îi rămâne fermă pe încheieturile mele, iar gura și limba lui îmi urcă de-a lungul gâtului pentru a-mi prinde între dinți urechea, mușcând fierbinte și delicios. Mă concentrez asupra acelui punct de fricțiune dintre noi cu fiecare fărâmă de conștientizare, urmărindu-mi plăcerea până când pulsează prin mine, cutremurându-mi trupul.

Finn geme la gâtul meu.

— Brie, șoptește el, răsuflarea lui fierbinte mângâindu-mi pielea. La dracu'!

Mă prăbușesc, moale și tremurând, iar Finn mă duce în brațe în pat.

# CAPITOLUL 27

Mă rostogolesc și-mi lipesc mâna de frunte. Simt că am gura umplută cu sare. Fiecare mușchi mă înjunghie. Îndurerată, mă ghemuiesc într-o parte și scâncesc.

— Nu mai fi așa dramatică! spune Finn.

Deschizând larg ochii, mă ridic atât de repede în capul oaselor, încât camera începe să se învârtă cu mine. Imaginile mă asaltează în valuri. Petrecerea. Dansul și vinul. Mâna lui Emmaline - nu, a *Prethei*, pe încheietura mea, când mă târa de acolo.

Apoi Finn. Dușul. *Imploratul.*

În numele tuturor zeilor... *cât l-am implorat*!

Îmi arde fața, iar Finn rânjește.

— Vreo problemă, prințeso? întreabă el, legănându-se pe călcâie.

*Mi-am dorit să fiu eu în locul ei.* Nu recunoșteam acea dorință nici măcar față de mine însămi, dar noaptea trecută i-am împărtășit-o lui Finn. M-am dat la el și m-a respins. M-a ținut pe loc cât l-am implorat să mă atingă. Și, chiar și prin aburii umilinței, amintirea buzelor lui pe gât îmi încălzește pielea.

Mă prăbușesc înapoi pe pat și îmi acopăr fața cu ambele mâini.

— Pleacă!

Finn chicotește.

— Aseară nu ai vrut să plec. De fapt, când te-am băgat în patul ăsta, mă implorai să rămân. Trebuie să recunosc, ai făcut niște promisiuni foarte interesante!

Îi arunc o privire printre degete și, așa cum mă așteptam, măgarul zâmbește! El nu zâmbește niciodată, dar bineînțeles că cea mai umilitoare dimineață a vieții mele ar fi prilejul ideal pentru a-și scoate la iveală rânjetele arogante.

— Te urăsc!

— Nici asta nu ai spus aseară.

Mă rostogolesc și-mi îngrop fața în pernă.

— Eram amețită de la vinul zânelor. Nu vorbeam serios.

Cuvintele îmi sunt înăbușite, dar, judecând după chicotelile lui, le-a auzit oricum.

— Nu așa funcționează, prințeso. Ți-a redus inhibițiile, te-a stârnit, într-adevăr, dar vei constata că nu pe *Pretha* ai tras-o în duș și ai implorat-o să te atingă.

Nu. Îl doream neapărat pe *Finn*, iar el mi-a îndurat toate rugămințile jenante.

— Dacă aș fi avut vreun pic de gust, aș fi făcut-o, mormăi.

Mă răsucesc pe spate și mă încrunt.

— Nu m-a afectat niciodată așa vinul zânelor.

— Nu vinul e de vină, ci orice a fost în vin.

Finn pune trei fiole pe noptieră.

— Dacă ceva te mai face vreodată să te simți așa, la primul semn, bea una dintre astea și du-te într-un loc sigur. Elixirul va contracara efectele drogului, dar trebui să-l iei imediat. Până a ajuns Pretha la tine aseară, își croise deja drum prin organismul tău și am fost nevoiți să așteptăm să-ți părăsească trupul.

Dacă te-ar fi găsit în starea aia, multe făpturi fermecate ar fi profitat de tine. Ar fi putut să te determine să... iei decizii pentru care s-ar putea să nu fii pregătită atunci când ești trează.

*Dar nu și Finn.*

— Îți mulțumesc! spun, dar nu pot scăpa de încruntarea care îmi brăzdează fruntea.

Azvârle un maldăr de haine pe patul meu.

— Nu-ți mai plânge atâta de milă și îmbracă-te!

Îmi arunc perna spre fața lui. Finn o prinde cu o mână și îmi rânjește. Nu, nu rânjește. *Zâmbește.* Ceva s-a schimbat între noi, așa că risc să pun o întrebare:

— Cine este Isabel?

Pielea lui de un brun-deschis pălește, dar, pentru prima oară, nu se mai ferește.

— Isabel a fost femeia pe care am iubit-o. Am avut de gând să mă căsătoresc cu ea și să-i dăruiesc copii, mărturisește el, apoi înghite în sec. Dar a murit.

— Ce a pățit?

Ochii lui argintii par bântuiți când răspunde:

— Era muritoare!

— Îmi pare rău, Finn!

— Dar nu-i așa că nu îți pare rău că, în cele din urmă, ai obținut niște informații de la mine?

Îmi dau ochii peste cap, iar el arată spre hainele din poala mea.

— Ar trebui să te îmbraci.

— De ce?

— Prințișorul plănuiește să te ducă la palatul de vară diseară.

Nu vreau să aflu de unde știe mai multe despre planurile mele cu Sebastian decât mine.

Finn își pleacă într-o parte capul.

— Încă mai vrei să mergi, nu-i așa? Să mergi la palat, să găsești cartea, să-ți eliberezi sora?

— Bineînțeles.

Își încrucișează brațele la piept.

— Atunci, îmbracă-te!

Arăt spre ușă.

— După ce ieși.

Buzele lui perfecte schițează un zâmbet batjocoritor, și îmi amintesc felul în care le-am simțit pe piele – moi, în contrast cu înțepătura ascuțită a dinților săi când m-a mușcat.

— Aseară nu te-a deranjat să te dezbraci în fața mea.

— Afară!

Deși încă nu am avut ocazia să explorez casa, găsesc destul de ușor drumul spre bucătărie. Când ajung la parter, Finn așteaptă alături de Kane. Sunt înveșmântați în pantaloni de călărie și veste din piele, cu săbii prinse la spate și cuțite la coapse. Mă străduiesc din răsputeri să-mi țin ochii departe de picioarele puternice ale lui Finn – să nu-mi amintesc cât de intimă am devenit aseară cu acei mușchi încordați.

Finn își ridică ușor cana, amuzamentul licărindu-i în ochi.

— Avem cafea.

Umilința, vinovăția și rușinea se amestecă într-un cocktail care îmi face obrajii să ardă și mai tare decât cu o noapte în urmă.

Încuviințez. Capul îmi bubuie în continuare, iar gândurile îmi sunt mai încețoșate decât aș vrea.

— Mersi!

Străbat bucătăria și îmi torn o cană de băutură închisă la culoare.

— Am auzit că ai avut parte de o noapte interesantă, spune Kane, mişcând sugestiv din sprâncene la mine. Acum regret că am ieşit în patrulare când Finn a vrut să ia schimbul. Te-aş fi ajutat cu bucurie să treci peste ce era mai rău.

Îmi face cu ochiul şi Finn îl săgetează cu o privire furioasă.

Întâlnesc căutătura obraznică a lui Kane.

— Nu există suficiente droguri în lumea asta.

— Nici nu ştii ce pierzi! mormăie el. Cel puţin eu ştiu cum să am grijă de cineva care a fost drogat cu iarba-zânelor. Un mascul bine-crescut nu te-ar fi lăsat să implori.

Mă răsucesc spre Finn, cu gura căscată de groază, iar el ridică ambele mâini.

— Nu am suflat niciun cuvânt, spune el.

Kane rânjeşte.

— Jalek te-a putut auzi prin pereţi. E o casă veche.

Când m-am trezit, nu credeam că amintirile de aseară ar putea deveni şi mai umilitoare. M-am înşelat.

— Ce-ţi aminteşti? mă întreabă Finn.

Privirea îmi fulgeră spre el şi apoi spre Kane. Deschid gura ca să-l reduc la tăcere – pentru că, serios acum, c-or fi sau nu subţiri pereţii, nu vreau să port această conversaţie de faţă cu nimeni, mai ales cu Kane. Însă apoi văd că nimeni nu mai pare amuzat.

— Înainte ca Pretha să te aducă aici, specifică Finn. Cine ţi-a dat vinul?

Iau o gură de cafea şi aştept ca amintirile de aseară să capete din nou limpezime. Conturul rămâne înceţoşat, dar…

— Au fost atât de multe zâne acolo! Am luat vinul de la un slujitor, ca toată lumea.

Cu excepţia cazului în care tot vinul a fost contaminat. Finn pare să-mi citească bănuiala pe faţă.

— Nu am auzit de nimeni altcineva care să sufere efecte secundare din cauza vinului, spune el. Dacă altcineva a mai fost drogat, întâmplarea a fost trecută sub tăcere, însă cu siguranță nu poate fi vorba despre un caz izolat, dacă toată lumea de la petrecere a fost drogată.

Inspir adânc, asaltată de un gând care îmi trece fugitiv prin minte, dar clatin din cap, dorindu-mi să scap de el.

— Ce e? întreabă Finn. Bănuiești pe cineva. Spune-mi!

— Riaan, prietenul lui Sebastian, a vorbit cu mine la petrecere.

Kane înjură în șoaptă.

— Bineînțeles! Face el toată treaba murdară în locul prințișorului său.

— Poftim? Nu. Bash nu ar fi vrut niciodată să mă drogheze, dar Riaan m-a găsit după ce băusem câteva pahare și...

— Și ce? întreabă Finn cu blândețe.

Clatin iar din cap.

— E personal.

Sprâncenele lui Finn îi dispar sub bucle, de parcă ar spune: „Și seara trecută nu a fost?"

— Nu contează.

Kane mormăie.

— De fapt, chiar contează. Ce a făcut?

— El nu *a făcut* nimic.

Roșeața îmi arde obrajii când îmi amintesc de conversație și de sugestia lui Riaan să mă duc să îndrept lucrurile între mine și Sebastian.

— Încerca doar să fie un prieten bun.

— Ce a *spus*? întreabă Finn.

— Eram supărată pentru că l-am văzut pe Sebastian cu o altă fată – una dintre cele pe care le ia în considerare ca viitoarea sa mireasă.

Finn își încrucișează brațele la piept.

— Ai menționat asta noaptea trecută.

— M-am dus la petrecere ca să-mi scot asta din minte, dar l-am văzut pe Riaan și i-am povestit ce s-a întâmplat. M-a găsit mai târziu și m-a anunțat că fata a plecat și că era un moment bun să... recâștig încrederea lui Sebastian.

Kane mă privește cu gura căscată.

— De ce dracu' trebuie să-i recâștigi *tu* încrederea, când *el* e cel care a fost cu o altă femelă?

Las capul în jos.

— Ar trebui să își aleagă o mireasă. Din moment ce eu nu voi accepta poziția, nu e tocmai corect să fiu supărată din cauza asta.

Kane pufnește dezaprobator.

— Cât de convenabil pentru el!

O mie de scuze pentru comportamentul lui Sebastian îmi stau pe vârful limbii, însă fiecare are un gust ușor acrișor, chiar și prin prisma unei zile noi, așa că le amuțesc înainte să capete glas. Da, mi-aș dori să fi fost mai sincer cu mine în legătură cu relațiile sale fizice cu celelalte fete. Da, mă doare că a plecat din camera mea și a adus pe altcineva în a lui. Dar sentimentele mele complicate pentru Sebastian au devenit și mai complicate după ceea ce s-a întâmplat aseară cu Finn... sau mai bine zis, după ceea ce *nu* s-a întâmplat, deși ar fi putut cu ușurință să devină realitate.

— Ți-a sugerat Riaan să te Legi de prinț? întreabă Finn, încleștându-și maxilarul.

— Da, dar eram rănită și bineînțeles că nu pot face așa ceva fără să-mi compromit misiunea în ceea ce o privește pe Jas.

Sprâncenele lui Finn se înalță subit.

— Interesant! E o reacție diferită de cea pe care o aveai înainte, când susțineai că nu ți-ai dori *niciodată* Legătura.

— Bineînțeles! bombăne Kane. Prințișorul de Aur a amețit-o până când aproape că a obținut ce vrea de la ea.

Mă zbârlesc la el.

— Du-te dracului, Kane!

Îmi îndrept privirea furioasă spre Finn.

— De ce îți pasă atât de mult de cine mă Leg... sau dacă o s-o fac vreodată?

— Pentru că, prințeso, spune el, iar urma de furie din vocea lui mă uimește, Legăturile au consecințe. Dacă îți trece măcar o clipă...

Avertismentul îi este întrerupt de sunetul ușii din față trântite cu putere.

Pretha se repede în bucătărie, cu Lark în brațe. Sângele curge pe unul dintre picioarele fetiței, care plânge cu sughițuri în timp ce mama ei o așază cu grijă pe bufet.

Finn pune o mână pe umărul nepoatei sale.

— E în regulă! E doar o zgârietură. Se va vindeca.

Lark dă din cap, dar scoate un alt hohot de plâns printre sughițuri, moment în care Finn udă un prosop și i-l apasă ușor pe genunchi. Când Pretha mă vede urmărindu-i, își încrucișează brațele la piept.

— Ea nu *se vindecă*.

— Se va vindeca foarte bine, o contrazice Finn peste umăr.

Se întoarce iar la nepoata lui și îi oferă un zâmbet liniștitor.

— Nu-i așa?

Copila îl aprobă și-și șterge lacrimile, clar hotărâtă să fie curajoasă pentru el.

— Se vindecă precum un *muritor*, spune Pretha, scuipând cuvântul *muritor* de parcă ar avea un gust neplăcut.

Finn îi arunc o privire cu subînțeles, ca un avertisment, cu ochii umbriți de furie, apoi își îndreaptă iar atenția asupra tăieturii lui Lark.

— Te doare?

— S-ar putea infecta - ca a ta -, și ce vom face atunci, Finn? răbufnește Pretha.

Nu i-am auzit niciodată glasul atât de sugrumat de panică.

— Abriella, poți să-mi faci o favoare și să o duci pe Pretha afară, cât o curăț pe Lark?

Vreau să rămân și să aflu de ce un genunchi lovit o înfricoșează atât de mult pe Pretha, încât ea e convinsă că viața copilului ei nemuritor e în pericol, dar înțeleg de ce Finn are nevoie să o scot de-aici. Cu fiecare cuvânt panicat care părăsește buzele Prethei, fața lui Lark devine tot mai speriată și îi cad tot mai multe lacrimi.

— Vino! o îndemn, luând-o cu blândețe de braț.

— Sunt bine, zice Pretha.

Își ridică bărbia și îmi dau seama că, în acest moment, nevoia ei de a fi curajoasă e mai mare decât a lui Lark.

— O să stau liniștită.

— Faceți o plimbare! ne cere Finn, cu ochii pe genunchiul lui Lark. Mă ocup eu de asta. Doar sângerează puțin. Tăietura nu e deloc adâncă.

Îmi trag prietena de mână și o conduc afară, pe ușa din spate. Mă urmează fără tragere de inimă, dar nu înainte să-i arunce o ultimă privire disperată fiicei sale înainte să plecăm.

— De ce? o întreb pe Pretha când suntem singure pe verandă.

Știe la ce mă refer - *de ce se vindecă Lark ca un muritor?*

— E... ca o boală. A fost așa toată viața.

Ca o făptură fermecată care s-a vindecat întotdeauna repede și ușor, trebuie să fie înfricoșător să-și vadă fiica vindecându-se la fel de încet ca un muritor.

— Există un leac?

Pretha scoate un râs aspru, dar nu există nicio urmă de umor în ochii ei când își șterge lacrimile.

— Ce crezi că facem aici?

Clatin din cap. Se pare că nu știu. *Am crezut* că sunt în căutarea coroanei regelui Oberon, pentru ca Finn să-și poată ocupa locul de drept pe tron. Ce legătura are asta cu Lark? Apoi, totul devine cât se poate de evident, iar tristețea se strânge în jurul meu ca o mantie rece.

— Această boală... și Finn o are, nu-i așa?

Pretha ridică încet capul. Mă studiază câteva clipe, de parcă ar încerca să ia o decizie foarte importantă.

— Abriella, toate făpturile fermecate umbră îmbătrânesc și se vindecă precum muritorii. Acest lucru se întâmplă de douăzeci de ani.

— Dar sunt sigură că am văzut făpturi fermecate care se vindecă repede.

Ea mă aprobă, mai calmă acum, chiar dacă mai îndurerată.

— Da, însă nu și cele Unseelie.

— Din acest motiv nu își folosește Finn magia? Și îi spui lui Lark să nu o folosească pe a ei? Pentru că e periculos, cumva, iar acum sunt... muritori?

— Da și nu. Pentru făpturile fermecate, magia și viața sunt una și aceeași. Nu există una fără cealaltă. Atâta timp cât Unseelie îmbătrânesc și se vindecă precum muritorii, prețul folosirii magiei e mult prea mare.

„Viața înseamnă magie. Magia înseamnă viață." Finn a încercat să-mi explice acest lucru când am început să ne antrenăm împreună. Nu e de mirare că Pretha intră în panică atunci când o prinde pe Lark folosind magia. Fără să știe, copila își scurtează propria viață.

— De ce? Cum li s-a întâmplat asta?

Pretha se apropie, iar pânza de argint de pe frunte îi strălucește când mă apucă de umeri.

— Aş vrea să-ți pot spune mai multe, Abriella, dar nu pot.

— Cum aş putea să vă ajut, dacă niciunul dintre voi nu îmi spune *nimic*? De câte ori am întrebat despre Finn și despre magia lui? Sau de ce nu se vindecă?

— Te-am primit în casa noastră, chiar dacă locuieşti la Palatul de Aur și iubeşti o făptură fermecată care ar dori să vadă întregul Regat Unseelie doborât. Cum am fi putut să-ți încredințăm adevărul? Cum am fi putut să-ți împărtăşim această vulnerabilitate?

— Dar acum..., dau să spun. Acum aveți încredere în mine?

Își slăbeşte strânsoarea în jurul umerilor mei, apoi mâinile Prethei îmi coboară uşor pe brațe.

— Chiar în timp ce stau aici, știind că există șansa ca tu să-ți dăruieşti inima și viața prințului greșit, am încredere în tine. Și, Abriella, ar trebui să știi că nu-i chiar un lucru mărunt.

Prințului greșit? Ea presupune că *Finn* vrea inima mea. Oare să fie adevărat? Nu ar trebui să conteze. Îl iubesc *pe Sebastian*. Dar...

— Spune-mi mai multe! Explică-mi ceea ce tocmai mi-ai zis. *Te rog!*

— Nu pot. Dacă încerc...

Deschide gura, dar nu răzbate niciun sunet și își încolăceşte mâinile în jurul gâtului de parcă s-ar sufoca. Fac un pas înainte.

— Pretha? Te simți bine?

Își coboară mâinile și un fior violent îi înlănțuie întregul trup.

— Așa cum am spus, zice ea, cu vocea răgușită, nu pot.

— Ești cumva vrăjită să nu poți vorbi despre asta? o întreb.

Nu dă din cap, însă nici nu e nevoie, pentru că felul în care îmi susține privirea e un răspuns în sine. Este constrânsă fizic, incapabilă să-mi destăinuie mai multe.

— Bine.

Nu vreau să se rănească din nou.

— Înțeleg. Spune-mi ce pot face ca să ajut!

— Găsește Grimoriconul și returnează-l la Curtea Lunii!

La Curtea Lunii. Lui *Mordeus.*

— Mordeus are magie, spun. L-am văzut folosind-o de nenumărate ori. Boala nu-l afectează și pe el?

Pentru că, fără îndoială, nu și-ar scurta propria viață folosindu-și magia pe lucruri atât de mărunte cum ar fi apariția unei carafe de vin în mână.

— Mordeus a dovedit că va face orice pentru a-și menține puterea - și pentru a obține și mai multă. Magia reprezintă o parte esențială a planului său.

— Nu înțeleg.

— Știu.

Oftează și se întoarce spre ușă.

— Obișnuiam să cred că așa e mai bine, dar acum nu mai sunt atât de sigură.

— Pretha, spun când își strânge degetele în jurul clanței. După ce voi obține ultimele relicve pentru Mordeus, am multe lucruri de pus la punct, dar orice aș hotărî, sper că tu... sper că toată lumea înțelege că nu este o alegere ușoară pentru mine. Am sentimente pentru Sebastian de doi ani, dar Finn...

Înghit în sec. Arunc o privire spre fereastra bucătăriei. Înăuntru, Finn curăță genunchiul lui Lark și o face să râdă. Îmi amintesc cum m-a refuzat aseară, când am fost atât de drogată și l-am implorat, și rânjetul lui îngâmfat din această dimineață.

— Finn e *prietenul* meu. Nu vreau să-l pierd pe niciunul dintre ei.

Când Pretha se întoarce spre mine, zâmbetul îi este trist.

— În cele din urmă, va trebui să alegi.

Mă gândesc la Sebastian şi la cât de tare m-a durut să-l văd cu cealaltă fată. Mă gândesc la cât de tentant e să-l scuz, doar ca să nu fiu nevoită să sacrific puţinul timp care mi-a mai rămas cu el înainte să afle că, dintre noi doi, trădările mele ar putea avea consecinţe mult mai grave.

Pretha nu îşi dă seama că se înşală. Nu voi avea nicio alegere de făcut.

# CAPITOLUL 28

Rup un fir de la brățară și, înainte să să apuc să pregătesc o șuviță de păr pentru Bakken, goblinul apare în dormitorul meu din Palatul de Aur, cu picioarele încrucișate, cu ochii închiși și palmele în sus, sprijinite pe genunchi. Cred că l-am prins în timp ce *medita*.

Oftează greoi, apoi, când mă vede, își arată dinții ascuțiți într-un rânjet oribil.

— Fata Focului. Ți-am spus să nu mă mai invoci în palatul reginei.

Într-adevăr, m-a atenționat, dar am uitat. Ridic din umeri.

— Ce păcat!

Se pune iute pe picioare, cu o grație surprinzătoare, și întinde o mână.

— Plata, atunci?

Apuc o șuviță din spate, trăgând-o de-a lungul liniei părului până în apropiere de locul unde am tăiat-o pe ultima și, după ce foarfeca își îndeplinește repede menirea, i-o înmânez.

— Ce faci cu ele?

— *Asta* dorești să afli azi?

— Nu!

Ce risipă de păr! De fapt, nu-mi pasă. Sincer, probabil că nici nu vreau să știu.

— Am altă întrebare. Spune-mi despre boala care îi face pe Unseelie să îmbătrânească și să se vindece precum muritorii.

— Nu există nicio boală.

— Atunci spune-mi *de ce*! De ce se vindecă precum muritorii?

Goblinul îmi mângâie părul în nuanțe de roșu și portocaliu între două degete, spunând:

— Ea devine mai înțeleaptă.

— Ea devine mai nerăbdătoare, îl corectez, cu ochii fixați pe ușa dormitorului.

În seara asta, ar trebui să plec la palatul de vară împreună cu Sebastian. Când m-am întors la castel, mi-am trimis slujnicele să-l anunțe că mă pregătesc de călătorie și că mai am nevoie de o oră. Nu pot să risc ca Bakken să fie aici când Sebastian apare la ușa mea, dar nici nu mai pot aștepta să primesc răspunsuri.

— Spune-mi!

— În urmă cu douăzeci de ani, când regele Oberon s-a întors din noaptea nesfârșită petrecută pe tărâmul ființelor umane, regina Arya s-a dus în grabă la el, disperată să fie iar împreună cu prima și singura ei iubire. Dar Oberon a respins-o. Cât timp regele a fost închis în tărâmul muritorilor, el s-a îndrăgostit de o femeie umană. A spus că nu poate fi cu regina, când inima îi aparține alteia. Îndurerată și furioasă că el ar alege o amărâtă de muritoare în locul ei, regina i-a blestemat pe regele Unseelie și pe poporul său. Sub influența blestemului, nu mai erau nemuritori. Aveau să îmbătrânească și să fie slabi, asemenea ființelor umane.

— Atunci de ce are Mordeus atât de multă putere? El nu e Unseelie?

— Ah, dar regina a fost răzbunătoare. A vrut ca muritorii să fie pedepsiți alături de Oberon și de poporul său. Așa că le-a oferit făpturilor fermecate Unseelie o cale de a-și menține puterile și viața. Dacă regele nu voia să moară sau să devină vulnerabil, trebuia să ia viața unei ființe umane - a *multor* ființe umane, dacă dorea o viață lungă, și a și mai multora, dacă dorea să-și folosească magia în timpul acelei vieți.

Mi se ridică părul pe mâini. De ce își doresc ființele umane magie atunci când este astfel folosită? Nu-mi pot imagina o lume în care cei mai lacomi din neamul meu ar putea mânui o asemenea putere.

Apoi, implicațiile încep să prindă treptat contur și simt nevoia să-mi cuprind trupul în brațe. Sunt nevoiți să ia vieți omenești ca să se vindece sau să aibă acces la puterile lor, iar din acest motiv a apărut tributul când Finn era bolnav. Dar nu. Finn nu ar face așa ceva. El nu e un criminal. Probabil că a găsit vreo cale de a ocoli blestemul, un fel de lacună.

Încui gândul într-un colțișor al minții și îmi frec pielea de pe brațe, încercând să mă încălzesc la loc

— De ce nu o... blestemă și ei la rândul lor?

— Puterea lor e prea slabă, chiar dacă sacrifică ființă umană după ființă umană.

Ochii goblinului devin sticloși - de parcă nici nu ar mai fi aici. De parcă ar privi departe, în trecut, și nu la mine.

— Cum e posibil așa ceva? De ce nu s-a mai întâmplat și înainte, dacă este chiar atât de ușor să șubrezești un întreg regat?

Bakken clatină din cap.

— Deoarece costul unei astfel de puteri e prea mare. Regina era înnebunită de gelozie când a aruncat blestemul și, pe lângă sufletul pe care îl sacrifică în ziua solstițiului de vară, a mai oferit ceva și pentru a supune magia voinței sale. Datorită ei, Seelie nu-i mai pot răni pe Unseelie - astfel, Marele Război al Făpturilor Fermecate a luat sfârșit.

— Asta nu poate fi adevărat, spun, clătinând la rândul meu din cap. Finn a fost rănit de una dintre gărzile reginei. L-am cusut cu mâinile mele.

— Poate că garda lucra pentru regină, dar Seelie nu-i pot răni pe Unseelie.

Îmi amintesc ce a spus Finn despre presupunerea că gărzile erau Seelie când, de fapt, erau Făpturi Fermecate Sălbatice aflate în serviciul Reginei de Aur. Nu înțelegeam de ce Făpturile Fermecate Sălbatice erau mai periculoase decât Seelie. Acum știu.

— De ce nu mi-a spus nimeni nimic din toate astea?

— Blestemul le împiedică pe zâne să vorbească despre asta - un șiretlic ingenios, inclus de regină pentru a împiedica ființele umane să afle adevărul.

— Atunci *tu* de ce poți vorbi despre blestem?

— Goblinii sunt gardienii tărâmurilor. Adunăm secretele, istoriile și poveștile. Niciun blestem și nicio vrajă nu ne poate împiedica să strângem sau să împărtășim orice informație dorim, deși eu și neamul meu știm că nu trebuie să o supărăm pe regină, răspândind secretele ei în toate cele patru zări. Mânia ei este legendară. Pur și simplu întreabă sluaghulii care mișună în jurul palatului de la malul mării.

Rânjește când rostește ultimele cuvinte.

— De ce le-ar permite să folosească ființe umane pentru a-și redobândi puterile? De ce să le oferi această șansă, când făpturile fermecate oricum nu pun mare preț pe viața ființelor umane?

— Pentru că regina a vrut ca făpturile fermecate Unseelie să devină la fel de malefice precum se zvonește că sunt. Ea *vrea* ca ele să ucidă oameni. E modul ei de-a pedepsi toate ființele umane în numele celei care i-a furat inima regelui Oberon.

— Și totuși, își dorește ca propriul ei fiu să se însoare cu o ființă umană.

Nu mi-a *plăcut* niciodată de regină. Poate că am compătimit-o în acea primă noapte, când am zărit pustiul din ochii ei, însă, de îndată ce am aflat despre tabere, am început să o urăsc. Chiar și așa, parcă nu-mi vine a crede că blândul ucenic de mag de care m-am îndrăgostit este urmașul unei ființe atât de dușmănoase! Atât de diabolice!

— Vrea ca fiul ei *să prospere*, să-i urmeze la tron și să ajungă mai puternic chiar și decât ea. Însă fiul ei e cel care vrea să se însoare cu o ființă umană - o anumită ființă umană, cu cel mai frumos păr de culoarea focului.

Goblinul îmi pune șuvița în tolba de la talie.

— Ți-am oferit mai mult decât ar fi corect pentru ofranda ta.

Își ridică mâna, cu degetele apăsate ferm unele de altele, pregătit să pocnească din ele.

— Așteaptă!

Mâna îi cade în lateral.

— Da?

— Poate fi rupt blestemul?

Bakken clatină din cap.

— Îți forțezi norocul. Noapte bună, Fata Focului!

— Stai!

Mâinile mi se duc la spatele părului și mai trag o altă șuviță în față.

— Dacă îți dau mai mult păr, îmi vei spune cum să rup blestemul?

Singurul răspuns al goblinului e să întindă mâna și să desfacă încet palma.

Închid ochii în timp ce tai o altă șuviță de păr. Slujnicele mele o vor lua razna când vor vedea ce mi-am făcut. Dar dacă pot să-i salvez pe Finn și pe acei copii din tabere, dacă o pot salva pe Lark și să o împiedic pe Pretha să intre în panică la vederea unei simple zgârieturi, cauza acelei expresii de groază absolută de pe fața ei...

Așez șuvița în palma mâinii zbârcite a goblinului.

— *Tu* poți rupe blestemul. Timp de douăzeci de ani, Unseelie au încercat și au eșuat, dar tu ești unică prin faptul că există două căi de a pune capăt chinului făpturilor Unseelie.

Bakken dă să-mi pună șuvița în tolbă, dar o înșfac înainte să o pună la loc sigur.

— Cum?

Ochii i se aprind de furie și îmi smulge părul dintre degete.

— Blestemul vine din inima înverșunată și împietrită a reginei. Atâta timp cât sacrifică unul de-un neam cu ea în fiecare an pentru a hrăni blestemul, acesta continuă să existe.

— Sacrifică unul de-un neam cu ea?

— Cu ocazia fiecărui solstițiu de vară, o făptură fermecată de aur trebuie să fie oferită focurilor pentru a hrăni blestemul.

Mi se strânge stomacul. *Sora lui Jalek.* Pe cine a sacrificat anul acesta? Refugiații Unseelie nu își permit să aștepte încă un an, însă...

— Dacă sacrificiul ar putea fi prevenit, blestemul ar fi rupt?

— Slăbit, da, dar nu rupt.

Urăsc modul în care goblinii vorbesc pe ocolite, repetând la nesfârșit aceleași lucruri, fără să îți ofere un răspuns clar.

— Spune-mi cum să rup blestemul și să le redau făpturilor fermecate Unseelie puterile!

— Fata Focului, ai două căi. Pe care dorești să o cunoști? Pe cea care îți va aduce moartea sau pe cea care îți va permite să trăiești?

Un spectru de gheață se furișează peste mine, făcându-mă să înghit în sec.

— Pe cea care îmi va permite *să trăiesc.*

— Dacă asta ți-e alegerea...

Zâmbetul lui e malefic.

— Pentru a pune capăt blestemului și a trăi, trebuie să o ucizi pe regină.

Cineva bate la ușă. *S-a zis cu ora mea.*

Deschid gura să-i spun lui Bakken să plece, dar goblinul a dispărut deja.

— Abriella?

Sunetul vocii lui Sebastian de cealaltă parte a ușii mă încălzește și mă înfioară totodată. M-am temut de momentul în care l-aș revedea după noaptea trecută, dar, în ciuda oricărei suferințe rămase în urma unei inimi frânte, am nevoie de el mai mult ca niciodată.

Oare Sebastian știe despre blestem? Probabil că da – se pare că este un fapt cunoscut în rândul făpturilor fermecate –, dar oare știe că mama lui e responsabilă? Oare înțelege că o armată întreagă de zâne îi doresc moartea – nu doar din cauza regatelor învrăjbite, ci pentru că efectiv le ucide? Nu-mi vine să cred că ar aproba moartea unuia de-ai lui doar pentru menținerea blestemului. Pe de altă parte, sunt atât de multe lucruri pe care nu mi le-aș fi închipuit niciodată despre Sebastian, și tocmai din acest motiv nu pot avea încredere în el.

Ascund Oglinda Revelației sub fuste și o înfășor în umbră. Inspirând adânc, o răsuflare de încurajare, deschid ușa și sunt întâmpinată de ochii adânci și de chipul zâmbitor al lui Sebastian. Toate gândurile despre blesteme și sacrificii îmi dispar din minte, înlocuite de imagini ale lui Sebastian cu mâinile pe cealaltă femeie.

*Ține-ți firea, Brie! Concentrează-te!*

Înghițind cu greu nodurile adunate în gât, îi fac semn să intre.

— Bună!

Un singur cuvânt, însă îmi tremură pe buze, trădându-mi neliniștea. Nu știu dacă sunt în stare să mă prefac că noaptea trecută nu a avut loc.

— Trebuie să vorbim.

— Bine...

Îmi cobor privirea. M-am săturat să țin secrete față de el, dar dacă iau Grimoriconul de la palatul de vară, voi fi mult mai aproape de sfârșitul acestor minciuni, de sfârșitul acestei înșelăciuni aparent nesfârșite. Mult mai aproape de a-i ajuta pe Finn și pe poporul său – și îmi dau seama că e ceva ce vreau neapărat să fac.

Nu trebuie să mă uit în sus ca să știu că Sebastian s-a apropiat de mine. Întotdeauna sunt conștientă de el când e aproape. Îmi ridică fața, călăuzindu-mi ochii spre ai lui.

— Am aflat ce s-a întâmplat noaptea trecută.

Totul înăuntrul meu încremenește, în vreme ce mai multe imagini îmi trec fulgerător prin fața ochilor. Dușul, atât de rece pe pielea mea fierbinte, și apăsarea fermă, aproape necruțătoare, a trupului lui Finn peste al meu, gura lui pe gâtul meu. Felul în care l-am *implorat*.

— Riaan tocmai mi-a spus. Ar fi făcut-o mai devreme, dar, dintr-un anumit motiv, a presupus că atunci când ai părăsit petrecerea aseară, ai venit la mine în cameră.

Clatină din cap.

— Mi-aș dori să o fi făcut.

Oh! *Oh!* Nu pot decât să mă holbez. Mintea îmi este un haos de întrebări, amintiri dureroase și justificări pe care știu că nu ar trebui să mi le spun. Dar pe măsură ce mă pierd în acești ochi de nuanța verdelui mării, simt tentația iertării facile. Totul ar fi mult mai simplu dacă am putea reveni la cum erau lucrurile înainte să plece ieri din camera mea.

— Îmi pare rău în legătură cu cealaltă fată! șoptește el. Nu am vrut niciodată să te rănesc.

— Bash, cu câteva minute mai înainte, erai aici, sărutându-mă *pe mine*!

Însă faptul că am scos acest lucru în evidență mă face să mă simt ca o ipocrită absolută. La numai câteva ore după *aceea*, îl imploram pe Finn să mă atingă, să mă sărute. Nici nu prea mai contează că dorințele nu mi-au fost îndeplinite. Aș fi mers fericită până la capăt dacă ar fi fost dispus, iar o asemenea recunoaștere e suficientă, fiind o trădare în sine. Da, aș putea da vina pe asocierea vicleană dintre droguri și inima mea frântă, dar…

Ochii lui Sebastian licăresc în timp ce se retrage. Surprind atât de multe emoții pe chipul lui frumos – frustrare, furie, poate o urmă de scârbă de sine!

— Ți-am spus că din partea mea se așteaptă să-mi aleg o soție și, în vreme ce tu încerci să te convingi să iei măcar în considerare posibilitatea, există femei care chiar *doresc* să-și însușească rolul.

— Te-am invitat în patul meu, iar tu ai plecat și ai găsit-o *pe ea*.

Își închide strâns ochii.

— Cred că încercam să mă conving că ceea ce simțeam pentru tine nu e nimic special. Am vrut să cred că pot simți același lucru și cu una dintre ele.

Cuvintele au forța unei lovituri surde.

— Și? Ai simțit?

Privirea îi coboară spre gura mea și clatină lent din cap.

— Nu. Niciodată nu o fac, oricât de tare mi-aș dori.

Mă întorc și mă îndrept spre fereastră, detestând faptul că își dorește să nu aibă sentimente atât de puternice față de mine și, totodată, înțelegând de ce simte astfel. De fapt, asta e cea mai rea parte a situației: înțeleg. Nu graba de a găsi o soție sau o lume în care asemenea decizii *nu sunt*, de obicei, născute din emoții, ci încercarea de a se apropia de cineva cu care s-ar putea căsători, în timp ce se conturează termenul-limită impus de mama sa? Pot înțelege foarte bine.

— Arătai de parcă ai fi făcut-o, chiar fără probleme, insist eu.

— Am vrut, dar *nu* asta s-a întâmplat!

Răsuflă greoi.

— Dacă aș fi simțit pentru ea ceea ce simt pentru tine, nu aș fi trimis-o înapoi.

— Bine!

Pe lângă suferința care nu-mi dă pace, vinovăția își face și ea de cap cu mine, înfigându-și adânc ghearele pe măsură ce îmi amintesc toate lucrurile care s-au petrecut de când am plecat de la petrecere. Seara trecută, l-am implorat pe Finn. Azi-dimineață, am adorat sclipirea jucăușă din ochii lui plini de umor când mă tachina, apoi toată după-amiaza am încercat să-mi dau seama cum să-l salvez. Și nu știu ce urmări vor avea toate aceste gânduri și întâmplări pentru mine și Sebastian.

— Putem lăsa toate astea deoparte pentru o noapte? întreabă el.

Mâna lui caldă îmi alunecă pe braț, până când degetele i se înlănțuie în jurul încheieturii mele.

— Vreau să mă concentrez asupra noastră pentru următoarele două zile. Nu vreau să mă mai gândesc la antrenamentul tău cu Finnian sau la mama mea, care mă presează să aleg o mireasă, sau la cât de curând va trebui să fiu înscăunat ca rege. Ne putem concentra doar asupra *noastră*, pentru o vreme?

— Mi-ar plăcea asta!

*Mincinoaso!* Poate că Sebastian crede că mă duce la Palatul Serenității ca să putem petrece un pic de timp împreună, însă obiectivul meu e să găsesc Grimoriconul și să i-l returnez lui Mordeus.

Zâmbește.

— Te simți bine?

Îmi mijesc ochii. Oare știe că cineva m-a drogat cu o seară în urmă? *A fost* implicat și Riaan?

— Da, de ce?

— Am venit în camera ta după micul dejun, iar slujnicele tale mi-au spus că încă dormi. Nu-ți stă în fire.

Pretha trebuie să fi aruncat un fel de iluzie asupra camerei mele, așa încât să le convingă pe slujitoare că am fost aici, dormind... sau asupra cuiva, ca să arate ca mine și să-și joace rolul.

— Am băut câteva pahare de vin la petrecerea de aseară, îi răspund.

— Mă bucur că ai participat!

Ochii i se îmblânzesc.

— Îmi place să te văd la evenimentele din jurul palatului.

Dar poate că mai multă sinceritate nu ar strica.

— Bash, cred că am fost drogată.

Chipul îi pălește, iar ochii lui frumoși evocă, deodată, furia mării învolburate.

— Poftim?

— Nu m-am simțit bine. Toată înfierbântată, fără inhibiții.

Obrajii îmi iau foc de jenă. Slavă zeilor că Finn a fost singurul martor la apogeul reacțiilor mele necontrolate!

— Când... slujnica mea m-a găsit la petrecere, încercam să mă dezbrac.

Maxilarul îi este încleştat, iar ochii îi sclipesc de furie.

— Trebuie să te întreb ceva şi vreau să fii sinceră cu mine!

Cum am putea avea vreodată o şansă, când însăşi sinceritatea e ceva cu care nu pot fi niciodată de acord? Sebastian mă prinde de umeri cu o expresie solemnă.

— L-ai văzut pe Finn sau pe vreunul dintre aliații lui seara trecută?

— Crezi că *ei* m-au drogat?

— Cred că Finn nu şi-ar dori nimic mai mult decât să îți câştige încrederea, apoi să-ți anuleze inhibițiile ca să faci ceva nesăbuit... cum ar fi să accepți să te Legi de el.

— Nu m-am Legat de *nimeni*!

— Știu.

Mă strânge uşor de umeri.

— Vreau să ştiu dacă ei *au încercat*.

Singurul cu care am fost tentată să mă Leg seara trecută a fost Sebastian, însă învoiala mea cu regele m-a împiedicat să-mi îndeplinesc dorința.

— Dar... de ce? De ce vă pasă tuturor atât de mult de această Legătură? Vă purtați ca şi cum ar conta mai mult decât...

*Mai mult decât mine.* Gândul s-a aflat la originea rugăminților mele din duş, nu-i aşa? Sebastian mi-a dat impresia că nu mă putea dori fără promisiunea Legăturii, iar eu voiam să simt că aş fi de ajuns, chiar şi fără ea. Nu pot da vina pe droguri pentru reacția mea.

— Pentru că într-adevăr contează.

Mă priveşte cu atenție. Încearcă să-mi spună mai multe. Poate că nu are cum. Poate ceva despre blestem?

— Nu aş exclude posibilitatea ca Finn şi banda lui să fie răspunzători. O simplă ceremonie de Legare, şi el te-ar putea lua pentru totdeauna de lângă mine.

Nu mi-a dat Finn un avertisment asemănător în ceea ce-l priveşte pe Mordeus, când am venit prima dată aici? În plus, Finn era *furios* azi-dimineaţă, după ce am recunoscut că învoiala cu Mordeus e, de fapt, ceea ce mă împiedică să mă Leg de Sebastian. Oare ce altceva ar fi spus dacă Pretha nu ar fi intrat în bucătărie cu Lark?

Nu-mi pot îngădui acum să-l contrazic pe Sebastian, iar dorinţa mea de a-i apăra pe Finn şi pe prietenii lui nu va face decât să prelungească această ceartă, prin urmare, suprim cu înverşunare impulsul şi clatin din cap.

— Nu ştiu cine m-a drogat.

Îmi strânge cu putere mâna într-a lui.

— Dacă am fi Legaţi, aş şti când ai avea probleme. Te-aş fi găsit aseară şi m-aş fi asigurat că nimeni nu-ţi poate folosi inhibiţiile în propriul avantaj. Urăsc să ştiu cât de vulnerabilă eşti.

— Nu sunt vulnerabilă... nu cum am fost odată. Îmi mânuiesc tot mai bine puterile.

Însă Sebastian nu pare convins.

— Uneori, tocmai puterea ta te face atât de vulnerabilă.

— De ce spui asta?

— Nu contează.

Mă trage la pieptul lui şi îi pot auzi bătăile agitate ale inimii.

— Contează doar că eşti în siguranţă.

— Se întâmplă chiar atât de rar ca o fiinţă umană să aibă magie?

Pufneşte, însă sunetul pare mai degrabă un hohot de râs agitat.

— Fără îndoială, murmură el, apoi îşi sprijină fruntea de a mea. Eşti atât de al naibii de specială, iar Finn ştie prea bine asta!

Înghite în sec.

— Chiar dacă nu el e responsabil pentru faptul că ai fost drogată noaptea trecută, *va* încerca să te convingă să te Legi de el. Dar orice ar face, refuză-l. Nu te poate forța nimeni să accepți Legarea. Nu poate fi pecetluită fără consimțământul ambelor părți, de bunăvoie.

— De ce ar dori Finn asta? Ce ar putea câștiga?

Clătinând din cap, Sebastian își coboară lent mâinile pe spatele meu până la talie, trăgându-mi șoldurile astfel încât să fie complet lipite de ale lui.

— Ar avea... acces la puterea ta.

Și din moment ce Finn nu-și poate folosi propriile puteri fără să-și scurteze viața sau să devină un ucigaș în serie de ființe umane, are *nevoie* de puterea mea. De aceea a flirtat cu mine azi-dimineață și a fost atât de bun noaptea trecută? Acesta e adevăratul motiv pentru care m-a antrenat? Oare totul nu e decât un vicleșug bine pus la punct pentru a-mi câștiga încrederea, astfel încât să pot deveni marioneta lui?

Refuz să cred un astfel de scenariu. Pe de altă parte, Finn mi-a spus odată că tot ceea ce face are drept scop protejarea poporului său. De ce aș crede că toate momentele petrecute împreună ar reprezenta o excepție?

— Nu m-aș Lega de Finn, replic aproape doar pentru mine.

Înghițind în sec, Sebastian îmi răspunde printr-un zâmbet nesigur.

— Când vei pregătită, voi fi onorat să mă Leg de tine. Aș folosi Legătura să te protejez. Nu aș îngădui să pățești vreodată ceva.

Își coboară gura spre a mea și mă sărută ușor, doar o atingere delicată a buzelor.

— Ești pregătită? mă întreabă.

Simt un nod în gât.

— Bash... nu pot. Am nevoie de mai mult timp dacă...

— Ca să mergem la palatul de vară!

Îmi urmărește lent cu degetul linia maxilarului.

— Legătura mai poate aștepta. Deocamdată.

Se întoarce spre coridor și scoate un fluierat jos.

Un goblin intră șchiopătând în cameră, cu capul plecat. Deodată, și-l smucește în lateral, umflându-și nările. Adulmecă în jur, apoi se uită la mine: învinuirea îi pâlpâie în ochi. Îl poate mirosi pe Bakken? Oare știe că unul de-același neam cu el a fost aici?

— Du-ne la palatul de vară! îi cere Sebastian.

— Da, Înălțimea Voastră! zice goblinul, dar, în timp ce întinde mâna după a mea, îmi rânjește - o creatură periculoasă care îmi păstrează secretul.

Sebastian ia mâna osoasă a goblinului în a lui, iar eu îi imit gestul.

Înainte să-mi trag răsuflarea ca să mă pregătesc pentru căderea liberă oferită de transportul goblinului, aud sunetul mării, ale cărei valuri se sparg de țărm. Apoi văd lumina lunii licărind în apă și simt nisipul sub picioare.

Aerul sărat îmi gâdilă nasul, iar sunetul valurilor îmi invadează simțurile exact când palatul de vară îmi apare în fața ochilor. În niciun caz nu l-aș numi mic. Numeroasele sale turnuri par să se contureze deasupra mării, proiectându-și umbrele peste întinderea feerică, iar fix în fața mea se înalță ferestrele mari care știu că duc la bibliotecă. Și la Grimoricon.

# CAPITOLUL 29

— Mulțumesc! spune Sebastian, eliberând mâna goblinului.

— Sunt aici pentru a sluji, Înălțimea Voastră.

Goblinul strânge din buze și îmi aruncă un ultim zâmbet cu subînțeles înainte să dispară.

Există plaje în Elora, dar am văzut o singură dată marea, în copilărie. Aproape că nu-mi mai amintesc de acea excursie, când am călărit pe același cal cu mama și cu tata lângă noi, sau de primii mei pași timizi în apă, însoțiți de râsete ori de câte ori mă doborau valurile.

Părul alb al lui Sebastian flutură ușor, răscolit de briză, în timp ce privește spre orizont, iar soarele se scufundă în mare.

— Vrei să ne plimbăm? întreabă el.

Întorc spatele palatului, atrasă de priveliștea oferită de mare.

— Mi-ar face plăcere!

Mă conduce pe plajă, ținându-mi tot timpul brațul strâns lipit de el, de parcă i-ar fi teamă că aș putea să dispar.

— Acesta e locul meu preferat, spune el, mergând încet. Sunetul valurilor ce se sparg de țărm mi-a adus mereu alinare.

Palatul de Aur e veșnic plin de servitori și de curteni. Preferam să stau aici, încă de la o vârstă fragedă, însă nu apucam să vin nici pe departe la fel de des pe cât aș fi vrut.

— E frumos aici. Și atât de multă liniște!

Încuviințează din cap.

— Am venit aici de câteva ori în săptămânile de când ai sosit la palat.

Își ațintește ochii asupra mea preț de câteva secunde ce mi se par foarte lungi.

— Am avut multe lucruri la care să mă gândesc.

Înghit în sec, iar ochii mă ustură. Simt că sunt atât de aproape să o salvez pe Jas și, mai mult ca oricând, sunt îngrozită la gândul că în momentul în care o voi salva, voi pierde orice altceva. Sau, și mai rău, că Mordeus va găsi o cale de a se sustrage de la învoială și că o voi pierde.

Nu asta a spus Lark când am văzut-o în vis? I-am destăinuit că nu vreau să fiu o regină care are atât de multe, în timp alții nu au nimic, iar ea m-a avertizat că voi pierde totul. A fost cu adevărat o viziune a copilei sau doar un vis?

— Hei, șoptește el. Ce-i cu lacrimile?

Înghit cu greu și îngaim:

— Lui Jas i-ar plăcea tare mult aici.

Sebastian își lasă fruntea în jos.

— Îmi pare rău că nu am reușit să ajung la ea! Mordeus… El și-a folosit esența ca să-ți ascundă sora.

Îmi împărtășește această nouă informație ca și cum ar fi o veste îngrozitoare.

— Ce înseamnă asta?

— Înseamnă că atâta timp cât el e încă în viață, nu vom putea ajunge fizic la ea, îmi explică Sebastian. Înseamnă că îți pot salva sora doar dacă cineva îl ucide pe rege.

— Dar tu nu poți face asta, spun fără să mă gândesc. Seelie nu-i pot răni pe Unseelie.

Ochii i măresc și abia atunci îmi dau seama de greșeala săvârșită.

— Nu-i adevărat?

Respirația i se accelerează și-și linge buzele.

— Spune-mi ce știi!

Ce se poate întâmpla dacă recunosc ce am aflat? Urăsc să-l mint pe Sebastian, iar s-o fac pe neștiutoarea, după ce m-a luat gura pe dinainte, iese clar din discuție.

— Știu că făpturile Unseelie și-au pierdut magia și nemurirea în urma blestemului aruncat de mama ta asupra lor.

Îl privesc în timp ce cuvintele îmi părăsesc buzele, dar rămâne impasibil. Nicio dezmințire sau confirmare. *Nu poate vorbi despre blestem.*

— Întotdeauna am crezut că zânele Unseelie sunt rele, dar nu mai cred acest lucru. Unele făpturi fermecate umbră sunt rele și altele sunt bune. La fel cum unele făpturi fermecate de aur sunt rele și altele sunt bune. Dar poate că... poate că zânele Unseelie care par rele încearcă doar să scoată tot ce e mai bun dintr-o situație nefastă.

Sebastian se oprește din mers și întoarce capul spre ocean.

— Nu ți-am spus asta niciodată, dar în noaptea de Litha a avut loc o tentativă de asasinare a mamei mele – una înfăptuită de un membru al curții bunicilor mei, care a dezertat după ce mama a preluat tronul. Trădătorul a fost capturat înainte să o poată răni, dar, cumva... cumva, aliații lui Finn au reușit să se infiltreze în castel, să treacă de gărzile mele și de runele noastre și să elibereze trădătorul care plănuise să înfigă o lamă în inima propriei sale regine.

Îmi cobor capul, dar sunt îngrozită că îmi poate simți vinovăția.

— Dar... se pare că știai deja asta, zice el.

Durerea din vocea lui prinde gheare, râcâindu-mi ușor marginile conștiinței.

— Știai că Jalek vrea să-mi ucidă mama și nu mi-ai spus nimic.

— Nu știam ce plănuiește Jalek.

Este adevărat, și totuși... Îmi îndulcesc tonul înainte de a continua:

— Dar nu voi pretinde că l-aș fi oprit dacă aș fi știut.

Ridic bărbia și îl privesc direct în ochi.

— Știu ce înseamnă să lucrezi fără oprire și încă să fii prizonierul propriei condiții. Și cum rămâne cu *taberele* mamei tale? E greu să nu-i dorești ceva mult mai rău decât moartea cuiva care ar face asta nevinovaților.

— Nu voi căuta scuze pentru acele tabere, răspunde el, cu vocea tremurândă. Dar cu atât de multe făpturi fermecate Unseelie care fug în urma domniei lui Mordeus, regatul nostru a fost invadat de refugiați. Poporul *nostru* suferă, iar regina își pune propriii supuși pe primul loc, protejându-i de făpturile fermecate umbră.

— Dar dacă făpturile fermecate umbră sunt cele care trebuie protejate?

— Finn ți-a spus despre tabere, dar ți-a spus și despre sutele de zâne din regatul meu care au fost ucise cu sânge rece, astfel încât cele care fugeau de haosul din *al său* să poată pună stăpânire pe casele lor?

Și din cauza blestemului reginei, acele făpturi fermecate de aur nu ar putea să se protejeze de Unseelie. Scenariul mi se pare revoltător.

— Nu voi susține că toate făpturile fermecate Unseelie sunt bune, replic eu, sau că situațiile oribile nu scot uneori ce este mai rău din oricine, dar...

— Dar nimeni nu le-a răpit voința! Ele fac propriile alegeri, și prin acele alegeri au dovedit cine sunt cu adevărat.

— Dar nu poți defini un întreg regat doar după acțiunile celor mai răi dintre supușii săi. Cred că Finn este bun.

Ochii lui Sebastian ard cu înverșunare când se întoarce spre mine.

— Dacă tu crezi că e atât de bun, ar trebui să folosești acele puteri ale tale ca să-i găsești catacombele din Ținuturile Făpturilor Sălbatice. Descoperă ce ține acolo și spune-mi apoi dacă încă mai crezi că e atât de nobil.

Ce ar putea ține Finn în catacombe care ar dovedi că e la fel de malefic pe cât vrea Sebastian să cred?

— Nu suport să văd cum te-a fermecat, cum te-a făcut să crezi că poți avea încredere în el.

— A devenit... un *prieten*.

— Asta vrea el să crezi. Te implor să nu te îndrăgostești de el!

— Nu înțeleg. De ce ești împotriva lui Finn și a poporului său, când propria ta mamă reprezintă motivul suferinței lor?

— Nu sunt împotriva zânelor Unseelie, încearcă el, clătinând din cap. Nicidecum, Brie. Urăsc ceea ce li se întâmplă sub domnia lui Mordeus. Făpturile fermecate nu pot exista fără lumină și fără întuneric, fără soare și fără umbră. Mama știa asta, și dacă n-ar fi fost ea, zeci de zâne ar fi continuat să moară în fiecare zi în Marele Război al Făpturilor Fermecate.

— Ea a pus capăt războiului?

— Prin sacrificiul *ei*, luptele s-au oprit.

Sebastian vrea să creadă că e bună. Oare îl pot învinovăți? E mama lui. Dar el e prea inteligent pentru a închide ochii la tot ce a înfăptuit regina.

— Eu nu văd lucrurile la fel ca tine.

— Tu nu cunoști întreaga poveste.

— Atunci spune-mi... spune-mi ce poţi!

Înghite în sec.

— Odinioară, mama a fost Prinţesa de Aur a zânelor. Tânără şi fără experienţă, a fost sedusă de regele Oberon. S-a îndrăgostit de el, dar regatele lor se luptau de sute de ani, iar părinţii ei erau duşmanii de moarte ai regelui şi ai regatului său. Atâta timp cât Regele şi Regina de Aur domneau, prinţesa nu putea fi niciodată, nu cu adevărat, cu Regele Umbrelor. Însă, când puteau, se furişau de pe tărâmurile lor şi se deghizau în fiinţe umane, pentru a se întâlni în lumea muritorilor. Acolo nu ar fi fost condamnaţi pentru dragostea lor. Puterea lor era atât de mare, iar magia, atât de intensă, încât dragostea dintre ei putea mişca soarele şi luna, creând ceea ce fiinţele umane numesc o eclipsă.

Cunosc povestea. Mama obişnuia să ne spună povestea Regelui Umbrelor şi a Prinţesei de Aur. Când Sebastian nu continuă, o fac eu în locul său:

— Şi, într-o zi, Oberon a venit în lumea muritorilor, însă Arya nu a reuşit. Părinţii ei descoperiseră ce făcuse, aşa că şi-au unit puterile magice ca să sigileze toate portalurile dintre lumea fiinţelor umane şi Tărâmul Zânelor – împiedicând-o pe fiica lor să ajungă la iubitul ei şi pe Regele Umbrelor să se întoarcă acasă. În încercarea de a-şi îndupleca zeii şi de a recupera soarele, fiinţele umane au sacrificat vieţi nevinovate.

La asta s-a referit Bakken când a menţionat noaptea nesfârşită? Aceeaşi noapte nesfârşită despre care auzeam poveşti când eram mică?

Sebastian aşteaptă, în timp ce ochii lui mă îndeamnă să continui.

— Dar, în ciuda rugăciunilor sau sacrificiilor, fiinţele umane nu puteau pune capăt nopţii nesfârşite. Nu aveau nicio putere asupra portalurilor, iar Regele Umbrelor a rămas întemnițat în afara lumii sale, căutând o altă cale de a se întoarce acasă. Pe zi ce trecea, magia lui devenea tot mai slabă, până când nu și-a mai putut ascunde adevărata înfățișare. În lipsa magiei care să-l protejeze de ființele umane și de prejudecățile lor, a fost bătut și agresat, vârfurile urechilor i-au fost tăiate și chipul, distrus de pumni. Atunci a întâlnit-o pe femeia umană. Ea l-a găsit în afara casei ei și i s-a făcut milă de el, oferindu-i tonicele vindecătoare pe care le avea. Nu suporta să vadă nicio creatură suferind. I-a oferit un loc unde să stea, l-a îngrijit și și-a folosit poțiunile ca să-l vindece. Când noaptea nesfârșită s-a prelungit, ei s-au îndrăgostit. El nu a uitat-o niciodată pe Prințesa de Aur a făpturilor fermecate, însă dragostea lui pentru femeie era prea intensă ca să o nege. Când portalurile s-au redeschis, a știut că trebuie să se întoarcă acasă, dar ființa umană a refuzat să-l însoțească. Nu voia să-și părăsească lumea. Chiar și așa, Regele Umbrelor a știut că nu mai poate fi cu prințesa. Inima lui îi aparținea femeii umane.

Ochii lui Sebastian scânteiază de furie când continuă povestea în locul meu:

— Între timp, la Curtea Lunii, fratele Regelui Umbrelor venise ca să-i preia regatul, profitând de absența lui. Când Oberon s-a întors, a descoperit că fratele său câștigase loialitatea a jumătate din curte, neputându-și revendica tronul fără să riște declanșarea unui război civil pe care poporul său nu și l-ar fi putut permite, nu atâta timp cât Marele Război al Făpturilor Fermecate continua să facă ravagii. De cealaltă parte a tărâmului, mama își ocupase locul ca regină a făpturilor fermecate de aur. L-a implorat pe Regele Umbrelor să se căsătorească cu ea, așa cum plănuiseră odinioară – dacă nu din dragoste, atunci măcar pentru binele ambelor regate. A promis că, dacă se căsătoresc, îl va ajuta să-și înlăture fratele de pe tron și apoi vor putea să-și unească regatele și să pună capăt războiului dintre ele. Dar Oberon a refuzat. Nici măcar nu a vrut să îi accepte propunerea pentru dobândirea păcii dintre popoarele lor. Nu mai era îndrăgostit de ea și încă mai credea că, într-o zi, ar putea să-și convingă iubita muritoare să i se alăture în lumea lui.

Sebastian se oprește aici cu povestea, așa că o închei eu în locul lui:

— Apoi regina i-a blestemat pe Unseelie.

Aștept ca el să confirme, însă el doar înlemnește, de parcă ar fi încremenit cu totul.

— Știi, de fapt, despre blestem, concluzionez eu, dar nu poți vorbi despre el.

Din nou, nicio reacție, ca și cum nici măcar din cap nu poate da pentru a confirma.

— Cea mai puternică magie din Tărâmul Zânelor vine de la cârmuitorii săi, zice el. Mama a fost cea mai puternică regină care a ocupat vreodată tronul, dar mânuirea unei forme atât de mărețe de magie cere un preț, unul mult mai cumplit decât să o urască un întreg regat.

— Și cum să nu o facă? întreb, încercând să-mi mențin tonul blând.

— În cele din urmă, a salvat viețile a mii de zâne prin încheierea războiului, completează Sebastian. Lui Oberon i-a păsat mai mult de sine decât de poporul său. Ar fi putut pune capăt războiului căsătorindu-se cu mama, un sacrificiu insignifiant, dar a refuzat. În timp ce sacrificiul mamei a fost uriaș și a salvat mii, însă acum e pe moarte pentru a plăti prețul...

Tresare, apoi înghite în sec.

De a le fi *blestemat* pe făpturile fermecate Unseelie și de a-și fi făcut propriul popor vulnerabil în fața lor, cred, dar nu spun nimic. Regina e mama lui și e pe moarte. Nu-l pot învinovăți pentru că îi trece cu vederea greșelile, dacă simte că o pierde și are mâinile legate, incapabil să oprească cursul lucrurilor.

— De ce nu rupe pur și simplu blestemul?

Când doar se uită fix la mine și nu-mi răspunde, îmi amintesc că nu poate să vorbească atât de direct despre blestem. Simțind apăsarea chinului din ochii lui, îmi înfășor brațele în jurul taliei sale.

Mâinile îi alunecă în părul meu, apoi se retrage ușor când degetele i se încurcă în șuvițele mai scurte pe care le ascund sub buclele mai groase.

— Ce s-a întâmplat aici?

Îmi cobor privirea, dar îmi înclină bărbia în sus ca să mă uit din nou la el.

— Nu trebuie să-mi ascunzi nimic.

I-am împărtășit deja ce știu despre blestem, așa că aș putea la fel de bine să-i explic cum am căpătat informațiile.

— I-am dat lui Bakken câteva șuvițe din părul meu ca să-mi spună despre blestem.

Din nou, cuvântul *blestem* îl face să tresară – de parcă ar fi un cuțit înfipt în spate, de fiecare dată.

Mâna îi urcă pe o parte a feței mele și se joacă cu șuvițele mai scurte care îmi încadrează chipul.

— Și astea?

— Când eram în Elora. Mi-a spus că Mordeus a cumpărat-o pe Jas.

Ridic din umeri la încruntarea lui.

— Există lucruri pe care nu mi le poți spune și lucruri pe care nu vreau să știi că le fac.

Încă mai există.

— Și am încredere în Bakken.

— De obicei, secretele goblinilor nu sunt chiar atât de ușor de cumpărat. Trebuie... trebuie să creadă că are ceva de câștigat dacă îți rămâne în grații. Dar fii atentă: să nu te bazezi prea mult pe neamul lor! Dacă îți descoperă slăbiciunile, vor lua și vor tot lua, până îți vei da seama că le-ai oferit totul.

Îl ciupesc ușor de pielea de pe coaste.

— Nu mai fi atât de îngrijorat, Sebastian! Mai am destul păr.

— Nu toate secretele pot fi cumpărate cu o șuviță de păr, Brie.

Îmi împletesc degetele cu ale lui și zâmbesc cu tristețe când trag de o șuviță.

— Aș vrea să fie așa!

Sebastian cercetează linia orizontului, acolo unde fâșiile aurii și roșii ale amurgului se întind ca niște degete de-a lungul apei.

— Trebuie să intrăm înăuntru.

Nu-mi scapă nota gravă a vocii lui.

— De ce?

Dă din cap spre plajă și văd un stol de corbi care roiesc.

— Sluaghulii? îl întreb.

— Da. Cutreieră noaptea pe plajă. E unul dintre motivele pentru care mama nu prea mai vine aici.

— De ce ar fi sluaghuli aici? Cine a murit pe plajă?

Ceva îi scânteiază în ochi. Când nu răspunde, îmi dau seama că nu e din cauză că nu știe, ci pentru că nu poate sau nu vrea să-mi spună. Enorm de multe secrete continuă să existe între noi, dar cel puțin acum e mai clar că pe unele a fost obligat să le țină sub tăcere.

— Vino!

Mă trage spre palat și îl urmez. Știu prea bine că nu ar trebui să zăbovesc atunci când sunt sluaghuli prin preajmă.

Sebastian le spune servitorilor că îmi va arăta împrejurimile cât timp ne pregătesc cina.

— Regele Mordeus nu are ce căuta pe Tronul Umbrelor, spune el când suntem singuri, reluând conversația de unde am rămas afară. Drept consecință, întregul Tărâm al Zânelor are de suferit. Dar el va face orice ca să poarte coroana, astfel încât tronul să-l accepte.

Mă ia de mână și mă conduce în jos, pe o scară puternic luminată. Când împinge o ușă solidă, îmi dau seama că m-a adus într-un fel de armurărie. Ochii mi se deschid larg pe măsură ce iau notă de toate armele - diversitatea de pumnale și săbii, armurile înșiruite și arcurile din lemn depozitate pe rafturi sau agățate în suporturi speciale.

Sebastian se duce direct la peretele din colțul opus și alege un pumnal negru strălucitor înainte să se întoarcă la mine.

— Acesta e făurit din adamantiu și din fier, mă informează el și mi-l oferă. A fost ascuțit cu lame de diamant de către propriul fierar al reginei, iar magia sa va lăsa urme de fier în oricine îi va simți tăișul mânuit de tine.

Îl iau. E greu, însă are o grație neașteptată. Când îmi strâng degetele în jurul mânerului, mă străbate un val straniu și electrizant de putere. Pare că a fost menit să mi se potrivească în palmă.

— Doar asta îl poate ucide pe rege, spune Sebastian. Ține-l tot timpul asupra ta.

Ridică ochii brusc, ca să-i întâlnească pe ai mei. Nu știe că am lucrat pentru rege, așa că de ce ar crede că am nevoie de un pumnal care îl poate ucide?

— Riaan mi-a spus că ați vorbit aseară, mă lămurește el, pe un ton blând. A spus că ai recunoscut că ai secrete. Secrete pe care ești forțată să le ții, altfel riști să-ți pierzi sora.

Scoate o teacă dintr-un sertar și desface centura mică atașată de ea.

— Poate sunt aceleași secrete care te-au determinat să-mi dai un fals și să păstrezi Oglinda Revelației pentru tine.

Rămân cu gura căscată.

— Știai?

— Da. Și am așteptat să-mi explici - să ai încredere în mine -, dar acum înțeleg că nu poți.

— Eu...

Știa.

— Nu-mi vine să cred că nu ai spus nimic!

— Am încredere în tine, Brie. Indiferent dacă tu ai sau nu în mine.

Cu inima împovărată, îl privesc cum îngenunchează în fața mea, ridicându-mi poalele fustei. Degetele lui îmi mângâie pielea în timp ce îmi prinde teaca în jurul gambei și fixează catarama. Când își întoarce mâna cu palma în sus pentru pumnal, i-l înmânez ușor, cu mânerul spre el.

— Ține-l tot timpul asupra ta, pentru a te proteja. Dacă poți, folosește-ți magia ca să-l ascunzi.

— Eu...

Cât de multe știe despre magia mea? Despre secretele mele?

— Pot. Am făcut progrese.

Îmi strecoară pumnalul în teacă și există ceva liniștitor în îmbrățișarea curelei, în greutatea lamei pe picior. Când Sebastian se ridică în picioare, chipul îi este solemn.

— Această lamă va funcționa și împotriva lui Finn.

O gheară îmi încleştează gâtul. Până la urmă, poate că din acest motiv mi l-a oferit – nu atât pentru că bănuieşte că voi avea nevoie de pumnal împotriva lui Mordeus, ci pentru că speră că îl voi folosi împotriva lui Finn.

— Ai spus că nu-l vrei pe Mordeus pe Tronul Umbrelor, dar cine ai vrea să îi ia locul, dacă nu Finn?

Clatină din cap.

— Tărâmul Zânelor a fost divizat prea multă vreme și a sosit timpul ca jumătățile să se unească sub un singur cârmuitor.

Îmi muşc buza de jos. Nu vreau să mă cert cu privire la Finn sau cine ar trebui sau nu să stea pe Tronul Umbrelor. Nu îmi pasă decât să-mi salvez sora.

Dar asta nu mai e adevărat. Poate că nu mai e de ceva vreme.

Îmi pasă de tărâmul pe care obișnuiam să-l iau în derâdere și de ființele care locuiesc aici, iar acum sunt împărțită între regate aflate în război, deşi nu am vrut să simt loialitate față de niciunul dintre ele.

— Ai vrea să-ți arăt restul palatului? întreabă Sebastian.

Încuviințez din cap, însă pe durata întregului tur mă gândesc la pumnalul cu lamă din adamantiu legat de gambă și la cuvintele şoptite ale lui Sebastian, „Această lamă va funcționa și împotriva lui Finn."

Sunt atât de distrasă, încât rămân surprinsă când mă conduce în biblioteca de la ultimul etaj al palatului.

— Aceasta este bijuteria Palatului Serenității, spune el chiar în dreptul uşilor deschise. Frumusețea ei atinge apogeul când soarele străluceşte prin lucarne, aşa că te voi aduce înapoi mâine.

Dar îmi place aşa cum e acum, cu lumina argintie a lunii dansând pe sticlă și iluminând discret centrul sălii. Aş putea cerceta teancurile de cărți la adăpostul întunericului. Îmi imaginez senzația, o amintire din copilărie, o evocare a momentelor în care mă duceam cu mama la bibliotecă - acel sentiment țesut din siguranță și din posibilități nesfârșite.

Mă plimb încet prin sală, aruncând o privire în jur și lăsându-mi ochii să treacă peste piedestalul ce tronează în centru. Nu vreau să-mi dezvălui atât de repede interesul, dar Sebastian pare să-mi intuiască oricum curiozitatea.

— Acela este Grimoriconul, mă informează el.

Mă ia de mână și mă conduce spre centrul sălii, până când un singur pas ne mai desparte de carte. Atât de aproape, încât aș putea întinde mâna și să o ating.

— Ce este? întreb, de parcă nu aș ști.

— E marea carte a poporului nostru. Odată, Curtea Lunii a revendicat-o ca fiind a sa, însă nici nu vreau să-mi imaginez distrugerile pe care Mordeus le-ar abate asupra lumii noastre dacă ar avea-o.

O tristețe copleșitoare îmi încătușează inima. S-ar putea să fiu neștiutoare în legătură cu multe lucruri, dar caracterul lui Mordeus nu reprezintă nici pe departe o enigmă. Este malefic, crud și viclean, iar Tărâmul Zânelor va avea de suferit dacă un mascul ca el capătă și mai multă putere. Misiunea mea a fost să o salvez cu orice preț pe Jas, dar, pentru prima dată, înțeleg că pun în pericol soarta unui întreg tărâm în schimbul vieții surorii mele. Însă alternativa? E de neconceput.

Îmi temperez îndoiala nou descoperită și mă concentrez asupra cărții.

— Ce se află înăuntru?

— Conține vrăjile Străvechilor noștri și îndrumări cu privire la modul de a le accesa puterile. Odată ce voi ocupa tronul, aceasta este cartea care mă va povățui în conducerea regatului meu. Bunicii mei s-au străduit din răsputeri să o recupereze, iar prețul a fost pierderea multor zâne bune. Acum ar putea fi singurul lucru care o menține pe mama mea în viață.

Îmi răsucesc brusc capul ca să mă uit la el.

— Poftim?

— Magia înseamnă viață. Iar Grimoriconul - dă din cap spre carte - este una dintre cele mai puternice forme de magie ale noastre. Mama e pe moarte de ani buni. Probabil că singurul motiv pentru care încă mai trăiește e faptul că viața i-a fost magic legată de această carte.

Încet, întind mâna, dar Sebastian o prinde înainte să pot atinge cartea.

— Nu!

Ochii îi sunt larg deschiși, iar pulsul îi zvâcnește vijelios.

— Cartea e periculoasă?

— Nu știu ce ți s-ar putea întâmpla dacă pielea ta muritoare ar intra în contact cu o magie atât de puternică. Iar dacă Grimoriconul este perturbat...

Se oprește, neliniștit.

— Dacă Grimoriconul este perturbat, mă tem de ce i s-ar putea întâmpla mamei mele.

De aceea a vrut Mordeus să îl fur? Da, pentru magia puternică, dar și pentru că știe că este legat de viața reginei? De aceea vrea *Finn* să-l fur?

Înghit nodul incomod din gât.

— Îți iubești cu adevărat mama, nu-i așa?

Sebastian clipește, cu o expresie îndurerată și tulburată pe chip.

— Nu-i pot trece cu vederea greșelile, dar e mama mea și a sacrificat atât de mult pentru regatul nostru... poate chiar și mai multe pentru mine!

Dacă îi dau cartea lui Mordeus și Arya moare, blestemul va fi rupt și Jas va fi în siguranță. Dar Sebastian nu mă va ierta niciodată. Iar dacă Mordeus folosește cartea ca să distrugă viețile a și mai multor făpturi fermecate nevinovate, *eu* s-ar putea să nu mă iert niciodată.

Când personalul palatului ne servește cina, încă mă mai gândesc la Finn, la Tronul Umbrelor și la avertismentele lui Sebastian că orice ar păstra Finn în catacombe va dovedi cine e cu adevărat.

— Brie?

Ridic capul când îmi aud numele rostit și descopăr că Sebastian mă fixează cu privirea peste masă. De cât timp așteaptă să-i răspund? Ținând cont de farfuria lui pe jumătate golită, atenția mi-a fost distrasă de ceva vreme.

— Unde îți zboară mintea?

Oftez.

— Îmi pare nespus de rău, Sebastian! În seara asta sunt pierdută în gânduri.

Arunc o privire prin sala de mese și îmi dau seama că nici măcar nu am remarcat detaliile cinei romantice care, mai mult ca sigur, a fost pregătită ca să mă impresioneze.

De-a lungul mesei stau înșirate lumânări, iar crini de zi se revarsă din vaze plasate în fiecare colț al sălii. Mai degrabă mi-am plimbat mâncarea în farfurie decât să o mănânc, și sunt mai mult decât dezgustată de mine. Vechea Abriella ar fi și ea dezgustată. Nu doar că mănânc preparate apetisante, în vreme ce copiii din lumea muritorilor mor de foame, dar sunt aici alături de Sebastian. De câte ori, înainte de a trece prin portal, nu mi-am dorit să avem parte de mai mult timp împreună? Părea că nu eram niciodată singuri. Dacă Jas nu era cu noi, verișoarele mele erau prin apropiere, gata să-i raporteze mătușii mele tot ce au auzit sau au văzut.

— La ce te gândești acum?

— Mă gândesc cât de repede am ajuns să mă obișnuiesc cu acest lux.

Flutur o mână spre farfurie.

— Știu mult prea bine că nu ar trebui să desconsider privilegiul unui stomac plin, totuși, după doar câteva săptămâni, pot sta aici și să mănânc fără a savura măcar delicioasele arome. Între timp, sora mea...

Cuvintele îmi strâng gâtul precum o gheară. Sebastian se întinde peste masă și mă ia de mână.

— În ciuda tuturor lucrurilor înfăptuite pentru a-și menține puterea, regele este mai slab ca niciodată. E doar o chestiune de timp până când vom fi suficient de aproape să acționăm. Nu am renunțat.

*Dar ce se va întâmpla cu noi după ce Jas este în siguranță?* Nu pun întrebarea cu voce tare. Sebastian este la fel de nerăbdător pentru un răspuns ca și mine, și eu încă nu am unul. Vreau să rămân cu el? Vreau să locuiesc într-un castel cu regina care este responsabilă de blestem și de felul oribil în care sunt tratate zânele Unseelie în taberele ei? Dacă ceea ce spune Sebastian este adevărat și ea chiar e pe moarte, poate că asta înseamnă că blestemul va fi în curând rupt. Iar dacă faptul că se află în posesia Grimoriconului e singurul lucru care o menține în viață...

„Pentru a pune capăt blestemului și a trăi, trebuie să o ucizi pe regină." Cuvintele lui Bakken îmi agită măruntaiele, un ecou în subconștient. Ignorând restul, dacă îi mai ucid și mama, îl voi pierde cu adevărat pe Sebastian.

— Efectiv văd cum gândurile îți fug în altă parte.

Chicotind, își șterge gura cu șervețelul, apoi întinde mâna după o carafă cu vin, înclinând-o pentru a ne umple paharele.

— Bea cu mine și uită pentru o oră!

După ce se va culca, va trebui să merg în bibliotecă și să întocmesc un plan pentru recuperarea Grimoriconului. Inițial, am plănuit să-l iau imediat - mă omoară așteptarea –, dar Sebastian ar putea intra la bănuieli dacă lipsește mâine, când mă va duce înapoi în bibliotecă. Și din moment ce nu am niciun duplicat al acestei relicve, va trebui să aștept.

Îi pot acorda o oră. După tot ce a făcut pentru mine, după tot ce a îndurat și, probabil, va îndura, merită asta, chiar mai mult. Și poate că o merit și eu. *O oră.*

Ridic paharul la buze și beau. În câteva minute, grijile mele dispar.

# CAPITOLUL 30

SEBASTIAN MĂ ÎNVÂRTE ȘI ÎMI LIPEȘTE SPATELE DE O UȘĂ înaltă de lemn.

— Asta e camera ta, îmi șoptește lipindu-și buzele de ale mele.

Am pielea caldă, obrajii, îmbujorați de la vin și inima, însuflețită de conversație. O oră s-a transformat în două și a fost ca odinioară - doar noi doi, vorbind și râzând.

— Aici ar trebui să-ți spun noapte bună.

Mâinile îi alunecă lent de-o parte și de alta a trupului meu - vârfurile degetelor sale lasă o dâră arzătoare în urmă. Când ajunge la șoldurile mele, strânge cu blândețe.

Îi cuprind gâtul cu un braț și îi studiez chipul. Îmi plac la nebunie liniile puternice ale maxilarului său, frumusețea pătrunzătoare a ochilor ce oglindesc verdele mării, buzele seducătoare, ușor întredeschise.

— Atât de curând?

Zâmbind, își trece buzele peste ale mele. O dată, de două ori. A treia oara, limba lui îmi mângâie buza de jos, făcând-mă să simt că încep să mă topesc.

— Îți mulțumesc pentru asta! Știu că nu e simplu acum, dar mă bucur că suntem aici.

Și eu. Știu că vorbește vinul, însă, chiar acum, mă bucur de toate, de la căldura trupului său, până la faptul că există un pat de cealaltă parte a ușii.

— Trebuie să-ți spun un secret, îi șoptesc.

Se trage înapoi, cu ochii căutându-i pe ai mei și chipul solemn.

— Da?

— Nu te merit.

Am crezut că o pot spune sub formă de glumă, dar lacrimile îmi înțeapă ochii.

— Și într-o zi îți vei da seama de asta.

*Îți vei da seama că te-am folosit pentru a-i oferi lui Mordeus ce își dorește. Îți vei da seama că ți-am șubrezit regatul pentru a-mi salva sora. Și vei ști că, oricât de mult regret că acest lucru te va răni, dacă prețul trădării mele o salvează pe Jas, l-aș plăti din nou.*

— Hei!

Îmi mângâie maxilarul cu degetul mare.

— Nu vreau să le văd! Ne simțeam atât de bine, iar aceste lacrimi îmi sfâșie inima! Eu sunt cel care nu te merită, dar sunt prea egoist ca să te las să pleci.

Îmi îngrop chipul la pieptul lui și clatin din cap.

— Nu mă lăsa să plec! Am nevoie să nu renunți.

Înghite în sec, singurul sunet care spulberă tăcerea de pe coridor.

— Am crezut că pot sta departe, până când vei fi în siguranță, dar m-am înșelat.

Ridic capul.

— Până când voi fi în siguranță?

— În fiecare clipă petrecută pe tărâmul meu, ești în pericol, totuși nu sunt în stare să...

Mă privește lung în ochi, veșnic în căutarea unui răspuns din partea mea.

— Încă nu înțelegi, dar am *nevoie* de tine.

— Bash...

Mă ridic pe vârfuri și îmi lipesc gura de a lui.

Vreau să-l trag în patul meu și să-l implor așa cum drogurile m-au făcut să-l implor pe Finn. Când Sebastian mă atinge, parcă pășesc în lumina soarelui după o săptămână închisă în pivnița lui Madame V. Uit complet de sentimentele mele complicate pentru prințul Unseelie. De secretele lui Finn și de tributurile sale. De regină și carte. De profeția unei fetițe și de bucuria unui goblin când mi-a spus că trebuie să o ucid pe regină, dacă vreau să rup blestemul Unseelie fără să mor.

Sebastian îmi răspunde la sărut cu mai multă intensitate decât înainte. Mâinile i se înfig în părul meu și îmi apleacă gura spre a lui. Vreau să-l savurez pe îndelete. Să mă delectez cu aceste momente până când mă vor învălui în întregime. Oricum va fi viața mea după ce va afla adevărul, vreau să-mi pot aminti acest sentiment - să fiu iubită și protejată de Sebastian. Nu de prințul Ronan, nu de următorul rege Seelie, ci de *Bash al meu*.

Când se desprinde, răsuflă greu. Își sprijină fruntea de a mea.

— Pot merge în camera mea sau pot intra cu tine.

Înghite în sec.

— Dar, dacă rămân, am nevoie ca tu să mi-o ceri. Am nevoie să știu că asta îți dorești. Că ești pregătită.

Îi ating în treacăt maxilarul cu vârfurile degetelor, subjugată de senzația oferită de barba nerasă de câteva zile. Poate că sentimentele îmi sunt la fel de complicate ca loialitățile, însă ceea ce îmi doresc acum de la el nu e deloc complicat.

— Vreau să vii înăuntru. Vreau să rămâi.

Pieptul îi urcă și coboară când răsuflă adânc, întretăiat. Poate, la fel ca mine, oscilează între sentimente mai profunde și mai complicate decât acea iubire desprinsă parcă din povești. Îl iau de mână și îl conduc în camera mea.

Sebastian flutură din mână și o briză ușoară închide ușa în spatele nostru.

— Ești sigură?

— Da.

Poate că sunt egoistă. Poate că acest moment va înrăutăți totul când va descoperi adevărul, dar...

— Vreau asta.

Pășind înainte, brațele i se strecoară în spatele meu și îmi dezleagă încet șireturile de la corsaj. Rochia îmi cade de pe umeri și rămân nemișcată în fața lui, în nimic altceva decât un camizol subțire din dantelă, lenjerie intimă asortată și pumnalul pe care mi l-a legat de gambă. Îl las să se uite la mine și, când ridică ochii pentru a-i întâlni pe ai mei, sunt cuprinși de înflăcărare, dar e și o anumite întunecime în ei. Dacă vinovăția mă dojenește pe un ton cicălitor, ascunsă undeva într-un colț al minții, o amuțesc numaidecât ca să mă concentrez asupra lui.

— Ești perfectă! șoptește el. Nici n-ai idee de cât timp mi-am dorit să fac asta!

— Atunci de ce nu ai făcut-o?

De îndată ce rostesc cuvintele, zăresc vulnerabilitatea din ochii lui și mă disprețuiesc pentru întrebare. Nu m-a sărutat până în acea ultimă zi din Fairscape, deoarece știa că urăsc făpturile fermecate. A crezut că îl voi urî *pe el* atunci când voi afla adevărul.

Însă nu dispun de prea mult timp să meditez asupra revelației, pentru că mă ia în brațe și îmi cuprinde fața în mâini. Mă sărută lung și apăsat, iar palmele i se plimbă în sus-n jos pe spatele meu, peste umeri și sâni, peste burtă. Îmi strânge șoldurile în mâinile lui mari și gura îi coboară pe gâtul meu într-o ploaie de sărutări, mușcând ușor și înfruptându-se din carnea sensibilă, arzându-mi pielea încălzită de vin cu fiecare sărut, cu fiecare apăsare ascuțită a dinților pe piele și fiecare atingere a limbii.

Sebastian își îndoaie cu nerăbdare degetele aspre sub partea de sus a camizolului. Breteaua subțire se rupe când o trage în jos, dezgolindu-mă gurii și limbii sale malefice. Ochii mi se închid iute, capul îmi cade pe spate. Nimic nu mai contează în afară de sentimentul îmbătător al sărutărilor sale, de mâinile lui pe corpul meu, de senzația răscolitoare a dinților lui trecând razant peste acel vârf sensibil. Centrul ființei mele pulsează de plăcere, de nevoie, și mă lipesc mai aproape, spunându-i ce îmi doresc prin arcuirea spatelui și sunetele joase, înăbușite care mi se revarsă de pe buze.

Îl trag de păr până când gura lui o găsește din nou pe a mea, iar limbile noastre se caută și se înfruntă. Nu m-a sărutat niciodată așa. Pasional, sălbatic, flămând. Îi desfac nasturii de la tunică și i-o scot de pe umeri. Vreau pielea aceasta sărutată de soare lipită complet de mine. Dar apoi se îndepărtează și scâncesc în semn de protest.

Buzele îi zvâcnesc într-un rânjet obraznic.

— N-o să mă aventurez prea departe. Promit!

Îmi apasă un singur deget pe stern, iar pielea mă furnică în timp ce mâna lui pare să ia foc, învăluită de lumină. Degetul îmi alunecă printre sâni, peste burtă, peste fiecare șold, trasând o cale strălucitoare în urma atingerii sale. Pe măsură ce lumina pălește, materialul se destramă și îmi dezvelește trupul, și până și teaca pică la podea odată cu pumnalul, cu o *bufnitură*, dezgolindu-mă complet, lenjeria mea transformată într-un morman de zdrențe la picioarele noastre.

Devorează fiecare centimetru din mine cu privirea; buzele îi sunt întredeschise, respirația, întretăiată.

— Ce te mai împăunezi cu magia ta! spun, rânjind în timp ce mă întind după el.

Degetele lui îndemânatice îmi mângâie spatele, șoldurile și urcă înapoi.

— La ce e bună magia dacă nu o pot folosi pentru a o impresiona pe femeia pe care o iubesc?

De îndată ce rostește aceste cuvinte, mi se strânge inima și încremenesc. Știu de multă vreme că îl iubesc pe Sebastian, dar nu sunt sigură dacă am crezut vreodată că ar putea să-mi împărtășească sentimentele. Nu credeam că sunt demnă de iubirea lui, iar el mi-o oferă acum, când acțiunile mele dovedesc că nu sunt.

— Te iubesc cu adevărat, să știi!

Mă privește de sus, cu pleoapele ușor coborâte.

— Te sperie asta? Știind... cine... ce sunt?

Vinovăția spulberă gratiile cuștii și evadează, trecând ca o săgeată prin mine.

— Am fost atât de ignorantă, Sebastian, și o parte atât de mare din prejudecățile mele provin din alegerile mamei mele! Dar *tu*...

Îi trasez conturul urechii cu vârful degetului, zăbovind la vârful ascuțit. El închide ochii și se cutremură, lipit de mine.

— Te-am iubit în Fairscape, l-am iubit pe ucenicul magului care m-a ferit de suferință și te iubesc și acum. Prințul de Aur al făpturilor fermecate care își iubește familia și vrea să găsească o cale prin care două regate rivale descoperă adevărata pace.

Mă uit în ochii lui și înalț zeilor, lucru rar din partea mea, o rugăciune: că orice s-ar întâmpla după această noapte și orice ne-ar rezerva viitorul mie și lui Sebastian, el nu se va îndoi niciodată de sinceritatea de netăgăduit a acestor cuvinte.

— Îmi pare atât de rău că am crezut vreodată că îmi doresc să fii diferit! Te iubesc așa cum ești!

Sebastian deschide o palmă și apar nenumărate bijuterii scânteietoare. Apoi cealaltă se deschide și ea, iar petale roșii și mătăsoase de trandafir se revarsă pe podea.

— Orice vrei, Brie. Orice îți pot oferi este al tău.

Resping conținutul ambelor mâini: bijuteriile scot un clinchet ascuțit când ating podeaua, iar petalele se împrăștie în jurul nostru. Apoi fac un pas înainte și îi ghidez brațele înapoi în jurul meu.

— Nu am nevoie de flori sau de bijuterii. Te vreau doar pe tine!

Îmi lipesc gura de a lui și mâinile îmi cutreieră în sus pe spatele său, savurând senzația pielii calde sub degetele mele și peste sânii mei.

— Vreau asta.

Își ascunde chipul în curbura gâtului meu, atingându-mă cu gura, cu nasul, și inspiră adânc.

— Ai mai făcut asta înainte?

Dau din cap. S-a întâmplat anul trecut și doar de câteva ori cu un tânăr ce lucra la una dintre casele în care făceam curat. Nu a existat niciun sentiment real între noi, ci doar o relație fizică. O evadare. A fost plăcut, dar cu Sebastian va fi mult mai mult de atât.

— Este în regulă?

Chicotește, un sunet jos și cald care îmi umple pântecul de dorință.

— Sigur. Doar nu-mi da niciun detaliu, bine?

Scutur din cap.

— Nimic din asta nu contează.

Îmi cuprinde fața în căușul palmelor, însă tremură aproape violent.

— Sebastian.

Îi iau mâinile într-ale mele. Atât de mari și de late, aspre de la bătături.

— *Tu* ai mai făcut asta înainte?

— Nu. Da, vreau să spun...

Clătinând din cap, trage adânc aer în piept.

— Am mai făcut-o, dar niciodată cu o persoană pe care s-o iubesc. N-am simțit niciodată ceva asemănător pentru cineva și mă sperie puțin... ce simt pentru tine. Câtă nevoie am de tine. Mă sperie cum... cum s-a potrivit totul.

Zâmbesc.

— Iată-ne aici. În ciuda tuturor piedicilor.

Îi desfac nasturele de la talie și mâinile ni se încurcă în timp ce ne unim eforturile pentru a-i scoate pantalonii.

Nu sunt timidă când mă uit la el – la pielea bronzată și la pieptul solid, la mușchii bine definiți ai abdomenului, la coapsele puternice și... la restul. Mă înroșesc când ajung acolo, dar nu devin sfioasă. Știu ce vreau. Mă îndrept spre pat. Cu ochii ațintiți asupra lui, mă așez pe salteaua moale ca penele și încovoi un deget, îndemnându-l să mi se alăture.

Mă soarbe din priviri din nou și din nou, iar pielea mi se încălzește tot mai tare, cu fiecare atingere a ochilor săi. Când se urcă în sfârșit pe pat, se întinde lângă mine și se sprijină pe un cot. Cu mâna liberă, îmi mângâie trupul, degetele dispărându-i chiar sub buric și tăindu-mi pentru o clipă respirația, apoi urcă înapoi, între și peste sânii mei.

Îi susțin privirea și mă arcuiesc sub atingerea lui, ghidându-i degetele acolo unde le vreau.

— Mi-am imaginat asta, șoptesc, întinzându-mă spre el. Mi te-am imaginat așa. Nu am crezut niciodată că se va întâmpla. Nu pleca acum, bine?

— Nici dacă aș vrea, nu aș putea.

Ochii i se întunecă. Apoi se mișcă și, când se așază deasupra mea, când îi simt greutatea, o plăcere delicioasă se adună înăuntrul meu, prelingându-se mai jos. Îmi ridic genunchii și îl îndrum să se poziționeze între coapsele mele, gemând când îmi apasă centrul sensibil.

— Ești bine?

Încuviințez din cap, dar *bine* nu e cuvântul potrivit. Sunt disperată și excitată. Sunt recunoscătoare pentru acest moment și speriată de ceea ce va urma. Sunt îndrăgostită, iubită și nevrednică. Nu sunt *bine*, dar vreau asta.

— Tu?

Zâmbește la întrebarea mea.

— Mai bine ca niciodată.

Tristețea îi întunecă zâmbetul, de parcă mi-ar simți gândurile ascunse.

— Vreau mai mult decât atât, însă dacă noaptea asta e tot ce primesc, o voi accepta.

— Și eu vreau mai mult, șoptesc, apoi repet cuvintele către el, către zeii care mi-au acordat acest moment de fericire. Dacă noaptea asta e tot ce primesc, o voi accepta.

Îmi strecor mâinile în părul lui și îi susțin privirea în timp ce îmi mișc șoldurile pentru a-l ghidá înăuntrul meu. Trupul mi se încordează, iar el răsuflă tot mai întretăiat. Mâinile lui îmi cuprind fața și începe să se miște lent, dar îi simt reținerea și am nevoie de mai mult decât de aceste atingeri timide. Îi împing gura în jos, spre a mea, și îl sărut până când nu are de ales decât să-și piardă complet controlul și să ne ofere amândurora ceea ce avem nevoie. În curând, orice urmă de vinovăție sau de tristețe dispare și devenim plăcerea noastră, devenim nimic mai mult decât legătura dintre noi – și un sâmbure de speranță că această dragoste ar putea fi de ajuns.

Nu. Pot. Respira.

Pleoapele îmi flutură deschise și spectrul unei femei mă privește de sus. Deschid gura să țip, să respir, dar ea stă pe pieptul meu și plămânii refuză să se umple cu aer.

Se apleacă, precum un iubit în căutarea unui sărut. Nu o pot opri. Nu-mi pot mișca brațele. Vreau să mă întorc și să mă lupt, să lovesc și să împing, însă trupul nu îmi mai aparține. Sunt paralizată. Prinsă în capcană.

— Abriella, spune ea.

Răsuflarea femeii îmi joacă de-a lungul obrazului. Numele meu, desprins de pe buzele sale, pare un cântec din adâncuri, iar părul argintiu îi plutește în jurul feței ca și cum ar fi în apă.

— Abriella, Abriella, Abriella.

Cântecul, numele meu repetat la nesfârșit, este bântuitor, însă frumos. Sunt atât de fascinată, încât uit că am nevoie de aer. Uit că nu mă pot mișca. Îi privesc buzele și las cântecul să-mi umple urechile.

Simt cum îmi pierd cunoștința, dar nu mă împotrivesc. Femeia continuă să-mi cânte numele, în timp ce lumea se întunecă.

Lark se holbează la mine, cu ochii ei argintii mari. Ne aflăm sub apă, într-un abis adânc, întunecat, iar părul copilei plutește în jurul ei, la fel ca al femeii – ca al spectrului ce poartă denumirea de Banshee. Singura sursă de lumină provine de la ochii ei argintii strălucitori când mă mângâie pe față. Încă nu respir, dar nu sunt sigură dacă am nevoie de aer.

Cineva din altă lume îmi strigă numele. Nu e vocea unei Banshee. Ci a lui *Sebastian*. Îmi strigă numele de deasupra abisului pe un ton implorator. Ridic privirea, însă suprafața e prea departe ca să o zăresc.

Degetele mici ale lui Lark își croiesc drum pe chipul meu, de la tâmple până la bărbie și înapoi. Când îmi întâlnește privirea, mai degrabă simt decât îi aud cuvintele în minte.

— Văd trei căi în fața ta. În fiecare, avertismentul spectrului Banshee este clar. Nu-ți fie frică!

Trupul îmi zvâcnește în apă, de parcă m-ar fi zgâlțâit o mână invizibilă. Ochii lui Lark fulgeră în sus, spre suprafață. Acum le văd - valuri de lumină pe măsură ce suprafața se apropie de mine.

— Amintește-ți de învoiala ta cu falsul rege! Își va respecta promisiunea. Alege-ți calea cu înțelepciune, prințeso! Ochii îi sclipesc de încântare când se apleacă și îmi șoptește la ureche: Acum, respiră!

# CAPITOLUL 31

— Respiră! Mâini pe umerii mei, scuturându-mă, iar vocea poruncitoare a lui Sebastian umple camera: Așa, Abriella, respiră!

Inspir și arde – pare că respir apă sau că mă înec cu aer, dar inspir din nou. Și încă o dată. Fiecare răsuflare doare un pic mai puțin.

Sebastian mă trage la pieptul lui și mă mângâie pe păr.

— Am auzit-o, spune el.

Brațele lui mă cuprind cu totul, aproape prea strâns, dar frica îi este palpabilă și nu-i pot refuza îmbrățișarea.

— Am auzit-o cântându-ți numele.

Spiritul Banshee. Nu a fost un vis.

— Sebastian.

Vocea îmi este ascuțită, ca sunetul sticlei pisate.

— Șșș! Ești în siguranță!

Mă leagănă, însă îl simt cum tremură. Simt suferința revărsându-se din el. Ca și cum m-ar fi pierdut deja.

— Ești în siguranță. Nu voi permite ca moartea să fie sfârșitul. Îți promit!

— Poftim?

Îi apăs o palmă pe piept și îl împing.

— Ce vrei să spui?

— Ai văzut-o?

Dau din cap.

— Chiar înseamnă că... Uneori se înșală.

L-am salvat pe Jalek. El nu a murit.

Sebastian clatină din cap.

— Nu știu. Pur și simplu...

Înghite în sec, iar agonia îi înlănțuie ochii.

— Nu știu.

— Ai zis că nu vei permite ca moartea să fie sfârșitul. Ce ai vrut să spui prin asta?

Își ferește privirea.

— Sebastian?

Când ochii ni se întâlnesc, umerii i se lasă în jos.

— Nu mi-am imaginat niciodată cât de neajutorat m-aș simți iubind o muritoare. Dar mă doare, Brie. De fiecare dată când nu știu unde ești, de fiecare dată când nu știu dacă ești în siguranță. Te-aș putea pierde atât de ușor! Și apoi mă trezește glasul ei, cântându-ți numele, și...

Își închide strâns ochii.

— Dacă mori, nu te pot reînvia. Dacă mori, nu-ți mai pot da Poțiunea Vieții.

— Vrei să spui că nu mă poți transforma într-o zână.

Vocea îmi este obosită, o simplă șoaptă. Sebastian îmi cuprinde fața în mâini.

— Am auzit-o cântându-ți numele, șoptește el. Și nu mă puteam gândi decât că poțiunea nu ar funcționa, pentru că nu suntem Legați.

Încremenesc.

— Ființele umane trebuie să fie Legate de zâne ca să folosească Poțiunea Vieții?

Scoate un oftat adânc.

— Oricine a creat poțiunea credea că ființele umane ar putea fura magia dacă Legătura nu ar fi necesară.

— Eu...

Vreau doar să fiu eu. Să fiu de ajuns pentru el, fără să devin o zână. Nu am vrut niciodată să fiu o zână. Nu credeam că mi-aș dori vreodată. Dar cu vocea acelei Banshee în minte, lumea arată puțin diferit.

— Bash, mi-e frică!

Ochii i se închid.

— De Legătură?

*De ceea ce trebuie să fac. De o viață fără tine, dacă te pierd. De sunetul numelui meu pe buzele acelei Banshee. De posibilitatea să nu am niciodată șansa de a-ți oferi Legătura pe care ți-o dorești cu atâta îndârjire.*

El nu așteaptă un răspuns, ci se așază la loc pe perne, lângă mine. Îmi mângâie brațele și mă trage din ce în ce mai aproape, liniștindu-ne pe amândoi.

Când inima îmi bate din nou normal, mă întorc în brațele lui.

— Spune-mi cum funcționează Ceremonia de Legare!

Îmi susține privirea câteva secunde înainte să-mi răspundă și am impresia că această discuție va fi puțin mai dificilă pentru el după ce a auzit-o pe Banshee.

— Ceremonia are o anumită distincție, spune el în cele din urmă, în felul în care numai ceea ce e pur poate fi. Începe cu noi și cu selectarea unei rune ce ne va simboliza Legătura, apoi eu voi rosti câteva cuvinte pe care tu le vei repeta.

— Există și public?

— De obicei, nu, deşi părinţii mei au ales să o desfăşoare pe a lor în faţa unei mulţumi odată cu jurămintele de nuntă.

Zâmbeşte.

— Aveam cinci ani şi îmi amintesc că am fost extrem de jenat când s-au sărutat iar şi iar, aşteptând ca Legătura să se consolideze.

— Aveai cinci ani când părinţii tăi s-au căsătorit şi s-au Legat?

Zâmbetul îi dispare.

— Tatăl meu zicea mereu că i-a luat ani buni să o convingă pe mama că e demn de ea. În ultima vreme, am început să-i înţeleg dificultatea alegerii.

Îl înghiontesc cu cotul şi aproape că surâd.

— *Tu* ai vrea un public?

— Nu. Aş vrea să fim doar noi doi, fie şi numai pentru că trebuie să menţinem o... o conexiune fizică până când Legătura se concretizează.

Îmi muşc buza.

— Vrei să spui sex?

Rânjeşte şi mă ciupeşte de pielea de pe coaste.

— Nu neapărat. Magia cere o reprezentare fizică a Legăturii empatice. Unele cupluri Legate pur şi simplu se vor ţine de mâini, dar când conexiunea este romantică, majoritatea cuplurilor se lasă îndrumaţi de intimitatea momentului. Magia este... intensă. Puternică.

— Sper că într-o bună zi voi experimenta asta!

Sunt surprinsă de cât mult mi s-au schimbat sentimentele faţă de a fi Legată, însă sinceritatea mi-a însoţit fiecare cuvânt. Vreau doar să fiu acolo cu el – să trec de toate obstacolele, astfel încât să fiu în stare. S-ar putea să nu am niciodată parte de aşa ceva. Când am spus că voi accepta noaptea asta, chiar dacă ar fi tot ce pot primi, am vorbit serios.

— E cea mai mare dorință a mea.

Mă sărută apăsat pe creștetul capului.

— Până atunci... rămâi lângă mine! Te voi proteja.

Mă strânge și mai tare în brațe și știu ce îl frământă pe Sebastian, ce gând crede că îmi tulbură mintea: teama că moartea ne va despărți. În curând, va înțelege că secretele mele ne vor dezbina mai repede decât ar putea-o face vreodată avertismentul unei Banshee.

Nu închid din nou ochii. Când sunt sigură că Sebastian doarme adânc, mă strecor de sub brațul lui și mă dau jos din pat.

Mă îmbrac în pantalonii mătăsoși de pijama și în topul asortat pe care mi l-au împachetat slujnicele. Toate celelalte veșminte trimise includ o fustă și va trebui să mă mișc cât mai liber posibil.

De fiecare dată când închid ochii, o văd pe acea femeie fantomatică în rochia ei albă zdrențuită, cu părul plutind liber. Chiar și cu ochii închiși, tot o aud. Sunetul numelui meu, rostit la nesfârșit, un cântec macabru întemnițat în minte.

Sebastian a adormit ținându-mă în brațe. Vrea să mă protejeze, dar nu-i pot îngădui să rămână suficient de aproape pentru a încerca. Ticăitul unui ceas îmi răsună acum în cap, alături de cântecul scos de Banshee.

Știu ce trebuie să fac și nu am fost niciodată mai îngrozită.

Acum, mai mult ca oricând, sunt tentată să încredințez soarta lui Jas în mâinile lui Sebastian. Dacă ar putea convinge pe cineva să-l omoare pe Mordeus, gărzile sale ar putea să o recupereze pe Jas. Vreau să cred că poate înfăptui acest lucru – dar acum știu că Seelie nu-i pot răni pe Unseelie și a trecut prea mult timp. Trebuie să acționez.

Urăsc că faptele mele ar putea să o ia pe mama lui Sebastian de lângă el, însă nu simt nicio remușcare cu privire la ceea ce vor săvârși dincolo de suferința fiului ei. Regina torturează și înrobește o întreagă rasă de zâne. Blestemul ei e principala cauză a vânzării și uciderii a nenumărate ființe umane, doar pentru că un mascul i-a frânt inima. Sebastian va jeli și îmi pare rău că va îndura o asemenea durere, dar știu ce trebuie să duc la bun sfârșit.

Desfac umbrele din jurul oglinzii, aducând-o la forma sa tangibilă, și o iau în mână.

— Arată-mi-o pe Jasalyn!

Trebuie să o văd. Trebuie să-mi amintesc de ce îl trădez pe Sebastian. De ce mă îndrept, fără nicio urmă de îndoială, spre propria moarte.

Îmi văd sora întinsă pe o podea de piatră, cu capul atârnând într-o parte, cufundată în somn, cu buzele crăpate și uscate. Îmi întețesc strânsoarea în jurul oglinzii, iar undele spulberă imaginea ca o reflexie într-un iaz. Când suprafața devine din nou limpede, mi-o arată pe Jas într-un pat mare. Doarme pe o parte, acoperită de pături pufoase, cu brațele încolăcite în jurul unei perne și cu capul pe alta.

Care imagine este reală? În care mă pot încrede?

Orice ar fi, am nevoie de acea carte. Ascund oglinda și, odată tăinuită de umbre, mă îndrept spre bibliotecă. Dacă am noroc, mă voi întoarce înainte ca Sebastian să se trezească și voi putea pretinde că nu am avut nimic de-a face cu dispariția Grimoriconului. Dacă am ghinion, voi înțelege destul de curând avertismentul oferit de Banshee.

Mă strecor afară din cameră și trec pe lângă străjerii care păzesc capătul holului. Revizuiesc continuu planul. *Te rog, nu mă suspecta, Sebastian! Și, când vei afla adevărul, te rog să mă ierți!*

Ușile bibliotecii sunt închise, încuiate și, fără îndoială, protejate de rune, însă obstacolele își pierd orice fărâmă de putere când sunt o simplă umbră; astfel, pășesc cu ușurință în sală. Oare Sebastian știe că pot face asta? Oare își va îndrepta ochii acuzatori spre mine, când va constata dispariția Grimoriconului, ușile fiind în continuare încuiate?

Lumina lunii aruncă o strălucire inumană și rece în spațiul frumos. Aici nu pot auzi cântecul zânelor pixie, însă, dacă închid ochii, știu că îmi voi putea aminti glasul celor de la Palatul de Aur și cum m-am simțit să fiu ținută în brațe de Sebastian, legănându-mă pe melodia angelică.

Nu-mi închid ochii.

Nu-mi îngădui să-mi amintesc.

Și mă îndrept direct spre carte.

Înainte să-mi pot pune la îndoială planul, mă întind și îmi așez mâinile pe paginile deschise, conștientă de avertismentul lui Sebastian. Nu simt nimic. Niciun impuls magic în sânge și niciun semn de pericol. Cu grijă, închid cartea cu un *buf* înăbușit. O voi ascunde în umbră și voi merge la Mordeus.

Dar în momentul în care ridic Grimoriconul de pe piedestal, se mișcă în mâinile mele – se zvârcolește, se răsucește. Din instinct, aproape îl scap pe jos.

Cartea din mâinile mele s-a preschimbat într-un șarpe uriaș, sâsâitor, atât de mare, încât abia îmi pot ține palmele înfășurate în jurul său. Sunt disperată să mă îndepărtez de colții aceia, de limba care îi țâșnește spre mine, dar mă gândesc la Jas și îl strâng și mai tare. Știam că Grimoriconul își poate schimba înfățișarea. Ar fi trebuit să iau în considerare ce formă ar putea căpăta când am încercat să-l fur.

Se repede la fața mea, dar refuz să-mi slăbesc strânsoarea. *Este o carte. Doar o carte. O carte nu te poate răni.*

Apoi atacă. Când dinții șarpelui mi se înfig în umăr, durerea e precum un gong care răsună prin mine. Pe măsură ce veninul îmi este pompat în trup, fiecare venă din braț îmi ia foc.

Ușile bibliotecii se deschid larg și lumina se revarsă din tavan, în timp ce o jumătate de duzină de străjeri se năpustesc asupra mea. Probabil că am declanșat o alarmă.

— Aruncă imediat cartea! strigă un străjer, scoțându-și sabia.

Șarpele își depărtează fălcile masive, eliberându-mi umărul și, deși nu părea posibil, pielea mă arde mai rău decât înainte. Ignor durerea și îmi încolăcesc creatura în jurul gâtului, aruncându-mă spre umbre, dorindu-mi să dispar, însă magia mă lasă la greu chiar și în faldurile de întuneric dintre teancurile de cărți.

Mă întorc, pregătită să fug, și mă trezesc față în față cu vârful unei săbii.

— Arunc-o acum, domniță!

Zăresc confuzia de pe chipul străjerului. Fără îndoială, prințul său i-a poruncit să mă protejeze, la fel cum regina sa i-a poruncit să protejeze cartea.

— Nu pot.

Îmi amintesc cum m-am simțit când am împrăștiat întunericul într-o cameră, cu Finn alături de mine, și invoc acel sentiment. Las deoparte durerea orbitoare din umăr și mă concentrez asupra întunericului. Asupra alinării răcoroase a unei nopți absolute, neagră ca smoala.

Camera se întunecă, iar străjerii strigă cuprinși de tulburare. Nici măcar razele lunii, strecurate prin lucarne, nu reușesc să treacă de scutul meu alcătuit din beznă.

Alerg în direcția ferestrelor și, deodată, sunt în cădere liberă. Nu pot decât să-mi țin mâinile în jurul șarpelui și să-mi înmoi genunchii. Maxilarul îmi trosnește și capul îmi este azvârlit pe spate când aterizez în nisip, dar supliciul continuu nu mă împiedică să fug cât de repede pot, lăsând haos în palatul din urma mea.

Când oceanul îmi lovește cu un pleoscăit picioarele, șarpele începe să se miște în strânsoare. Îmi intețesc apăsarea, dar nu-mi mai este înfășurat în jurul gâtului.

Un băiețel mă trage de mână. Are ochi argintii și păr negru - un copil al Curții Lunii. Lacrimi îi alunecă pe obraji și simt nevoia să îngenunchez în fața lui și să-l îmbrățișez pentru a-i alunga amărăciunea.

— Du-mă acasă, Fata Focului! Te rog, du-mă acasă!

Își strânge pieptul cu mâna liberă și sângele i se scurge printre degete.

— Mă ucizi.

*Cartea. Aceasta este cartea. Nu o lăsa să te manipuleze.*

Mai ușor de spus decât de făcut, când durerea pulsândă din umăr îmi dovedește că Grimoriconul nu e *chiar* un artefact obișnuit. Rup un fir din brățara goblinului. Vorbesc înainte ca Bakken să devină pe deplin material:

— Du-mă la Curtea Lunii!

— Ți-am spus că nu te pot salva dacă ești în pericol de moarte.

Străjerii se năpustesc pe plajă, venind direct spre mine, și îl văd pe Sebastian printre ei. Descătușez puterea din adâncul meu și arunc o pătură de întuneric peste ei, întemnițându-i în beznă.

— Ce pericol de moarte?

Goblinul rânjește.

— Plata, Fata Focului!

Băiatul e murdar de sânge și devine din ce în ce mai palid.

— Mă ucide, plânge el.

Nu îndrăznesc să-i dau drumul, dar știu că Bakken nu va mișca un deget până nu-și va primi plata, așa că apuc o șuviță de păr cu mâna liberă.

— Taie!

Cu un zâmbet, o face. Străjerii se eliberează de întuneric, dar apoi am dispărut și stau în fața regelui. În strânsoarea mea nu se mai află mâna unui băiețel, ci o carte străveche și grea.

Ochii argintii ai regelui se măresc de șoc și de plăcere. O împing cu violență spre el.

— Ia-o!

O recuperează numaidecât, purtată până la el de o briză magică, și mângâie coperta. Apoi închide ochii și inspiră adânc. Pielea îi strălucește și simt puterea reverberând prin el. Oare așa am arătat și eu când am atins-o?

— Să bem! spune el.

Pocnește din degete, cartea dispare și, dintr-odată, el ține în mână o sticlă de vin, iar în mâna mea a apărut un pahar. Mordeus îmi zâmbește în timp ce umple ambele pahare și îl ridică pe al său în aer.

— În cinstea frumoasei mele hoațe!

Cu mâini tremurânde și un umăr care pulsează în continuare, îmi ciocnesc paharul de al lui, dar nu beau. Adrenalina mă părăsește încet.

— Oh, haide! Știi că nu-ți voi spune care e următoarea relicvă până nu vei bea cu mine. Așa cere tradiția noastră.

Sătulă de jocuri, golesc jumătate de pahar dintr-o singură înghițitură.

— Spune-mi care e al treilea artefact pe care îl dorești. Trebuie să mă întorc la Sebastian.

Să mă întorc… și să fac ce, mai exact? Străjerii de la Palatul Serenității m-au văzut cu cartea. Chiar dacă nu era Sebastian cel pe care l-am zărit alergând spre mine pe plajă, sunt convinsă că gărzile sale l-au pus deja la curent. Plec capul, asaltată de amintiri. Privirea lui, în timp ce făcea dragoste cu mine, cu doar câteva ore în urmă. Suferința de pe chipul său după ce a auzit-o pe Banshee cântându-mi numele. Sinceritatea din ochii lui când a vorbit despre mama sa.

„A sacrificat atât de mult pentru regatul nostru... poate chiar şi mai mult pentru mine."

Umărul îmi zvâcneşte, iar chestia asta frântă şi inutilă din piept mă face să mă simt de parcă sunt la o răsuflare distanţă de o prăbuşire aproape inevitabilă. Dau pe gât restul vinului, dar nu izbuteşte să-mi amorţească nicio durere.

— Eşti atât de aproape de a-ţi încheia misiunea! spune regele. De ce arăţi de parcă ai inima frântă?

Ridic bărbia. I-am permis să întrezărească prea multe.

— S-ar putea ca prinţul să nu-mi dea voie să mă întorc la castel. Voi face tot ce îmi stă în putinţă pentru a recupera a treia relicvă, dar...

Rânjetul i se întinde pe chip, iar ochii îi scânteiază.

— Nu va trebui să te întorci la castel, copila mea. A treia relicvă de care am nevoie este coroana regelui Oberon. Fără ea, nu voi putea niciodată să repar daunele pe care regina Arya le-a provocat regatului meu.

Aproape că râd. Asta îşi doreşte toată lumea - de asta are nevoie toată lumea cu atâta disperare. Cum se aşteaptă s-o obţin când nici măcar Finn - prinţul Unseelie şi regele de drept - nu o poate găsi? Dar am pierdut atât de mult până acum, încât mă simt pe jumătate înnebunită.

— Bine. Spune-mi unde este coroana şi mă voi duce imediat să o iau!

*Doar pune capăt acestei învoieli! Doar dă-mi înapoi sora şi trimite-ne acasă!*

— Acesta e un artefact pe care nu va trebui să-l furi. Îl ai deja. De unde crezi că provine puterea ta?

Acum chiar râd. *Eu* am coroana? Ce ridicol! Râsul se revarsă din mine. Valuri peste valuri până când sunt pe jumătate scufundată în ele, imaginându-mi cum atât Mordeus, cât și Finn au avut-o în tot acest timp la îndemână.

— De-ar fi știut Finn! spun, râzând în continuare.

— Oh, dar știe! La fel și prințul Ronan. De ce crezi că amândurora le pasă atât de mult de bunăstarea ta? De ce crezi că amândoi se străduiesc din răsputeri să-ți fure inima?

Ridic brațele.

— Bine. Unde este?

M-am săturat de întreaga situație. Mi se frânge inima când mi-l imaginez pe Sebastian înapoi la Palatul de Aur, cu mama lui muribundă - sau poate că a murit deja. Cât de repede ar ucide-o pe regină furtul Grimoriconului? Nu am ucis niciodată pe cineva. Oare acum sunt o criminală?

Nu vreau să mă mai gândesc la nimic din toate astea. Vreau doar să-mi închei misiunea.

Ochii regelui sclipesc.

— Unde altundeva ai purta o coroană, dacă nu pe cap?

Râd și mai tare, iar sunetul îmi părăsește trupul sub forma unui horcăit.

— Ei bine, în acest caz - mimez că iau coroana invizibilă de pe cap și i-o înmânez –, poftim!

— De-ar fi atât de simplu!

Pocnește din degete, iar râsul îmi rămâne blocat în gât când sala tronului se întunecă.

— Privește-te în Oglinda Revelației!

— În întuneric?

Nu-mi răspunde, dar îi fac pe plac și scot la iveală oglinda. Mă aștept să văd o sală cufundată într-o beznă desăvârșită, însă când mă uit la reflexia mea întunecată, la imaginea dezvăluită de artefact, nenumărați fiori îmi coboară fulgerător de-a lungul brațelor. Acolo, pe capul meu, un fir de lumină stelară mi se strecoară prin păr pentru a țese din strălucire pură o… *coroană*.

# CAPITOLUL 32

Coroana îmi stă în vârful capului, licărind în nuanțe de violet, albastru și în toate combinațiile dintre ele.

Ridic o mână tremurândă ca să-mi ating creștetul – ca să încerc să apuc coroana pe care o văd în oglindă –, dar nu pot. Îmi privesc reflexia când mă străduiesc să o împing de la locul ei, însă rămâne neclintită.

— E o coroană magică, mă informează regele Mordeus. Atâta timp cât e purtată de o ființă umană, acest regat e pe moarte. Numai cineva cu sânge Unseelie poate domni aici.

— Eu...

Mă holbez, fascinată de ceea ce văd în oglindă. Coroana nu e doar frumoasă. E de-a dreptul hipnotizantă.

— Cum e posibil?

— Fratele meu, Oberon, a iubit-o pe mama ta.

Aproape că scap oglinda.

— Ce-ai spus?

E atât de întuneric, încât mă străduiesc să disting expresia lui Mordeus, însă asta – totul, de fapt – trebuie să fie un fel de glumă.

Mordeus pocnește din degete, iar lumânările din sfeșnicele de pe pereți se aprind pâlpâind, însuflețindu-se din nou, aruncând umbre prelungi în sală și schimbându-mi reflexia. Nicio coroană nu-mi mai bucură acum ochii.

— A fost odată prins în lumea muritorilor și s-a îndrăgostit de mama ta, continuă Mordeus. Dar când a reușit, în cele din urmă, să se întoarcă pe Tărâmul Zânelor, ea a refuzat să meargă cu el. În timp ce fratele meu încerca să-și revendice tronul de la mine, ea a rămas în lumea muritorilor, l-a întâlnit pe tatăl tău și s-a îndrăgostit. Până când Oberon a fortificat portalurile și s-a putut întoarce în siguranță la ea, mama ta era deja căsătorită și avea două fetițe - pe tine și pe sora ta.

*O dată ca niciodată, regele făpturilor fermecate umbră a fost prins în lumea muritorilor și o femeie s-a îndrăgostit nebunește de el...*

Mama nu ne spunea doar povești de culcare. Ne spunea povestea *ei*.

— Oberon i-a dăruit clopoței de vânt, reia Mordeus. I-a spus că dacă va avea vreodată nevoie de el, tot ce trebuia să facă era să-i atârne în briza de la miezul nopții și muzica lor îl va chema la ea. Nu l-a uitat niciodată pe Oberon, însă ea era fericită cu viața ei în lumea muritorilor, cu soțul și cu fiicele ei. Apoi, într-o noapte, în timp ce toți dormeați, casa voastră a fost mistuită de un incendiu teribil.

Închid ochii și îmi amintesc. Căldura. Pocnetul lemnului din pereții cuprinși de flăcări. Felul în care mă ardeau plămânii în vreme ce încercam să îi umplu cu suficient aer. Trupul lui Jasalyn, în brațele mele. Tatăl meu a murit în acel incendiu. Și aproape că am murit și noi.

— Voi, fetele, ați fost arse grav, dar tu ai suportat cele mai cumplite răni în timp ce îți protejai sora și viața îți atârna de un fir de ață. Mama ta a atârnat clopoțeii de vânt și l-a implorat pe fostul ei iubit să o ajute. Oberon a fost cel care ți-a vindecat sora și nu a permis niciunei cicatrice să-i brăzdeze pielea. Dar rănile tale au fost atât de profunde, încât nici cel mai mare vindecător nu te putea salva. Fratele meu a fost orbit de dragostea pe care i-o purta mamei tale.

Vocea lui Mordeus e plină de dezgust.

— Nu voia ca ea să cunoască suferința de a-și pierde copilul, așa că te-a salvat folosind singura cale posibilă, singura opțiune pe care a avut-o la dispoziție.

Privesc fix, cu ochii larg deschiși, locul unde iluzia aruncată de Sebastian încă îmi ascunde cicatricea de pe încheietură. A fost singura mărturie a unui incendiu despre care am știut întotdeauna că ar fi trebuit să mă omoare.

— Cum a făcut-o? întreb.

— În momentul morții tale, Oberon a renunțat la propria sa viață pentru a o salva pe a ta.

Îmi amintesc de vocea adâncă și rugătoare a mamei mele, implorându-l pe vindecător.

„Te rog, salvează-o!"

Cât de disperată era, cât de sfâșiată de durere când a părut să înțeleagă prețul.

„Fac asta pentru tine."

În toți acești ani, le-am urât pe zâne, fără să știu că magia lor e singurul motiv pentru care sunt încă în viață.

— Ce legătura are asta cu coroana lui?

— Atunci când un rege din Tărâmul Zânelor moare, el alege care dintre descendenții săi îi va urma la tron. Odată ce decizia a fost luată, puterea lui trece la moștenitor, și numai cu acea putere tărâmul îl recunoaște cu adevărat pe noul cârmuitor, fie un rege, fie o regină. Însă Oberon nu și-a transmis puterea unui fiu sau unei fiice. El ți-a dăruit-o ție – a fost singura cale de a te salva, de a vindeca și de a proteja inima muritoare a mamei tale.

Îmi ating în treacăt scalpul cu vârfurile degetelor și, de data aceasta, o pot simți – nu un obiect tangibil, ci un zumzet de putere, vibrația coroanei în sine. Sunt prea multe de procesat. Nu pot accepta o astfel de realitate sau ideea că o făptură fermecată – un mascul pe care l-aș fi considerat egoist și crud – mi-a iubit atât de mult mama, încât a murit pentru a mă salva.

Dar odată cu uimirea răscolitoare a unui astfel de adevăr, vine și durerea tăinuită de cuvintele nerostite. Mordeus îmi spune că are nevoie de coroană. Mi-o cere. Ceea ce înseamnă că în tot acest timp, când Finn s-a prefăcut că mă ajută, s-a prefăcut a fi *prietenul* meu, adevăratul său scop a fost să se apropie de coroana lui.

— Dacă vreți cu toții atât de mult această coroană, de ce nu a mai luat-o nimeni până acum?

Am stat la Finn – am fost rănită și inconștientă, chiar și drogată. A avut destule ocazii.

— N-ar fi mai simplu să mă ucizi pentru a o recupera?

— Regii străvechi care au făurit Coroana Luminii Stelare au vrăjit-o astfel încât descendenții lor să nu-i poată ucide pentru puterea lor. Poate fi doar dăruită, niciodată luată, așa cum fratele meu ți-a dăruit-o ție. Dacă te ucid pentru a o căpăta, coroana mă va refuza. Dar tu poți *alege* să mi-o dăruiești – coroana ta, puterea ta. Crede-mă când spun că vei fi mereu în pericol dacă vei continua să porți coroana. Dar dacă mi-o dăruiești printr-o Ceremonie de Legare, coroana se va muta la mine și, în același timp, tu îți vei salva sora.

— Doar... să mă Leg de tine și asta-i tot?

O Legătură pe viață cu cel mai întunecat și nemilos suflet pe care l-am întâlnit vreodată. *Niciodată!*

— Da, draga mea.

Ceremonia de Legare – Sebastian m-a avertizat despre asta chiar noaptea trecută, când încerca să mă convingă că Finn a vrut să se Lege de mine.

„O simplă Ceremonie de Legare și el te-ar putea lua pentru totdeauna de lângă mine."

Știa. Știa că Finn urmărește de fapt coroana. Nu-i de mirare că a insistat cu atâta îndârjire că nu e prietenul meu.

Dar Sebastian nu a fost singurul care m-a avertizat să nu mă Leg de un membru al Regatului Unseelie. Finn m-a avertizat să nu mă Leg de Mordeus.

„Amintește-ți că singurul mod prin care cineva poate forma o Legătură cu tine este dacă îi permiți tu. Dacă îți prețuiești viața muritoare, nu vei face asta – vreodată."

Nu a fost o amenințare, ci un *avertisment*. Un avertisment despre care niciunul dintre prinți nu putea vorbi direct din cauza blestemului. Dar Finn m-a avertizat să nu mă Leg nici de Sebastian. Pentru că asta ar distruge șansele lui să se Lege de mine... sau pentru că Sebastian ar putea fura coroana? Dar nu. Mordeus a spus că doar cineva cu sânge Unseelie poate domni aici.

— Invocă-ți goblinul, îi spun regelui.

Mă privește cu ochi mijiți.

— De ce?

— Vrei coroana? Vrei să iau în considerare posibilitatea de a mă Lega de tine? Invocă-ți! Goblinul!

Mordeus pocnește din degete, iar goblinul său apare în fața mea, adulmecând delicat.

— Duhnești a neamul meu, bombăne el.

— Ființele umane mor când se Leagă de zâne? întreb creatura.

Goblinul se uită la stăpânul său, al cărui maxilar rămâne încleștat.

— Răspunde la întrebarea fetei! îi poruncește Mordeus.

— Nu întotdeauna, spune goblinul, mângâindu-și smocurile de păr alb. Doar câteodată.

Nu întotdeauna, pentru că nu toate zânele sunt blestemate.

— Când o ființă umană se leagă de Seelie, moare?

Goblinul se uită urât la mine.

— Nu.

— Dar când o ființă umană se Leagă de o zână Unseelie?

Goblinul se uită din nou la Mordeus, dar nu am nevoie de un răspuns din partea lui. Acum înțeleg adevărul. Aceasta este răutatea absolută a blestemului. Pentru a-l împiedica pe Oberon să se Lege de iubita lui muritoare, regina i-a blestemat pe Unseelie, astfel încât Legătura cu o ființă umană să aibă drept consecință moartea partenerului muritor.

Mă răsucesc spre Mordeus.

— Spui că trebuie să mă Leg de tine, dar, de fapt, vrei să spui că trebuie *să mor*.

Goblinul chicotește încet, iar Mordeus se încruntă la el până când acesta dispare, înghițit de o lumină puternică.

— Coroana lui Oberon ți-a salvat viața, răspunde Mordeus. Ți-a *dăruit* viață când a ta s-a sfârșit. Deci, nu, fără coroană, nu poți continua să trăiești ca o muritoare. Prin Legătură, mi-ai ceda mie coroana, așa cum ființele umane și-au cedat forța vitală către Unseelie în ultimii douăzeci de ani.

Asta a vrut Finn de la mine – acum înțeleg avertismentul lui Sebastian, de ce a spus că o Legătură cu Finn m-ar putea lua pentru totdeauna de lângă el. Pentru că o Legătură cu Finn ar însemna moartea mea. Clatin din cap, iar camera se învârte cu mine.

— Chiar dacă aş fi dispusă să mor pentru a-mi îndeplini partea de învoială, cum aş şti că mi-ai eliberat sora?

Regele Mordeus zâmbeşte.

— Am jurat pe magia mea, aşa că poţi fi sigură că nu e o promisiune pe care s-o încalc.

Îmi cobor privirea în podea. Trebuie să mă gândesc, dar între durerea din umăr şi nenumăratele implicaţii ale noilor informaţii primite, mintea îmi rămâne învăluită în ceaţă.

— Din moment ce eşti atât de inteligentă, spune încet Mordeus, aş putea să-ţi ofer o alternativă. Un dar.

Ridic capul. Mă tem că disperarea după o altă soluţie mi se citeşte mult prea clar pe faţă.

— Dacă moartea e cea care te frământă, însă intenţionezi să te ţii de promisiunea de a returna coroana... Ce-ar fi dacă nu ar trebui să renunţi la viaţă, ci doar la viaţa ta de muritoare?

— Poftim?

— Oferă-mi viaţa ta şi, odată cu ea, coroana, iar eu te voi reînvia cu Poţiunea Vieţii!

Coboară de pe podium şi mă ia de mână. Sunt atât de şocată de tot ce am aflat, încât îl las s-o facă.

— Acesta nu trebuie să fie sfârşitul pentru tine. Acesta ar putea fi începutul.

Numeroase pietre însemnate cu rune îi apar în palma deschisă.

— Tot ce trebuie să faci e să te Legi de mine.

Ameţeala îmi învăluie mintea, iar camera se estompează în jurul meu. Mordeus zâmbeşte şi mă apropii clătinându-mă de el.

— Alege piatra care va reprezenta Legătura noastră şi acceptă-ţi soarta, copila mea!

Atât de simplu e: *să aleg o piatră. Să-mi accept soarta.* Întind mâna spre palma lui și am senzația că plutesc. Ce sentiment familiar! Am mai simțit asta...

*La Palatul de Aur. Când am fost drogată.*

— Trebuie să merg la baie, mă ia gura pe dinainte.

Iritarea licărește în ochii regelui, însă o tempereazā repede.

— Desigur. Servitoarea mea te va însoți.

Încuviințez din cap, având grijă să nu-i dau de înțeles că știu că am fost drogată. Apoi apare o tânără servitoare umană, cu cicatrice pe față, și mă conduce afară din sala tronului, sub privirea atentă a unei duzini de străjeri de-ai lui Mordeus. Fata își ține capul plecat când deschide ușa și intră după mine.

— M-ai putea lăsa puțin singură? o întreb pe servitoare.

Ea se uită scurt peste umăr, ezitând.

— Nu ar trebui... adică, regelui nu i-ar plăcea dacă...

— Nu va dura mult! promit, luptându-mă să-mi păstrez echilibrul.

— Bine.

Cu capul în continuare plecat, fata se retrage.

După ce se închide ușa, scot elixirul lui Finn din întuneric, iar după o privire rapidă spre ușă, încep să beau. Beau și apoi alunec la podea și încerc să-mi dau seama cum să rezolv această încurcătură în care m-am băgat de una singură.

Nu-i pot da coroana lui Mordeus. Nu-i pot face asta lui Finn sau lui Sebastian. Dacă cei doi sunt de acord într-o privință, aceasta e convingerea că Mordeus nu va aduce nimic altceva decât distrugere pe Tărâmul Zânelor. Dar nici nu o pot abandona pe Jas. Chiar dacă... chiar dacă a fost în siguranță până acum. Poate că ar putea aștepta puțin mai mult. Numai dacă aș avea mai mult *timp*, atunci aș putea găsi o soluție, aș putea încropi un plan al cărui deznodământ nu presupune această coroană pe capul lui Mordeus. Până la urmă, condițiile în care e ținută Jas, imaginile înfățișate de oglindă...

*Oglinda.*

Mi-am petrecut tot acest timp crezând că sora mea e-n siguranță și fericită în grija lui, însă doar pentru că am avut încredere în oglindă. Însă o dată, doar pentru o fracțiune de secundă, am văzut-o pe Jas în acea temniță. Dar apoi imaginea s-a schimbat în ceea ce am vrut cu disperare să cred. Și apoi, când mi-am dorit cu atâta disperare să nu înfrunt totul de una singură, oglinda mi-a arătat-o pe mama – nu pentru că era acolo, ci pentru că *voiam* eu să fie.

Nu m-a sfătuit Finn să nu am încredere în relicvă? Mi-a spus că e periculoasă pentru cineva cu atât de multă speranță în inimă, dar eu i-am nesocotit avertismentul. Însă nu mi-a arătat ce speram să văd mai mult decât orice altceva?

Am ales să mă încred în artefact când mi-a arătat că Jas e în siguranță și fericită – pentru că *am vrut* să fie adevărat. Dar în seara asta, preț de o efemeră clipă, când mi-a arătat-o pe Jas, imaginea a fost cumplită, lipsită de orice urmă de fericire.

Credeam că Finn că nu mă cunoștea deloc atunci când susținea că am speranță, dar a avut dreptate. Pentru sora mea, până și pentru mama mea, *chiar* aveam speranță. Dar acum a dispărut.

Înainte, trebuia să văd că sora mea e în siguranță, iar oglinda mi-a oferit exact imaginea cerută. Cu mâini tremurânde, ridic relicva, îmi privesc fix reflexia, îmi eliberez mintea de așteptări și mă concentrez asupra dorinței mele pentru *adevăr.*

— Arată-mi-o pe Jasalyn!

Nu există nicio cameră fastuoasă, cu așternut bogat, sau slujnice care râd. Nu există tăvi cu mâncare și ferestre largi, cu vedere spre priveliști frumoase. Acum nu o văd decât pe Jas, înlănțuită într-o temniță în care se află doar o saltea de paie pe podea și o găleată într-un colț. Sora mea e subțirică, palidă și bea o cană cu apă. Buzele îi sunt crăpate.

Îmi lipesc mâna de gură înainte să-mi scape suspinul. Prăbușită pe podea, îmi trec ușor degetele peste imagine, de parcă mi-aș putea mângâia sora, până când dispare. Am mâncat precum o regină și mi-am făcut prieteni. Am dansat și am râs și m-am îndrăgostit. Și în tot acest timp, sora mea...

Mordeus știa că aș vrea, mai presus de orice, să cred că se află în condiții mai bune. Știa că oglinda îmi va arăta ceea ce speram să văd.

Un alt suspin, mai degrabă un hohot de plâns, îmi sfâșie pieptul.

— Îmi pare atât de rău, Jasalyn! Îmi pare foarte, foarte rău!

Oglinda m-a ajutat o dată să-l găsesc pe Sebastian, însă a fost o cerere neînsemnată. Mi l-a arătat la biroul lui și, ulterior, mi-a arătat cartea. Dar nu știam îndeajuns despre carte sau despre viața lui Sebastian ca să am vreo speranță pentru artefact sau pentru el - spre deosebire de speranțele păstrate pentru familia mea. Am sperat până și pentru mama, despre care credeam că m-a abandonat.

— Arată-mi-o pe mama, șoptesc.

Când mi se arată mormântul cu un cadavru înăuntru, nu sunt sigură ce simt că mi se sfărâmă în piept, însă mă tem... mă tem că e fărâma de speranță care mi-a mai rămas.

Inspir adânc și lent și aștept ca elixirul să-și facă efectul, dar mintea mi se învârte în continuare. *Port coroana.*

Mă ridic hotărâtă de pe podea și-mi îndrept umerii. Nu am avut nevoie ca o Banshee să mă viziteze aseară. Nu am avut nevoie ca Lark să mă viziteze în vis și să-mi spună că avertismentul spectrului era inevitabil. Știam cum se va termina totul când am trecut prin portal. O parte din mine... o parte din mine știa că nu mă voi întoarce acasă.

Când mă întorc pe hol, fata care m-a însoțit până la baie aproape că oftează de ușurare, iar trupul i se clatină ușor, de parcă o povară uriașă i-ar fi fost luată de pe umeri. Vreau să o întreb de ce lucrează pentru rege. Vreau să o întreb dacă numără zilele până devine următorul său tribut și dacă motivul pentru care s-a vândut, oricare ar fi acela, a meritat prețul.

A fost ridicol să cred, cândva, că voi trăi suficient pentru a salva femei precum ea. Cât de ridicol a fost că, atunci când Lark a vorbit despre posibilitatea ca eu să fiu regină, m-am gândit că ar putea însemna că voi avea șansa să schimb ceva.

Mă simt amorțită când o urmez pe fată înapoi în sala tronului, însă senzația nu e o consecință a vinului otrăvit. Nu. Din moment ce nu mai simt efectele drogului, probabil că am luat elixirul la timp. Această amorțeală reprezintă altceva.

Resemnare.

Dezamăgire.

O inimă fără speranță.

Prudența scânteiază în ochii regelui în timp ce mă privește apropiindu-mă de tronul său. Oare distinge vioiciunea proaspăt recăpătată în mișcările mele? Pe fața mea?

Mă clatin puțin pe picioare, nedorind să-i dezvălui că nu mai deține el avantajul.

— Dacă fac tot ce trebuie pentru a-mi îndeplini partea mea din învoială, te vei ține la rândul tău de cuvânt? îl întreb.

Ochii îi strălucesc atât de puternic, încât argintul pare aproape alb. *Câtă lăcomie!*

— Da.

Privirea mi se îndreaptă spre tronul pe care nu stă niciodată. Tronul care îi refuză propria sa putere, atâta timp cât nu poartă coroana.

— Totul se poate sfârși până la răsăritul soarelui, îmi promite el. Ceremonia e simplă. Alegem o rună, rostim câteva cuvinte și am Poțiunea Vieții la îndemână.

În vis, Lark mi-a spus să-mi amintesc de învoiala cu regele și că el se va ține de cuvânt. Dar care au fost cuvintele învoielii noastre, mai exact? Să-i returnez artefactele lui Mordeus și... nu. Nu *lui*. I-am modificat dinadins oferta originală, pe baza unei bănuieli potrivit căreia curtea lui e mai demnă decât el.

„De îndată ce toate cele trei artefacte vor fi returnate la curtea mea, acolo unde le este locul, îți voi trimite sora în siguranță într-un loc ales de tine din tărâmul oamenilor."

„Acolo unde le este locul."

Fac un pas spre podium și apoi încă unul.

— Grimoriconul a fost returnat la locul său de drept la Curtea Lunii, spun.

Entuziasmul dilată ochii lacomi ai lui Mordeus.

— Da.

Îi ofer oglinda.

— Și asta? Unde îi este locul?

Regele pocnește din degete, iar relicva îmi zboară din mână și plutește până la o cutie din sticlă aflată în spatele tronului.

— Acum tot ce mai trebuie returnat curții e coroana lui Oberon, adaug eu, cu inima bătându-mi nebunește. Însă nu voi muri azi.

Își deschide palma, oferindu-mi din nou acea grămadă de pietre însemnate cu rune.

— Vei fi o făptură fermecată frumoasă, dar mai întâi trebuie să finalizăm Ceremonia de Legare. Altfel poțiunea nu va avea efect.

Îmi ridic fustele și urc cele trei trepte ale podiumului.

Mordeus îmi zâmbește.

— Ce fată ascultătoare!

Inspir adânc și înalț o rugăciune tuturor zeilor să am dreptate în această privință. Apoi mă întorc, nu mai mult de un sfert de cerc față de falsul rege, și mă așez pe Tronul Umbrelor.

# CAPITOLUL 33

PUTEREA TRONULUI, A COROANEI ȘI A *CURȚII* PULSEAZĂ prin mine.

Coroana a fost returnată acolo unde îi este locul, la Curtea Lunii.

Ochii lui Mordeus se măresc, apoi se dă un pas îndărăt și se împiedică de scări.

— Ce ai făcut?

— Rândul tău! zic, adunându-mi tot curajul.

Încă nu știu dacă planul va avea sorți de izbândă.

— Trimite-mi sora înapoi în tărâmul muritorilor, în siguranță și în viață - trimite-o la Magul Trifen, ca să poată avea grijă de ea!

Gura îi zvâcnește de furie, însă pocnește din degete în timp ce mă privește cu înverșunare.

— Gata.

Se îndreaptă spre mine, dar sunt încă prea amorțită pentru a protesta împotriva apropierii sale.

— Te crezi tare isteață! zice el. Dar nu ai spus niciodată că trebuie să te trimit și *pe tine* înapoi în lumea muritorilor, iar acum ți-ai semnat propria condamnare la moarte. Aș prefera să-l văd pe nepotul meu iubitor-de-țărani pe acest tron, decât să las o *femeie* umană să preia conducerea curții mele.

— Nu mi-e frică de tine.

Mordeus se îndreaptă imediat și-și desface palma. Deodată, servitoarea cu cicatrice pe față, cea care m-a dus la baie, se află între noi. Regele îi ține un pumnal la gât.

— Ție nu-ți este. Dar *ei*, da, șoptește el. Și am auzit că împărtășești înclinația nepotului meu de a-i proteja pe cei slabi.

O dungă subțire de sânge se ivește pe lamă acolo unde îi înțeapă ușor pielea, iar scâncetul ei delicat e mai sfâșietor decât cel mai puternic strigăt de ajutor.

— Crezi că mă poți păcăli, continuă el, dar magia ta stângace nu se compară cu puterea mea. Mortalitatea și empatia te fac slabă. Leagă-te de mine, și va fi cruțată. Refuză-mă, și urmărește nenumărate alte ființe umane, la fel ca ea, pierzându-și viața din cauza ta.

Și mai mult sânge se prelinge de-a lungul lamei.

— Eliberează-o! îi cer cu vocea frântă.

Mă poticnesc. Sala tronului e plină de străjerii lui Mordeus, toți arătând gata să mă sfâșie la primul ordin al regelui lor. Dacă planul a funcționat, poate că Jas se află acum în siguranță, dar aș putea fi motivul pentru care moare această fată nevinovată.

— Te rog!

— Vei accepta Legătura?

Nu pot muri fără să știu că Jas e teafără, nu pot accepta Legătura și să cedez controlul acestei puteri cuiva atât de crud. Nu-i pot abandona pe nevinovații Unseelie care au suferit deja atât de mult sub domnia lui.

— Leagă-te de mine! mârâie el. Și totul se termină.

— Nu!

Vocea îmi tremură de trei ori la această singură silabă, însă îmi țin bărbia ridicată.

Mordeus trece lama peste gâtul fetei. Sângele îi curge din gură și din rană, scoțând un bolborosit ușor și acoperind mâna regelui, înainte ca ea să cadă la podea.

Când regele își deschide din nou mâna, magia strălucește intens, iar o altă fată apare în locul ocupat de cealaltă până cu câteva clipe în urmă. Aceasta nu poate avea mai mult de doisprezece ani. Se zbate în strânsoarea lui și pumnalul de la gât îi înțeapă pielea în timp ce aruncă o privire disperată în sala tronului.

— Am la dispoziție zeci și zeci de ființe umane, toate cumpărate și plătite mulțumită lăcomiei speciei tale, spune el. Câte ești dispusă să sacrifici pentru propriile motive egoiste? Câte vieți valorează mândria ta încăpățânată?

Ochii albaștri ai fetei sunt sălbatici înainte să se oprească asupra mea. Observ momentul în care îmi bagă de seamă prezența și mă privește cu atenție. Apoi, într-o fracțiune de secundă, o întrezăresc, acolo: speranță.

*Speranță.*

Chiar și cu o altă fată moartă pe podea, în fața ei, și cu un pumnal lipit de gât, ea tot are speranță.

Prinsă în mrejele acestui sentiment, scufund sala în întuneric. Este elementul lui Mordeus, dar și al meu, și sunt mai puternică decât înainte. Spirale invizibile de putere mă înlănțuie de tron și de curte. O invoc și o absorb pe toată, în timp ce învelesc mental noaptea în jurul fiecăruia dintre străjeri, închizându-i în cutii mici, făurite din umbră, așa cum dispar și eu în a mea. Regele o eliberează pe fată când se aruncă înainte ca să mă oprească, însă reapar în spatele lui, cu pumnalul din adamantiu dăruit de Sebastian în mână. În momentul în care se răsucește să mă înfrunte, i-l înfig în inimă.

Mordeus răcnește de durere, iar timpul pare să încetinească, fiecare mișcare, fiecare sunet căpătând o intensitate aproape cutremurătoare - mârâitul lui, când mă apucă zdravăn de păr, sângele fierbinte și lipicios revărsat din pieptul său, prelingându-se pe degetele mele, și bocetul de durere al fetiței care cade în genunchi în spatele lui.

Mordeus lovește cu sabia sa însângerată, țintindu-mi și atingându-mi burta, dar se prăbușește grămadă la podea înainte să-l poate împinge până la plăsele.

Cu mâini tremurânde, murdare de sânge, o ajut pe fată să se ridice.

— Ai un loc sigur unde să mergi până pot să vin înapoi după tine?

„Zeci și zeci de ființe umane", a spus el. Toate așteptând doar să fie folosite pentru a-i crește puterea lui Mordeus și a-i prelungi viața blestemată.

Fetița dă din cap, cu chipul ud de un șuvoi nesfârșit de lacrimi.

— Sora mea, spune ea gâtuită și îmi dau seama că se uită la trupul primei fete.

Cea pe care nu am reușit să o salvez, pentru că nu am acționat suficient de repede.

— Îmi pare nespus de rău! șoptesc.

Am sacrificat atât de mult ca să-mi salvez sora, dar am lăsat-o pe a ei să moară!

— Foarte, foarte rău!

Ea cade la podea pentru a îndepărta părul surorii ei moarte de pe față, iar gestul amenință să-mi sfâșie amorțeala. Nu am timp pentru durerea sau teroarea care vor să mă copleșească. Trebuie să plec.

Rup un fir de la brățara goblinului.

Ochii lui Bakken se măresc când cercetează scena din fața sa, privirea oprindu-i-se la falsul rege, mort pe podea, într-o baltă de sânge.

— Du-mă la catacombele lui Finn!

Îmi șterg mâinile pe fustă. Stomacul mi se revoltă de la mirosul sângelui, de la senzația acestuia sub unghii, îmbibându-mi pijamaua mătăsoase, acum lipită de piele.

Bakken se dă un pas îndărăt și clatină din cap.

— Ceri prea mult.

— Întotdeauna plătesc, spun printre dinți încleștați.

Strâng atât de tare mânerul pumnalului în mână, încât filetele din plăsele îmi mușcă interiorul palmei.

— Du-mă la catacombele Prințului Umbrelor!

— Locația este un secret bine păzit. Nu e o informație obișnuită.

Fără să mă gândesc, îmi prind părul într-un pumn și folosesc pumnalul însângerat să-l tai pe tot, împingând apoi șuvițele retezate spre goblin.

— Ia de aici!

Ochii i se bulbucă în cap, iar saliva îi curge din colțul gurii când îl ia de la mine.

— Da, Fata Focului.

Închid ochii, pregătită pentru greața care vine odată cu deplasarea prin tărâm alături de un goblin, însă nu mă ajută. Când lumea nu mi se mai clatină sub picioare și ridic pleoapele, sunt înconjurată de un întuneric atât de adânc, încât nici măcar ochii mei nu pot distinge unde ne aflăm.

— Te las acum, Fata Focului.

Mai degrabă îl simt decât îl văd pe Bakken dispărând, însă nu încerc să-l opresc. Aerul e rece și miroase a pământ umed. Trebuie să fim adânc în subteran.

Mordeus a crezut că mă poate droga pentru a mă convinge să mă Leg de el. Apoi a crezut că poate folosi ființe umane nevinovate pentru a mă forța. Ceea ce înseamnă că Mordeus era la fel de nedemn de încredere precum spunea toată lumea și la fel de viclean pe cât mă temeam. Dar mă așteptam ca Mordeus să fie viclean.

Nu mă așteptam la același lucru și din partea lui Finn.

În tot acest timp, m-a ajutat cu un singur scop. Spera că mă voi îndrăgosti de el și, în cele din urmă, că îmi va câștiga încrederea, astfel încât să mă Leg de el. Plănuia să-mi revendice forța vitală și, odată cu aceasta, coroana magică pe care nici nu știam că o port.

Credeam că am prieteni aici. De fapt, nu m-am simțit la fel de singură ca în Fairscape. Însă Sebastian e singurul prieten adevărat pe care îl am și i-am trădat de prea multe ori încrederea.

Treptat, ochii mi se adaptează și sunt nevoită să-mi înăbuș un suspin. Nu știu ce mă așteptam să văd. Acestea sunt *catacombele* lui. Bineînțeles că morții sunt ținuți aici. Dar chiar și așa, nu m-am așteptat niciodată la asta.

Catacombele cuprind rânduri întregi de sicrie de sticlă. Mă reped spre ele.

Femeia din primul coșciug e tânără – probabil de vârsta mea – și are părul lung și blond tras peste un umăr, și ochii închiși. Mâinile îi sunt încrucișate peste burtă. Poartă o rochie albă și diafană, din dantelă, și arată ca o mireasă gata de nuntă. Îmi pun mâinile pe sticlă – să o împing în lateral, să o trezesc, să... să o salvez? –, dar nu se clintește din loc.

Îmi apăs mâna de sticlă.

— Nu!

Trec la următorul sicriu, unde se află un tânăr cu obrajii supți și pielea pământie. Probabil că murea de foame când i s-a oferit lui Finn. Poate că era ca mine și avea o soră mai mică ce se baza pe el. Poate că s-a jertfit pentru ca o persoană pe care o iubea să poată supraviețui.

Sicriu după sicriu, ființă umană după ființă umană, catacombele spun povestea unui monstru dispus să ia viețile femeilor și ale bărbaților ca să o protejeze pe a sa. Când dau peste un coșciug cu un chip familiar înăuntru, mă sprijin de sticlă și îmi rețin un hohot de plâns.

Kyla. Am *privit*-o cum i s-a oferit lui Finn. S-a sacrificat deoarece orice viață avusese până atunci fusese mai rea decât această soartă – eternitatea într-un sicriu de sticlă.

Am vrut să cred că Finn e bun. Când Bakken mi-a spus despre blestem, am vrut să cred că Finn nu ar lua niciodată viața unei ființe umane, că ar renunța la magia sa și și-ar sacrifica propria nemurire înainte de a deveni victima alegerii îngrozitoare oferite de blestem. O parte din mine știa – o parte din mine a știut de mult timp – ce înseamnă de fapt să fii un tribut.

Am vrut să cred că suntem prieteni și că legătura pe care o simțeam când ne atingeam însemna ceva. În schimb, legătura nu era nimic mai mult decât o coroană pe care nu o doresc. O coroană de care el are nevoie. O coroană pentru care plănuia să mă omoare, ca să o revendice.

— Îi țin aici pentru a-i onora.

Mă răsucesc în întuneric. Finn stă în spatele meu, iar globul strălucitor care plutește lângă el iluminează acest chip ucigător de frumos. Această gură mincinoasă. Acești ochi argintii înșelători.

— Ai de gând să-mi ceri în sfârşit să mă Leg de tine? Sau poate că eşti prea laş să iei coroana pentru care tu şi prieteni tăi aţi pierdut atâta timp manipulându-mă ca să v-o înmânez!

Se sprijină cu un umăr de peretele de piatră şi închide ochii de parcă ar fi foarte, foarte obosit.

— Deci acum ştii totul?

— Ştiu că ai plănuit să mă omori chiar de la primul nostru dans.

Nu-mi pot ascunde durerea din voce.

— Tot ce ai făcut pentru a mă cuceri a fost pentru coroană - pentru a mă convinge să mă Leg de tine, astfel încât să poţi fi *sigur* că această coroana va fi a ta.

Îndreptându-se de spate, îşi trece alene mâinile prin păr, frustrat.

— Nu pot rezolva problemele regatului meu din exil.

Mâinile îmi tremură, dar nu sunt speriată. Sunt... rănită. Privirea îmi trece peste rândurile de sicrie din sticlă, iar camera se înclină odată cu mine. Îmi apăs o mână pe burtă şi simt căldura lipicioasă a sângelui lui Mordeus. A sângelui meu, prelingându-se în continuare din tăietura superficială a pumnalului.

— Şi în timp ce mă manipulai, ucideai toate aceste fiinţe umane nevinovate deoarece credeai că viaţa *ta* e mai importantă decât a lor.

Când mă întorc din nou spre el, nu neagă. O mască de resemnare îi ascunde chipul, iar tristeţea străluceşte în acei ochi argintii. Nu, *nu tristeţe*. Asta îşi doreşte el să văd şi nu voi fi manipulată. Nu şi de acum încolo.

Înghit nodul din gât, însă junghiul din piept rămâne la fel de necruţător, de intens.

— Tu i-ai ucis pe toţi?

— Nu, dar destui.

Se îndreaptă spre primul sicriu și își apasă ușor vârfurile degetelor pe sticlă în timp ce o studiază pe femeia din interior.

— Prea mulți.

— Le știi măcar numele?

— Până la ultimul.

Dau din cap spre sicriul pe care îi sunt sprijinite mâinile, cel în care se află mireasa.

— Cine e?

— Numele ei era Isabel.

Vocea i se frânge și își ridică ușor capul pentru a-mi întâlni privirea.

Îmi amintesc că l-am întrebat despre Isabel - cine a fost, ce i s-a întâmplat. Îmi amintesc de agonia din ochii lui când mi-a răspuns „A fost muritoare".

— Ai ucis-o, șoptesc. Ți-ai ucis propria logodnică.

— Da.

E greu să-l urăști când arată atât de distrus, însă faptele fac totul mai ușor. Imaginea masculului de acum *nu* se potrivește, nici pe departe, cu cea care începuse să prindă contur în mintea mea.

— Regele e mort, îl anunț.

Vreau să știe de ce sunt capabilă - că nu sunt chiar atât de ușor de manipulat sau de învins. Vreau *eu însămi* să știu.

— Știu.

Îmi scot pumnalul legat de gambă, însă îl țin în palmă, înfășurat în umbră.

— Eu l-am omorât.

— Știu. Te-a subestimat de la bun început. Dar mama ta, nu.

O amintire îmi răscolește gândurile, o străfulgerare a zâmbetului ei.

— Să nu vorbești despre mama!

Mă ard ochii. Nu mă pot gândi la ea. Nu când am petrecut ultimii nouă ani fiind atât de furioasă pe mama pentru că ne-a abandonat. Nu mă pot gândi la toată furia nemeritată pe care am simțit-o față de ea. Nu mă pot gândi la cât de multe a sacrificat pentru mine. *Nu încă.*

—Te-aș fi putut ierta pentru înșelăciune, dar pentru asta?

Flutur din mână spre sicrie.

— Toată viața am trăit într-o lume în care era un fapt de la sine înțeles că ființele umane pot fi cumpărate și folosite. Nu voi oferi *niciodată* coroana cuiva care reprezintă o parte din acea problemă, care susține o astfel de mentalitate.

Maxilarul îi zvâcnește când își trece privirea peste mine.

— Atunci ar trebui să folosești pumnalul pe care îl ascunzi în mână și să mă ucizi. Pentru că, atâta timp cât voi trăi, am o obligație față de poporul meu. Prin urmare, atâta timp cât voi trăi, voi lupta pentru acea coroană pe care o porți tu.

Mâna îmi tremură în timp ce-mi mut strânsoarea în jurul mânerului. Uciderea lui nu ar aduce înapoi toate aceste ființe umane, însă moartea lui ar însemna o făptură fermecată umbră mai puțin care ar lua vieți nevinovate.

Fac un pas înainte, însă Finn nu se mișcă.

S-ar împotrivi măcar sau m-ar lăsa, pur și simplu, să-l ucid?

*Am avut încredere* în el.

Și l-am trădat pe Sebastian. Pentru sora mea, da, dar și pentru Finn. Pentru regatul lui. Pentru șansa de a-și recupera tronul.

Încerc să apuc pumnalul pentru o lovitură așa cum trebuie, dar nu pot. Degetele refuză să mi se încleșteze în jurul mânerului. Așa că fug. Găsesc scările și fug în sus pe trepte, din în ce în ce mai sus. Îl simt uitându-se după mine, însă nu mă urmează. Plămânii și picioarele mă ard în timpul urcușului, dar sunt condusă de ceva mai mult decât de oxigen, și continui să fug până când simt mirosul aerului proaspăt al zilei și văd lumina soarelui ce se strecoară înăuntru din spatele unei uși.

Mă împleticesc în lumina soarelui și mă prăbușesc pe covorul țesut din ace de pin al luminișului. Nu-mi pot trage răsuflarea, și nu doar pentru că inima îmi bate atât de tare sau pentru că durerea de la mușcătura șarpelui și tăietura din burtă m-au ajuns, în sfârșit, din urmă.

Finn m-a trădat pe mine, eu l-am trădat pe Sebastian, iar durerea e mai mult decât pot îndura.

# CAPITOLUL 34

— LADY ABRIELLA, ROSTEȘTE EMMALINE CU BLÂNDEȚE. Îmi cer iertare, domniță, dar trebuie să te trezești!

Încerc să deschid ochii, însă e mult prea greu. Mă rostogolesc și îmi pun perna peste cap.

— Nu! Trebuie să dorm.

Emmaline scoate un țipăt ascuțit și sunt vag conștientă de faptul că ea și Tess poartă o conversație în șoaptă, în timp ce somnul mă cuprinde iar.

— Pur și simplu am găsit-o aici.

— Sângerează prea mult!

— Găsește-l pe prinț!

— Brie?

Vocea lui Sebastian. Mirosul de piele, de sare și de mare. Lumina soarelui pe iarba verde.

— Brie, trezește-te!

Nu vreau să deschid ochii. Mă aflu într-un pat moale, înfășurată în pături. Îi simt mirosul peste tot în jurul meu și nu-mi amintesc de ce, dar știu că nu vreau să părăsesc acest loc sigur.

— Vindecătorul trebuie să se uite la tine, mă anunță Sebastian pe un ton coborât.

Cu aceste cuvinte, totul se izbește de mine cu claritatea cuiva care trage cortina pentru a dezvălui o zi însorită. Nu vreau să înfrunt realitatea faptelor mele. Nu suport gândul că Sebastian mă urăște.

— Abriella, deschide ochii!

De ce îi sună vocea atât de blând? Oare nu știe? Mâna lui e caldă și aspră pe obrazul meu, așa că îmi las capul moale în palma sa, în vreme ce-mi trece degetul mare de-a lungul maxilarului.

— M-ai speriat de moarte! Știi asta, nu? Te rog, doar deschide ochii, ca să știu că ești bine!

Dar nu vreau să deschid ochii. Nu vreau să pun capăt acestui vis în care încă îi pasă de mine.

Îi simt răsuflarea delicată pe buze, apoi gura lui este pe a mea, blândă și convingătoare. Mi se strânge inima. *Sebastian!*

— Îmi pare atât de rău! îi șoptesc pe buze, ridicându-mi în cele din urmă pleoapele.

— Îți pare rău?

Chipul îi este brăzdat de îngrijorare, dar încă stă aplecat, aproape de mine, cu ochii cercetându-mi la nesfârșit fața.

— Pentru că am furat cartea. Pentru că te-am înșelat. Nu am putut să-ți spun despre învoiala mea cu Mordeus. A trebuit să o salvez pe Jas, adaug, apoi închid ochii, înainte de a continua: Îmi pare rău că am avut încredere în Finn când m-ai avertizat că nu ar trebui să am! Îmi pare rău! Îmi pare atât de rău!

Se mișcă salteaua când se așază pe pat lângă mine. Mă trage în brațele sale, atingerea și căldura lui fiind o ușurare atât de mare, încât lacrimile încep să îmi curgă pe față.

— Lasă-l pe vindecător să se uite la tine și apoi poți să-mi spui totul.

Așa că exact asta fac.

Ne petrecem cea mai mare parte a nopții vorbind. Îi spun despre învoiala cu Mordeus, despre oglindă și despre carte. Îi spun despre antrenamentul cu Finn și despre noaptea în care am fost drogată și Pretha m-a dus departe de castel. Îi spun despre coroană și despre descoperirea vicleșugului din învoială. Îi spun despre catacombele lui Finn și ce proastă am fost să cred că el voia să mă ajute.

Sebastian ascultă fiecare cuvânt fără să mă judece, fără nicio urmă din mânia pe care o merit. Și când sunt secătuită - când povestea e spusă și toate cuvintele dispar, când trupul îmi e vlăguit de ușurare și epuizare, îl las să mă țină în brațe și adorm.

Abia când lumina îmi scaldă dormitorul mă trezesc din nou. Sebastian e încă în pat cu mine, încă mă ține în brațe, privindu-mă.

— Ai dormit vreun pic? îl întreb.

Dă din cap.

— Puțin. Cum te simți în această dimineață?

Mă ridic în șezut în pat, frecându-mă la ochi.

— Mai bine.

Înclin din cap și mă uit cu atenție la el.

— Și încă puțin surprinsă că mai poți suporta să te uiți la mine.

— Ai fost pusă într-o situație imposibilă și ai făcut ceea ce trebuia să faci.

Îmi mângâie obrazul cu dosul palmei.

— Dragostea mea nu e atât de nestatornică, încât să se stingă sub stres.

Mă ghemuiesc mai aproape de el.

— Ce s-ar fi întâmplat cu coroana dacă aş fi murit fără să ştiu că o port? Cine ar fi căpătat-o dacă nu m-aş fi Legat niciodată de o zână?

— Nu ştim sigur, răspunde el. Aceasta nu e o situaţie cu care tărâmul meu s-a mai confruntat până acum, însă orice Unseelie care te-ar păcăli să-i dai coroana ar putea ocupa Tronul Umbrelor.

— Şi ce s-ar întâmpla dacă m-aş Lega de un membru al Curţii Soarelui şi i-aş transmite-o lui la moartea mea?

Sebastian inspiră adânc şi ochii îi strălucesc de speranţă. Cumva, Bash al meu încă îşi mai doreşte o viaţă alături de mine, chiar şi după tot ce am săvârşit.

— Doar o zână cu sânge Unseelie poate domni pe Tronul Umbrelor, însă singurul lucru de care orice făptură fermecată umbră ar avea nevoie pentru a ocupa tronul e acea coroană.

M-a *avertizat*. Sebastian m-a avertizat despre această lume, despre Finn, şi nu l-am ascultat.

— Am petrecut atâţia ani fiind supărată pe mama, spun, din nou obosită, şi încep să cred că a sacrificat totul pentru mine.

Chiar şi după somn, vocea îmi e răguşită şi mă doare gâtul.

— De aceea ne-a părăsit, nu-i aşa? Într-un fel, a plecat pentru a mă proteja?

Sebastian îmi aranjează părul după ureche.

— După ce Oberon te-a salvat şi coroana a trecut la tine, ea şi-a dat foarte repede seama că vor exista întotdeauna făpturi fermecate care te vor urmări - căutând coroana şi încercând să te păcălească să le-o dai.

— Există vreo cale prin care aş putea... să scap de ea? Dacă nu o vreau, aş putea cumva...

— E legată de propria ta viaţă şi rămâne o parte din tine până în momentul morţii tale.

Sebastian înghite în sec şi îmi amintesc că Mordeus a spus acelaşi lucru. Coroana mi-a dăruit viaţă şi rămâne legată de viaţa mea.

— Mama ta a făcut singurul lucru pe care l-a putut şi s-a vândut pentru a te proteja. Cu preţul vieţii ei, a putut să te ascundă de toate făpturile fermecate timp de şapte ani. De aceea te-a lăsat în grija unchiului tău Devlin. A crezut că după trecerea celor şapte ani, vei fi suficient de inteligentă pentru a păcăli pe oricine ar încerca s-o fure de la tine.

— Şi am fost supărată timp de nouă ani.

— N-ai ştiut.

Îşi strecoară degetele prin părul meu, examinând vârfurile ciuntite.

— Nu-mi vine să cred că ţi-ai dat tot părul acelui goblin!

Conştientă dintr-odată, îmi trec degetele prin buclele mele scurte şi rebele. Nu am fost niciodată deosebit de vanitoasă, însă părul meu era o trăsătură pe care am considerat-o întotdeauna frumoasă.

— Sunt convinsă că acum nu mai pot concura cu celelalte fete.

Mă ia de mână, oprindu-mă, şi îmi strânge vârfurile degetelor.

— Am trimis fetele acasă.

— Poftim? Dar credeam...

— De săptămâni întregi încerc să mă conving că aş putea s-o fac. Am vorbit cu ele, am dansat cu ele şi...

Oftează şi pare reticent în a spune restul.

— Ce-i?

— Ele nu sunt ca tine. Nu vor fi niciodată ca tine. Și nu mai vreau să mă prefac că pot accepta acest lucru.

Căldura își face loc înlăuntrul meu și mă sprijin de pieptul lui.

— Bash...

— Și dacă nu ești pregătită pentru o nuntă, mama va trebui să înțeleagă și gata.

Mi se taie răsuflarea la menționarea reginei.

— Ea cum se simte?

— Mama? E mai puternică decât își dau seama cei din jur. Nimeni de la Curtea Lunii nu știe că Grimoriconul e legat de viața ei, prin urmare, cartea încă nu a fost folosită împotriva sa.

— Ce se va întâmpla dacă își dau seama?

Își strecoară mâinile în jurul taliei mele și nasul în părul meu și inspiră adânc.

— Are cei mai buni vindecători de pe acest tărâm. Vor găsi o modalitate de a-i întări puterile, iar dacă nu...

Tace de atâta vreme, încât mă îndepărtez de căldura pieptului său ca să-i pot vedea chipul. Ceea ce zăresc acolo nu e suferință, ci chibzuială.

— Și dacă nu? îl îmboldesc.

— Mama a făcut niște alegeri în cunoștință de cauză.

— Dar cum rămâne cu tine? Ea e în continuare mama ta.

Eliberează o răsuflare prelungă.

— Am avut la dispoziție ani buni să mă pregătesc pentru asta. Tot ce pot face este să iau măsurile necesare pentru a avea grijă de regatul ei cât pot de bine.

— Pare că înțelepciunea îți întrece anii, prințe Ronan Sebastian. Când va veni momentul, îmi imaginez că vei fi un rege incredibil.

Îmi zâmbește cu tristețe și aproape că întrezăresc întrebarea din ochii lui - el va fi rege, dar oare eu voi fi regina lui? Nu știu ce îmi rezervă viitorul și deja s-a scurs tot timpul alocat deliberării. Dar când deschide gura, o altă întrebare prinde glas:

— Vrei să mergi să-ți vezi sora?

Inspir adânc.

— Da! Putem? E posibil?

— Îmi voi însărcina gărzile să pregătească un portal și mâine, la prima oră, vom merge la Nik.

Mă încrunt.

— I-am cerut lui Mordeus să o trimită la Magul Trifen.

— A trebuit să-i găsesc un alt loc în care să stea, îmi explică Sebastian. Magul Trifen nu face muncă de caritate.

*Nu mai spune!*

— Sunt sigură că Nik o va primi până când Jas își va permite un loc al ei.

Sebastian tace timp de câteva secunde.

— O spui de parcă n-ai avea de gând să rămâi cu ea.

Deschid gura ca să obiectez, însă nu există nicio obiecție de făcut. Îi cuprind chipul în mâini.

— Îmi pare foarte rău pentru toate lucrurile oribile pe care le-am spus despre tine și despre poporul tău! Înghit în sec și apoi adaug: Te iubesc, Sebastian! Nu pot locui în Fairscape. Nu mai este casa mea.

Expresia îi este circumspectă când mă privește cu atenție.

— Și unde este casa ta?

— Nu sunt sigură dacă mai am una.

Își coboară capul și îmi mângâie ușor buzele cu ale lui.

— Voi crea una pentru tine... dacă mă vei lăsa.

Mă adăpostesc la pieptul lui, savurându-i căldura, forța protectoare, și cred că s-ar putea să-l las.

# CAPITOLUL 35

DUPĂ SĂPTĂMÂNI ÎNTREGI PETRECUTE PE TĂRÂMUL ZÂNELOR, totul în Fairscape pare lipsit de culoare. De la bolta cerească, până la case, de la iarbă, până la copaci – totul e mai puțin însuflețit, ca și cum o peliculă cenușie ar fi fost aruncată peste lumea muritorilor, răpindu-i complet strălucirea.

Clădirea cu patru etaje arată exact cum mi-o amintesc, iar Sebastian îmi strânge cu putere mâna în timp ce ne apropiem de locuința lui Nik. Oare știe cât de mult mă dezgustă aceste condiții?

Nick ne întâmpină la ușă. Mă prinde de mână și mă trage înăuntru, închizând imediat ușa în urma noastră.

— Încă te caută, Brie.

— Cine...

*Gorst.* Pare că într-o altă viață i-am pătruns în seif pentru a fura banii necesari următoarei plăți către Madame Vivias.

— Mi-am făcut atâtea griji pentru tine! Dacă nu te-ar mai căuta, aș crede că te-au prins oamenii lui Gorst.

Mă îmbrățișează strâns. Miroase a săpun și a petale de trandafiri, așa cum îmi amintesc. Până în acest moment, nu cred că mi-am dat seama cât de mult mi-a lipsit.

Când se desprinde din îmbrățișare, mă ține în continuare de umeri și mă măsoară din cap până-n picioare.

— Arăți minunat! Ți-am spus că există lucruri bune pe Tărâmul Zânelor!

Privirea ei se îndreaptă spre Sebastian și se încruntă înainte să se uite din nou la mine. Chipul nu-i poate ascunde întrebarea - *cât de multe știe?*

Aproape că râd. Pentru vizita noastră pe tărâmul muritorilor, Sebastian a apelat la o iluzie, astfel încât să arate ca o ființă umană, iar Nik nu știe că e o făptură fermecată, darămite că e prințul Seelie.

— Știu totul, spune el încet și dau încet din cap în semn de confirmare.

— Cum se simte? o întreb.

— E bine. Era destul de deshidratată și de confuză, însă acum și-a mai revenit. Magul Trifen a ajutat-o cât a stat la el.

— Îți mulțumesc din suflet, Nik!

Se întoarce spre dormitor.

— Doarme, însă sunt convinsă că va dori să se trezească pentru a te vedea.

Înainte să pot obiecta, deschide ușa și lasă lumina din sufragerie să se reverse în micul dormitor.

— Jas? Sora ta e aici.

Gâtuită, fac câțiva pași în față. De câte ori în ultimele săptămâni i-am cerut oglinzii să-mi arate sora, doar ca să nu mă mai simt atât de singură? De câte ori am vrut să renunț, dar am continuat să lupt pentru ea? Când Jas sare din pat, mă reped înainte și ne întâlnim în mijlocul dormitorului. Tremură toată, ghemuită la pieptul meu și plângând în liniște.

— Știam că vei veni. Știam că mă vei găsi.

— Îmi pare rău că mi-a luat atât de mult!

Mă trag înapoi și o privesc cu atenție. Arată diferit - încă o fată, însă una care a îndurat prea mult. Are semiluni întunecate sub ochi, dar, spre deosebire de ultima oară când am văzut-o în oglindă, un strop de culoare îi înviorează obrajii.

— Am atâtea să-ți spun!

Jas se uită peste umărul meu.

— Sebastian, zice ea, zâmbind. Și tu ai ajutat?

— Sora ta a făcut totul de una singură.

Vocea îi este adâncă, subjugată de emoție.

— Ar fi făcut orice să te salveze. Ar fi renunțat la orice.

Amărăciunea și umbra unei mâhniri adânci îi însoțește cuvintele. Sebastian rămâne alături de mine când îi explic totul lui Jas. Îi povestesc cine e și cum am aflat adevărul. Îi povestesc despre învoiala cu Mordeus și despre prietenia mea nechibzuită cu prințul exilat și cu grupul său de făpturi fermecate rebele. Îi povestesc despre mama noastră, iar Sebastian îmi strânge puțin mai tare mâna când îi explic blestemul.

Dacă sunt prea multe lucruri de procesat, din moment ce încă își revine după săptămâni întregi ca prizonieră a lui Mordeus, își ascunde cu măiestrie neliniștea sau stânjeneala. Când povestea mea ajunge la sfârșit, Sebastian mă sărută pe frunte și îmi dă drumul la mână.

— Vă las să vorbiți.

Iese din cameră și închide ușa în urma lui. Îmi apăs palma de piept, un răspuns la junghiul lăuntric, privindu-l cum pleacă.

— I-ai spus? întreabă Jas, iar ceva din vocea ei mă îndeamnă să mă întorc numaidecât spre ea.

— Ce să-i spun?

Zâmbește slab, însă întrezăresc o amintire a surioarei mele pline de speranță în arcuirea delicată a buzelor ei.

— Că ești îndrăgostită de el?

Înghit în sec.

— Știe.

Jas își înclină capul într-o parte.

— Atunci de ce pari atât de tristă?

*Pentru că nu am crezut niciodată că voi avea încredere într-un prinț al făpturilor fermecate, darămite în doi. Pentru că în sfârșit mi-am făcut niște prieteni și am descoperit că mă foloseau. Pentru că l-am rănit pe Sebastian și va fi dificil să mă iert pentru asta.*

— Brie, spune ea, strângându-mi mâna. Ce s-a întâmplat?

— Nu cred că rămân în Elora.

— Poftim? De ce? Dacă plecăm din Fairscape, cu siguranță că Gorst nu va...

— Nu voi fi niciodată în siguranță aici, nu atâta timp cât port coroana.

— Te întorci pe Tărâmul Zânelor?

În urmă cu câteva săptămâni, eu am fost cea care a rostit cu dispreț numele tărâmului magic, iar Jas, cea care a vrut să călătorească acolo. Astăzi, rolurile ni s-au inversat.

— Voi fi cu Sebastian, îi răspund, încercând să nu-i dau impresia că doar mă ascund. Vreau să fac tot ce pot... pentru a ajuta cu situația de acolo.

Îmi plec capul înainte de a risca să mă uit iarăși la ea.

— Ai vrea să vii cu noi?

Ochii i se măresc. Teama îi e atât de palpabilă, încât aproape că o simt. Nu o pot învinovăți. Pentru Jas, Tărâmul Zânelor înseamnă o singură experiență, aceea de a fi un prizonier al Curții Lunii.

— Brie...

— La Curtea Soarelui. Te-am proteja.

Mâinile îi tremură din ce în ce mai tare, până când tot corpul îi freamătă de frică.

— Lucrurile pe care le-am văzut în temnițe... lucrurile oribile pe care le-am auzit...

— Nu ești obligată să te întorci, mă ia gura pe dinainte.

Durerea de pe chipul ei mă sfâșie pe dinăuntru; urăsc că eu i-am pricinuit-o.

— Te iubesc atât de mult! șoptesc. Dacă ai nevoie de mine aici, voi rămâne.

— Și eu te iubesc!

Își înfășoară brațele în jurul taliei mele.

— Meriți să fii fericită, Brie. Ai muncit din greu în tot acest timp. Ai făcut totul ca să mă protejezi și nu pot suporta să te văd sacrificându-te încă o dată pentru mine.

— Dar nu vreau să te părăsesc!

— Doar oferă-mi timp. Am nevoie să rămân aici o vreme și, când voi fi mai bine, voi veni după tine.

Încearcă să zâmbească, însă minciuna, ascunsă în arcuirea buzelor ei, în acea tresărire ușoară, nu o păcălește pe niciuna dintre noi.

— Te voi vizita cât pot de des, spun, dar știu deja că nu va fi chiar atât de des pe cât ne-am dori oricare dintre noi.

Obrajii îmi sunt mângâiați de lacrimi fierbinți, doar un ecou slab al suferinței pe care o simt acum, nevoită să-mi iau rămas-bun de la ea.

Cineva bate la ușă, apoi Nik o întredeschide și își strecoară capul înăuntru.

— Brie, e timpul. Îmi pare rău, draga mea, însă nu-mi pot asuma riscul ca Gorst să te găsească aici!

Încuviințez din cap, dar nu-mi iau ochii de la Jas.

— Du-te! mă încurajează ea. Voi fi bine.

— Îmi va fi dor de tine în fiecare zi!

— Vizitează-mă în visele mele, ca atunci când eram mici.

Rânjește și îmi face cu mâna, dar în timp ce Sebastian mă zorește spre portal, îmi amintesc de vechea noastră glumă. După ce ne-am mutat la unchiul Devlin, Jas obișnuia să se trezească în anumite dimineți și să-mi mulțumească pentru aventura în care o luam în visele ei. Erau simple vise sau aveam acces la acea parte a puterii mele chiar și în copilărie, pe tărâmul uman?

# CAPITOLUL 36

CÂND NE ÎNTOARCEM LA PALATUL DE AUR, DESCOPĂR că mintea mi-a rămas ancorată în Fairscape, cu toate gândurile îndreptate spre Jas.

Sebastian mă însoțește până la camera mea și, când mă opresc la ușă și mă întorc spre el, mă studiază.

— Te voi duce înapoi să o vezi, în curând, mă asigură el.

— Îți mulțumesc, Sebastian!

— Nu e mare lucru.

— Nu, îți mulțumesc pentru... tot! Pentru că mi-ai fost alături și m-ai susținut necontenit, când oricine altcineva m-ar fi alungat. Închid ochii, adăugând apoi: Pentru că m-ai iertat că am luat cartea și pentru că... ai înțeles alegerile pe care le-am făcut.

Îi simt vârfurile degetelor pe bărbie, alunecându-mi de-a lungul maxilarului și în păr, iar când deschid ochii, ai lui sunt cuprinși de o imensă neliniște.

— Te iubesc, Abriella! Tot ce contează e că acum ești aici, cu mine. Vom rezolva noi restul. Împreună.

Îi cercetez ochii frumoși, trăsăturile aspre, dar fine, elegante.

— Vreau să fiu Legată de tine.

Sebastian înghite în sec și face ochii mari.

— Ești sigură?

Dau din cap. Mă gândesc tot timpul la Banshee – la moartea ce mi-a stat pe piept. Sau la coroana de pe capul meu și la falsul rege și la prințul Unseelie care a încercat să mi-o fure printr-un vicleșug. Prințul dispus să mă lase să mor ca să-și revendice tronul.

— Mordeus a avut dreptate într-o privință. Atâta timp cât această coroană e pe capul meu, propria viață nu-mi va aparține. Dacă nu e Finn cel care și-o dorește, atunci va fi o altă făptură fermecată Unseelie. Până nu ne dăm seama cum putem scăpa de ea, în siguranță, am nevoie de Legătură ca să mă poți proteja.

— Am crezut că ești împotriva Legăturii dintre ființe umane și făpturi fermecate.

Îi iau ambele mâini într-ale mele.

— Am încredere în tine.

Îmi aduce mâinile la buze și le sărută pe fiecare de două ori.

— Jur că voi face tot ce îmi stă în putință pentru a-ți oferi o viață frumoasă! Pentru a te face fericită și a te proteja.

Sebastian a ales să desfășoare Ceremonia de Legare pe balconul din afara odăilor sale, la amurg, iar gemenele mă ajută să mă pregătesc pentru eveniment, cu mințile aiurea de atâta entuziasm, aranjându-mi încâlceala de bucle lungi până la urechi cât pot de bine și alocând mai mult timp machiajului.

Când îmi aduc rochia, mi se taie răsuflarea.

— Sebastian ne-a dat macheta de muselină a surorii tale și am făcut tot posibilul pornind de acolo. E ceea ce ți-ai dorit?

— Da.

Admir catifeaua subțire de culoarea smaraldelor, iar lacrimile îmi încețoșează privirea. Numai Sebastian s-ar fi gândit să mă lase să port ceva creat de sora mea în această noapte specială. Rochia nu e defel o rochie, ci ținuta concepută de Jas special pentru mine, menită să fie purtată pe Tărâmul Zânelor. Cea pe care nu a reușit să o termine deoarece Madame V a vândut-o.

— Nu mai plânge! spune Tess, ștergându-și propriii ochii. Altfel voi începe și eu.

Pășesc în pantalonii largi, iar catifeaua oferă o senzație de ceva decadent pe piele. Emmaline mă ajută să îmi pun topul strâmt, cu un decolteu adânc în formă de V, apoi îmi așază un colier cu smaralde în jurul gâtului, care se asortează feeric cu rochia.

— Tot de la prinț, zice ea.

Închid ochii. Oare a păstrat macheta de muselină a rochiei până acum? Special pentru această ocazie?

— De ce ești atât de tristă? mă întreabă Emmaline. Arăți uimitor!

— Nu sunt tristă.

Inspir adânc, emoționată.

— Sunt pregătită.

Priveliștea apusului din balconul lui Sebastian e uluitoare, însă nu se compară cu masculul care stă în fața sa.

Sebastian arată splendid într-o tunică albă și pantaloni din cea mai fină pânză. În seara asta, nu poartă nicio armă asupra sa; în schimb, ține un singur crin de zi în mână. Ochii i se umplu de tandrețe când îmi strecoară floarea în spatele urechii.

— Ești atât de frumoasă!

Îmi plec capul, simțindu-mă, deodată, inexplicabil de timidă, apoi ridic ochii și îl privesc printre gene.

— Îți mulțumesc pentru rochie! Și pentru colier.

Îmi oferă un pahar de vin de la o masă din apropiere și îl iau, recunoscătoare să am ceva care să-mi domolească emoțiile.

— Am însărcinat personalul să păstreze o sticlă de vin de la solstițiu. De obicei, e servit doar la Litha, dar din moment ce ți-a plăcut atât de mult...

Își ridică paharul și-l ciocnește de al meu.

— În cinstea ta, Abriella! Doar în vise am fost Legat de o femeie atât de incredibilă!

Lacrimile îmi înțeapă din nou ochii.

— Și în cinstea ta! șoptesc. Și a unui nou început pentru amândoi.

Amândoi ne golim paharele, însă mâinile îmi tremură în continuare când le punem la loc pe masă.

Sebastian invocă o grămadă de pietre însemnate cu rune în palma sa și mi le întinde.

Ezit înainte să aleg una, mult prea conștientă de amploarea a ceea ce urmează să înfăptuim. Sunt pregătită pentru această Legătură pe viață, și totuși...

Nu. Fără alte îndoieli, fără alte secrete. Am încredere în Sebastian și trebuie să-i permit această Legătură ca să mă poată proteja de orice ne rezervă viitorul.

Înainte să mă pot răzgândi, întind mâna spre o piatră dreptunghiulară din alabastru. De îndată ce degetele mele o ating, restul dispar. O linie lungă și groasă se întinde de sus până jos pe cea mai mare latură a pietrei, o altă linie taie suprafața dură spre dreapta, până la margine, și o spirală traversează mijlocul.

— E frumoasă, șoptesc, trecându-mi ușor degetul mare peste rună.

Ridic repede privirea spre Sebastian. Ochii îi sunt fixați pe piatră; parcă i-a căzut fața.

— Ce s-a întâmplat?

Înghite în sec și clatină din cap.

— Nimic. E în regulă.

— Ce înseamnă?

— Acest simbol poate însemna durere și pierdere.

Își pune mâna peste a mea și o strânge, apăsând piatra între palmele noastre.

— Dar mai poate însemna și renaștere după acele lucruri. Noi începuturi, așa cum ai spus.

Își pleacă fruntea și îmi mângâie buzele cu ale lui, ținându-ne mâinile încleștate.

— Ești pregătită?

Îl privesc cu atenție, gânditoare. Îmi place că nu ne grăbim, că înțelege cât de important e totul pentru mine.

— Sunt pregătită.

— Abriella Kincaid, îmi Leg viața de a ta. Îți voi simți bucuria și îți voi cunoaște durerea. Aproape sau departe, vom fi mereu unul lângă altul, sufletește, uniți în spirit.

— Prințe Ronan Sebastian, spun, repetând jurămintele așa cum am fost instruită. Îmi Leg viața de a ta. Îți voi simți bucuria și îți voi cunoaște durerea. Aproape sau departe, vom fi mereu unul lângă altul, sufletește, uniți în spirit.

Își coboară capul și zâmbetul lui alunecă peste al meu, cu mâna încă ținând-o strâns pe a mea, aproape ca și cum i-ar fi teamă că mă voi îndepărta.

— Asta e tot? îl întreb.

Am crezut că s-ar putea să mă simt cumva diferit, dar m-am înșelat.

— Durează puțin, răspunde Sebastian.

Îmi așterne sărutări delicate în jos pe gât și îmi trage trupul mai aproape. Plăcerea și anticiparea scânteiază prin mine. Ne sărutăm la nesfârșit, până când aerul nopții se înfășoară în jurul nostru, ca o panglică de mătase care ne ține împreună.

Apoi, este acolo – o conexiune între noi, ceva răscolitor și electric, o putere care pulsează prin mine și prin el într-o buclă infinită.

— Sebastian, șoptesc.

Piatra nu se mai află între palmele noastre.

— Unde s-a dus?

El trage în lateral catifeaua verde a decolteului și zâmbește. Acolo, tatuată pe piele, este runa, simbolul de pe piatra care a dispărut din mâinile noastre înlănțuite.

Imaginea îmi amintește de pieptul lui Finn și de toate acele rune tatuate pe pielea sa. Oare fiecare reprezintă o persoană de care s-a Legat? O viață pe care a furat-o?

Înlătur gândul din minte. Noaptea asta este despre mine și Sebastian. Despre *noi*.

— Și tu ai una?

Neliniștit, încuviințează din cap și întoarce mâinile noastre unite pentru a-mi arăta simbolul tatuat pe interiorul încheieturii sale.

— Suntem Legați.

Vederea îmi devine neclară și mi se înmoaie genunchii.

— Cred că trebuie să mă așez.

Chipul lui Sebastian pălește, dar mă ia de braț și mă conduce la un scaun aflat imediat la intrarea în odăile sale.

— Voi avea nevoie să bei asta, spune el, scoțând o fiolă dintr-o tolbă de lângă el.

Durerea îmi străpunge pieptul, plămânii mi se contractă.

— Sebastian..., gâfâi eu și îmi trag genunchii la piept, în timp ce durerea mă sfâșie din nou. Cred că cineva a otrăvit vinul.

— Am nevoie să bei.

Îmi ține o mână pe braț. Când reușesc să deschid ochii, descopăr că mă urmărește, îngrijorarea umbrindu-i chipul frumos.

— Sunt aici, Abriella. Sunt chiar aici.

— Ce mi se întâmplă?

— E o reacție la Legătură. *Acum bea!*

Durerea își înfige ghearele în mine, sfârtecând totul în cale. Buzele lui Sebastian se mișcă, însă îi disting cu greu cuvintele, o înlănțuire de sunete unite într-un fel de muzică aferentă torturii mele. Încerc să ascult, încerc să mă concentrez la orice, cu excepția acestei senzații sfâșietoare, care amenință să mă distrugă complet, dar nu pot. Vreau doar să dorm până când dispare durerea.

Deodată, lumea strălucește - puternic, odată cu apusul care vine de pe balcon, apoi totul e absorbit de întunericul mângâietor și liniștitor al inconștienței. Lumină, întuneric, lumină, întuneric. Parcă mi s-ar cere să aleg - viață și durere sau alinare și neant.

— Brie.

Deschid cu greu ochii.

Sebastian mi-a lipit fiola de buze.

— Ești pe moarte. Aceasta e singura opțiune pe care o avem.

— Sunt pe moarte?

Întotdeauna mi-am imaginat că moartea va veni de nicăieri, cu forță, și că mă va trage într-o beznă absolută. Nu m-am gândit niciodată că își va înfige ghearele ascuțite în pieptul meu și că s-ar lupta cu mine. Nu mi-am imaginat niciodată că voi avea șansa de a riposta.

— Te rog, bea! Poțiunea Vieții e singura cale prin care te pot salva.

Îi aud lacrimile înainte de a-mi deschide forțat ochii, îndeajuns cât să le văd.

— Măcar o dată în viață, nu mai fi atât de al naibii de încăpățânată!

*Poțiunea Vieții.*

Camera se învârte. Pleoapele îmi sunt atât de grele și mă lupt să nu-mi pierd cunoștința, deși vreau doar să scap. „Lumină sau întuneric. Întuneric sau lumină." Cuvintele lui Lark răsună în urma durerii.

„Data viitoare când moare, trebuie să fie în timpul unei Ceremonii de Legare."

„Văd trei căi în fața ta. În fiecare, avertismentul spectrului Banshee e clar. Nu-ți fie frică!"

Fiola mi se pare rece pe buze. Dacă beau, durerea ia sfârșit? Dacă nu beau, moartea mă așteaptă?

— Te rog!

Vocea lui Sebastian e un suspin descătușat, un hohot de plâns necontrolat.

— Aceasta e singura cale.

Suferă, iar chinul său este mai rău decât aceste gheare care mă sfâșie încontinuu. Aș face orice pentru a-i ușura durerea, așa că îmi întredeschid buzele. Beau.

Poțiunea, neașteptat de mătăsoasă pe limbă, pare amețitoare și revigorantă, de parcă mi-ar da aripi. Fiecare înghițitură împinge la o parte o altă gheară din piept, îndepărtându-mă tot mai mult de durere, ca un zbor salvator.

— Ce fată ascultătoare! șoptește el. Trebuie s-o bei pe toată. Așa te vreau!

Odată cu ultima înghițitură, ghearele au dispărut și căldura îmi curge de-a lungul venelor, apoi fierbințeala, apoi...

— Sebastian!

Venele îmi sunt inundate de foc și mă zvârcolesc în brațele lui. Îndurare, zeilor, nu foc! *Orice în afară de foc!*

— Ce se întâmplă? întreabă Sebastian.

— E transformarea, rostește o voce feminină necunoscută. Nu poți deveni zână fără puțină durere.

— Rezolvă problema! mârâie el. Fă ceva pentru a o scăpa de această agonie!

— Magia cere un preț, replică femela. La fel și nemurirea. Trebuie să îndure, sau poțiunea nu va avea efect. Trebuie să îndure, sau o vei pierde pentru totdeauna.

— Sunt aici, șoptește el. Ești cu mine.

Dar nu sunt. Nimic nu mă poate salva de această durere. Timpul se năpustește înainte, apoi se oprește. Îmi văd copilăria într-o fracțiune de secundă, retrăiesc incendiul cu încetinitorul. Timpul mă tachinează pe măsură ce secundele trec, zboară pe lângă mine, apoi mă ține captivă când se oprește iar.

Lumea cade din nou pradă obscurității. Mă îndepărtez de ultima urmă de luciditate și întâmpin cu brațe deschise întunericul, înfășurându-mă într-o pătură moale.

# CAPITOLUL 37

STELELE NU AU STRĂLUCIT NICIODATĂ ATÂT DE INTENS, răsfirate pe cerul nopții, pentru prima oară de un negru la fel de mătăsos precum catifeaua. Cu un șuierat stins, aerul răcoros îmi biciuiește ușor pielea, atingându-mi delicat urechile și obrajii, o înșiruire de sărutări delicate, blânde.

Un mascul înalt, cu umeri lați și bucle întunecate, stă cu spatele întors la mine, cu fața înclinată în sus pentru a studia stelele, de parcă și el ar depinde de ele pentru răspunsuri.

— Finn?

Când se întoarce spre mine, frumusețea lui mă tulbură din nou. Poartă o cămașă neagră, cu primii doi nasturi de sus desfăcuți, și pantaloni din piele moale, la fel de întunecați ca însăși noaptea infinită. Un gând îndepărtat nu-mi dă pace. Nu ar trebui să fiu aici cu el, dar nu-mi amintesc *de ce*...

— Cred...

Mă uit în jurul nostru. Niciun peisaj, doar cerul vast al nopții.

— Este aievea?

Ridic o mână, trecându-mi razant degetele peste vârfurile ascuțite ale noilor mele urechi de elf.

— Am murit, șoptesc, amintindu-mi deodată.

— Ai murit și ai renăscut. Acum dormi. Metamorfoza... nu e niciodată ușoară, dar trupul tău muritor a luptat împotriva ei cu mai multă îndârjire decât au făcut-o majoritatea.

*Pentru că nu am vrut niciodată să fiu o zână.*

„O reacție la Legătură." Sebastian a fost pregătit cu Poțiunea Vieții, pregătit să mă salveze când Legătura a pus capăt existenței mele muritoare. Nimic din blestem nu a pomenit de vreun pericol pentru muritorii care se Legau de Seelie. Dar cum ar fi putut să știe? În timp ce încerc să găsesc o explicație, gândul dispare treptat, pierdut în întunericul nesfârșit.

Îmi cobor privirea. Sunt înveșmântată în rochia verde creată de Jas, însă nu există nimic sub picioarele mele goale. Plutim odată cu stelele.

— E un vis.

Chiar dacă lipsa peisajului înconjurător mi-a oferit deja răspunsul, aș ști că e adevărat, pentru că nu simt nimic din furia și frustrarea pe care știu că ar trebui să le simt față de Finn. În schimb, mă simt... împăcată.

El încuviințează din cap și își rotește umerii, plimbându-și privirea pe cer.

— Un vis. Unul dintre cele mai bune pe care le-am avut în ultimii ani.

— Nu vreau să mă întorc.

Îmi mușc buza inferioară.

— Atât de multă durere!

— Durerea va fi dispărut când te vei trezi.

Ochii săi argintii par mai triști decât i-am văzut vreodată.

— Ești fericită?

— Nu sunt sigură dacă știu cum să fiu fericită. A trecut extrem de mult timp de când mi-am permis un astfel de lux.

— Acum ai la dispoziție toată viață ta nemuritoare ca să-ți dai seama.

Arunc o privire cerului nopții înstelat, care pare să ne ocrotească aici – în afara realității, în afară timpului. În acest moment, până și gândurile cred că îmi sunt suspendate.

— Ce s-a întâmplat?

— După ce ai plecat din catacombele mele, i-am cerut Prethei să te ducă înapoi la Palatul de Aur. Știam că nu vei veni cu noi, dar nu te puteam lăsa singură și sângerând în Ținuturile Făpturilor Fermecate Sălbatice.

Finn. Finn a fost cel care m-a dus înapoi într-un loc sigur. Nu mă miră deloc să aflu asta.

— Am vrut să spun, ce s-a întâmplat după aceea?

— Vei înțelege și restul destul de curând.

— Și mai multe secrete, remarc, dar sunt prea calmă pentru a-i permite furiei să-mi însoțească iar cuvintele.

— Îmi pare rău dacă... dacă mai are vreo importanță. Nu m-am așteptat niciodată... Își masează ceafa, apoi adaugă: Am încercat să descopăr o cale de a nu te implica. Chiar și după ce s-a terminat protecția mamei tale și am știut unde să te găsesc, am căutat în continuare o altă cale. Te-am văzut într-o pivniță, te-am văzut lucrând până când îți sângerau degetele, plătindu-ți datoriile și îngrijindu-ți sora. Am căutat și am tot căutat o altă cale. Tatăl meu m-a pus într-o poziție imposibilă când și-a dat coroana unei fete muritoare.

Reflectez îndelung la cuvintele sale. Nu am privit niciodată situația din perspectiva lui. Finn a avut un întreg regat la care să se gândească... Toți acei refugiați. *Copiii.*

— Îl urăști pentru asta?

Buzele i se curbează în ceva asemănător unui zâmbet.

— Am făcut-o odată.

Privirea îi fulgeră spre a mea.

— Înainte să te cunosc.

Studiez din nou stelele.

— Am crezut că nu mai am nicio speranță, că nu mai există nimic în care să cred, însă când mă gândesc la poporul tău și la tabere... sper. Și încă mai cred că îi poți ajuta.

Neliniștit, închide acei ochii argintii hipnotizanți și-și pleacă în jos capul.

— În ciuda a tot ce ți-am făcut? A tot ce am făcut înainte?

— În ciuda acestor lucruri.

Oftând, las stelele să-mi cânte.

— Îmi place aici. Îmi amintește de ceva ce-mi spunea mama, când mă scotea afară noaptea.

Ceva ce uitasem, până acum.

— Ce anume? întreabă el. Ce spunea?

— Indiferent cât de lipsită de speranță mă simt, există întotdeauna o fărâmă de speranță înăuntrul meu. Indiferent cât de lipsită de credință sunt, există întotdeauna ceva în care să cred.

Când mă întorc să-l privesc, Finn se uită fix la mine, cu ochii larg deschiși, blânzi, și maxilarul mai puțin încordat.

— Poate că sună prostește pentru un nemuritor.

— Nici gând, mă contrazice el, ușor tulburat. Fie să ai mereu o stea ca să-ți pui o dorință, Abriella, și un motiv să crezi.

Începe să dispară treptat în întuneric.

— Finn, așteaptă!

Devine din nou tangibil în fața mea și așteaptă, în tăcere.

— De ce îți folosești magia ca să mă vizitezi în visele mele? Cum rămâne cu prețul pe care trebuie să-l plătești?

— Ah, la ce sunt bune făpturile fermecate umbră dacă nu la vise prostești și coșmaruri sinistre?

Mă învăluie cu privirea lui ca de mercur – ochii ni se întâlnesc, apoi ai lui îmi coboară pe claviculă, de-a lungul rochiei și până la picioarele goale, înainte să urce înapoi și să îmi rămână fixați pe încheietura mâinii. Îi urmăresc privirea. Cicatricea mi-a dispărut. Nu e ascunsă de o iluzie, ci *a dispărut*. Absența ei e un ecou în mintea mea. Pentru că nu a fost defel o cicatrice, ci însemnul celei care poartă coroana Unseelie.

— Acum, că a fost rupt blestemul, nu mai există niciun preț de plătit, însă nu puterea mea e cea care ne-a adus aici. Nu-mi folosesc magia.

— Atunci, cum?

— Tu o folosești pe a ta.

Apoi dispare, iar visul se spulberă.

— Vindecătorul a spus că trebuie să doarmă.

Piese de puzzle mi se învârt în cap; se unesc și se schimbă, răspunsuri care-mi scapă printre degete.

— Cu siguranță, însă poate dormi după încoronare.

— Prințul va dori să fie acolo.

Prințul. *Sebastian*. Apariția bruscă a lui Sebastian în viața mea, acum doi ani. S-a mutat alături și m-a fermecat de la primul zâmbet. La șapte ani după plecarea mamei mele. Aproape în aceeași zi.

— Sunt primele zile ale acestor vremuri noi. Dacă va fi regina lui, ar trebui să îi fie alături.

— A trecut prin prea multe. Nu cred că e gata să se trezească. Poțiunea își cere plata.

*Poțiunea. Poțiunea pe care Sebastian o avea la îndemână. Cea de care știa cumva că va avea nevoie.*

Gândul ascunde ceva important. Ca un cuvânt care îmi stă pe vârful limbii. Însă luciditatea îmi alunecă printre degete alături de răspunsul mult prea îndepărtat, aparent de neatins.

— Se trezește! Doar uită-te la acei ochi!

— Prințesă Abriella?

Cineva îmi scutură brațul cu blândețe.

— Prințesă, trezește-te! Trebuie să te pregătim pentru încoronare.

Mă silesc să deschid ochii, apoi mă ridic în șezut și arunc o privire în jur. Încă sunt în odăile lui Sebastian, dar totul arată un pic diferit.

Mai luminos? Mai... bine definit?

— Oh, prințul Ronan nu va fi prea mulțumit că ratează prima dată când vede lumea prin ochii ei de zână, spune Emmaline, apoi adaugă, aproape țipând: Să trimită cineva după el!

— Ești o zână atât de frumoasă, domniță! zice Tess. De parcă te-ai fi născut așa.

„Zână." Sunt o... *zână*? Totul revine într-o străfulgerare. Alegerea pietrei-rună, rostirea jurămintelor Legăturii împreună cu Sebastian, durerea tot mai sfâșietoare a morții... *Poțiunea Vieții.*

— Îmi pare atât de rău că te grăbesc, Alteță, însă dacă vrei să ajungi la încoronarea prințului Ronan, trebuie să te îmbăiem de îndată, chiar acum!

*Moartă. Am murit.* Dar de ce? De unde știa Sebastian că voi avea acea reacție la Legătură? Știa că Legătura mă va ucide. Știa că va trebuie să mă preschimbe într-o zână sau să mă piardă pentru totdeauna.

Una dintre slujnice mă ia de mână și mă îndepărtează de pat. Mă clatin pe picioare care îmi dau senzația că nu îmi aparțin.

O altă slujnică ridică o rochie.

— Vei arată splendid alături de noul rege în asta.

Încă sunt ameţită de la somn. De la poţiune. Cuvintele lor nu au niciun sens.

— Noul rege?

Toată lumea râde.

— Prinţul Ronan, Sebastian al tău, va prelua tronul astăzi, cu domniţa noastră alături. Atâtea motive pentru a sărbători!

Închid ochii ca să îndur mai uşor forţa loviturii. În vis, Finn mi-a spus că blestemul a fost rupt. *Regina a murit şi este vina mea.*

Sunt prea multe de procesat.

Deschid iarăşi ochii şi tresar. Emmaline şi Tess nu sunt femeile pe care le ştiam, ci zâne cu urechi ascuţite, piele strălucitoare şi liane verzi tatuate pe braţe.

— Nu sunteţi fiinţe umane?

— Prinţul ne-a ascuns înfăţişarea cu ajutorul iluziilor, spune Emmaline. Ca să te simţi mai confortabil.

— Dar acum putem renunţa la ele şi să fim noi înşine, completează Tess. De ce pari atât de tristă? Vei fi o regină minunată!

— Şi frumoasă, adaugă Emmaline.

De ce par *eu* atât de „tristă"? De ce par *ele* atât de *vesele*?

— Regina Arya, spun, înghiţind în sec. A murit în timp ce eu dormeam?

Emmaline cască ochii, iar ea şi Tess schimbă o privire lungă înainte să se uite iar la mine.

— Nu, nu, domniţă. Regina este bine. Prinţul Ronan va prelua Tronul Umbrelor.

Mă împleticesc înapoi până când picioarele mele lovesc patul, apoi mă prăbuşesc pe saltea, clătinând din cap. Coroana lui Oberon ar fi trecut la Sebastian când am murit, dar...

— Nu înţeleg. Am crezut că numai o făptură fermecată cu sânge regal Unseelie ar putea prelua Tronul Umbrelor.

— Da, domniță, îmi confirmă Tess. Iar prin venele lui Sebastian curge atât sânge regal Seelie, cât și Unseelie.

Emmaline aprobă din cap.

— Nu am putut vorbi despre asta până când nu a purtat coroana tatălui său și a fost rupt blestemul, dar acum putem sărbători cine e el!

— O zi plină de bucurie! exclamă Emmaline, iar toate celelalte slujnice din odaie repetă cuvintele la unison.

„Coroana tatălui său?" Furia iese la suprafață, chiar în timp ce mă confrunt cu această informație, încercând să rearanjez piesele mozaicului și să le elucidez sensul.

— Am crezut că regele Castan a fost tatăl prințului.

— Regele Castan, zeii să-l ierte, a crescut băiatul! intervine o slujnică din spatele lui Tess.

Are coarne, iar ochii ei mari și albaștri strălucesc ca un cer de vară.

— Însă prințul Ronan este urmașul lui Oberon. Conceput în lumea muritorilor în timpul eclipsei, prințul nostru reunește ziua și noaptea. Lumina și întunericul. El este noul rege, care a fost crescut pentru a uni regatele noastre.

*Sebastian este Unseelie.*

El este Unseelie și știa că voi muri când urma să mă Leg de el. Știa că nu voi avea de ales decât să iau Poțiunea Vieții, deși nu am vrut niciodată să devin zână.

— Ne-au fost ascultate rugăciunile, spune o altă slujnică. Prințul și mama lui au căutat mult și bine coroana tatălui său. Apoi, el te-a găsit.

— El…

Înghit în sec, amintindu-mi de promisiunile lui șoptite.

„Jur că voi face tot ce îmi stă în putință pentru a-ți oferi o viață frumoasă! Pentru a te face fericită și a te proteja."

M-a mințit. *M-a manipulat.* M-a lăsat să cred că Finn era singurul care încerca să mă păcălească să mă Leg de el, m-a lăsat să cred că voia doar *să* mă *iubească, să* mă *protejeze.*

— El știa.

Cuvintele îmi sunt aspre și dure, însă nu trădează nici măcar o fărâmă din furia care îmi curge năvalnic prin vene.

— Nimeni nu a putut sufla o vorbă despre asta până când nu i-a fost înapoiată coroana tatălui său, spune Tess.

Expresia i-a trecut de la veselie la îngrijorare.

— Ar trebui... să-l chem aici, pentru tine?

— Acum e timpul să te îmbraci, intervine Emmaline.

Se apropie încet de mine, întinzând o mână așa cum ar proceda dacă ar avea de-a face cu un animal înfricoșat.

— După încoronare, tu și noul rege veți fi căsătoriți. Vei fi o mireasă frumoasă și o regină onorabilă.

Regina unui mascul care a apărut în viața mea imediat după ce am rămas fără protecția mamei mele. A unui mascul care plănuiește de *ani întregi* să mă păcălească să-i dau coroana Unseelie. A unui mascul care mi-a furat puterea și m-a mințit despre a sa.

Ceva se despică înăuntrul pieptului meu, iar slujnicele țipă în timp ce întunericul inundă camera. Întunericul *meu*.

Poate că Sebastian are coroana, dar, cumva, această putere - puterea care a venit odată cu viața lui Oberon, cu coroana lui - rămâne a mea. „Magia înseamnă viață. Viața înseamnă magie." Poate că atunci când a ales să-mi dea Poțiunea Vieții, Sebastian a legat, inconștient, aceste puteri de mine.

Slujnicele se calcă în picioare, orbecăind în căutarea luminii. Cineva cheamă străjile de pe coridor, însă le amuțesc numaidecât țipetele, învăluindu-le în umbre.

Se așteaptă să mă îmbrac frumos și să apar în fața tuturor ca regina lui. Nu sunt un lucru frumos și nu voi fi manipulată.

Sunt însuși întunericul, iar puterea care îmi năvălește prin vene e mai intensă ca niciodată. *Asta* înseamnă să fii o făptură fermecată și să ai magie. „Magia înseamnă viață."

Și, cu întunericul învolburându-se în odaie și umbrele mele devenind una cu bezna absolută, mă simt mai vie ca oricând.

Trec pe lângă slujitoare panicate și pe lângă străjeri care se străduiesc să invoce lumina făpturilor fermecate. Trec pe lângă Riaan și pe lângă garda regală, în timp ce ei poruncesc ca lumina să umple holurile. Trec mai departe și privesc cum magia lor dă greș în fața măreției puterii mele. Furia îmi pulsează în sânge, cerând răzbunare, represalii.

Însă... *acolo.* Sub acea furie mai există ceva. O emoție care nu-mi aparține. O urmă de panică, o Legătură strânsă care îmi spune că Sebastian se va ivi după colț cu o secundă înainte să o facă.

Sebastian se năpustește pe hol, aleargă spre mine. În întunericul pe care l-am aruncat asupra palatului, Coroana Luminii Stelare scânteiază vizibil deasupra părului său blond-argintiu. În acest moment, îl văd mai clar ca oricând și mă uit fix la tatuajele răspândite pe pieptul și pe gâtul lui. *Zeci* de tatuaje runice pe care nu le-am mai zărit până acum. *O altă iluzie. O altă modalitate de a înșela ființa umană.*

Se oprește lângă mine și se învârte în întuneric.

— Abriella!

Panica lui prinde glas în sângele meu, un zumzet stins. Mă *simte*, dar nu mă vede. Însă eu îl văd. Îl văd și îl *simt.* Sunt umbră și întuneric și mai puternică decât fata pe care a sacrificat-o pentru acea coroană.

— Oprește-te, Brie! Înlătură întunericul. Trebuie să vorbim!

Dar nu mă poate opri. Și nu mă poate împiedica să mă îndepărtez de Palatul de Aur, cu nimic altceva decât propriul întuneric și trădarea înfășurată în jurul inimii mele nemuritoare.

# MULȚUMIRI

LE MULȚUMESC PRIETENILOR MEI AUTORI, CARE M-AU ÎNcurajat cu acest proiect – pentru că au preferat să țipe de entuziasm, decât să mă avertizeze să nu mă avânt într-un nou gen literar și pentru că m-au susținut la fiecare pas. Mira Lyn Kelly, cea mai bună prietenă a mea, partenera mea de brainstorming, regina mângâierilor pe păr și a încurajărilor – îți mulțumesc că mi-ai fost alături în timp ce conturam această poveste și că mi-ai temperat toate momentele de nesiguranță! Carrie Ann Ryan, Jeffe Kennedy, Kyla Linde, Lisa Maxwell, Meghan March, Sawyer Benett, Zoe York și toți ceilalți pe care i-am bătut la cap când povestea nu mă lăsa în pace, vă mulțumesc pentru entuziasm! Îi mulțumesc Rhondei Merwarth, care mi-a oferit feedback când această carte era doar o propunere. Le mulțumesc Goldbrickerilor, care mă uimesc în fiecare zi cu sprijinul și etica lor profesională! Mă simt mai iscusită după ce am stat în preajma voastră.

Le mulțumesc și prietenilor din lumea reală, celor dintre voi care s-ar putea să nu înțeleagă lumea editorială, însă care oricum mă încurajează! Mulțumiri deosebitei Lisei Kuhne, care are onoarea suspectă de a fi atât draga mea prietenă, cât și asistenta mea personală, și care este o adevărată maestră în gestionarea nevrozelor mele; și Emiliei Miller, elf-consilierul meu personal și colegă iubitoare a tot ce este legat de zâne.

Îi mulțumesc familiei mele – mamei mele, pentru că își face griji pentru mine când muncesc până la epuizare și îmi dă întotdeauna voie să iau o pauză atunci când nu-mi voi acorda singură un moment de odihnă; surorilor mele, Deb și Kim, pentru că mi-au trimis mesaje și pentru că „mă înțeleg" într-un mod pe care, mai mult ca sigur, nimeni altcineva nu o va face vreodată; și, bineînțeles, celor patru frați mai mari, Eric, Aaron, Danny și Josh, care m-au învățat să cred în elfi magici, dragoni și monștri din pădure. Aaron, îți mulțumesc pentru harta Tărâmului Zânelor; îmi place nespus de mult!

Agentului meu, Dan Mandel, care a fost entuziasmat de această carte încă de când nu era nimic mai mult decât o prezentare de o singură frază într-un e-mail și câteva scene neșlefuite pe hard-disk. Îți mulțumesc că ai crezut mereu în mine și în romanele mele!

Sunt recunoscătoare că am găsit un editor atât de minunat în Nicole Sclama! Fiecare notă editorială pe care mi-a oferit-o a rezonat atât de bine cu viziunea mea pentru această poveste! Ea m-a ajutat să-mi modelez ideile în cartea pe care mi-am dorit-o de la bun început, una pe care sunt atât de mândră să o împărtășesc. Am fost onorată să lucrez cu toată echipa de la HMH Books for Young Readers, în special cu Gabriella Abbate, Emilia Rhodes, Helen Seachrist, Andrea Miller, Samantha Bertschmann, Nadia Almahdi, Tara Shanahan, Margaret Rosewitz, Erika West, Rebecca Springer, Maxine Bartow și Romanie Rout. Vă mulțumesc pentru tot ceea ce faceți!

Le mulțumesc din toată inima cititorilor mei! Cititorilor mei de romane de dragoste, nevoiți să se obișnuiască temporar cu mai puține cărți pe an, în vreme ce mi-am făcut timp pentru acest proiect de suflet, vă mulțumesc pentru entuziasmul vostru nesfârșit la fiecare dezvăluire! Vă sunt recunoscătoare pentru sprijinul vostru! Le mulțumesc tuturor bloggerilor și primilor recenzenți care i-au acordat romanului o șansă! Apreciez că v-ați făcut timp să îl citiți și m-am simțit plină de energie datorită mesajelor voastre înduioșătoare - majusculele țipătoare și semnele de exclamare sunt o sursă infinită de bucurie extraordinară!

În cele din urmă, trebuie să le mulțumesc îndeosebi soțului meu Brian și copiilor mei, Jack și Mary! Brian, stânca mea, vocea rațiunii și cel care m-a ascultat necontenit, îți mulțumesc că mi-ai fost alături la fiecare carte în parte, de-a lungul infinitelor suișuri și coborâșuri aduse de această carieră; totul pare posibil când mă ții de mână. Jack și Mary, cei mai grozavi copii din lume, vă mulțumesc că mi-ați reamintit că sunt mai mult decât o autoare! Obișnuiam să cred că tot ce am mai bun de oferit va ajunge în cărțile mele, dar acum știu că a ajuns, de fapt, în voi.

Pentru comenzi şi informaţii, contactaţi:
**GRUPUL EDITORIAL CORINT**
**Departamentul de Vânzări**
Str. Mihai Eminescu nr. 54A, sector 1, Bucureşti, cod poştal 010517
Tel./Fax: 021.319.47.97; 021.319.48.20
**Depozit**
Str. Gării nr. 11, Mogoşoaia, jud. Ilfov
Tel.: 0758.053.416
E-mail: vanzari@edituracorint.ro
Magazin virtual: www.edituracorint.ro

ISBN: 978-606-95192-2-6
9 786069 519226

Format: 16/54x84;
Coli tipo: 31

Tiparul executat la:

EuroBusiness Tiper
PRINTING SOLUTIONS

office@tipografiaeurobusiness.ro
www.tipografiaeurobusiness.ro